London · Ruf der Wildnis

Jack London

Ruf der Wildnis

Loewe

CIP-Titelaufnahme der Deutschen Bibliothek

London, Jack:
Ruf der Wildnis/Jack London
Bindlach: Loewe
(LeseRiese)
ISBN 3-7855-1798-X

ISBN 3-7855-1798-X
Genehmigte Lizenzausgabe des Universitas Verlages, Berlin

Satz: Meister-Satz, Hof
Illustrationen und Umschlag: Alexandra Buckel
Gesamtherstellung: Slovart, Bratislava
Printed in CSFR

Inhalt

Ruf der Wildnis

In die Wildnis

Die alte Wandersehnsucht sprengt
der langgewohnten Kette Zwang,
aus seinem Winterschlaf erwacht
des wilden Blutes Freiheitsdrang.

Buck gehörte nicht zu denen, die täglich ihre Zeitung lesen, sonst hätte er gewußt, daß Unheil im Gange war, nicht nur für ihn selbst, sondern für jeden Hund, der starke Knochen und langes dichtes Haar hatte. Da oben im hohen Norden hatten die Menschen ein gelbes Metall gefunden, und seitdem die Schiffs- und Eisenbahngesellschaften sich abmühten, auch in diese rauhe Gegend Verkehr zu bringen, zog es Tausende von Menschen mit wilder Gewalt dorthin. Und diese Menschen brauchten für ihre Arbeit Hunde mit starken Knochen und dichtem Haar. Denn da oben war es bitter kalt. Ein großes Haus im sonnenhellen Tale von Santa Clara war Bucks Heimat. Etwas abseits von der Landstraße lag es, halb versteckt hinter mächtigen Bäumen, die die luftige Veranda beschatteten, die rings um das stattliche Gebäude lief. Ein breiter Kiesweg, von hohen Pappeln umsäumt, führte durch grüne Rasenflächen gerade darauf zu. Und hinter dem Hause lagen die großen Stallungen, die grünumrankten Wohnungen der Dienerschaft, Treibhäuser, die langen Weinlaubengänge, Obstgärten und daran anschließend unendliche Weidestrecken. Da war auch der große Brunnen und der Teich, in dem die Söhne des Pflanzers ihr Morgenbad nahmen und auch an heißen Nachmittagen Kühlung suchten.

Über dieses ganze Reich herrschte Buck. Hier war er geboren, und hier hatte er die vier Jahre seines Lebens verbracht. Natürlich gab es noch mehr Hunde auf Millers Farm, wie das für solch großen Besitz notwendig ist, aber die zählten eigentlich nicht mit. Sie kamen und gingen, trieben sich hier und da herum, wohnten in Ställen oder auch im Hause, wie Tutt, der dicke Mops und Bella, der weiße Zwergpinscher. Millers hatten auch noch Terrier, eine ganz freche Bande, die gemeine Schimpfwörter brauchten, wenn Tutt und Bella an den Fenstern saßen. So schlecht betrugen sie sich, daß oft die Dienstmädchen herauskommen mußten, um mit dem Besenstiele Ruhe zu stiften.

Zu dieser Gesellschaft rechnete sich Buck durchaus nicht; er war weder Stuben- noch Hofhund. Sein war das ganze Reich, und alles war ihm untertan. Er schwamm, wenn es ihm beliebte, mit des Pflanzers Söhnen in den klaren Fluten des Teiches, ging zur Jagd mit ihnen oder begleitete Mollie und Alice, die beiden Töchter, durch Wald und Feld. An den langen Winterabenden lag er vor dem lodernden Kaminfeuer zu Füßen seines Herrn, ließ dessen Enkel auf seinem breiten Rücken reiten, rollte sich mit ihnen auf dem weichen Rasen oder behütete ihre kurzen Schritte auf den Entdeckungsreisen durch den Stall, den Park und den Obstgarten. Mit der Miene eines Königs schritt er durch die Rotte der anderen Hunde; Tutt und Bella beachtete er überhaupt nicht, er, der Herrscher über alles.

Sein Vater Elmo, ein riesenhafter Bernhardiner, war schon der unzertrennliche Jugendfreund des Pflanzers gewesen, und Buck war nun in seine Stelle aufgerückt. So groß wie sein Vater war er allerdings nicht, denn seine Mutter Flocke war eine schottische Schäferhündin. Aber zu seinen hundertzwanzig Pfund Gewicht hatte er auch ein gutes Teil würdevollen Benehmens in die Waagschale zu legen, und wenn er erhobenen Hauptes auf den weißen Kiesweg dahinschritt, war jeder Zoll an ihm adelig. Und wie ein Edelmann hatte er auch die vier Jahre seiner Jugend verlebt; sogar ein wenig Eigenliebe, wenn nicht gar Hochmut haftete ihm an, wie das die Stellung eines begüterten Landedelmannes so leicht mit sich bringt. Daß er trotz des Lebens im Überfluß kein verweichlichter Haushund wurde, dafür sorgte die Jagd und andere Leibesübung, die ihm auch zu seinem kräftigen Körper und den starken Muskeln verholfen hatte.

So stand es mit Buck im Jahre 1897, als die großen Funde in Klondike die Menschen aus allen Gegenden der Welt nordwärts riefen. Aber Buck las, wie gesagt, keine Zeitungen und wußte von alledem nichts. Er wußte auch nicht, daß Manuel, der Gärtnergehilfe, eine wenig wünschenswerte Bekanntschaft für ihn war. Eine böse Leidenschaft hatte dieser Manuel: er spielte nämlich. Und zum Spiel ge-

hört Geld, viel Geld sogar manchmal, so daß der Lohn eines Gärtnergehilfen dafür nicht ausreicht.

An dem Abend, der für Buck verhängnisvoll werden sollte, war sein Herr zu einer Winzer-Versammlung gegangen, und die Knaben berieten eifrig die Gründung eines Turnvereins. Niemand hörte es, als Manuel Buck zu sich rief, und niemand sah es, als er durch die Felder mit ihm davonging, um einen kurzen Abendspaziergang mit ihm zu machen. Das wenigstens dachte sich Buck. Niemand sah es auch, daß aus dem Schatten des kleinen Bahnhofsgebäudes ein Mann heraustrat und einige Worte mit Manuel wechselte, und niemand hörte es, daß gleich darauf Geld in seiner Hand klapperte.

„Du kannst die Ware aber wohl verpacken, ehe du sie ablieferst", meinte der Mann brummig, und Manuel nickte. Er zog einen dicken Strick aus der Tasche und legte ihn als Schlinge um den Hals des Hundes.

„Brauchst nur ein bißchen anzuziehen, dann wird ihm die Puste schon ausgehen", riet Manuel und lachte.

Mit ruhiger Würde hatte Buck bisher alles über sich ergehen lassen. Angenehm war es ihm ja gerade nicht, daß man einen Strick um seinen Hals legte, aber er wußte aus Erfahrung, daß alles, was die Menschen tun, einen Zweck hat, wenn er ihm auch nicht immer gleich klar war. Als aber Manuel die Enden des Strickes in die Hand des Fremden legte, glaubte er doch, seinem Unmut Ausdruck geben zu müssen und knurrte. Er hatte lediglich damit andeuten wollen, daß er eigentlich mit fremden Leuten nichts zu tun zu haben wünschte, aber zu seiner Überraschung fühlte er nun einen Druck am Halse, der ihm fast den Atem nahm. Mit einem Wutlaut stürzte er sich auf den Fremden, aber ein Ruck an der Leine ließ seine Zähne scharf über der Zunge zusammenschlagen, und ein weiterer Ruck warf ihn zu Boden. Er zog und zerrte vergebens; immer fester legte sich die Schlinge um seinen Hals. Nie in seinem Leben war er so behandelt worden, nie in seinem Leben hatte er solch eine Wut in sich gefühlt. Vor seinen Augen begann es zu tanzen, vor seinen Ohren brauste es, und seine Sinne schwanden. Er merkte nicht, daß etwas Dunkles über ihn geworfen wurde und man ihn in den Gepäckwagen des Zuges schob.

Das erste, was ihm zum Bewußtsein kam, war ein Gefühl des Schmerzes an seiner Zunge und ein Rütteln, das ihm durch den Körper ging. Der schrille Pfiff einer Lokomotive aber belehrte ihn bald darüber, wo er sich befand, denn er war oft genug mit seinem Herrn gereist und kannte das Eisenbahnfahren. Langsam öffnete er seine Augen, und mit dem Blicke eines gefangenen Königssohnes sah er um sich. In diesem Augenblick griff der Mann, der neben ihm stand, nach den Enden des Strickes, aber nicht schnell genug, um zu verhindern, daß sich die Zähne des Hundes tief in seine ausgestreckte Hand eingruben. Dann aber verließen Buck wieder die Sinne.

„Er hat mal wieder Krämpfe“, sagte der Mann zu dem Gepäckmeister, der infolge des Lärms herankam. „Soll ihn gerade zu einem Tierarzt bringen, der so was heilen kann. Es ist ein schönes Stück Arbeit, und was habe ich davon? Dreißig Mark außer der Fahrt! Für dreihundert mache ich das nicht noch einmal.“

Er wickelte ein schmutziges Taschentuch um die verwundete Hand. „Wenn ich nur nicht die Tollwut kriege“, meinte er ängstlich.

„Ach was“, lachte der Schaffner. „Aber nun mal angefaßt und das Frachtstück besser verpackt.“

Halb betäubt durch die Schmerzen an Hals und Zunge wurde Buck hervorgezogen und in einen käfigartigen Verschlag gestoßen und dann der Strick von seinem Halse gelöst.

So lag er nun Stunde für Stunde, die ganze lange Nacht mit stillem Zorn und schwer verletzter Ehre. Er konnte sich nicht denken, was das alles zu bedeuten hatte. Was wollten die fremden Leute nur von ihm? Was sollte er hier in diesem Käfig? Jedesmal, wenn die große Schiebetür des Wagens kreischte, sprang er auf. Immer dachte er, daß nun sein Herr hereinkommen würde oder wenigstens die Kinder. Aber immer war es nur das stumpfsinnige Gesicht des Schaffners, das er bei dem trüben Schein der schaukelnden Laterne sah, und das Freudengeheul verwandelte sich in seinem Halse zu einem immer erbitterterem Knurren.

Erst als der Morgen graute, hielt der Zug, und es kamen vier Männer herbei, roh und verwildert aussehende Kerle. Er bellte sie wütend an, aber sie lachten nur, steckten Stöcke durch den Holzverschlag und stießen und schlugen ihn damit, bis er die Knüppel mit den Zähnen erfaßte und in Stücke gebissen hatte. Bald aber merkte er, daß es gerade das war, was sie ergötzte. Da legte er sich still hin und schloß die Augen. Jetzt faßten sie den Verschlag, hoben ihn auf und trugen ihn in einen anderen Zug, der dann wieder Stunde auf Stunde dahinsauste. Wieder wurde es Abend, und man brachte ihn auf ein Fährboot, das über einen Fluß fuhr, und dann noch einmal in den Gepäckwagen eines Schnellzuges. Das Unglück wollte, daß er, schlecht gelaunt, wie er war, die ersten freundlichen Annäherungsversuche der Beamten mit Knurren beantwortet hatte, und nun mußte er dafür büßen. Das Necken und Zerren nahm kein Ende. Sie miauten wie die elenden Katzen, die sich immer auf den Kornböden und in den Pferdeställen herumtrieben, und bellten wie die gewöhnlichsten Köter, klatschten in die Hände und pfiffen in den höchsten Tönen. Er wußte wohl, daß es eigentlich alles zu dumm war, als daß er sich darüber hätte ärgern sollen, aber gerade durch diese Albernheiten fühlte er sich in seiner Ehre gekränkt, und seine Wut stieg von Stunde zu Stunde mehr.

Sein einziger Trost war, daß man ihm doch wenigstens den Strick vom Halse genommen hatte; und er wollte wohl dafür sorgen, daß ihm keiner wieder umgelegt wurde. Der Strick war es, der ihnen damals die Übermacht gegeben hatte; jetzt würde er sich seiner Haut schon wehren. Wehe dem, der ihm als nächster in den Weg kommen würde.

Zwei Tage hatte er nun schon keinen Bissen genossen. Er machte sich nichts aus dem Hunger, der Durst aber bereitete ihm Pein, denn feinfühlig wie er war, wurde er durch den steten Ärger fieberhaft erregt, und auch die Schmerzen an Zunge und Hals wurden immer stärker. Seine Augen waren blutunterlaufen, und er sah so verändert aus, daß selbst sein Herr ihn nicht wiedererkannt hätte.

Die Beamten waren froh, als auf einer Station am Morgen des dritten Tages der Holzverschlag ausgeladen wurde. Es war in Seattle.

Vier Leute setzten ihn auf einen Rollwagen, fuhren ihn durch enge Straßen bis auf einen kleinen, von hohen Mauern umgebenen Hof. Ein dicker Mann mit roter Jacke, die am Halse ein gutes Teil zu weit war, kam ihnen entgegen, nahm den Leuten den Frachtschein ab und bestätigte den Empfang. Das war also derjenige, der ihn zunächst peinigen würde, dachte Buck, und sein Rückenhaar sträubte sich vor Wut, und mit aller Kraft rüttelte er an den Latten seines Käfigs. Der Mann lachte höhnisch und holte ein Beil und einen Knüppel herbei.

„Er soll doch nicht etwa jetzt raus?" fragte einer der Leute, die ihn gebracht hatten.

„Natürlich", antwortete der Rote und hieb mit der Axt auf das Lattenwerk.

Nach allen Seiten stoben die Männer auseinander, flüchteten auf die hohe Mauer und warteten neugierig auf das kommende Schauspiel.

Fast wahnsinnig von langverhaltenem Grimme schlug der Hund seine Zähne in das absplitternde Holz. Laut aufheulend, sobald die Axt eine Latte gelöst hatte, versuchte er sich auf den Mann zu stürzen, der mit größter Ruhe weiterarbeitete. Endlich erschien ihm die Öffnung groß genug, den Körper des Hundes hindurchzulassen.

„Nun komm nur, du rotäugiger Satan!" rief er, warf die Axt fort und ergriff den Stock.

Und wahrlich, wie ein Satan sah der Hund aus, der sich mit blutunterlaufenden Augen und schäumendem Maule mit aller Macht durch den schmalen Spalt drängte und sich mit seiner ganzen in zwei furchtbaren Tagen und Nächten genährten Wut auf seinen Widersacher stürzte. Mitten im Sprunge, grade als er die mächtigen Zähne in den Hals des Mannes schlagen wollte, traf ihn ein Schlag, wie er ihn nie gefühlt hatte. Er taumelte zurück, fiel hintenüber, daß sein Rücken den Boden berührte. Er begriff nicht, wie das kam. Mit einem Geheul, das mehr dem Schrei eines Raubtieres als dem Bellen eines Hundes glich, sprang er wieder auf die Füße, um mit einem Satz erneut auf den Mann loszugehen. Nochmals traf ihn ein Schlag, und dieses Mal merkte er, daß es der Knüppel war, der ihm den Schmerz zufügte. Aber seine Wut ließ ihn jede Vorsicht vergessen. Wohl ein dutzendmal sprang er auf, und ebenso oft schmetterte der Knüppel ihn zu Boden.

Nach einem besonders harten Schlag aber sprang er nicht mehr auf; mühsam nur erhob er sich auf die Vorderpfoten. Er zitterte am ganzen Körper, das Blut kam ihm aus Nase und Mund; über und über war sein prachtvolles Fell besudelt mit Schmutz und Blut. Und wieder erhob der Rote den Knüppel, um ihn mit furchtbarer Wucht auf die Nase des Tieres fallen zu lassen. Alles, was er bislang ertragen, war nichts gegen diesen Moment der entsetzlichsten Pein. Er sah nichts mehr, und doch raffte er alle seine Kraft zusammen, um sich mit einem löwenartigen Gebrüll gegen seinen Feind zu werfen. Doch mit einer schnellen Bewegung hatte dieser den Knüppel fortgeworfen, erfaßte den Hund mit beiden Händen am Unterkiefer, schleuderte ihn hin und her, bis er ihn mit einem Krach zu Boden warf, wo er bewußtlos liegen blieb.

Ein Gejohle der Bewunderung erhob sich auf der Mauer! „Donnerwetter, der versteht es!“ rief der eine begeistert, und der andere meinte: „Ja, bei dem heißt es auch: biegen oder brechen!“

Die Besinnung kam Buck bald wieder, nicht aber die Kraft. Regungslos, wie er hingestürzt war, blieb er liegen, nur seine Augen folgten dem Mann mit der roten Jacke.

Dieser hatte einen Brief in der Hand und las ihn langsam durch. „Hört auf den Namen Buck“, murmelte er halblaut, faltete ihn zusammen und steckte ihn in die Tasche.

„Also, Buck, alter Junge“, sagte er dann freundlich, „einen kleinen Tanz haben wir nun zusammen gemacht, und ich denke, wir lassen es damit genug sein. Du weißt jetzt, woran du bist!“

Dann strich er furchtlos über den Kopf des Hundes, auf den er eben noch so unbarmherzig losgeschlagen hatte. Obgleich sich seine Haare unwillkürlich unter der Berührung sträubten, blieb der Hund still liegen, als aber der Mann einen Napf voll Wasser brachte, hob er den Kopf und trank das Wasser bis zum letzten Tropfen gierig leer; auch eine Mahlzeit Fleisch nahm er dankbar aus der Hand seines Peinigers entgegen.

Sein Stolz war geknickt, das wußte er wohl, aber gebrochen war er nicht. Das aber hatte er gelernt, daß gegen einen Mann mit einem Knüppel nichts auszurichten ist. Das Leben schien jetzt ernster für ihn zu werden, und er machte sich mit aller seiner Klugheit darauf gefaßt, es mutig mit ihm aufzunehmen.

Die Tage kamen und gingen, und immer mehr Hunde erschienen in dem kleinen ummauerten Hof. Einige wurden in Käfigen gebracht wie er, andere an Leinen oder Ketten geführt, manche kamen gutwillig, andere widerstrebend. Und alle sah er unter der Behandlung des roten Mannes, und mit jeder Lehre, die einem anderen erteilt wurde, prägte es sich bei ihm fester ein, daß der Knüppel der allmächtige Herr, der Gesetzgeber ist, gegen den man nichts ausrichten kann, dem man zu gehorchen hat, dem man aber trotzdem nicht zu schmeicheln braucht. Dieser Charakterschwäche machte sich Buck nicht schuldig, aber er sah wohl, daß es Hunde gab, die die Hand leckten, die sie geschlagen hatte, Hunde, die es fertigbrachten, sogar freundlich mit dem Schweif zu wedeln. Aber er sah auch Hunde, die die Herrschaft des Knüppels nicht anerkennen wollten und tot vom Hofe geschafft wurden.

Dann und wann kamen auch einmal fremde Leute, die laut und erregt mit dem Manne in der roten Jacke sprachen. Jedesmal klapperte nach einer Weile Geld, und einer von den Hunden wurde fortgeführt. Es wunderte Buck, wo sie wohl hingingen, aber er freute sich doch jedesmal, daß die Reihe noch nicht an ihn gekommen war, denn von der Zukunft versprach er sich nichts Gutes.

Aber auch seine Zeit kam und mit ihr ein kleiner untersetzter Mann mit verschrumpftem Gesicht, der eine fast unverständliche Sprache redete und Ausdrücke gebrauchte, die der Hund noch nie gehört hatte.

„Teifel, Teifel!“ rief er erregt, als seine Augen auf Buck fielen. „Das ist eine verflucht feine Tier. He? Was kostet das?“

„Dreihundert und ein Trinkgeld“, war die Antwort des Roten. „Ihr bezahlt ja nicht aus eigener Tasche, Perrault“, meinte er überredend, „da braucht Ihr doch wahrhaftig nicht zu knausern.“

Perrault lachte. Wenn er bedachte, daß die Preise für Hunde so erheblich gestiegen waren und durch die starke Nachfrage noch immer höher getrieben wurden, so war das immerhin eine nicht zu hohe Summe für einen so vorzüglichen Hund. Die kanadische Regierung stand sich ja nur gut dabei, wenn ihre Boten recht schnell von der Stelle kamen. Perrault verstand sich auf Hunde, und als er diesen sah, da wußte er, daß seinesgleichen nicht unter Tausenden zu finden war.

Dann klapperte wieder Geld, und Buck wunderte sich nun nicht mehr, als er und Zottel, ein gutmütiger Neufundländer, von dem kleinen Mann hinausgeführt wurden. Jetzt hatte er den Mann in der roten Jacke zum letzten Male gesehen, und als er nachher vom Verdeck des großen Dampfers auf den in der Ferne verschwindenden Landstreifen blickte, da war es auch das letzte Mal, daß er den sonnigen Süden sah.

Dann führte Perrault Zottel und ihn hinunter ins Zwischendeck, wo ein schwarzhaariger Riese sie in Empfang nahm. War Buck die Hautfarbe Perraults, der ein Kanadier war, schon dunkel vorgekommen, so war die von Francois, einem Mulatten, wohl doppelt so dunkel, fast schwarz. Überhaupt waren die Menschen von einer Art, wie Buck sie nie gesehen hatte, und wenn er ihnen auch keine besondere Vorliebe entgegenbrachte, so lernte er sie doch im Laufe der Zeit von Herzen achten, denn es waren gerechte Herren, ruhig und bestimmt in allem, was sie taten und anordneten, und es wäre keinem der Hunde so leicht gelungen, sie hinter das Licht zu führen.

Es waren nämlich außer Zottel und Buck noch mehr Hunde an Bord, unter anderen ein großer schneeweißer Hund aus Spitzbergen, der von Walfischfängern einst mitgebracht worden war und den ganzen hohen Norden bereist und auch schon einmal an einer geologischen Expedition teilgenommen hatte. Obwohl er sehr freundlich tat, erkannte ihn Buck bald als Verräter schlimmster Art, und gerade, wenn er am liebenswürdigsten war, überlegte er die größten Gaunereien. Einmal zum Beispiel, gleich bei der ersten Mahlzeit, stahl er aus Bucks Napf den größten Fleischknochen. Ehe Buck aber hinzuspringen konnte, ihm den verdienten Denkzettel zu geben, fuhr François' Peitsche sausend über den Rücken des Übeltäters, so daß Buck sein Eigentum ruhig wieder hinnehmen konnte. Das war eine anständige Handlung von Francois, und Buck war ihm dankbar dafür.

Der andere Hund, der da war, bekümmerte sich überhaupt nicht um die Ankömmlinge. Er war ein mürrischer, in sich gekehrter Bursche, der es am liebsten sah, wenn man ihn in Ruhe ließ. Das zeigte er Zottel gleich deutlich, als der versuchte, sich bei ihm anzubiedern. Dasch hieß er. Er tat den ganzen Tag nichts als schlafen und fressen, höchstens gähnte er dann und wann gelangweilt, ehe er sich auf die andere Seite rollte und weiterschlief. Selbst als der Dampfer sich unter gewaltigem Stoßen und Stampfen durch die schmale Wasserstraße zwischen dem Festlande und der Insel Queen Charlotte hindurcharbeitete, daß

Buck und Zottel sich vor Angst und Schrecken nicht zu helfen wußten, hob er nur ein bißchen mürrisch den Kopf, gähnte und schlief wieder ein.

Tag und Nacht arbeiteten die Maschinen in gleichmäßigem Takt; ein Tag verging wie der andere, aber es kam Buck doch so vor, als ob die Luft allmählich kälter und rauher würde. Eines Morgens verstummte der Lärm der Maschinen, die Schrauben standen still, und eine merkwürdige Aufregung machte sich im ganzen Schiffe bemerkbar. Eine Ahnung sagte den Hunden, daß nun die Einförmigkeit ein Ende hatte. François kam, koppelte sie an und führte sie an Deck. Beim ersten Schritt auf die kalte Oberfläche fühlte Buck, daß seine Füße in einer weißen, lockeren Masse versanken, die ihm unbekannt war. Erschrocken sprang er zurück. Auch vom Himmel fiel solch weißes Zeug herab, und wenn er sich auch schüttelte, so fiel immer mehr davon auf

sein dichtes Fell. Er schnupperte neugierig darin herum und steckte vorsichtig die Zunge hinein. Es biß wie Feuer, aber im nächsten Augenblick schon war es fort. Verblüfft sah er sich um. Das konnte er nicht begreifen. Die Leute aber lachten, und er schämte sich. Woher sollte er aber wohl wissen, daß es Schnee war?

Das Recht des Stärkeren

Der erste Tag am Golf von Dyea erschien Buck wie ein böser Traum. Jede Stunde brachte neue Schrecken. Mitten aus dem Herzen der Zivilisation hatte man ihn herausgerissen und hineingeschleudert in die Wildnis. Es war vorbei mit seinem Leben in Sonnenschein und Üppigkeit; hier gab es nicht Ruhe noch Rast, ja nicht einmal einen Augenblick persönlicher Sicherheit. Jetzt galt es, auf der Hut zu sein bei Tag und Nacht, Reißzahn herrschte hier.

Solche Hunde hatte er noch nie gesehen, wie sie hier in Scharen umherliefen. Er begriff es kaum, daß es Hunde waren und nicht wilde Tiere. Nie hätte er einen Kampf für möglich gehalten, wie er ihn hier sah. Unvergeßlich blieb ihm der Tag, als er zum ersten Male Zeuge eines solchen Kampfes war; Zottel war es, der ihm zum Opfer fiel.

Sie lagen alle zusammen am Außenrande des Lagers im Schutze der großen Holzhaufen, als Zottel in seiner freundlichen Art an einem der fremden Hunde herumschnupperte. Ganz plötzlich, ohne warnendes Knurren, wie es sonst doch üblich war, sprang der Köter auf, und ein Biß der großen Zähne hatte Zottel eine Wunde gerissen vom Auge bis zum Kiefer.

So war es Wolfsart, und wie unter Wölfen war auch der weitere Verlauf des Streites. Von allen Seiten kamen sie zusammengelaufen, die rauhhaarigen Köter; wohl vierzig an der Zahl, stellten sie sich im Kreise um die Kämpfer auf, lautlos, aber mit brennender Gier in den flackernden Augen. Nur ab und zu konnte man ein Schmatzen hören, wenn einer von ihnen gar zu eifrig mit der langen Zunge um das Maul leckte. Buck begriff nicht, was dies zu bedeuten hatte. Zottel war in heller Wut auf seinen Gegner losgesprungen, der mit geschickter Wendung auswich, gleichzeitig aber um sich biß und Zottel noch einen Schmiß beibrachte. Wieder sprang Zottel auf ihn zu, aber in so merkwürdiger Weise verstand es der fremde Hund, sich zu decken und ihm einen Stoß zu versetzen, daß er das Gleichgewicht verlor und zu Boden stürzte. Er stand nicht wieder auf. Als ob sie nur auf diesen Augenblick gewartet hätten, so stürzten sich blitzschnell die anderen Köter mit furchtbarem Geheul darüber her und begruben den sich heftig Sträubenden unter sich.

So schnell war alles gekommen, daß Buck wie versteinert dastand. Er sah nur, daß ein teuflischer Zug von Schadenfreude über das Gesicht von Spitz ging, er sah François, der zu einem Beil griff und sich zwischen die heulende Rotte stürzte, und drei andere Männer mit Stöcken, die ihm folgten. Es dauerte nicht lange, bis die Hunde auseinandergetrieben waren, höchstens zwei Minuten, seitdem Zottel fiel, aber schon lag er da, schlaff und leblos, eine blutige Masse auf dem weißen zertrampelten Schnee. Förmlich in Stücke gerissen hatten sie ihn.

Diesen Augenblick vergaß Buck nie wieder; selbst im Traume erschien ihm das grausige Bild. So also ging es zu; ehrliches Spiel gab es nicht. Wer einmal von den Füßen kam, der stand nicht wieder auf. Er mußte zusehen, daß ihm das nicht einmal passierte. Noch immer stand Spitz abseits, und die Schadenfreude leuchtete aus seinen Augen. In diesem Augenblick zog der Haß in Bucks Herzen ein; Spitz hatte sich einen Todfeind erworben.

Und ehe Buck sich von diesem Schrecken erholt hatte, traf ihn ein neuer. François kam mit Riemen und Seilen, so wie die Pferde sie trugen. Und so wie diese schirrte man auch ihn an und spannte ihn mit anderen Hunden vor einen Schlitten. So war aus ihm also ein Arbeitstier geworden, das Holz vom Walde holen mußte. Es kränkte ihn im tiefsten Herzen, aber die Klugheit sagte ihm, daß es nichts nützen würde, sich dagegen aufzulehnen, denn François war ein strenger Herr, der unbedingten Gehorsam verlangte. So tat er denn die neue, ungewohnte Arbeit nach besten Kräften. Dasch, der hinter ihm ging, rügte jeden Fehler durch einen Kniff seiner scharfen Zähne, während Spitz, der als Leithund vorn an der Spitze ging, sich damit begnügen mußte, bei jeder Störung ein Knurren auszustoßen.

Buck lernte leicht, und ehe seine erste Fahrt beendet war, hatte er begriffen, daß man bei „brr!“ zu halten hatte und anziehen müsse, sobald François „hü!“ rief, und daß man, wenn es bergab ging, sich wohl hüten mußte, zu nahe an die schweren Schlittenkufen zu kommen.

„Drei gute Hünd“, erzählte François nachher den anderen, „ßer gute Hünd. Das Buck, das zieht wie Teifel.“

Am Nachmittag kam Perrault, der es eilig mit der Abreise hatte, mit noch zwei Hunden. Bill und Jeß hießen sie und waren Brüder, zwei echte Eskimohunde. Obwohl sie beide von derselben Mutter stammten, waren sie so verschieden wie Tag und Nacht. Bills größter Fehler war seine Gutmütigkeit, während Jeß gerade das Gegenteil von ihm war, unfreundlich und verschlossen, mit einem höhnischen Zug um den Mund und boshaften Augen. Buck begrüßte sie freundlich als neue Kameraden. Dasch beachtete sie gar nicht, während Spitz sich bemühte, durch einen gehörigen Biß erst dem einen und dann dem anderen die nötige Achtung beizubringen. Bill war versöhnlich mit dem langen Schwanz wedelnd herangekommen. Er sah aber bald, daß mit Friedfertigkeit nichts auszurichten war, und als das scharfe Gebiß von Spitz in seine Schenkel schlug, schrie er nur laut auf und lief davon. Bei Jeß war nicht so leichte Arbeit zu machen. Wie sehr sich Spitz auch bemühte, hinterrücks an ihn heranzukommen, stets fand er ihn kampfbereit mit gesträubtem Haar, zurückgelegten Ohren, teuflisch leuchtenden Augen und hechelnd vor Erregung. So gefährlich sah er aus, daß Spitz es aufgab, ihm den beabsichtigten

Willkomm zu geben. Um seinem Ärger Luft zu machen, trieb er dann den unschuldigen, kläglich heulenden Billy bis an die Grenzen des Lagers vor sich her.

Gegen Abend brachte Perrault noch einen Hund heran, einen alten, mageren, ruppig aussehenden, mit Narben bedeckten, einäugigen Gesellen. Solleks hieß er, was in der Landessprache soviel wie Brummkopf bedeutete. Und brummig war er auch. Ebenso wie Dasch verlangte er, daß man ihn in Ruhe lasse, und als er langsam und bedächtig in ihrer Mitte sich niederlegte, wagte selbst Spitz sich nicht an ihn heran. Eine Eigentümlichkeit hatte er an sich, und Buck hatte das Pech, damit zuerst Bekanntschaft zu machen. Er konnte es nicht leiden, wenn jemand an seiner blinden Seite auf ihn zukam; diese Beleidigung hatte sich Buck unwissentlich zuschulden kommen lassen. Ein scharfer Biß und eine Wunde an der Schulter, die bis auf den Knochen ging, erinnerte Buck noch lange daran, und er sowohl wie die anderen sahen sich in Zukunft besser vor. Sonst aber war er ein guter Kamerad. Sein einziger Wunsch war, wie bei Dasch, er wollte seine Ruhe haben. Später allerdings erfuhren die Hunde, daß es auch etwas anderes, nicht minder Wünschenswertes für die beiden gab.

In dieser Nacht litt Buck zum ersten Male an Schlaflosigkeit. Das Zelt, von einem Feuer matt erleuchtet, lag friedlich und einladend mitten in der weißen Ebene; als aber Buck, wie er das für selbstverständlich hielt, sich dort zur Nachtruhe gemütlich niederlassen wollte, wurde er von Perrault und François mit Flüchen und Schimpfworten hinausgetrieben. Ein scharfer Wind blies vom Wasser herüber, die Kälte brannte in der frischen Wunde; er wußte nicht, wo er bleiben sollte. Still legte er sich in den Schnee und versuchte zu schlafen, aber die Kälte war zu groß. Zitternd vor Frost, elend und müde schlich er an den anderen Zelten vorüber, die er nicht wieder zu betreten wagte. Dann und wann fuhr einer von den fremden Hunden wütend auf ihn los, aber er sträubte sein Rückenhaar und knurrte so grimmig, daß er unbehelligt blieb.

Endlich fiel ihm ein, daß er einmal zusehen könnte, wie seine Kameraden sich für die Nacht eingerichtet hatten. Er fand sie nirgends. In den Zelten konnten sie doch nicht sein, sonst würde man auch ihm erlaubt haben, dort zu bleiben. Ruhelos wanderte er hin und her; trostlos war ihm zumute. Da gab der Schnee ganz plötzlich unter seinen Füßen nach, und etwas Dunkles rührte sich. Knurrend sträubte er sein Rückenhaar und machte sich zum Kampf bereit, aber nur ein freundlicher Ton kam als Antwort, und neugierig ging er näher heran. Ein warmer Hauch traf seine Nase, und das schwarze Ding, das da im Schnee eingegraben lag, entpuppte sich als Billy, der vergnügt wedelte und ihm mit seiner warmen, feuchten Zunge quer über das Gesicht leckte.

Und wieder hatte Buck etwas Neues gelernt. So also machte man es! Mit Eifer ging er an die Arbeit, ein tiefes Loch zu graben, schlüpfte hinein, rollte sich eng zusammen, und als die Wärme seines Körpers den kleinen Raum ausgefüllt hatte, schlief er fest ein; nur ab und zu knurrte und bellte er halblaut, wenn die Erlebnisse des langen, ereignisvollen Tages sich in seine Träume stahlen.

So schlief er bis in den hellen Morgen, als im Lager schon längst alles munter war. Er mußte sich erst besinnen, wo er eigentlich war, denn es hatte die ganze Nacht geschneit, und er war unter dem Schnee vollständig begraben. Über und neben sich fühlte er etwas Unbekanntes. Eine große Angst überfiel ihn plötzlich, die Furcht, in eine Falle geraten zu sein.

Es war ein merkwürdiger Fall von Atavismus, dieser Beweis der Vererbung aus der Erfahrung seiner Voreltern, denn er selbst war als zivilisierter Hund nie in die Lage gekommen, eine Falle kennenzulernen. Unwillkürlich sträubten sich seine Haare, seine Muskeln spannten sich, und mit einem wilden Geheul sprang er hinein in den hellen Tag, daß der Schnee emporstob. Aber noch ehe er wieder auf den Füßen stand, wußte er, wo er war. Wie ein Blitz war die Erinnerung gekommen an alles, was er erlebt hatte von dem Augenblick, als er mit Manuel durch die Felder ging, bis zu der Nacht, als er das Loch im Schnee grub.

Ein Ruf von François brachte ihn vollends zu sich. „Weiß die Teifel, dieses Hünd lernen schneller als eine andere."

Perrault nickte. Als Bote der kanadischen Regierung, der immer wichtige Nachrichten zu übermitteln hatte, freute er sich, wenn gute Hunde ihm den Dienst erleichterten, und von allen seinen Erwerbungen war es Buck, an dem er seine besondere Freude hatte.

Noch drei neue Hunde kamen im Laufe der nächsten Stunde dazu, so daß nun neun Stück zu dem Schlittengespann gehörten, dem Buck zugeteilt war. Ehe eine Stunde vergangen war, standen sie angeschirrt, und fort ging die Fahrt gegen Dyea Cañon zu. Buck war froh, aus dem Hafenlager fortzukommen, und wenn auch die Arbeit schwer war, so tat er sie doch willig, ja sogar gern. Der Eifer, der über sie alle gekommen war und der auch ihn angesteckt hatte, überraschte ihn nicht wenig, mehr aber noch die große Veränderung, die mit Dasch und Solleks vorgegangen war. Es waren andere Hunde, sobald sie in den Sielen standen, alle Schläfrigkeit und alle Gleichgültigkeit waren verschwunden; frisch und munter waren sie bei der Arbeit, und ihr höchstes Bestreben war, alles zu vermeiden, was die Fahrt hindern konnte; gegen nichts waren sie so empfindlich wie gegen irgendeinen Aufenthalt ihres Schlittens. Die Arbeit in den Sielen war ihre höchste Lust, für die sie lebten, und außer ihr schien ihnen nichts erstrebenswert. Dasch ging gleich vor dem langen Steuer, vor ihm Buck, und dann kam Solleks und die übrigen, alle voreinander angeseilt; Leithund war Spitz.

Buck war zwischen Dasch und Solleks eingespannt, um von ihnen zu lernen, und wie er ein guter, gelehriger Schüler war, so erwiesen sich die beiden als vorzügliche Lehrmeister. Manch kleiner Biß belehrte ihn über das, was er zu tun oder zu lassen hatte, und seitdem die Peitsche von François ihm einmal recht fühlbar zu verstehen gegeben hatte, daß es in diesem Falle besser war, nicht an Vergeltung zu denken, ging er ruhig seines Weges weiter. Als er einmal während eines kurzen Aufenthaltes sich in die Stränge verwickelt hatte und dadurch die Abfahrt verzögerte, bekam er einen gehörigen Denkzettel von seinen beiden Lehrern. Die Verwicklung wurde dadurch natürlich noch viel schlimmer, aber Buck bemühte sich fortan, die Leinen straff zu halten, und als der Tag zur Neige ging, kam es nicht mehr vor, daß Dasch und Solleks Veranlassung hatten, an ihrem Schüler etwas zu rügen. Francois hatte seine Peitsche nicht wieder gebraucht, und Perrault klopfte ihm freundlich den Rücken, als er am Abend die Füße der Hunde untersuchte.

Es war ein langer Weg gewesen. Über vereiste Steine und über lockeren Schnee hatte er geführt bis hierher zum Lager am Bennetsee, wo Hunderte von Goldsuchern mit ihren Booten warteten, bis die Frühlingssonne die dicke Eisdecke geschmolzen haben würde. Zum zweiten Male wühlte Buck sein Loch in den Schnee und schlief den Schlaf des Gerechten.

Am nächsten Tag ging es flott über vierzig englische Meilen, aber am folgenden und an manchem anderen Tage kamen sie nur langsam von der Stelle. Meist ging Perrault dann voraus, mit großen, sehr breiten Schneeschuhen den lockeren Schnee ein wenig feststampfend, um ihnen die Arbeit nach Möglichkeit zu erleichtern, während Francois danebenhergehend den Schlitten steuerte.

Tag für Tag war Buck in den Strängen. Und immer dasselbe Tagewerk in endloser Reihenfolge. Noch ehe der Morgen graute, wurde das Zelt abgebrochen und soundso viele Meilen weiter nordwärts bei anbrechender Nacht wieder aufgeschlagen, Feuer angezündet, die Mahlzeit bereitet und Rast gemacht. Buck war stets halb ausgehungert. Die anderthalb Pfund Fisch, seine Tagesmahlzeit, verzehrte er wie nichts; er merkte kaum, daß er gefressen hatte, und steter Hunger quälte ihn. Die anderen Hunde bekamen sogar noch weniger als er, nur ein Pfund von dem getrockneten Fisch, aber sie waren auch nicht so groß wie er, waren auch dieses Leben gewöhnt, und so fühlten sie sich wohl dabei.

Es dauerte nur kurze Zeit, und Buck hatte seinen ganzen Stolz verloren. Er, der sich sonst so gut zu benehmen wußte, tat es den anderen gleich. Er merkte bald, daß die Kameraden stets schneller mit der Mahlzeit fertig waren als er und daß sie ihn dann bestahlen. Und es half nichts, sich dagegen zu wehren. Wenn er ein kleines Stück verteidigte, konnte er sicher sein, daß ihm inzwischen ein großes genommen wurde. Es blieb ihm nichts anderes übrig, als ebenso gierig zu schlingen wie die übrigen. Und so groß war sein Hunger, daß er sogar eines Tages sich an dem Eigentum der anderen vergriff. Er lernte, was er andere tun sah. Einmal sah er, daß Peik, einer von den zuletzt gekommenen Hunden, ein Stück Speck aus dem Zelte stahl, und er versuchte am nächsten Abend denselben Streich. Eine ganze Speckseite fiel ihm anheim, und trotz des großen Aufruhrs, der deshalb im Lager entstand, gelang es ihm, unbemerkt damit zu entkommen. Nicht der Schatten eines Verdachts fiel auf ihn, und Dub, ein rechter Dummkopf, der gerade in der Nähe war, bekam die Prügel für die Missetat.

Soweit war es also mit ihm gekommen. Er bewies, daß er sich den Verhältnissen anzupassen verstand, aber auch zugleich den Niedergang seines moralischen Empfindens, einer Sache, die ihm jetzt auch entbehrlich, ja sogar hinderlich war. Moral taugte wohl im Süden; wo Sitte und Anstand herrschten, da war es angebracht, das Eigentum und die Gefühle anderer zu achten; hier aber im Norden, wo die Knüppel und das Recht des Reißzahnes herrschten, da fuhr man schlecht dabei.

Nicht als ob Buck diese philosophischen Betrachtungen angestellt hätte; aber er fühlte es unbewußt und instinktiv. Im Land der Zivilisation hätte er sein Leben gelassen für irgendeine gute Sache, zum Beispiel bei der Verteidigung der Reitpeitsche seines Herrn, hier aber waren dergleichen Gefühle nicht am Platze. Er stahl ja nicht aus Freude am

Diebstahl, sondern weil sein Magen es gebieterisch forderte, und er stahl auch nicht offen und frech, sondern heimlich und schlau; alles aus Achtung vor dem Knüppel und dem Zahn, die hier die Herrschaft führten. Kurz und gut, er tat nicht, was er wollte, sondern er handelte nur, wie er mußte.

Seine Entwicklung oder, besser gesagt, seine Rückentwicklung ging schnell. Seine Muskeln wurden hart wie Eisen und unempfindlich gegen Schmerzen. Er konnte alles fressen, wie ekelhaft unverdaulich es ihm auch früher vorgekommen wäre, sein Magensaft zersetzte alles und zog das geringste bißchen Nährwert aus allem, und sein Blut trug es in die entferntesten Teile seines Körpers und machte ihn knorrig und widerstandsfähig. Gehör und Gesicht bildeten sich immer mehr aus, sogar im Schlafe konnte er beim geringsten Geräusch unterscheiden, ob es etwas Gutes oder Böses bedeute. Er lernte geschickt den Schnee zu entfernen, der sich zwischen seinen Zehen zusammengeballt hatte, lernte mit den Vorderpfoten die Eisschicht zerstampfen, die sich über dem Trinkwasser gebildet hatte, aber sein höchster Ehrgeiz war, mit Hilfe seiner Nase die Windrichtung im voraus zu bestimmen. Wie still auch immer die Luft sein mochte, wenn er abends sein Schlafloch grub, der Wind, der sich nach Stunden erst erhob, streifte ihn gewiß nicht, denn sicher und geschützt lag er stets dort, wo ihn kein Sturmwind stören konnte.

Und nicht nur aus Erfahrung lernte er; alte Instinkte, die lange versteckt in ihm geschlummert hatten, wurden wieder wach. Über viele Geschlechter griff es zurück. Es war ihm nicht schwer geworden, nach Art der Wölfe kämpfen zu lernen, auch gelang es ihm, wie die wilden Hunde lange vergangener Tage, sein Stück Wild zu Tode zu hetzen. Alle diese Kenntnisse kamen über ihn ohne all sein Zutun, als ob er sie stets gehabt hätte. Und wenn er in stillen, dunklen Nächten den Kopf gen Himmel gerichtet in dumpfen Tönen heulte, so war es nicht seine Stimme, sondern die Stimme seiner Vorfahren, die aus ihm tönte, eine Stimme, die die Angst ausdrückte vor der Stille der Nacht, der Kälte und der Dunkelheit.

Und dies war geschehen, weil die Menschen da oben im hohen Norden ein gelbes Metall gefunden hatten und weil Manuel, der Gärtnergehilfe, eine böse Leidenschaft an sich hatte, zu der Geld gehörte, so viel Geld sogar, daß der Lohn eines Gärtnergehilfen dafür nicht ausreichte.

Das wilde Tier

Bei diesem Leben wurde das Raubtier in Buck immer stärker. Aber nur ganz im geheimen wuchs es. Die Schlauheit und Verschlagenheit, die er sich hier im Norden erworben hatte, halfen ihm, es im Zaume zu halten. Er hatte überhaupt noch keine Zeit gehabt, sich darüber klarzuwerden, daß eine Veränderung mit ihm vorgegangen war. Er hatte auch zuviel damit zu tun, sich in die neuen Verhältnisse einzuleben. Deshalb bemühte er sich auch vorläufig nicht nur, keinerlei Streitigkeiten heraufzubeschwören, sondern er ging ihnen sogar nach Möglichkeit aus dem Wege; er war vorsichtig und bedachtsam geworden in all seinem Tun. Keine unbesonnene oder übereilte Handlung ließ er sich zuschulden kommen, und selbst der bittere Haß, den er auf Spitz geworfen hatte, verleitete ihn nicht zu einem Angriff irgendwelcher Art. Spitz dagegen, der in Buck einen gefährlichen Nebenbuhler erkannt hatte, versäumte keine Gelegenheit, ihm seine Zähne zu zeigen. Er reizte ihn, wo er nur konnte, und forderte ihn zu dem Kampfe heraus, der nur mit dem Tode des einen von ihnen sein Ende finden konnte. Das wußten sie beide. Einmal wäre es beinah so weit gekommen, wenn nicht etwas ganz Unvorhergesehenes dazwischengekommen wäre.

Es war am Abend eines Tages, an dem sie nur einen ganz elenden Platz zum Nachtlager hatten finden können, unmittelbar am See Le Barge. Treibschnee und Wind, der wie ein glühendes Messer schnitt, hatten sie gezwungen, die Reise früher als gewöhnlich einzustellen. Einen schlechteren Lagerplatz hätten sie wohl schwerlich finden können: vor ihnen die Eisfläche des Sees und hinter ihnen nur schroffe Felswände. Die beiden Männer hatten keinen anderen Ruheplatz als das blanke Eis, auf dem sie ihre Schlafsäcke ausbreiteten und ein kleines Feuer von mitgebrachtem Holz anzündeten. Das Zelt hatten sie schon lange zurückgelassen, um die Ladung leichter zu machen. Die glimmenden Holzscheite aber tauten das Eis auf, und das feuchte Holz verlöschte bald.

Im Dunkeln mußte das kärgliche Mal verzehrt werden. Ganz nahe an dem schützenden Felsen, hinter einem großen Block, hatte Buck sein Nest gemacht. So gemütlich und geschützt war es dort, daß es ihm schwer wurde aufzustehen, um sein von François am Feuer etwas aufgetautes Fischstück zu holen. Als er zurückkam, war seine Schlafstelle besetzt, und das ihm entgegenschallende Knurren sagte ihm, daß Spitz es war, der sich den Platz angeeignet hatte. Bis jetzt hatte Buck wirklich mit bestem Willen den Frieden aufrechtzuerhalten gesucht, aber dies war doch mehr, als er sich gefallen lassen durfte. Mit einem Wutgeheul stürzte er sich auf Spitz. Mit solcher Wucht sprang er auf den Missetäter, daß er selbst erstaunt darüber war, mehr aber noch Spitz, der Buck stets für einen etwas feigen Kerl gehalten hatte, den die anderen Hunde nur seiner Größe wegen in Ruhe ließen.

Auch François war erstaunt, als sich die beiden als dunkle Masse daherwälzten. Er übersah die Sachlage sofort und ermutigte Buck durch Zuruf.

„Faß ihn, Buck, faß den elenden Kerl, den schlechten Dieb, faß ihn fest!“ schrie er.

Spitz hatte keinen leichten Standpunkt. Von allen Seiten versuchte er vergeblich an Buck heranzukommen. Knurrend und zähnefletschend standen sie einander gegenüber, und gerade waren sie im Begriff, nochmals aufeinander los-

zustürzen, als das Unvorhergesehene geschah und den Austrag des Streites auf die Zukunft verschob.

Ein lauter Fluch Perraults, der Ton eines dröhnenden Knüppelhiebes und ein schriller Schmerzensschrei übertönten auch den Lärm des Zweikampfes. Ganz plötzlich wimmelte es im Lager von wüst aussehenden, ruppigen Kötern. Es war eine ganze Rotte, die, wohl von einem Indianerdorfe kommend, auf ihrem Streifzuge auf das Lager gestoßen war. Während Buck und Spitz die Aufmerksamkeit der anderen auf sich lenkten, waren sie herangekommen, und als Perrault, der sie bei der Vorratskiste bemerkt hatte, mit dem Knüppel dazwischensprang, setzten sie sich zur Wehr. Die Kiste fiel polternd zu Boden, und die ausgehungerte Schar fiel über den Inhalt her. Wie dicht auch die Knüppelhiebe fielen, die Köter jaulten wohl vor Schmerz laut auf, doch von ihrer Beute ließen sie nicht, bis auch das letzte Krümchen verzehrt war.

Inzwischen waren auch die bestürzten Schlittenhunde herangekommen, aber gegen die frechen Eindringlinge war nichts auszurichten. Noch niemals hatte Buck solche Biester gesehen. Es schien, als ob die Knochen durch die Haut hindurchkommen müßten; die reinen Gerippe waren es, um die der ruppige Pelzbalg nur so schlotterte, aus dem nur die blendend weißen Zähne und die blitzenden Augen hervorleuchteten. Der Hungerwahnsinn sah aus ihnen heraus; es war ein entsetzlicher Anblick. Gegen diese Rotte war nichts zu machen.

Schon beim ersten Ansturm wurden die Schlittenhunde gegen den Felsen zu gedrängt, drei Köter fielen allein über Buck her, und im Handumdrehen hatten sie ein Loch quer über seinen Rücken gerissen. Es war ein furchtbares Durcheinander. Billy schrie wie gewöhnlich in den höchsten Tönen, Dasch und Solleks kämpften tapfer Seite an Seite, wenn auch das Blut aus ihren Wunden floß, Jeß schnappte um sich wie besessen. Dem einen wilden Hunde biß er mit einem Schlage seiner Kiefer das Vorderbein bis auf den Knochen durch, worauf Peik hinzusprang und dem

Verwundeten die Kehle durchbiß. Auch Buck hatte einen seiner Widersacher am Halse. Als seine Zähne sich tief in die Gurgel gruben und der Geschmack des warmen Blutes seine Zunge berührte, wurde er vollends rasend. Auch auf den zweiten sprang er zu, ihn ebenso abzukehlen, als er einen Biß am eigenen Halse fühlte. Es war Spitz, der Verräter, der ihn von der Seite angriff.

Da aber sprangen Perrault und François zu, die sich eben mit Mühe der Bestien entledigt hatten. Aber nur einen Augenblick konnten sie ihren Hunden helfen, dann mußten sie von neuem den Proviant verteidigen. Billy, dem die Todesangst ungewöhnliche Kraft verliehen hatte, sprang plötzlich in hohem Satze über den ihn umgebenden dichten Knäuel und floh auf die Eisfläche des Sees hinaus. Peik und Dub folgten nach, und auch die übrigen Schlittenhunde suchten ihr Heil in der Flucht. Buck rüstete sich eben zum Sprunge, sah aber in demselben Augenblicke, daß Spitz von der Seite her auf ihn zustürmte. Geschickt wich er aus, denn er war sicher, wenn er hier inmitten dieses Gesindels auch nur einmal strauchelte, so war es um ihn geschehen. Dann setzte er über die Köpfe der fremden Hunde und folgte den anderen auf den gefrorenen See.

Als sich endlich die neun Hunde zusammengefunden hatten, suchten sie Schutz im nahen Walde. Wenn sie auch nicht mehr verfolgt wurden, so ging es ihnen doch noch schlecht genug. Nicht einer war unter ihnen, der nicht tiefe Wunden davongetragen hatte. Dub hinkte auf beiden Vorderbeinen. Dolly, die zuletzt gekommene Eskimohündin, trug eine klaffende Wunde am Halse; Jeß hatte ein Auge verloren, und dem gutmütigen Billy hingen die Ohren in Fetzen um den Kopf; er wimmerte und jaulte erbärmlich. Kaum daß der Tag zu dämmern begann, waren sie wieder beim Lagerplatz, wo die beiden Männer sie erwarteten. Die Räuber waren, als kein Fraß mehr zu finden war, abgezogen. Fast sämtliche Eßvorräte waren fort und auch manche anderen Dinge. Die Schlittenriemen waren zerkaut, ebenso wie die Leinwand, die über den Schlitten gelegen hatte, Perraults pelzverbrämte Mokassins und sogar die Schnur von François' Peitsche. Beim Anblick der unglücklichen Hunde fing er laut zu jammern an.

„Ach, gute Kerle, alle von euch", rief er, „und kein Mann kann wissen, ob sie nicht toll waren, die Biester verdammte. Kann sein, daß toll werdet ihr alle meine Freunde. Teifel, Teifel, alle toll, meine schöne Hünde!"

Auch Perrault schüttelte bedenklich den Kopf. Noch vierhundert Meilen waren es bis Dawson; was sollte er anfangen, wenn Tollwut ausbrach. Nach zwei Stunden harter Arbeit, unter Fluchen und Stöhnen, waren endlich die Stricke zusammengeknotet, die Riemen ausgebessert und die Hunde angeschirrt. Und gerade jetzt hatten sie mit den wunden Gliedern und den steifen Knochen das schwerste Stück des Weges vor sich.

Der Dreißigmeilenfluß gab keine Bahn ab, denn das schnellfließende Wasser fror nicht, und nur auf ganz vereinzelten Strecken stand etwas Eis. Nun mußten sie hart am Flußufer entlangfahren, dreißig schreckliche Meilen in sechs furchtbaren Tagen. Jeder Schritt brachte Lebensgefahr für Menschen und Hunde. Wohl ein dutzendmal brach Perrault, der als Pfadfinder voranlief, durch das trügerische Lufteis. Nur die lange Stange, die er quer vor sich her trug, verhinderte, daß er untersank, weil sie sich stets quer über das Loch legte, das sein Körper brach. Aber ein eisiges Bad war es immer, denn das Thermometer zeigte fünfzig Grad unter Null. Und jedesmal, wenn er eingebrochen war, mußte Rast gemacht und Feuer angezündet werden, denn es wäre sein Tod gewesen, hätte er nicht sofort die frosterstarrten Glieder erwärmt und die steifgefrorenen Kleider aufgetaut und getrocknet.

Perrault aber verlor den Mut nicht. Sein kleines, runzeliges Gesicht trotzte jeder Gefahr, jedem Wind und jedem Wetter; vom Morgen bis zum Abend kämpfte er sich tapfer durch; nichts war ihm zu schwer und zu anstrengend, und gerade deshalb hatte die Regierung ihn für die wichtigsten Meldungen zum Boten erwählt. Einmal brach auch der

Schlitten ein und zog Buck und Dasch mit sich. Halb erfroren und fast ertrunken wurden sie herausgezogen, und auch für sie wurde ein Feuer angemacht. Sie waren ganz mit Eis bedeckt, aber die beiden Männer führten sie im Kreis so lange und so nahe um das Feuer, bis ihr Fell wieder trocken und warm war; etwas versengt war es allerdings auch.

Ein anderes Mal brach Spitz ein und zog die anderen Hunde hinter sich her. Nur Buck gelang es mit aller Kraft, sich durch Aufstemmen der Vorderpfoten zurückzuhalten, und dann schob auch Dasch zurück, und François konnte den Schlitten halten. Und wieder ein anderes Mal brach das Eis vor und hinter ihnen. Es war ein wahres Wunder, daß Perrault sich noch auf einen Felsen retten konnte. Mit Aufbietung aller Kraft zog er die Hunde hinter sich her, und mit Hilfe aller Vorräte an Stricken und Riemen konnte der Schlitten verankert und schließlich auch nach oben gebracht werden. Aber was nun? An einer anderen Stelle wieder hinunterzukommen war fast noch schlimmer, und es wurde Nacht, bis sie wieder auf einer dickeren Eisstelle auf dem Fluß standen.

Eine viertel Meile nur waren sie an diesem Tage vorwärts gekommen. Als sie endlich am Hootalinqua ankamen, der gute Bahn bot, war Buck mit seiner Kraft zu Ende, und den anderen Hunden ging es fast ebenso. Aber Perrault, der die verlorene Zeit wieder einholen wollte, trieb sie vorwärts von früh bis spät. An einem Tage brachten sie dann auch fünfunddreißig Meilen hinter sich bis zum Großen Lachs und noch einmal fünfunddreißig am folgenden Tage bis zum Kleinen Lachs, und als sie am dritten Tage sogar vierzig Meilen zurücklegten, waren sie endlich am Fünffingergebirge angelangt.

Bucks Füße waren nicht so hart und widerstandsfähig wie die der Nordlandhunde. Die Geschlechter, die vor ihm auf der Welt waren seit den Tagen, in denen sein Ahnherr einst der Begleiter eines Höhlenmenschen gewesen sein mochte, hatten weichere Füße bekommen. Er konnte vor Schmerzen kaum auftreten, und wenn abends Rast gemacht wurde, fiel er hin wie tot. Selbst der Hunger konnte ihn nicht dazu bringen, aufzustehen und sein Fleisch zu holen; François mußte es ihm bringen. Jeden Abend nach der Mahlzeit rieb einer der Männer Bucks Füße eine halbe Stunde lang, und Perrault hatte von einem seiner Mokassins vier kleine Schuhe für den Hund gemacht. Das war eine sehr große Erleichterung für ihn, und selbst Perraults ernstes Gesicht verzog sich zu einem Lächeln, als Buck eines Morgens, als François vergessen hatte, ihm die Schuhe anzuziehen, zu ihm kam, sich auf den Rücken legte und bittend seine vier Pfoten in die Höhe streckte.

Eines Tages aber wurde Dolly, die damals den bösen Biß in die Kehle bekommen hatte, sehr merkwürdig. Bei Tagesanbruch brach sie in ein entsetzliches Geheul aus, daß allen Hunden unwillkürlich die Haare zu Berge standen. Dann stürzte sie auf Buck zu, der ihr am nächsten stand. Er hatte nie vorher einen tollen Hund gesehen und konnte ihn als solchen also auch nicht fürchten. Seine Ahnung aber sagte ihm, daß dies etwas Entsetzliches sei, wogegen es keine Verteidigung gab. Er konnte nur sein Heil in der Flucht suchen. Er flog nur so über das Schneefeld, aber Dolly blieb immer dicht hinter ihm; trotz aller Anstrengung gewann er keinen Vorsprung. Über Felsentrümmer und dicht verschneite Büsche, über glattes Eis und durch Treibschnee ging es. Er konnte kaum sehen, wohin er lief, geschweige darüber nachdenken, denn immer hörte er das wilde Hecheln Dollys dicht hinter sich. Ein lauter Ruf von Francois gellte durch die Luft, und er folgte ihm. Wenn ihm nicht geholfen wurde, dann war er verloren. Mit der Axt in der Hand stand der Mann bereit, und hart an ihm vorüber sauste Buck. In demselben Augenblick erhielt Dolly den Todeshieb, während Buck im vollem Laufe gegen den Schlitten stieß. Nach Luft schnappend, halb bewußtlos lag er da.

Eine bessere Gelegenheit konnte sich Spitz nicht wünschen. Mit einem Satz war er bei dem Erschöpften; seine Zähne schlugen tief in das Fleisch und rissen Bucks Schulter bis auf den Knochen auf. Da fuhr François' Peitsche durch die Luft. So hatte der kleine Mann noch niemals einen Hund geschlagen wie jetzt den Spitz.

„Ein Teifel, dieses Spitz", fluchte Perrault. „Er bringt ihn um, den Buck."

„Aber zwei Teifel ist Buck", meinte François ruhig. „Verdammt will ick sein, wenn er das nicht zeigt bei nächste Gelegenheit. Er wird ihn fressen wie ein altes Fisch, und nichts bleibt übrig von ihm. Zwei Teifel ist das Buck, das ist, was ick sagen."

Jetzt war der Krieg öffentlich erklärt zwischen den beiden Hunden. Spitz, als Leithund, fühlte sich gedemütigt, und die Ursache dazu war dieser Buck gewesen, dieser elende Südlandshund. Ein Südlandshund war in seinen Augen schon an sich etwas Minderwertiges, denn bis jetzt war keiner von ihnen lange vor dem Schlitten gegangen; sie waren alle verweichlicht und schlapp. Buck war bis jetzt die einzige Ausnahme. Er allein hatte ausgehalten und war den Nordlandshunden gleich an Stärke, Ausdauer und Schlauheit. Niemals ließ er sich Ungehorsam oder gar Widersetzlichkeit zuschulden kommen; die hatte der Mann in der roten Jacke ihm ausgetrieben. Solche Geduld aber reizte Spitz geradezu. Und noch etwas anderes kam hinzu: er fühlte es, daß es Bucks Ehrgeiz war, Leithund zu werden.

Und so war es auch. Ein eigentümliches Gefühl von Stolz, das so manche seinesgleichen bei der schweren Arbeit aufrechterhält, hatte auch ihn ergriffen. Es war diese Art Ehrgeiz, die Dasch beherrschte und Solleks antrieb, bis an die äußersten Grenzen seiner Kraft zu gehen, die aus den schläfrigen, gleichgültigen Geschöpfen feurige und lebhafte Tiere gemacht hatte. Dieser Ehrgeiz war es, der Spitz veranlaßte, jeden Hund, der seiner Pflicht nicht nachkam oder der sich nicht pünktlich zum Anschirren einfand, zu strafen. Jetzt aber fing Buck an, ihm dies Recht streitig zu machen.

Eines Nachts hatte es heftig geschneit, und am andern Morgen fehlte einer der Hunde; es war Peik, der schon öfters versucht hatte, sich zu drücken. Im sicheren Versteck lag er, tief unter dem Schnee. François rief und suchte ihn vergebens. Spitz war wütend, denn die Abfahrt verzögerte sich. Er rannte hin und her, schnüffelte und grub allerwärts, wo der Missetäter möglicherweise verborgen sein konnte. So drohend klang sein Knurren, daß Peik in seinem Versteck sich zitternd noch enger zusammenrollte.

Als er endlich doch entdeckt wurde, sprang Spitz in hellem Zorn auf ihn zu, aber auch Buck war zur Stelle, um den Faulpelz zu strafen. So plötzlich warf er sich zwischen die beiden, daß Spitz das Gleichgewicht verlor und hintenüberstürzte. Diese Gelegenheit benutzte der boshafte Peik, um über den Leithund herzufallen. François aber, der mit der Peitsche herbeilief, machte dem Streit bald ein Ende. Mit aller Kraft schlug er auf Buck los, so daß dieser schleunigst vom Kampfplatz verschwand, wo Spitz dem Übeltäter die wohlverdiente Strafe zuteilte.

Zum Glück ging die Fahrt ihrem Ende entgegen; Dawson war nicht mehr weit. Es war auch die höchste Zeit, denn das Verhältnis zwischen Spitz und Buck wurde immer gespannter. Buck machte nämlich Spitz nach wie vor seine Rechte streitig, nur in Gegenwart von François hütete er sich wohl. Die heimliche Aufsässigkeit Bucks aber steckte die anderen Hunde an, und fast kam es zu offener Meuterei. Es gab fortgesetzt Beißerei und Zänkerei, und die Ursache war stets Buck. François hatte alle Hände voll zu tun, um wenigstens äußerlich den Frieden aufrechtzuerhalten, besonders zwischen Spitz und Buck, wenn er auch wußte, daß er früher oder später doch einmal zum Ende führen mußte. Nur vorläufig mußte er das noch verhüten, und mehr als einmal fuhr er aus seinem Schlafsack auf, wenn er ein verdächtiges Geräusch hörte.

Endlich, an einem grauen, stürmischen Nachmittag fuhren sie in Dawson ein. Viele Menschen gab es da und unzählige Hunde, und alle waren bei der Arbeit. Es schien hier ganz selbstverständlich zu sein, daß Hunde hier die Arbeit taten, die anderwärts Pferde leisteten. Sie zogen Bauholz, Erz und Steine die Straßen entlang. Den ganzen Tag rollten die Wagen, und selbst nachts schien keine Pause einzutreten. Buck traf hier auch einige Südlandshunde, aber die meisten anderen waren auch hier vom Geschlecht der Eskimohunde. Jede Nacht, regelmäßig um neun, zwölf und um drei Uhr fingen sie ein betäubendes Geheul an, und es war Bucks größtes Vergnügen, darin einzustimmen.

Beim matten Scheine der Mitternachtssonne, wenn die Sterne vor Kälte zitterten, saßen sie da und sangen das alte Lied, das so alt war, wie das Geschlecht der Hunde selbst, das Lied von dem Leid der Welt, das Buck so seltsam berührte. Und als er einstimmte in den Nachtgesang, da war er es nicht selbst, sondern der Geist seiner Vorfahren, der aus ihm ertönte, die Furcht vor dem Unbekannten, Geheimnisvollen der kalten, dunklen Nacht.

Sieben Tage nach ihrer Ankunft verließen sie Dawson wieder und waren auf der Fahrt nach dem Meeresstrande, nach Dyea. Perrault hatte wieder Depeschen, womöglich noch wichtigere als die eben besorgten, bei sich. Er hatte im ganzen eine gute Hinreise gemacht, und der Ehrgeiz ergriff ihn, die Rückreise noch schneller zu bewerkstelligen; er wollte den Rekord des Jahres aufstellen. Die äußeren Umstände waren günstig. Die Woche Rast hatte die Hunde wieder in vorzügliche Form gebracht. Die Bahn, die sie als erste getreten hatten, war von nachkommenden Schlitten noch fester gestampft, und Neuschnee war wenig gefallen. Außerdem war die Ladung ganz leicht, denn es waren auf der Strecke Proviantniederlagen errichtet, und es brauchte nicht viel Vorrat geschleppt zu werden.

So legten sie gleich am ersten Tage sechzig Meilen zurück, und schon am zweiten Tage waren sie auf dem Yukon. François aber hatte seine Last, denn es war keine Einigung im Gespann zu erreichen. Auch Spitz hatte bei den anderen Hunden keinen Einfluß mehr; offene Aufsässigkeit war überall. Peik stahl ihm sogar einmal den halben Fisch und verzehrte ihn gemächlich unter Bucks Schutz. Ein anderes Mal lehnten sich Dub und Joe gegen eine wohlverdiente Strafe auf, und sogar der gutmütige Billy widersetzte sich. Niemals ging Buck ohne Zähnefletschen und Knurren an Spitz vorbei. Auch untereinander hielten die Hunde keinen Frieden, stets war irgendeine Beißerei im Gange. Nur Dasch und Solleks gingen ruhig ihrer Wege.

François kam aus dem Fluchen gar nicht heraus; seine Peitsche sauste fortwährend durch die Luft, aber ohne Erfolg. Er wußte wohl, daß alles Bucks Schuld war, aber er konnte ihm nichts anhaben, denn auf frischer Tat konnte er ihn nie ertappen. Treulich zog er ja nach wie vor seinen Schlitten, denn die Arbeit machte ihm Freude, aber noch mehr freute es ihn, wenn er hinterrücks einen Streit anzetteln oder die Stränge heimlich in Unordnung bringen konnte.

Eines Abends, als sie an der Mündung des Tahkeena dicht neben dem Lager eines Gendarmeriepostens Halt machten, trat Dub einen Schneehasen heraus, der vor ihm das Weite suchte. In demselben Augenblick erhob sich ein Geschrei und Geheul, sämtliche Hunde nahmen die Verfolgung auf. Die Hunde der Polizeibeamten, wohl fünfzig an der Zahl, schlossen sich natürlich an, und dahin ging die wilde Jagd mit Buck an der Spitze. Der Hase hatte den Weg über den Fluß genommen und wandte sich dann rechts in den verschneiten Wald. Leicht, kaum eine Spur in dem weichen Schnee hinterlassend, flog er über die weiße Fläche, während die Hunde bei jedem Sprunge tief einsanken.

Der Jagdeifer längst vergangener Tage wurde in Buck lebendig. Er fühlte schon seine Zähne in dem weichen Felle des Tieres und das warme Blut, das um seine Lefzen rinnen würde.

Aber Spitz, selbst in heller Aufregung, blieb dennoch

kalt und berechnend. Er wußte, daß der enge Paß dort oben einen Bogen machte, und versuchte dem Hasen den Weg abzuschneiden. Buck kannte die Gegend nicht, und gerade als er um eine Ecke kam und mit seinen Augen das weiße Wild verfolgte, sah er etwas anderes Weißes auf dem Wege. Es war Spitz. Zurück konnte der Hase nicht; einen Augenblick später faßten scharfe Zähne sein Nackenfell, und sein Todesschrei erfüllte die Luft.

Das war zuviel für Buck. Er konnte sich nicht mehr beherrschen. Wie ein Wahnsinniger fuhr er auf Spitz los. Mit solcher Gewalt rannte er gegen ihn an, daß sie beide hinten herüberfielen, so daß der lose Schnee umherstob. Spitz war der erste, der wieder auf die Füße kam, und ein Biß seiner scharfen Zähne riß Bucks Schulter auf. Und zum zweiten Male schlossen sich seine Zähne wie die stählernen Bügel einer Raubtierfalle.

Wie ein Blitz kam Buck die Überzeugung: jetzt oder nie, auf Leben und Tod mußte es gehen. Zähnefletschend und knurrend, mit zurückgelegten Ohren, gesträubtem Rükkenhaar und blitzenden Augen gingen sie umeinander herum. Wer würde den nächsten Sprung tun? Kein Auge ließen sie voneinander, und doch wußte Buck, wie es um ihn herum aussah. Nicht das geringste Geräusch war jetzt zu hören, kein Lüftchen wehte, kein Blatt regte sich. Unhörbar, ganz leise und vorsichtig, kamen die anderen Hunde heran, jetzt hatten sie den Kreis um die beiden Kämpfer geschlossen, diese riesigen struppigen Hunde, die eigentlich nichts weiter waren als mangelhaft gezähmte Wölfe. Ganz unbeweglich standen sie, nur ihr Atem war in der kalten Luft sichtbar, ebenso das Blitzen ihrer gierigen Augen. Das alles wußte Buck, wenn er auch nicht hinsah.

Spitz war ein geübter Fechter. Von Spitzbergen durch das Eisgebiet und quer durch Kanada war er gekommen, und alle möglichen Hunde hatte er kennengelernt, sich mit ihnen gemessen und von ihnen gelernt. Grimme Wut kannte er wohl, aber nicht blinde Wut. In Stücke reißen, töten wollte er seinen Gegner; aber keinen Augenblick vergaß er, daß auch der andere dasselbe wollte. Niemals wagte er einen Angriff, ohne zugleich an Verteidigung zu denken.

Vergeblich versuchte Buck einen Angriffspunkt zu finden, immer hatte er den offenen Rachen seines Feindes vor sich. Immer wieder versuchte er an die Kehle des weißen Hundes zu kommen, aber immer verbiß sich Rachen in Rachen, und aufgerichtet standen sie einander gegenüber.

Immer und immer wieder wiederholte sich das. Auf einmal sprang er gegen seinen Feind und versuchte ihm seitwärts an die Kehle zu kommen, aber auch das war vergeblich, Spitz hatte ihm wieder einen Biß versetzt, daß das Blut nur so strömte. Die Schlacht war auf der Höhe. Und währenddessen stand der Kreis der Hunde unbeweglich, darauf wartend, wer es sein würde, der ihnen zum Opfer fiel. Was eben Buck versucht hatte, gelang nun Spitz. So hart faßte er Buck, daß er taumelte. Schon reckten sich lüstern die sechzig Köpfe hoch, aber noch war es zu früh.

Jetzt galt nur List. Mit gewaltigem Anlauf sprang er wieder gegen die Kehle des weißen Hundes, duckte sich aber im letzten Augenblick bis hinunter in den Schnee. Ein Krachen von brechenden Knochen, ein gräßlicher Schrei. Spitz hatte nur noch drei gesunde Pfoten. Aber immer noch stand er sicher genug darauf, kein noch so heftiger Angriff brachte ihn auch nur zum Straucheln. Da aber gelang es Buck noch einmal, an die Pfoten seines Gegners zu kommen. Der dunkle Kreis wurde immer kleiner. Spitz sah es und wußte, was es zu bedeuten hatte. Jetzt gab es keine Hoffnung mehr für ihn. Schon fühlte er den Atem der Köter, hörte das Hecheln rund um sich herum. Jetzt standen sie still, wie zu Stein erstarrt, denn noch hatte Buck sein Werk nicht ganz getan. Nun aber sprang er von der Seite auf sein Opfer zu, und diesmal konnte Spitz dem Sprunge weder ausweichen noch ihm Widerstand bieten.

Der schwarze Kreis wurde zu einem schwarzen Punkte auf der mondbeschienenen weißen Fläche. Etwas abseits war ein kleiner schwarzer Punkt. Das war Buck. Das wilde Tier in ihm war zufrieden; er hatte die Schlacht gewonnen.

Der Sieger

„Eh? Was ist zu sagen? Ick sprecken nix als Wahrheit, wenn ick sagen, Buck ist sich zwei Teifel.“

Es war François, der so sprach, als Spitz am anderen Morgen nicht zur Stelle war und Buck über und über mit Wunden bedeckt heranhinkte. Er zog ihn näher an das Feuer, um zu sehen, wo zu helfen war.

„Das Spitz beißt doch wie Teifel“, meinte Perrault kopfschüttelnd.

„Und das Buck wie zwei Teifel. Das ist, was ick sagen immer“, war François' Antwort. „Aber kein mehr Spitz, kein mehr Ärger.“

Während Perrault den Schlitten packte, rieb François den Hund. Als eingeschirrt wurde, hinkte Buck auf den Platz, den sonst Spitz als Leithund eingenommen hatte. Aber Francois bemerkte es nicht und stellte Solleks in die von Buck ersehnte Stelle. Wie eine Furie aber fuhr Buck auf Solleks los, warf ihn zur Seite und nahm den Platz ein.

„Nun?“ François rief es verwundert. „Was sehen ick? Das Buck töten Spitz und nehmen seine Stelle. Weg da, ick sagen.“

Aber Buck ging nicht. Da nahm er ihn am Nackenfell, stieß ihn zur Seite und brachte Solleks wieder an die Spitze. Der alte Hund gehorchte nicht gern und zeigte deutlich, daß er sich vor Buck fürchtete, doch François achtete nicht darauf. Aber als er den Rücken drehte, war Solleks wieder zur Seite geschoben, und Buck stand an seiner Stelle.

François war wütend. „Bei die Himmel, ick werde dir zeigen“, rief er und griff nach einem Stock. Aber Buck, der den Mann in der roten Jacke in gar zu guter Erinnerung hatte, wich schnell zurück. Als Solleks wieder auf seinem Platze stand, wurde er nicht verdrängt. So nahe heran kam

Buck nicht mehr. Er sah wohl zu, aus dem Bereiche des Knüppels zu bleiben, auch achtete er gut darauf, daß er ihm nicht etwa unversehens an den Kopf flog. Mit Knüppeln hatte er seine Erfahrungen gemacht.

François fuhr fort, die Hunde einzuschirren, doch als die Reihe an Buck kam, war alles Rufen vergeblich. Selbst als der Knüppel fortgeworfen war, kam er nicht näher. Als Leithund wollte er vor dem Schlitten gehen oder überhaupt nicht.

Auch Perrault hatte kein Glück mit ihm. Wohl eine Stunde dauerte das Schauspiel. Warfen sie Stöcke nach ihm oder Eisstücke, dann wußte er sich geschickt zu decken. Sie schrien und fluchten, verwünschten ihn und seine Kindeskinder. Er aber knurrte nur und fletschte die Zähne dicht vor ihnen, nur knapp aus dem Bereich von Stock und Peitsche, hetzte sie rund um den Lagerplatz.

François war der erste, der die Geduld verlor. Er kratzte sich nachdenklich hinter dem Ohr. Perrault sah nach der Uhr und fluchte. Die Zeit verging, und eine Stunde hätten sie schon unterwegs sein müssen. François fuhr sich mit seinen fünf Fingern durch das Haar, schüttelte den Kopf und sah seinen Genossen fragend an. Der zuckte nur mit den Achseln. Da ging er hin, nahm Solleks die Stränge ab und rief Buck. Buck lachte, wie Hunde eben lachen können, blieb aber, wo er war. Das Gespann stand fertig da, kein anderer Platz für Buck war da, als nur der an der Spitze. Noch einmal rief er, aber Buck kam nicht.

„Wirf den Stock weg“, befahl Perrault. Es geschah. Langsam und würdevoll schritt Buck daher, warf einen stolzen Blick auf die anderen Hunde und stellte sich an die Spitze des Gespannes. François legte ihm die Stränge an, und in demselben Augenblick sauste das Gespann über die glatte Bahn des Flusses dahin, daß die beiden Männer kaum zu folgen vermochten.

Waren die beiden Männer sich eben einig darüber geworden, daß zwei Teufel in Buck steckten, so merkten sie bald, daß auch etwas anderes in ihm steckte, nämlich ein vorzüglicher Leithund. Wo es auf Vorsicht ankam, auf überlegenes, schnelles Denken, da übertraf er sogar Spitz, den François bislang als den besten Führer kennengelernt hatte.

Dasch und Solleks hatten nichts gegen Bucks Leitung einzuwenden; ihre Arbeit war zu ziehen, mit allen ihren Kräften zu ziehen, und alles andere war ihnen gleich; sogar Billy hätte ihretwegen Leithund sein können. Die anderen aber waren in der letzten Zeit oft aufsässig geworden und hatten von Buck nichts weniger als so eine strenge Herrschaft erwartet.

Peik, der hinter Buck ging, strengte sich nie mehr an, als durchaus notwendig war, um die Stränge stramm zu halten. Jetzt aber konnte er sich nicht mehr vor der Arbeit drükken, dafür sorgten Bucks scharfe Zähne gründlich, und ehe der Tag zu Ende ging, hatte Peik ziehen gelernt wie nie in seinem Leben. Am ersten Abend gleich bekam auch Jeß seinen Denkzettel. Was Spitz nie gelungen war, das brachte Buck schon allein durch das Gewicht seines Körpers fertig. Er bearbeitete ihn so unbarmherzig, daß er ein für allemal den Widerstand aufgab.

Der ganze Ton in dem Gespann war besser geworden; die alten Zeiten der Einigkeit und des Friedens waren wieder eingezogen. In Rink Rapids kamen wieder zwei neue Hunde dazu, ganz rohe, ungearbeitete Wolfsspitze, und die Geschwindigkeit, mit der Buck sie zu bändigen verstand, rief die helle Begeisterung von François hervor.

„Nimmermehr is da solch eine Hünd als das Buck, nimmermehr! Er ist sick wert eintausend Dollars, is sick mehr wert als das; das is, was ick sagen!“

Und Perrault nickte. Er hatte jetzt schon den Rekord gebrochen und gewann von Tag zu Tag noch mehr. Die Bahn war in ausgezeichneter Verfassung, festgetreten und nicht zu glatt; Neuschnee war nicht zu befürchten, und auch zu kalt war es nicht. Einer der Männer saß jetzt wohl auch einmal auf dem Schlitten, während der andere auf Schneeschuhen nebenherlief und steuerte.

Seit sieben Tagen hatten sie nun täglich vierzig Meilen zurückgelegt und waren schon auf der Hauptstraße nach Skaguai. Allerwärts fanden die beiden Männer jetzt Gelegenheit zu einem tüchtigen Trunk, und überall war das Gespann der Mittelpunkt der Anteilnahme. Am vierzehnten Tage sahen sie die Lichter der Zeltstadt und der Schiffe im Hafen. Sie wurden mit Jubel begrüßt. Es war eine Fahrt, wie sie noch keiner gemacht hatte. Waren sie doch den Dreißigmeilenfluß in einem Tage hinuntergefahren, wozu sie auf dem Hinweg zehn gebraucht hatten.

Dann kam ein neuer Auftrag für Perrault und François. Zum letzten Male rief der kleine Mulatte die Hunde zu sich, drückte sein schwarzes Gesicht in Bucks zottiges Fell und weinte. Buck sah weder Perrault noch François wieder; sie verschwanden aus seinem Leben wie schon so viele Menschen.

Es war wieder ein Mulatte, der ihn und elf andere Hunde auf der nächsten Reise führte. Die Fahrt ging wieder nach Dawson. Es war dieses Mal aber kein Eilschlitten, sondern der gewöhnliche Postschlitten, dem er zugeteilt war. Sie hatten Nachrichten aus aller Welt an die Leute zu befördern, die da oben im hohen Norden nach einem gelben Metall suchten, das die Menschen Gold nannten.

Es war schwere Arbeit, und Buck tat sie nicht gern, aber willig, und er sorgte auch dafür, daß die anderen ihrer Pflicht nachkamen. Es war ein eintöniges Leben; ein Tag verging wie der andere, obwohl viel mehr Hunde, Schlitten und Menschen zusammen waren als bei seiner ersten Fahrt.

Jeden Morgen wurde ein Feuer angezündet und Frühstück gekocht; dann wurden die Zelte aufgerollt, die Hunde angeschirrt und fort ging es, bis die Dämmerung hereinbrach. Dann wurde wieder das Lager aufgeschlagen. Einige Leute holten Feuerholz, andere trugen dem Koch Eis oder Wasser zu, hackten Fichtenzweige klein und breiteten die Schlafsäcke darauf aus.

Auch die Hunde bekamen dann ihre Mahlzeit. Das war das einzige, was etwas Abwechslung in das Dasein brachte. Es waren auch wieder einige Raufbolde unter den Hunden, aber nach drei größeren Balgereien, aus denen Buck als Sieger hervorging, fand es keiner mehr lohnend, einen Streit anzufangen. Er brauchte nur das Rückenhaar zu sträuben und die Zähne zu zeigen, so gingen sie ihm aus dem Wege.

Am besten gefiel es ihm, wenn er am Feuer liegen durfte. Die Hinterbeine zog er unter den Körper, streckte die Vorderbeine weit von sich und legte den Kopf darauf.

So blinzelte er schläfrig in die Flammen. Manchmal wanderten die Gedanken zurück in seine Heimat, und er sah das weiße Haus vor sich, die klaren Fluten des Sees, Tutt, den dicken Mops, und Bella, die kleine Pinscherhündin. Öfter aber auch dachte er an den Mann in der roten Jacke, an den Tod von Zottel und an Spitz, seinen Todfeind. Heimweh hatte er nicht. Der sonnige Süden lag zu weit hinter ihm, und zu viel war inzwischen geschehen, als daß sein Bild anders als nur ganz verschwommen hätte in seinem Gedächtnis auftauchen können. Viel klarer sah er dagegen ein anderes vor sich. Und das war merkwürdigerweise nicht einmal aus der Erinnerung an ein eigenes Erlebnis. Und doch war ihm alles so bekannt. Es war das Erbe seiner Vorfahren, deren Erinnerung, die so lange in ihm geschlafen hatte und nun erwachte.

Manchmal, wenn er so dalag und in die Flammen starrte, dann war es ihm, als ob es die eines anderen Feuers waren, und der Mann, der neben ihm war, ein anderer. Er hatte kürzere Beine und längere Arme, stärkere Sehnen und dickere Muskeln. Das Haar hing lang und wirr um den Kopf, kleine geschlitzte Augen blickten darunter hervor. Es waren unverständliche, nie vernommene Laute, die Buck hörte. Und der Mann hatte Angst vor der Dunkelheit, in die er sah; seine Hand umspannte einen Stock, an dessen Spitze ein Stein befestigt war. Er war ganz nackt, nur ein zerrissenes Fell hing über seinen Schultern, und sein Leib war behaart. Er stand nicht aufrecht, sondern sein Körper bewegte sich nach vorn, und seine Haltung war die eines Wesens, das immer in Angst lebt und das auf der Flucht vor etwas ist, das es nicht hören und nicht sehen kann. Katzenartig waren seine Bewegungen.

Ein anderes Mal war es ihm, als ob der haarige Mann neben ihm am Feuer säße mit hochgezogenen Knien, die seine Hände umspannt hielten. Und hinter dem Feuer sah er glühende Kohlen, immer zwei und zwei zusammen. Aber Kohlen waren es nicht, das wußte er wohl, sondern die glänzenden Augen von Raubtieren. So träumte er an den Ufern des Yukon von einer anderen Welt. Seine Rückenhaare sträubten sich, er fletschte die Zähne, knurrte und bellte, bis der Mulatte ihn anrief: „He, aufgewacht, Buck, alter Kerl. Wach auf!“

Dann war seine Welt verschwunden, und die wirkliche lag wieder vor ihm, und er stand auf, streckte sich, gähnte, als ob er geschlafen hätte.

Es war eine lange Reise mit schwerer Ladung, und in jämmerlichem Zustande kamen sie in Dawson an. Sie hätten mindestens einer zehntägigen Ruhe bedurft, um wieder frisch und munter zu werden, aber schon nach zwei Tagen mußte die Rückfahrt angetreten werden, um die Menge der Briefe und Pakete der Leute aus Alaska hinauszuschaffen in die zivilisierte Welt. Die Hunde waren noch immer erschöpft, die Führer nicht minder; dazu schneite es Tag und Nacht. Die Bahn war weich, und die Kufen sanken tief ein. Die Arbeit war schwerer als je zuvor, aber die Leute taten für die Hunde, was sie nur konnten.

Jeden Abend rieben sie die Tiere ab, ehe sie an Ruhe für sich dachten. Erst bekamen die Hunde ihre Mahlzeit, dann aßen die Männer. Und doch nahm die Kraft der Tiere immer mehr ab. Einige von ihnen hatten schon achtzehnhundert Meilen in diesem Winter vor dem Schlitten gemacht, eine Arbeit, die auch den Stärksten zerbricht. Buck aber ertrug sie, und er hielt auch die anderen in guter Ordnung. Mit Billy ging es schlecht; er winselte selbst im Schlaf. Jeß war schlechter gelaunt als je zuvor, und Solleks war gänzlich unzugänglich; auf der blinden Seite wie auch auf der anderen durfte sich keiner in seine Nähe wagen.

Dasch aber war es, der am meisten zu leiden hatte. Er hatte sich wohl innerlich durch die Überanstrengung verletzt und wurde jeden Tag elender. Manchmal, wenn der Schlitten auf einen Stein oder sonst ein Hindernis stieß und mit einem plötzlichen Ruck zum Stillstand kam, schrie er laut auf vor Schmerzen, und abends, wenn das Geschirr ihm abgenommen wurde, fiel er hin, wo er stand. Dann kamen die Leute, fütterten ihn und deckten ihn zu. Keiner wußte, was ihm fehlte, und sie berieten bei jeder Mahlzeit, was wohl zu tun wäre, und auch abends bei der letzten Pfeife sprachen sie davon. Manchmal holten sie ihn dann her, legten ihn ans Feuer, rieben und strichen an ihm herum, aber keiner fand, wo es ihm fehlte.

Als sie Cassiar Bar erreicht hatten, war es so schlimm geworden, daß Dasch nicht mehr eingeschirrt werden sollte. Er sollte ausruhen und nur frei hinter dem Schlitten herlaufen. Er aber heulte und winselte, als Solleks seinen Platz einnahm, und lief anstatt hinter dem Schlitten auf fester Bahn nebenher im lockeren Schnee. Alle Augenblikke war er neben Solleks, versuchte ihn zur Seite zu drängen und biß ihn in die Beine. Und immer winselte er und schrie zum Erbarmen. Der Mulatte trieb ihn mit der Peitsche fort, aber es half nichts; fest schlagen mochte er nicht, denn der Hund tat ihm zu leid. Es war aber zu anstrengend auf die Dauer, im Schnee zu laufen, und immer weiter blieb er zurück. Als dann die ganze Reihe der Schlitten ihn überholt hatte, heulte er so jämmerlich, daß der Führer seines Gespannes hielt, um auf ihn zu warten. Ein Weilchen dauerte es bis zur Weiterfahrt, da der Mulatte seine Pfeife stopfte und die eines anderen Mannes

anzündete. Dann sollte es weitergehen. Die Hunde zogen an, aber im nächsten Augenblick schon standen sie und wandten die Köpfe. Der Führer wunderte sich, denn der Schlitten hatte sich nicht von der Stelle gerührt. Dann rief er die anderen, damit sie sehen sollten, was geschehen war. Dasch hatte Solleks beide Stränge durchgebissen und stand nun auf seinem alten Platze vor dem Steuer.

Mit den Augen redete er eine so deutliche Sprache, daß der Führer wußte, was er wollte. Sie waren erst alle sprachlos, dann aber wußte jeder etwas von einem ähnlichen Fall zu erzählen, von Hunden, denen das Herz gebrochen war, weil sie ihre Arbeit nicht mehr tun konnten und andere an ihrer Stelle sahen. Sie meinten, es wäre am besten, dem Hunde den Willen zu tun, es sei barmherziger, ihn in den Sielen sterben zu lassen, als ihm die letzte Freude zu versagen. So schirrten sie ihn wieder an, und mit stolz erhobenem Kopf und glänzenden Augen schritt er in der Reihe der anderen und zog mit allen seinen Kräften. Nur dann und wann, wenn er gar zu große Schmerzen fühlte, heulte er auf. Einmal stolperte er auch, und die Schlittenkufen gingen ihm über die Hinterbeine, so daß er fortan hinkte.

Bis zum Abend hielt er aus, und die Leute machten ihm ein warmes Lager am Feuer. Am anderen Morgen aber war er zu schwach, sich aufzurichten. Als die anderen eingeschirrt wurden, kroch er näher heran, bald aber verließ ihn die Kraft ganz. Als ihn die Kameraden zum letzten Male sahen, lag er lang ausgestreckt im Schnee, und jämmerlich hörten sie ihn noch winseln, als der Schlitten um eine Felsenecke bog. Da ließ der Mulatte halten und ging zurück. Auch die anderen Schlitten standen still, und die Leute hörten auf zu sprechen. Ein Revolverschuß peitschte durch die Stille. Dann kam der Mann zurück, die Peitsche knallte, und die Schlittenglocken klangen hell. Buck aber und die anderen Hunde wußten, was geschehen war, da hinten auf dem Schneefeld hinter dem grauen Felsen.

Schwere Arbeit

Dreißig Tage nachdem sie Dawson verlassen hatten, kamen sie mit ihrem Postschlitten wieder in Skaguai an. Die Hunde waren in einem jämmerlichen Zustand. Bucks Gewicht war von hundertundvierzig auf hundertundfünfzehn Pfund zurückgegangen. Die anderen Hunde hatten verhältnismäßig noch mehr zugesetzt. Peik, der Heuchler, der so manches Mal in seinem Leben schon ein lahmes Bein vorgeschützt hatte, um sich vor der Arbeit zu drücken, hinkte jetzt wirklich. Solleks lahmte auch, und Dub hatte sich das Schulterblatt ausgerenkt.

Wunde Füße hatten sie alle; Lebensmut war in keinem von ihnen mehr. Kaum konnten ihre Füße den Körper noch tragen; sie waren todmüde. Monatelang hatten sie bis an die Grenzen ihrer Kraft gearbeitet; jeder Muskel, jede Sehne, jeder Tropfen Blut in ihnen verlangte nach Ruhe. In fünf Monaten hatten sie nicht weniger als zweitausendfünfhundert Meilen zurückgelegt, und nur fünf Tage Rast hatten sie machen können während der letzten zweitausend. Als sie im Ort einfuhren, waren sie gerade am Ende mit ihrer Kraft. Sie konnten kaum mehr die Stränge stramm halten, und sie hatten schon Mühe genug, nicht unter die Kufen zu kommen, wenn es bergab ging.

„Hü, ihr armen Schelme, hü!“ rief der Mulatte alle Augenblicke ihnen ermunternd zu. „Gleich sind wir da, und dann könnt ihr schlafen. Nichts wie schlafen und fressen sollt ihr, ihr armen Kerle. Gleich sind wir da!“

Die Leute glaubten auch, daß nun eine lange Rast gemacht werden könnte. Sie selbst waren ja auch die letzten zwölfhundert Meilen im Schnee neben dem Schlitten hergelaufen und hätten Ruhe bitter nötig gehabt. Es gab aber zu viele Menschen da oben in Klondike und in Dawson, die Freunde, Weib und Kinder daheim zurückgelassen hatten, und der Berg der Briefe und Pakete wuchs und wuchs, auch amtliche Nachrichten waren zu befördern. Die alten Hunde aber waren ausgepumpt, waren unbrauchbar für die nächste Reise, und andere mußten deshalb an ihre Stelle treten. Und weil doch die Hunde nicht so viel wert sind wie Geld, so sollten sie verkauft werden.

Drei Tage waren vergangen, und den Hunden kam jetzt erst zum Bewußtsein, wie schwach und elend sie waren. Am Morgen des vierten Tages kamen zwei Männer und kauften sie mit Geschirr und allem anderen für ein Spottgeld. Sie nannten einander Charles und Hal und kamen aus den Vereinigten Staaten. Charles war etwa vierzig Jahre alt, von heller Gesichtsfarbe, hatte kalte, wasserblaue Augen und einen Schnurrbart, dessen Enden kühn nach oben standen. Hal war jünger, etwa zwanzig Jahre alt. Er hatte einen großen Revolver und ein Jagdmesser im Gürtel. Dieser Gürtel war eigentlich das einzig bemerkenswerte an ihm. Beide Männer waren hier fremd und hätten besser getan, dem Norden überhaupt fernzubleiben.

Buck hörte das Handeln, er sah, daß Geld bezahlt wurde, und er wußte, daß nun der Mulatte und die anderen Postschlittenleute aus seinem Leben verschwinden würden wie damals Perrault und François und die anderen. Als er mit den übrigen Hunden in das Zelt seiner neuen Herren kam, fand er dort mehr Unordnung, als er je gesehen hatte. Auch eine Frau sah er dort; Mercedes wurde sie genannt und war Charles' Frau und Hals Schwester.

Buck sah aufmerksam zu, wie sie das Zelt abbrachen und den Schlitten beluden. Sie gaben sich viel Mühe, aber nichts machten sie ordentlich. Das Zelt war ganz ungeschickt aufgerollt und nahm doppelt soviel Platz ein, wie nötig war. Das Geschirr wurde schmutzig mitgenommen. Mercedes war den Männern überall im Wege, rannte hin und her und tat doch nichts. Wenn die Männer ein Bündel vorn aufgeschnürt hatten, dann fand sie sicher, daß es besser hinten aufgehoben wäre, und wenn sie es dann hinten aufgepackt hatten und noch soundso viel oben darauf, dann fiel es ihr gewiß ein, daß sie gerade aus diesem Sack noch etwas herauszunehmen vergessen hatte, was sie notwendig brauchte.

Die Leute aus den Nachbarzelten sahen zu und lachten.

„Da habt ihr ja 'ne feine Ladung", meinte der eine, „das muß ich sagen. Mich geht es ja nichts an, aber ich würde vor allen Dingen das Zelt hierlassen."

„Unmöglich", schrie Mercedes auf und rang die Hände. „Wie kann ich ohne Zelt fertig werden?"

„Wird schon gehen", antwortete der Mann, „es ist doch Frühjahr und nicht mehr kalt."

„Glaubt ihr denn wirklich, daß ihr damit vorwärts kommt?" fragte ein anderer.

„Warum denn nicht?" war die kurze Gegenfrage.

„Schon gut, schon gut", beschwichtigte der andere, „ich darf doch wohl fragen. Mir schien die Ladung nur mindestens zehnmal zu schwer."

Charles zog nun die Riemen fest, so gut er konnte, und schlecht genug war das auch noch.

„Und das sollen die Hunde ziehen?" fragte ein Mann, der eben hinzutrat.

„Natürlich, wer denn sonst", antwortete Hal von oben herab, nahm das Steuer in die eine Hand und die Peitsche in die andere. „Hü!" rief er. „Hü!"

Die Hunde legten sich in die Riemen, zogen, so fest sie konnten, hielten aber gleich wieder ermattet inne. Der Schlitten hatte sich nicht gerührt.

„Ihr faulen Luder!" schimpfte Hal und schwang die Peitsche.

Aber Mercedes fiel ihm in den Arm. „Nicht schlagen, Hal, nicht schlagen", rief sie. „Die armen, lieben Tiere. Du mußt mir versprechen, daß du sie nie schlagen willst, sonst gehe ich nicht mit; ganz gewiß nicht."

„Was verstehst du denn von Hundebehandlung", brummte ihr Bruder, „laß mich zufrieden. Faule Kröten sind es, die ohne Prügel überhaupt nichts tun. Da kannst du fragen, wen du willst!"

„Ja, weil sie so schwach sind wie eine Fliege", rief

einer der Umstehenden. „Ruhe brauchen die armen Viecher, nichts als Ruhe.“

„Geh zum Teufel mit deiner Ruhe“, rief Hal erbost, und Mercedes seufzte schmerzlich. Ob sie es aus Mitleid mit den Hunden tat oder aus Kummer über des Bruders Fluchen, blieb ungeklärt. Jedenfalls aber wollte sie nicht, daß andere Leute etwas an ihrem Bruder zu tadeln fanden.

„Höre nur nicht darauf, was die Leute sagen“, meinte sie spitz. „Du wirst wohl selbst wissen, was du zu tun und zu lassen hast. Jedenfalls sind es unsere Hunde, und es geht niemanden etwas an, was wir damit machen!“

Hals Peitsche fuhr sausend durch die Luft und über die Rücken der Hunde. Sie machten verzweifelte Anstrengungen, den Schlitten vorwärts zu bringen, aber ihre Füße glitten immer wieder auf dem glatten, festgetretenen Schnee aus. Der Schlitten saß wie verankert. Alle Mühe war vergebens; keuchend und zitternd standen sie da. Wieder sauste die Peitsche durch die Luft. Nun konnte es Mercedes nicht mehr ansehen. Sie warf sich auf die Knie vor Buck, legte ihre Arme um seinen Hals und drückte ihn an sich. Tränen standen in ihren Augen.

„Ihr armen, armen Geschöpfe“, rief sie weinend. „Warum wollt ihr auch nicht ziehen? So gebt euch doch Mühe, denn wir müssen doch fort.“

Buck wußte nicht, was das nun wieder bedeuten sollte. Angenehm war ihm diese stürmische Zärtlichkeit nicht, aber er fühlte sich zu elend, um sie abzuschütteln.

Einer der Zuschauer, der schon eine Weile zähneknirschend dabeigestanden hatte, trat jetzt an den Schlitten heran.

„Euretwegen ist es wahrlich nicht, ihr Schafsköpfe, wenn ich mich noch einmal in die Sache mische, aber die Hunde dauern mich. Siehst du denn nicht, daß die Kufen eingefroren sind, du Esel?“

Zum dritten Male mußten die Hunde anziehen, und nun bewegte sich der Schlitten wenigstens, denn die Männer hatten ihn kräftig losgerüttelt. Aber nur ganz langsam ging es voran; die hohe schwere Ladung schwankte, und die Hunde mußten ziehen, daß ihre Körper fast den Boden berührten, während die Peitschenhiebe hageldicht fielen. Hundert Schritt weiter fiel die Straße ab. Ein erfahrener Mann hätte schon seine Last gehabt, einen Schlitten, so hoch beladen wie dieser, so zu steuern, daß er das Gleichgewicht behielt, und Hal hatte nichts weniger als Erfahrung im Schlittenführen. Schon als sie scharf um die Ecke bogen, kam das Gepäck ins Schwanken, und an allen Enden rollten Sachen in den Schnee. Die Hunde merkten es wohl, aber sie hielten nicht an, denn sie waren zu wütend über die ungerechte Behandlung. Buck war es, der das Lauftempo einschlug, und die anderen folgten. Alles „halt!" und „brr" half nichts; Hal wurde einfach mitgeschleift. Dazu stürzte nach kurzer Fahrt der Schlitten vollends um und schleifte nun, leicht wie er war, zur Freude der Zuschauer hinter den Hunden her, die abschüssige Straße von Skaguai hinunter.

Ein paar gutmütige Leute fingen endlich die Hunde ein und sammelten die verstreuten Sachen auf. Dann redeten sie ein ernstes Wort mit den drei Fremden. Also doppelt so viele Hunde und halb soviel Ladung, wenn sie überhaupt jemals nach Dawson kommen wollten. Nun ging es ans Auspacken, und die Nordländer wollten sich fast ausschütten vor Lachen über das unnütze Zeug, das die drei bei sich hatten.

„Bettücher, ein Dutzend weiße Bettücher!" schrie einer der Männer lachend. „Wollt ihr ein Hotel unterwegs aufmachen? Wozu die vielen Teller und Töpfe? Weg damit. Himmel, die Leute denken wohl, sie fahren im Salonwagen des Eilzuges!"

Und so mußte ein Stück nach dem anderen beiseite gelegt werden. Mercedes weinte und zeterte und rang bei jedem Stück die Hände. Immer wieder erklärte sie, sie ginge nicht mit, denn ohne Komfort könne sie nicht leben.

Als sie aber bei niemandem Mitleid erregen konnte,

wurde sie eigensinnig und warf alles fort, was ihr gehörte, und sogar notwendige Sachen der beiden Männer.

Jetzt war die Ladung halb so groß, aber immerhin noch schwer genug. Dann gingen Charles und Hal fort, um Hunde zu kaufen. Sechs Stück brachten sie mit, so daß es nun vierzehn im ganzen waren. Aber alle waren ganz unerfahren und in der Arbeit unbrauchbar. Es waren drei kurzhaarige Pinscher, ein Neufundländer und zwei Fixköter von unbestimmter Abstammung. Buck hatte seine Last damit, sie zu lehren, was sie nicht tun durften; was sie aber tun mußten, das war ihnen nicht beizubringen. Sie hatten alle den Kopf verloren und waren voller Angst, denn sie waren fremd im Land, und alles war ihnen neu.

Das waren trostlose Aussichten für die Reise. Die beiden Männer aber waren anderer Ansicht; sie waren stolz auf ihr Gespann. Sie hatten schon manchen Schlitten aus dem Ort fahren sehen, aber vierzehn Hunde hatte keiner vorgespannt. Daß aber alle die Männer, die hier im Eisgebiet fuhren, wohl einen Grund haben könnten, nicht vierzehn Hunde vor einen Schlitten zu spannen, daran dachten die drei Leute nicht, und daß sie auf einem Schlitten nicht einmal genügend Futter für sich selbst hätten mitnehmen können, davon hatte das kluge Kleeblatt keine Ahnung. Sie wußten eben alles besser als andere Leute, denn sie hatten ja alles schwarz auf weiß ausgerechnet. So viele Hunde, so viele Tagereisen und je mehr Hunde, desto schneller die Fahrt. Das war doch klar. Die beiden Männer hatten das genau berechnet, und Mercedes, die ihnen über die Schulter sah, nickte verständnisvoll.

Am nächsten Morgen endlich waren sie so weit fertig, daß Buck den Zug aus dem Orte führen konnte. Es war kein Leben und kein Mut in der ganzen Gesellschaft und in ihm auch nicht. Viermal hatte er nun schon diesen Weg gemacht, und er wußte, was ihm bevorstand. Und dieses Mal war er noch dazu todmüde schon von Anfang an.

Dabei konnte er sich in diesem Falle nicht einmal auf die Menschen verlassen, die ihn führten. Daß sie nichts konnten, das hatte er gleich bemerkt, daß sie aber auch nichts lernen würden, begriff er auch zu bald. Es wurde immer späte Nacht, bis sie es fertiggebracht hatten, das Zelt aufzuschlagen, und bis Mittag dauerte es stets, bis sie es wieder aufgepackt hatten, und zwar so nachlässig, daß es wohl ein dutzendmal am Tage vom Schlitten fiel; und immer gab es dann unnützen Aufenthalt. Manchmal wurde es morgens sogar so spät, daß es sich überhaupt nicht mehr verlohnte aufzubrechen, und dann war der ganze Tag verloren. Nicht die Hälfte des Weges wurde in der üblichen Weise zurückgelegt.

So war es unausbleiblich, daß der Mangel an Eßvorräten sich schon bald fühlbar machte. Die neuen Hunde, deren Magen noch nicht an die mageren Bissen gewöhnt waren, hatten fortwährend Hunger. Dabei war schon gleich in den ersten Tagen, als die müden Hunde nicht nach Wunsch ziehen wollten, die vorher berechnete Portion verdoppelt worden, weil Hal glaubte, das würde die Tiere kräftigen.

Nach Mercedes' Ansicht aber bekamen sie noch zu wenig, und da sie den Bruder nicht überreden konnte, ihnen mehr zu geben, so stahl sie einfach Futter aus den Säcken und fütterte sie heimlich. Aber es fehlte ihnen ja nicht Futter, sondern nur Ruhe, nichts als Ruhe.

Auf die Tage der Überfütterung folgten dann die des Hungers. Eines Tages machte Hal die Entdeckung, daß der größte Teil des Hundefutters fehlte, und erst ein Viertel des Weges war zurückgelegt. Unterwegs war weder für Geld noch für gute Worte etwas zu kaufen, und so wurden die Rationen bedeutend verkleinert und die Ansprüche an die Schnelligkeit der Hunde verdoppelt. Das erstere war leicht gemacht, aber das andere gelang nicht. Ebensowenig wie es möglich war, die Hunde zu schnellerer Gangart zu bringen, ebensowenig war es diesen drei Leuten möglich, morgens zu rechter Zeit aufzubrechen. Sie verstanden nichts von der Arbeit der Hunde, noch weniger aber von ihrer eigenen.

Das erste Opfer war Dub. Der arme Kerl, der immer das Pech hatte, für andere büßen zu müssen, hatte bis zuletzt noch so wacker und treu gearbeitet, aber die ausgerenkte Schulter, auf die niemand geachtet hatte, wurde bei dem schweren Tagewerk immer schlimmer, und eines Morgens wurde er von Hal erschossen.

Wenn es heißt, daß ungearbeitete Hunde das Doppelte an Futter brauchen wie alte Hunde, so war es nicht zu verwundern, daß die sechs neuen Hunde bei der Hälfte der üblichen Futtermenge bald mit ihrer Kraft am Ende waren. Der erste, der eines Morgens tot dalag, war der Neufundländer, und bald darauf folgten die drei Pinscher, die beiden anderen waren nur noch Haut und Knochen.

Mit den Menschen war auch eine Veränderung vorgegangen. Sie hatten sich eine Nordlandsfahrt doch anders vorgestellt, und die Enttäuschungen hatten ihre Laune völlig verdorben. Mercedes hatte aufgehört über die Hunde zu weinen und in den Pausen mit Mann und Bruder zu zanken. Zum Zanken waren die drei überhaupt nie zu müde. Wenn Mercedes nicht mit den beiden Männern zankte, dann benutzten sie die Zeit, um sich gegenseitig die größten Grobheiten zu sagen. Jeder von den beiden glaubte nämlich, daß er mehr täte, als es seine Pflicht war, und er warf das dem anderen bei jeder Gelegenheit vor. Mercedes nahm dann manchmal die Partei des Mannes, manchmal die des Bruders, und das Ende davon war jedesmal eine allgemeine Zankerei. Und wenn es sich auch nur darum handelte, wer Feuerholz hacken sollte, so ging es doch gleich vom Hundertsten ins Tausendste. Die ganze Familie wurde hineingezogen. Vater, Mutter, Onkel und Tanten und selbst die verstorbenen Urgroßväter. Wenn auch Charles' Ansicht über Liebhabertheater durchaus nichts mit dem Holzhacken zu tun hatte, so war sie doch

ein willkommener Anlaß zum Weiterspinnen der sonst vielleicht zu schnell beendigten Schimpferei. Inzwischen wurde natürlich überhaupt kein Feuer angemacht, und die Hunde wurden vergessen.

Mercedes fühlte sich fortgesetzt beleidigt und gekränkt. Sie war eine hübsche, etwas rundliche kleine Person, und stets war sie mit größter Zuvorkommenheit von allen Männern behandelt worden, aber das Benehmen ihres Mannes und ihres Bruders ließen jetzt manchmal viel zu wünschen übrig. Sie hatte bislang immer gefunden, daß es ihr gut stand, sich etwas hilflos und unselbständig zu benehmen, aber die beiden Männer hatten jetzt wenig Sinn dafür. Sie hatte schon lange aufgegeben, mit den Hunden Mitleid zu haben, sondern hatte es nun mit sich selbst, und weil sie wunde und müde Füße hatte, bestand sie darauf, auf dem Schlitten zu sitzen. Diese hübsche rundliche Person wog aber hundertzwanzig Pfund. Wenn das an sich auch nicht viel war, so war es doch zuviel für die Hunde.

Charles und Hal baten sie vergeblich, abzusitzen und zu gehen. Sie weinte und schrie und rief Himmel und Erde zu Hilfe gegen solche Grausamkeit. Mit Gewalt war bei ihr auch nichts auszurichten. Einmal hatten sie es auch damit versucht und sie einfach heruntergenommen, aber zum zweiten Male taten sie es nicht. Sie hatte damals ein Schnippchen gezogen wie ein unartiges Kind und hatte sich in den Schnee gesetzt. Die beiden Männer waren ruhig weitergefahren und glaubten, daß sie wohl zur Vernunft kommen würde. Als sie aber drei Meilen gefahren waren und nichts mehr von ihr zu sehen war, hatten sie den Schlitten abgeladen und waren zurückgefahren, um sie zu holen. Sie hatte noch an derselben Stelle gesessen.

Ihr eigenes Leid machte sie ganz empfindungslos gegen das ihrer Hunde. Hals Theorie, die er allerdings nur bei anderen anwendete, hieß: nur kein unnötiges Mitleid! Und diese Theorie übte er praktisch an den Hunden. Am Fünffingerfelsen wurde das letzte Hundefutter verteilt. Zum Glück begegnete ihnen aber ein altes Indianerweib, das sich bereit erklärte, gegen den Revolver in Hals Gürtel ihnen eine gefrorene Pferdehaut zu verkaufen. Die alte Haut, die vor einem halben Jahre vielleicht einem verhungerten Gaule abgezogen worden war, gab aber nur schlechten Ersatz für Futter. Wenn die Hunde das harte, in Stücke gehackte Zeug verschlungen hatten, lag es ihnen schwer wie Eisen im Magen, und war es dann aufgetaut, so ballte es sich zu einer ledernen, haarigen Masse zusammen.

Buck ging nur noch wie im Traume an der Spitze des elenden Hundegespannes. Er zog so lange, bis er hinfiel, und erst wenn die Peitschenschläge hageldicht fielen, raffte er sich wieder auf. Sein Fell war nur noch eine schmutzige, struppige Masse; da wo der Peitschenstiel gar zu hart getroffen hatte, hing das geronnene Blut. Seine Muskeln waren schlaff und knotig geworden, und jede Rippe war zu sehen. Es war zum Herzbrechen, Bucks Herz aber brach nicht. Das hatte der Mann in der roten Jacke gestählt.

Und wie Buck so ging es auch den anderen Hunden; sie waren wandelnde Gerippe. Sieben waren es noch im ganzen. Den Schlag der Peitsche fühlten sie nicht mehr; nur schwach und verschwommen kam ihnen der Schmerz zum Bewußtsein, gerade wie die Außenwelt ihren Augen und jedes Geräusch ihren Ohren. Sie lebten ja kaum mehr.

Und eines Tages fiel Billy, der Gutmütige, und konnte nicht mehr hochkommen. Da nahm Hal, der nun keinen Revolver mehr hatte, das Beil und schlug ihn auf den Kopf. Dann schnitt er die Stränge durch und warf ihn mitsamt seinem Sattelzeug seitwärts in den Schnee. Buck sah es und auch die anderen, und jeder wußte, daß es ihm auch bald so gehen würde.

Am nächsten Tage kam die Reihe an Krona. Jetzt waren sie nur noch fünf. Der hinkende Peik, der viel zu elend war, um sein schlechtes Gemüt zu zeigen, Jeß, der einäugige Solleks und Teek, der in diesem Jahre noch keine so große Fahrt gemacht hatte und noch am frischesten war, dafür aber die meisten Prügel bekam. Buck war noch immer Leithund; halb blind vor Schwäche setzte er langsam einen Fuß vor den anderen.

Es war herrliches Frühlingswetter, aber weder Mensch noch Tier achtete darauf. Jeden Morgen ging die Sonne früher auf, und jeden Abend ging sie später unter. Schon um drei Uhr fing es an zu dämmern, und vor elf Uhr abends war es nie dunkel. Die Sonne schien den ganzen Tag. Das Leben rührte sich überall in der Natur; der Saft stieg in die Bäume, die Weidenknospen brachen auf. Die Heuschrecken fingen an zu zirpen, allerhand Gewürm kam aus der Erde, und in den Wäldern fing der Specht an zu hämmern; die Eichhörnchen kletterten in den Bäumen umher, und die wilden Gänse kamen vom Süden.

Von jedem Felsen tropfte es, und die Quellen fingen an zu rieseln. Das Eis des Flusses krachte und hatte stellenweise schon große Risse. Und durch all diese Frühlingsherrlichkeit kroch in brennender Sonnenglut langsam der Schlitten mit den beiden Männern, der Frau und den Hunden bis zu John Thorntens Lager am Ufer des Milchflusses.

Als der Schlitten hielt, fielen die Hunde hin wie tot. Mercedes hatte ihre Tränen getrocknet und lächelte John Thornten an. Charles setzte sich auf eine Matte, ganz langsam und vorsichtig, denn jedes Glied tat ihm weh. Hal führte die Unterhandlung. John Thornten arbeitete ruhig weiter an einem neuen Stiel zu seiner Axt, nur ab und zu warf er ein Wort ein oder gab einen kurzen Rat, wenn er nach etwas gefragt wurde. Viel sprach er nicht, denn er kannte diese Art Leute und wußte, daß sie doch nicht tun würden, was er ihnen riet.

„Die Leute da unten hatten uns gesagt, daß man zu dieser Jahreszeit nicht mehr die Bahn auf dem Fluß benutzen könnte, das Eis hielte nicht mehr, aber wie du siehst, sind wir trotzdem hier", prahlte Hal.

„Narren haben eben manchmal mehr Glück als vernünftige Leute", meinte John Thornten ruhig. „Ich würde jedenfalls nicht für alles Gold in Alaska wagen, jetzt noch auf dem Eise zu fahren."

„Aber wir." Eigensinnig warf Hal den Kopf in den Nacken und schwang die Peitsche. „He, Buck, marsch."

Thornten arbeitete ruhig weiter. Wem nicht zu raten war, dem war auch nicht zu helfen.

Die Hunde rührten sich trotz aller Zurufe nicht. Sie waren schon lange in einem Traumzustande, aus dem nur Prügel sie wecken konnten. Und die Peitsche sauste ohne Unterlaß durch die Luft. John Thornten biß die Zähne aufeinander. Solleks war der erste, der auf die Füße kroch; Teek folgte und dann Jeß, der dabei vor Schmerzen schrie. Zweimal fiel er wieder hin, aber schließlich blieb er doch stehen; Buck aber erhob sich nicht; er versuchte es auch gar nicht. Er lag ruhig da, wo er hingefallen war. Die Peitschenhiebe fielen unaufhörlich, aber er winselte nicht einmal. Es war das erste Mal, daß Buck den Dienst versagte, und das genügte für Hal, um ihn in helle Wut zu bringen. Jetzt schlug er mit dem Peitschenstiel, aber Buck rührte sich nicht, wie dicht auch immer die Schläge fielen. So viel hatte er schon erduldet, daß er nichts mehr fühlte. Er hörte höchstens ganz dumpf ein Geräusch, wenn der Stock auf seine Knochen fiel. Aber es waren ja nicht die seinen, es war ja nicht sein Körper, der da lag.

Plötzlich stürzte John Thornten hinzu. Einen Schrei stieß er aus, der nicht aus einer Menschenkehle, sondern aus der eines Raubtieres zu kommen schien. Im nächsten Augenblick taumelte Hal und fiel um wie ein gefällter Baum. Mercedes schrie; Charles zwinkerte mit den kleinen wäßrigen Augen, aber er stand nicht auf, denn dazu war er zu steif.

John Thornten hatte sich über Buck gebeugt. Er war kreidebleich und zitterte vor Aufregung und Zorn.

„Schlägst du den Hund noch einmal, dann schlage ich dich tot!“ stieß er endlich hervor.

„Es ist mein Hund“, rief Hal, der aufgestanden war und sich das Blut von der Nase wischte. „Weg da, ich kann machen, was ich will.“

Aber Thornten stellte sich zwischen ihn und den Hund und machte durchaus keine Miene, zur Seite zu treten. Mercedes schrie, weinte und lachte in einem Anfall von Hysterie. Hal zog das Messer, aber der neue Stiel von John Thorntens Axt fiel auf seine Hand, daß es klirrend zu Boden flog. Er wollte sich danach bücken, aber wieder traf ihn ein Schlag, nach dem ihm die Lust verging, das Messer aufzuheben. Nun griff John Thornten selbst danach, und mit einem kräftigen Schnitt hatte er Bucks Stränge abgetrennt.

Hal gab es auf, sich zu widersetzen. Er hatte genug mit seiner Schwester zu tun, die ohnmächtig in seinen Armen lag. Außerdem ging es ja doch mit dem Hunde zu Ende, und zu gebrauchen war er nicht mehr.

Gleich darauf fuhr der Schlitten ab und wieder dem Fluß zu. Buck hörte es und hob den Kopf. Peik hatte die Leitung. Solleks ging vor dem Steuer, die Mittelplätze nahmen Jeß und Teek jetzt ein. Mercedes saß oben auf dem Schlitten, Hal ging neben dem Steuer, und Charles stolperte auf der anderen Seite dahin.

Während Buck dem Zuge nachsah, untersuchte John Thornten ihn mit sanfter Hand. Die Knochen waren nicht gebrochen, aber keine Handbreit des Körpers war ohne Beulen und Wunden. Inzwischen war der Schlitten über das Ufer gefahren und wieder mitten auf dem Fluß. Plötzlich schwebte das Steuer hoch in der Luft, und daran geklammert hing Hal; das Ende des Schlittens war durch das Eis gebrochen. Ein Schrei der Frau klang schrill herüber. Charles wandte sich um und lief zurück. Da brach mehr Eis nach, und Menschen und Hunde verschwanden. Ein schwarzes Loch in der weißen Fläche war alles, was noch zu sehen war.

John Thornten und Buck sahen einander in die Augen. „Armer Kerl!" sagte der Mann leise. Langsam und müde leckte ihm der Hund die Hand.

Um der Liebe willen

Als John Thornten sich im Dezember die Füße erfroren hatte, mußten seine Kameraden ihn hier zurücklassen. Sie schlugen ihm ein Zelt auf und machten es ihm so gemütlich wie möglich. Dann fuhren sie weiter, um Holz für eine Sägemühle in Dawson zu beschaffen. Zur Zeit als John dem Hunde das Leben rettete, hinkte er noch immer ein wenig, aber als die warmen Tage kamen, wurden seine Füße viel besser. Am Ufer im Sonnenschein lag nun Buck und horchte auf das Geriesel des Wassers und den Gesang der Vögel vom frühen Morgen bis zum späten Abend.

Die Ruhe bekam ihm gut nach einer Reise von fast dreitausend Meilen. Langsam kam er wieder zu Kräften; seine Wunden waren geheilt, seine Muskeln wurden wieder stramm, und auch ein wenig Fleisch bedeckte seine Knochen. So warteten sie alle, Buck, John Thornten, Skeet und Moor, auf das Floß, das den Strom heraufkommen sollte, um sie nach Dawson zu bringen. Skeet war eine kleine irische Setterhündin, die gleich am ersten Tage Buck freundlich entgegengekommen war und seine Pflege übernommen hatte. Wie eine Katzenmutter ihre Jungen leckt, so wusch und striegelte sie sein Fell und reinigte seine Wunden. Jeden Morgen gleich nach dem Frühstück begann sie ihr Liebeswerk, und Buck, der es anfangs nur aus Schwäche geduldet hatte, freute sich nun daran und ließ es sich gern gefallen. Moor war ihm auch freundlich gesinnt, wenn er es auch nicht so auffällig zeigte. Er war ein großer, schwarzer Hund von unbestimmter Art, dem die Gutmütigkeit aus den großen braunen Augen sah.

Buck war erstaunt, daß die Hunde gar nicht eifersüchtig waren. Sie schienen gerade so großherzig zu sein wie ihr Herr. Als Buck stärker wurde, balgten sie sich mit ihm herum und trieben mit ihm allerhand närrische Spiele, an denen auch John Thornten teilnahm. So verging die Zeit schnell, und unversehens war Buck in einem neuen Leben. Er konnte es kaum begreifen, daß alles jetzt wieder so anders war als vordem. Liebe, wahre leidenschaftliche Liebe war zum ersten Male in sein Herz eingezogen. Die hatte er früher auch im Tale von Santa Clara nicht kennengelernt. Mit den Söhnen des Pflanzers hatte ihn damals so eine Art Kameradschaft verbunden, den Enkeln war er Beschützer und Wächter gewesen, und für seinen Herrn hatte er eine stille, treue Freundschaft empfunden. Aber das Gefühl für John Thornten war etwas ganz anderes, das war Liebe, bewundernde, begeisterte, heiße Liebe.

Dieser Mann hatte ihm das Leben gerettet, und das schätzte er gewiß nicht gering ein, was ihn aber mehr als alles andere im Leben beglückte, das war die Art und Weise, wie John Thornten mit ihm umzugehen pflegte. Es gab ja wohl noch mehr Leute, die ihre Hunde gut behandelten, aber so wie John Thornten war doch niemand. Wie ein Vater für seine Kinder, so sorgte er für seine Hunde. Nie vergaß er, ihnen ein freundliches Wort zuzurufen, wenn er an ihnen vorbeiging, und wenn er sich gar zu ihnen setzte und mit ihnen sprach, dann leuchtete das Glück hell aus ihren Augen.

Keine größere Freude gab es für Buck, als wenn John Thorntens Hände sein Fell zausten, wenn er ihn an den Ohren nahm und hin und her schüttelte oder wenn er seinen großen zottigen Kopf zwischen seine beiden Hände nahm und auf den Kopf des Hundes dann den seinen legte. Merkwürdige Schimpfworte waren es, die dann die Lippen des Mannes murmelten: „Alter Esel, Lump, Dummkopf, verfluchter Kerl!" Dem Hunde aber klangen sie wie lauter Kosenamen.

Auch Buck hatte seine eigene Art für Zärtlichkeiten. Er nahm die Hand seines Herrn in sein großes Maul und preßte die Zähne so fest aufeinander, daß die Male noch lange danach tief im Fleische blieben. Aber wie Buck die Schimpfworte hinnahm, als was sie gelten sollten, so verstand auch John Thornten den Liebesbeweis des Hundes.

Aber wenn Bucks Herz auch fast brach vor übergroßem Glück bei jeder Berührung durch seinen Herrn, so suchte er doch keine Zärtlichkeit wie zum Beipiel Skeet, die ihre feuchte schwarze Nase so lange unter Thorntens Hand schob, bis sie gestreichelt und geklopft wurde. Und auch wie Moor machte er es nicht, der keine Gelegenheit vorbeigehen ließ, um seinen großen Kopf zärtlich an Thornten zu reiben. Ihm war es genug, wenn er seinen Herrn nur sehen konnte. Stundenlang konnte er still zu seinen Füßen liegen, ihm ins Gesicht sehen, um jede seiner Mienen zu beobachten. Stand er auf, so folgten ihm die Augen seines Hundes, wohin er ging. So stark empfand er manchmal diesen Blick, daß er von der Arbeit aufsah und ihm zunickte.

In der ersten Zeit konnte Buck es kaum ertragen, allein zu sein. Wenn Thornten das Zelt verließ, so folgte er ihm auf Schritt und Tritt, denn stets hatte er Angst, daß dieser Herr aus seinem Leben auch verschwinden könnte wie François, Perrault und die anderen. Selbst im Traum kam ihm die Furcht; dann stand er auf, schlich an das Lager des Mannes, und erst wenn er die regelmäßigen Atemzüge hörte, war er beruhigt und zufrieden.

Aber trotz seiner Liebe zu John Thornten, der alle guten Eigenschaften früherer Tage in ihm wieder erweckt hatte, war er nicht derselbe Hund wie ehedem. Treue und Anhänglichkeit, Eigenschaften des Haustieres, waren wieder in ihm aufgelebt, aber daneben lebte auch das Raubtier, das der Norden in ihm großgezogen hatte. Wenn er auch um seiner Liebe willen nicht John Thornten bestahl, so tat er es doch ohne Besinnen, wo immer sich sonst bei Fremden Gelegenheit dazu bot, und so schlau fing er es an, daß er nie dabei ertappt wurde.

Sein Körper war bedeckt mit Narben, die ihm Beißereien mit anderen Hunden eingetragen hatten, denn er war rauflustiger als je zuvor und hinterlistig dazu. Skeet und Moor waren zu gutmütig, als daß er mit ihnen Händel angefangen hätte, und außerdem gehörten sie John Thornten. Aber andere Hunde, die nicht sofort seine Oberherrschaft anerkannten, hatten es mit dem Leben zu büßen. Erbarmen kannte er nicht mehr. Er hatte von Spitz und den Hunden der Gendarmerielager und der Schlittenposten gelernt und wußte, daß es hier kein Mittelding gab. Töten oder Getötetwerden hieß es, alles andere galt als Feigheit. Und diesem Naturgesetz lange vergangener Tage gehorchte er.

Er war ja auch älter als die Tage, die er selbst gesehen hatte. Er war ja nur ein Glied, das die Gegenwart mit der Vergangenheit verband, und die Ewigkeit ging durch ihn hindurch in die Zukunft. Wohl saß er als braunhaariger, zottiger Hund an John Thorntens Feuer, aber hinter ihm standen die Schatten aller möglichen Hunde, ja sogar die von Halbwölfen und Wölfen; sie lebten mit ihm und beeinflußten ihn, lehrten ihn Dinge und Laute verstehen, die er nie gekannt hatte; sie legten sich mit ihm zur Ruhe und lebten weiter in seinen Träumen.

So gebieterisch rief die Stimme seiner wilden Vorfahren, daß er manchmal die Menschen ganz vergaß. Tief aus dem Walde klangen ihre Rufe, und wenn er sie hörte, so überlief ihn ein geheimnisvoller Schauder, und die Versuchung kam über ihn, alles im Stiche zu lassen und ihnen zu folgen, einerlei wohin. Aber sobald die Stille des Waldes ihn umfing, erwachte seine Liebe zu John Thornten wieder und führte ihn zurück.

Thornten allein hielt ihn; alle anderen Menschen galten ihm nichts. Ob Reisende, die vorbeikamen, ihn lobten und streichelten, es war ihm gleich. Wurde einer einmal gar zu lebhaft dabei, dann stand er ruhig auf und ging davon. Als Thorntens Freunde Hans und Peter ankamen, wollte Buck erst nichts mit ihnen zu tun haben, bis er merkte, daß sie seinem Herrn nahestanden; dann duldete er es, daß sie ihn klopften, aber er tat immer, als ob er ihnen eine Gnade erwies. Sie waren von derselben Art wie Thornten, einfach und gut, und ehe noch ihr Floß in Dawson angekommen war, wußten Menschen und Hund, was sie voneinander zu halten hatten, und die Männer versuchten nicht mehr, Buck zu behandeln wie ihre anderen Hunde.

Bucks Liebe zu Thornten aber wuchs noch mehr von Tag zu Tag. Er allein durfte es wagen, ihm etwas zu tragen zu geben, wenn sie auf Reisen waren, und nichts wäre ihm zu schwer gewesen. Eines Tages saßen sie frühstückend nicht weit von einem Abhange, der wohl sechshundert Fuß steil abfiel. John Thornten saß dem Rande am nächsten und Buck neben ihm. Da durchfuhr ihn die Laune, Bucks Gehorsam zu prüfen. Ohne über die Folgen nachzudenken, streckte er die Hand über die gähnende Tiefe und rief: „Hopp!“ Mit Mühe nur gelang es ihm, den Hund im letzten Augenblicke noch zu ergreifen und festzuhalten, bis Hans und Peter sie beide wieder in Sicherheit brachten.

„Der Hund ist mir unheimlich“, meinte Peter, als sie wieder zu Atem gekommen waren.

Thornten schüttelte den Kopf. „Nein“, antwortete er, „unheimlich nicht, großartig ist er.“

„Na, ich möchte nicht derjenige sein, der einmal Händel mit dir anfängt, wenn der dabei ist", sagte Peter und nickte dem Hunde zu.

„Den Teufel auch", meinte Hans, „ich wollte es keinem raten, dir zu nahe zu kommen."

Es war nicht lange danach, in Cercle City, als der besprochene Fall eintrat. Der schwarze Berten, ein übelbeleumdeter Bursche, hatte in einem Gasthaus Streit angefangen, der zu Handgreiflichkeiten ausartete. Thornten wollte Frieden stiften und trennte die beiden Kämpfenden. Da wandte sich Berten gegen Thornten, und er schlug derartig auf ihn ein, daß dieser gegen den Schanktisch taumelte.

Da erklang plötzlich ein furchtbares Geheul, wie es noch keiner gehört hatte. Es war Buck, der still in einer Ecke gelegen und kein Auge von seinem Herrn gelassen hatte. Mit einem Satze war er auf Berten zugesprungen, und nur eine unwillkürliche Armbewegung verhinderte es, daß Buck ihm die Kehle durchbiß. So schlug er seine Zähne tief in das Armfleisch des Mannes, aber ehe die Zuschauer ihn zurückreißen konnten, hatte er den Mann furchtbar zugerichtet. Die Goldgräber riefen sogleich eine Versammlung zusammen, die entschied, daß der Hund ein Recht gehabt habe, seinen Herrn zu verteidigen.

Von diesem Tage an war Bucks Name bekannt in ganz Alaska.

Im Laufe der Zeit fand sich noch einmal eine Gelegenheit für den Hund, seinem Herrn das Leben zu retten. Die drei Freunde treidelten ein Boot durch ein sehr wildes Wasser. Hans und Peter gingen am Ufer entlang und zogen. Thornten stand im Boot und steuerte es mit einer langen Stange um die vielen Felskanten herum. Dann und wann rief er den beiden anderen eine Anweisung zu. Buck ging unruhig und aufgeregt hoch am Uferrand entlang und beobachtete jede Bewegung seines Herrn.

An einer besonders schlechten Stelle wollte Thornten mehr in die Mitte des Flusses und verlangte mehr Leine. Hans trat dicht an das Ufer, um das Boot zu beobachten. Gegen das reißende Wasser war wenig auszurichten, und trotz aller Gegenwehr Thorntens glitt es blitzschnell stromabwärts. Hans zog mit aller Kraft den Strick zurück, aber der plötzliche Ruck ließ das Boot umkippen. Mit dem Boden nach oben blieb es an einem Felsstück hängen, während Thornten weit hinausflog und weiter stromabwärts getrieben wurde, den bösen Stromschnellen zu, die auch dem geschicktesten Schwimmer gefährlich werden mußten.

Buck war ohne Besinnen ins Wasser gesprungen und überholte, nachdem er etwa sechshundert Fuß getrieben war, endlich John Thornten, der ihn am Schwanz ergriff. Sofort wendete er und ruderte mit aller Macht dem Ufer zu. Aber es war beschwerlich gegen den Strom zu schwimmen, das Wasser war zu reißend, und er wurde immer weiter abwärts getrieben. Schon wurde ein gefährliches Rauschen hörbar; es war die Stelle, wo das Wasser sich durch die Felsen Bahn brach wie durch die Zähne eines Riesenkammes. Der Zug nach unten war zu stark, und unmöglich war es, das Ufer zu erreichen, das merkte Thornten wohl. Vergeblich versuchte er, sich an einem Felsen zu klammern; er wurde immer hart an ihnen vorbeigetrieben, ohne sie erreichen zu können. Endlich umklammerte er mit beiden Armen eine hervorspringende Ecke und rief durch das Rauschen des Wassers Buck zu, weiterzuschwimmen. Beim Klange der Stimme hob der Hund den Kopf, warf einen langen Blick auf seinen Herrn und wandte sich dann gehorsam dem Ufer zu. Allein kam er besser vorwärts und wurde von Hans und Peter ganz erschöpft an das Ufer gezogen.

Sie wußten aber, daß Thornten in seiner gefährlichen Lage nicht lange ohne Hilfe bleiben durfte. So schnell sie konnten, rannten sie den Fluß hinauf, bis weit über die Stelle, wo Thornten hing. Sie schnitten ein Stück von dem Seil, befestigten es an Bucks Leib, ohne daß es ihn am Schwimmen hindern konnte und ließen ihn in das Wasser.

Er schwamm mit mächtigen Stößen, kam aber nicht grade hinüber. Er merkte es erst, als es zu spät war und die Strömung ihn etwa sechs Fuß weiter unten vorbeitrug.

Hans zog ihn sofort zurück, aber das strömende Wasser ging über des Hundes Körper fort, und die Leine lag so, daß auch sein Kopf unter Wasser kam. Er war bewußtlos, als Hans und Peter ihn über den Uferrand zogen. Sie rieben und schüttelten, machten künstliche Atembewegungen und versuchten ihn auf alle mögliche Art zum Leben zu bringen. Da tönte ein schwacher Ruf Thorntens durch das Geräusch des Wassers zu ihnen herüber. Wie ein elektrischer Schlag wirkte er auf den Hund. Er sprang auf die Füße und lief zur Uferstelle, von wo er vorher auch abgeschwommen war.

Einmal hatte er sich in der Entfernung verrechnet, ein zweites Mal sollte es nicht mißglücken. Hans ließ das Seil durch die Hand gleiten, und Peter hielt es stramm. Geradeaus schwamm Buck bis genau über die Stelle, wo sein Herr ging, und ließ sich dann treiben. Thornten sah den Hund herankommen, und gerade als er bei ihm war, warf er die Arme um den Leib des Tieres. Hans wickelte den Strick um einen Baum und zog dann mit Peter die beiden an das Land. Manchmal war der Hund, dann wieder der Mann ganz unter Wasser, dann stießen sie gegen scharfe Felsen und dann trieben sie gegen vorstehende Äste; endlich lagen sie im Ufergras.

Thornten kam erst zum Bewußtsein, als Hans und Peter ihn lange geschüttelt, auf den Rücken geschlagen und hin und her gerollt hatten. Sein erster Blick galt Buck, neben dessen leblosem Körper Moor saß und ein jämmerliches Geheul ausstieß, während Skeet Bucks Gesicht und besonders die Augenlider leckte. Es dauerte lange, bis der Hund wieder zu sich kam. Drei Rippen waren gebrochen. Thornten war auch übel genug zugerichtet.

„Hier muß gelagert werden“, entschied er. Und so geschah es, und sie blieben dort, bis Buck wieder ganz hergestellt war.

Als sie im nächsten Winter wieder in Dawson waren, konnte Buck seinem Herrn auch einen Dienst erweisen, der, wenn er auch nicht ganz so groß wie der letzte war, doch seinen Namen berühmter machte in Alaska als den irgendeines Menschen. Und dieser Dienst kam allen drei Freunden zugute.

Sie hätten schon lange gern die Mittel zu einer Reise in den jungfräulichen Osten gehabt, wo Goldgräber noch nicht alles um und um gewühlt hatten. Es kam eines Tages im Eldoradogasthaus die Rede auf Hunde, und jeder hatte von den seinen allerlei zu prahlen. Buck natürlich, um den jeder John Thornten beneidete, war immer der Gegenstand des Vergleichs mit einem anderen, und jeder versuchte, doch irgendeinen Fehler an ihm zu finden. Da meinte einer der Männer, daß sein Hund einen Schlitten mit einer Ladung von fünfhundert Pfund ziehen könnte; ein anderer traute seinem Hunde sechshundert Pfund zu und ein dritter dem seinen sogar siebenhundert.

„Ach", rief John Thornten wegwerfend, „was sind denn siebenhundert Pfund. Buck kann tausend ziehen."

„Allein anziehen und hundert Meter weiterbringen?" fragte Mathiessen, der Bonanza-König.

„Jawohl", antwortete Thornten ruhig, „hundert Meter."

„Gut", sagte Mathiessen kühl und etwas spöttisch. „Hier lege ich tausend Dollars zum Pfande hin, daß das nicht wahr ist." Er warf einen Sack Goldkörner auf den Tisch, daß es dröhnte.

Niemand sagte ein Wort.

Das weckte Thorntens Widerspruchsgeist. Er fühlte, wie ihm das Blut zu Kopfe stieg. Er wußte ja nicht, ob Buck es konnte, aber er traute seiner Kraft viel zu. Er hatte ja auch keine tausend Dollars, die er dagegen hätte wetten können. Aber die Augen von einem Dutzend Männer hingen gespannt an ihm.

„Draußen steht ein Schlitten von mir mit zehn Zentnersäcken Mehl", ließ sich Mathiessens spöttische Stimme plötzlich wieder hören. „Die Sache ist also ganz einfach."

Thornten antwortete nicht. Er wußte nicht, was er machen sollte. Er sah von einem zum anderen wie ein Mensch, der seiner Sinne nicht ganz mächtig ist. Da trafen seine Augen das Gesicht von Jim O'Brien, der ein alter Freund und Schulkamerad von ihm war und fabelhafte Erfolge in Klondike gehabt hatte. Da wußte John Thornten, was er zu tun hatte.

„Kannst du mir tausend Dollar leihen?" flüsterte er ihm zu.

„Natürlich", antwortete O'Brien freundlich und schob einen ebenso großen Sack wie den von Mathiessen auf den Tisch. „Ich glaube aber nicht, John, alter Junge, daß der beste Hund das fertigbrächte."

Im Handumdrehen war die Gaststube leer; jeder wollte zusehen, wie die Wette verlief. Es waren wohl zweihundert Mann, die sich um den Schlitten sammelten. Es war bitter kalt, sechzig Grad unter Null, und der schwere Schlitten hatte schon mehrere Stunden dort im Schnee gestanden, so daß die Kufen fest saßen. Die Leute wetteten untereinander, ob Buck den Schlitten wohl flottmachen könnte oder nicht, und es entstand eine Meinungsverschiedenheit, ob unter „allein anziehen" wohl auch das Herausziehen von festgefrorenen Kufen zu verstehen sei. O'Brien meinte, daß Thornten jedenfalls losrütteln dürfte, aber Mathiessen wollte es nicht zugeben. Jeder wollte drei gegen eins wetten, daß der Hund das nicht könnte. Keiner glaubte, daß es möglich sein. Thornten selbst hatte ja nicht grade fest daran geglaubt, als er aber jetzt die zehn Hunde sah, die den Schlitten gezogen hatten, da erschien ihm seine Sache auch hoffnungslos.

Mathiessen merkte es und höhnte:

„Ich wette auch noch mehr, wieviel soll es sein?"

Das weckte wieder Thorntens Widerspruchsgeist und

machte ihn blind gegen jede bessere Einsicht. Er rief Hans und Peter herbei. Sie hatten nicht über viel Geld zu verfügen, so daß sie nur noch zweihundert Dollars zusammenlegen konnten. Es war ihr ganzes Vermögen, aber sie setzten es freudig gegen Mathiessens sechshundert Dollars ein.

Die Hunde wurden abgeschirrt und Buck in seinem eigenen Geschirr vor den Schlitten gespannt. Er fühlte, daß etwas Aufregendes vor sich ging und daß es etwas Großes war, das er jetzt leisten sollte. Ein Gemurmel der Bewunderung ging durch die Menge, als er daherkam. Er war vorzüglich in Form; sein Fell glänzte wie Seide, und er hatte nicht ein Gramm Fleisch zuviel oder zuwenig. Die Haare auf dem Rücken und am Halse sträubten sich ein wenig vor Aufregung, und alle seine Muskeln schienen zu beben.

„Donnerwetter!“ schrie einer der reichsten Ansiedler, den sie König von Skokum nannten, begeistert. „Donnerwetter! Thornten, ich gebe achthundert Dollars für den Hund, hier auf der Stelle, achthundert Dollars, wie er da steht.“

Thornten schüttelte den Kopf und trat an Bucks Seite.

„Weg da“, rief Mathiessen, „ganz weit weg alle zusammen.“

Die Menge wich zurück. Es wurde ganz still, nur ab und zu hörte man die ganz vom Spielteufel Besessenen noch Wetten anbieten, die keiner halten wollte. Jeder gab es ja zu, daß Buck ein wundervolles Tier war, aber zehn Zentnersäcke Mehl konnte er doch nicht vom Fleck bringen.

Thornten kniete noch einmal neben Buck nieder. Er nahm seinen Kopf in die Hand und legte sein Gesicht darauf. Er wollte ihm wie sonst das lange Fell zausen, war aber nicht dazu imstande; auch die gewohnten Schimpfworte wollten nicht über seine Lippen. Er legte nun seinen Mund an des Hundes Ohr und flüsterte heiser: „Wenn du mich lieb hast, Buck, wenn du mich lieb hast . . .“

Buck winselte vor Erregung.

Die Leute sahen dem sonderbaren Schauspiel neugierig zu. Es war so geheimnisvoll, wie Zauberformeln hörte es sich an. Da stand Thornten auf, und Buck nahm seine Hand zwischen die Zähne und biß darauf. Das war seine Antwort. Thornten trat zurück.

„Nun zu, Buck!“ sagte er ruhig.

Da zog der Hund die Stränge straff, ging dann ein paar Schritt zurück, wie er es gelernt hatte, und mit kurzem Anlauf scharf nach rechts, bis ein plötzlicher Ruck ihn zum Stehen brachte. Die Ladung zitterte ein wenig, und ein Krachen wurde hörbar.

Und wieder folgte dasselbe Anziehen scharf nach links. Wieder kam das Krachen. Die Kufen bewegten sich; der Schlitten war losgebrochen.

Die Leute hielten unwillkürlich den Atem an.

„Hü!“

Wie ein Pistolenschuß klang der Ruf durch die Stille.

Buck warf sich mit aller Macht in die Riemen. Sein ganzer Körper zitterte, jeder Muskel schwoll unter dem seidigen Fell. Seine Brust berührte fast den Schnee, und sein Kopf lag auf den Vorderpfoten, die wie rasend auf der harten Schneedecke kratzten, um Halt zu gewinnen. Der Schlitten zitterte und bebte und rührte sich ein wenig von der Stelle, glitt vorwärts, langsam, langsam, ganz langsam, aber immer stetig. Ein Zentimeter, zehn, zwanzig, dreißig; zum Stillstehen kam er nicht wieder.

Ein tiefes Aufatmen ging durch die Reihen der enggedrängt stehenden Menschen. Thornten lief nun hinter dem Schlitten her und rief Buck ermunternde Worte zu. Die Entfernung war vorher abgemessen, und als der Schlitten in die Nähe des Holzstoßes kam, der als Ziel ausersehen war, begann ein Schreien und Heulen, das geradezu betäubend wurde, als es erreicht war und der Befehl zum Halten erklang. Jeder lief hinzu, sogar Mathiessen. Hüte und Handschuhe flogen in die Luft. Ganz unbeteiligte Leute schüttelten einander die Hände, als ob ihnen wer weiß was für ein Glück widerfahren wäre.

John Thornten war neben Buck in die Knie gestürzt und zauste ihn und schüttelte ihn hin und her. „Du Schafskopf, du Dummkopf, du verfluchter Kerl“ und ähnliche Worte rief er mit so liebevoller Stimme, daß sich alle verwundert ansahen.

„Donnerwetter! Donnerwetter!“ fluchte der Skokum-König. „Tausend Dollar für den Hund, zwölfhundert Dollars, Herr; den Hund muß ich haben.“

Thornten sprang auf die Füße. Seine Augen waren feucht, und die Tränen liefen ihm über die Backen. „Der Teufel soll Sie holen mitsamt Ihrem dreckigen Gelde“, rief er wütend.

Buck nahm Thorntens Hand zwischen die Zähne und biß darauf, und sein Herr zauste ihn wieder und schüttelte ihn hin und her. Da fühlten die Leute, daß sie hier nichts zu suchen hatten, und gingen schweigend davon.

Der Ruf

Als Buck damals seinem Herrn in wenigen Minuten sechzehnhundert Dollar verdient hatte, stand der lang ersehnten Reise nach dem Osten nichts mehr entgegen. Es gingen über eine gewisse Gegend allerhand Gerüchte von einer fabelhaft wertvollen Mine. Viele waren schon ausgezogen, sie zu suchen, aber nur wenige hatten sie gefunden; die meisten waren überhaupt nicht mehr zurückgekommen. Die geheimnisvolle Mine hatte manchen Mannes Leben gekostet.

Keiner wußte, wer sie entdeckt hatte. Die ältesten Überlieferungen reichten nicht so weit zurück. Aber ihr Dasein hatten noch manche im Sterben beschworen und ihre Worte mit Goldklümpchen bewiesen, wie sie sonst nie und nirgends gefunden wurden. Es sollte auch eine Hütte in der Gegend liegen, aber keines Lebenden Auge hatte sie gesehen, und die Toten waren tot; von ihnen war keine Auskunft zu holen.

Da galt also nun, auf gut Glück auf die Suche zu gehen, und das taten John Thornten, Hans, Peter, Buck und noch ein halbes Dutzend anderer Hunde. Erst fuhren sie mit ihrem Schlitten siebzig Meilen den Yukon hinauf, wandten sich dann rechts auf den Stewartfluß und verfolgten ihn bis hinauf zu seiner Quelle.

John Thornten lag wenig an anderen Menschen, und er fürchtete die Wildnis nicht. Mit einer Handvoll Salz und einem Gewehr hätte er sich überall hingewagt. Eile hatte er ja nicht, und wie es die Gelegenheit so mit sich brachte, reisten oder rasteten sie und jagten ihr Wild je nach Bedarf. Neben Waffen, Schießbedarf und Handwerkszeug hatten sie nicht allzuviel Gepäck bei sich.

Das war ein Leben so recht nach Bucks Herzen; jagen, fischen und umherrennen, das war seine Lust. Wochenlang ging er manchmal Tag für Tag vor dem Schlitten, um dafür auch wochenlang im Lager auszuruhen. Die Hunde liefen dann umher, während die drei Männer Feuer machten und das hartgefrorene Erdreich auftauten, es in ihre Pfannen brachten und auswuschen. Die Mühe war aber stets vergeblich; es fand sich kein Gold. Manchmal mußten sie alle hungrig zur Ruhe gehen, ein anderes Mal wieder gab es Wild und Fische im Überfluß.

Als der Sommer in das Land kam, war es mit dem Schlittenfahren zu Ende, und jeder hatte sein Päckchen auf dem Rücken zu tragen, über blaue Berge, in sonnige Täler und durch finstere Wälder, über blinkende Seen, in Gegenden, die keines Menschen Fußspur trugen und wo doch Menschen gewesen sein mußten, wenn die Geschichte wahr war von der verlassenen Hütte bei der fabelhaften Goldmine. So hatten sie die Gewitter des Hochsommers erlebt und beim matten Schein der Mitternachtssonne gefroren; sie hatten Landstriche getroffen, wo sie kaum vor Fliegen und Mücken leben konnten, hatten im Schatten vom ewigen Eise Erdbeeren gepflückt, so süß und reif, wie der Süden sie kaum hervorbrachte, und hatten Blumen gebrochen, wie sie nicht schöner dort zu finden waren.

Die Monate kamen und gingen. Einmal stießen sie auch auf menschliche Spuren. Es war auf einem Weg mitten im Urwald, und sie dachten, daß die Hütte nun wohl nicht weit sei. Aber der Weg fing nirgendwo an und hörte nirgendwo auf und blieb geheimnisvoll wie der Mann, der ihn angelegt hatte, und der Grund, warum es geschehen war. Dann trafen sie eine verlassene Jagdhütte, und zwischen den verfaulten Decken eines Lagers lag eine langschäftige Flinte. John Thornten kannte das Fabrikat aus seiner Jugend, als diese Waffen noch mit Gold aufgewogen wurden. Das war alles, sonst war nirgends eine Spur von dem ehemaligen Bewohner zu finden.

Als der Frühling wieder in das Land zog, fanden sie zwar nicht die gesuchte Hütte, aber in einem weiten Tale ein flaches Becken, auf dessen Grunde das reine Gold zwischen dem Sande glänzte.

Nun hatte die Reise ein Ende. Jeden Tag arbeiteten die drei, und jeden Tag fanden sie wohl tausend Dollars Wert in kleinen Goldkörnchen. Sie wurden in Säcke von Elchfellen gefüllt, fünfzig Pfund in jeden. Diese stapelten sie neben dem Zelte auf wie zu Hause das Feuerholz. Tag für Tag arbeiteten sie, und die Tage flogen dahin, so schnell wie die Träume einer Nacht.

Für die Hunde war nichts zu tun; höchstens halfen sie Thornten bei der Beschaffung des Fleisches. Buck hatte nun wieder Zeit zum Träumen, und stundenlang konnte er am Feuer liegen. Dann erschien ihm auch wieder der kleine, kurzbeinige, behaarte Mann, und er folgte ihm in eine andere Welt.

Wenn er ihn beobachtete, wie er am Feuer saß, den Kopf zwischen die Knie gedrückt, die er mit den Armen umschloß, dann sah er ihn oft im höchsten Schrecken auffahren. Er schien in beständiger Angst zu leben, starrte spähend in das Dunkel des Waldes und warf dann frisches Holz auf das glimmende Feuer. Wenn er am Ufer des Sees entlangging, wo er fischte und die Beute gleich verzehrte, so blickten seine Augen angsterfüllt nach allen Seiten, als ob er stets bereit sei zu flüchten. Geräuschlos kroch er durch den Wald dahin und Buck immer dicht hinter ihm; stets waren sie auf der Hut, stets wachsam auf jedes Geräusch und aufmerksam auf jeden Geruch. Der haarige Mensch konnte so scharf hören und riechen wie der Hund. Er konnte auch auf die Bäume springen und sich von Zweig zu Zweig, von Baum zu Baum schwingen; niemals fiel er, niemals tat er einen falschen Griff. Er war sogar geschickter in den Bäumen als auf dem Boden, und Buck erinnerte sich an Nächte, wo er am Stamme eines mächtigen Baumes lag und wachte, während der haarige Mann oben im Baume hing und schlief. Ganz frei hing er da, und auch im Schlaf fiel er nicht herunter.

Und ebenso deutlich wie an diese merkwürdige Menschenerscheinung erinnerte er sich an einen Ton, einen Ruf. Er hörte ihn, deutlich klang er noch in seinen Ohren. Ein eigenartiges Glücksgefühl überkam ihn dann und eine Sehnsucht nach irgend etwas, worüber er sich selbst keine Rechenschaft geben konnte. Manchmal sprang er dann auf und lief dem Rufe nach, als ob er nicht im Raum, in seiner Erinnerung, sondern in Wirklichkeit erklungen wäre. Wenn er dann so durch den Wald strich, dann bellte er laut oder winselte leise vor sich hin, je nachdem ihm zumute war. Er steckte die Nase in das kühle Moos und sog glückselig den Geruch der frischen Erde ein. Halbe Tage lang lag er oft im Walde hinter dicken Stämmen oder im hohen Grase versteckt, ganz Auge und ganz Ohr, damit ihm nichts entgehen konnte. Er wollte den Ruf belauschen, der immer erscholl und von dem er nicht wußte, woher er kam.

Manchmal, wenn er in der Mittagsglut schlummernd vor dem Zelte lag, warf er plötzlich den Kopf hoch, seine Ohren spitzten sich, und er horchte in die Ferne. Dann raste er davon, weiter und weiter, stundenlang, tagelang. In trockenen Bachbetten lief er entlang, kroch vorsichtig und lautlos über das weiche Moos und belauschte die Vögel; ganz reglos konnte er daliegen, um ein Volk Waldhühner zu beobachten, das in dem hohen Grase hin und her lief. Am liebsten aber wanderte er leise in der Dämmerung der Hochsommernächte und horchte auf die tausendfachen Stimmen der Wildnis und suchte doch nur die eine Stimme, die Stimme, die ihn gerufen hatte.

Eines Nachts sprang er mitten aus dem Schlafe auf; er zitterte am ganzen Körper, jedes Haar seines Felles sträubte sich. Er hatte ihn wieder gehört, den Ruf, und dieses Mal so deutlich wie nie zuvor; ein lang anhaltendes Heulen war es gewesen, ähnlich dem eines Hundes, aber doch anders. Und er kannte die Stimme; er hatte sie schon früher gehört. Wie gehetzt rannte er dahin, und erst als er ganz nahe gekommen war, schlich er langsam und vorsichtig vorwärts, bis zu einem offenen Platz unter hohen Bäumen. Da sah er, aufrecht sitzend, die lange spitze Schnauze dem Nachthimmel zuwendend, einen großen, mageren Wolf.

Buck war ganz geräuschlos gekommen, aber der Wolf hatte ihn doch bemerkt und hörte auf zu heulen. Buck schlich näher, den Körper eng an die Erde gedrückt, mit weitausgestreckter Rute, einen Fuß vorsichtig vor den anderen setzend. Jede Bewegung sprach eine Drohung aus, untermischt mit Freundlichkeit. Es war die Versicherung des Waffenstillstandes, wie Raubtiere ihn gegenseitig auszudrücken pflegen, aber der Wolf sprang auf und suchte das Weite. Buck folgte ihm in großen Sätzen. Er hetzte ihn in einen Hohlweg und versperrte ihm den Rückzug. Da wandte der Wolf sich um, erhob sich auf die Hinterbeine wie Jeß und alle die anderen halbwilden Eskimohunde, knurrte, fletschte die Zähne und biß um sich, genau wie diese.

Buck aber nahm den Kampf nicht auf. Er ging mit freundlichem Knurren ganz nahe um ihn herum. Der Wolf aber war argwöhnisch und bange, denn Buck war wohl dreimal so groß wie er; sein Kopf reichte kaum an Bucks Schulter. Mit aller List suchte er zu entschlüpfen. Endlich gelang es, und die Jagd begann wieder, bis er von neuem gestellt wurde. Endlich merkte er aber doch, daß Buck ihm freundlich gesinnt war, beschnüffelte ihn und balgte sich spielend mit ihm herum. Nach einer Weile setzte sich der Wolf in Trab, zeigte deutlich, daß er irgendeinem Ziel zustrebe, und forderte Buck auf mitzukommen. So liefen sie Seite an Seite im dämmrigen Lichte der Nacht, weit hinaus bis an die Quelle des Flusses und weiter noch.

Die Sonne stieg hoch und höher, und der Tag wurde warm. Sie kamen in flaches Land mit tiefen Wäldern und glitzernden Strömen. Buck war glückselig, denn jetzt wußte er, daß er dem Rufe folgte, den er so oft gehört hatte; sein wilder Bruder führte ihn dahin, woher er erklang. Alte Erinnerungen drangen auf ihn ein; es war ihm, als habe er alles schon einmal erlebt vor ewigen Zeiten in einer anderen Welt.

Als sie an einem der Flüsse stillstanden, um sich zu erfrischen, da erst fand Buck Zeit, an John Thornten zu denken. Er setzte sich und stierte vor sich hin. Der Wolf aber lief weiter. An den Ruf, dem er folgen wollte, dachte er jetzt nicht mehr. Da kam der Wolf zurück, beschnüffelte ihn und forderte ihn auf mitzukommen. Doch Buck drehte um und trabte langsam zurück. Wohl eine Stunde lief sein wilder Bruder winselnd hinter ihm her. Dann setzte er sich hin, streckte seine Nase gegen den Abendhimmel aus und heulte. Es war ein klägliches Geheul, und Buck hörte es noch lange, bis es sich endlich in der Ferne verlor.

John Thornten war gerade beim Mittagessen im Zelt, als Buck heranstürmte und mit solcher Wucht gegen ihn sprang, ihn so ungestüm liebkoste, daß er hintenüberfiel. Er leckte ihm quer über das Gesicht, stieß kurze schrille Freudenschreie aus und spielte, wie Hans und Peter sich ausdrückten, den richtigen Hansnarren.

Zwei Tage und zwei Nächte ließ Buck seinen Herrn nicht aus den Augen, folgte ihm auf Schritt und Tritt bei der Arbeit, sah ihm zu, wenn er aß, setzte sich vor sein Nachtlager und schaute ihn an bis zum anderen Morgen. Am dritten

Tage aber erklang wieder der Ruf aus dem Walde. Eine Unruhe kam über ihn, deren er nicht Herr werden konnte; er dachte an den wilden Bruder und das sonnige Land hinter den dunklen Bäumen. Und wieder rannte er fort, aber dieses Mal fand er den Wolf nicht, und hörte auch seine Stimme nicht, sosehr er auch lauschte.

Nun blieb er oft tagelang fort und kam auch einmal wieder in das Land, in dem der glitzernde Strom floß. Dort suchte er wohl eine Woche lang herum, fischte nach Lachsen und jagte das Wild.

Einmal tötete er einen Bären, den die Moskitos geblendet hatten, als er fischte, und der nun hilflos durch die Wälder lief. Es war ein harter Kampf, aber er erfüllte Buck mit Genugtuung. Zwei Tage, nachdem er ihn erlegt hatte, fand er wohl ein Dutzend Wölfinnen, die sich um den Rest seiner Beute zankten. Er blies das Rudel auseinander wie Kaff, und die beiden, die auf dem Kampfplatz blieben, mußten wohl Frieden halten.

Nun wurde er blutdürstiger als je zuvor. Er war ein Raubtier, und ihm gehörte alles, was lebte, das Gesetz des Stärkeren schrieb es ihm zu. Es lebte ein Stolz, ein Hochmut in ihm auf, der sich in jeder seiner Mienen, in jeder seiner Bewegungen ausdrückte und seinem prachtvollen, glänzenden Fell womöglich einen noch glänzenderen Schimmer verlieh. Hätte er nicht die weiße Schnauze gehabt und die schneeweißen Locken auf der Brust, man hätte ihn für einen riesigen Wolf halten können. Von seinem Bernhardiner-Vater hatte er die Größe und das Gewicht geerbt, und seine Schäferhund-Mutter hatte ihm die Leichtigkeit und die Schönheit vermacht. Seine Schnauze war lang wie die eines Wolfes, und sein Kopf, wenn auch breiter, hatte viel Ähnlichkeit mit dem eines Wolfes.

Auch Wolfsschlauheit hatte er, dazu die Klugheit von Vater und Mutter und außerdem alle die Erfahrungen seiner harten Lebensschule; das alles machte ihn zu einem furchtbaren Gegner. Er hatte Wildbret im Überfluß und war daher so vorzüglich bei Kräften wie nur irgend möglich. Wenn Thorntens Hand ihm liebevoll über das Haupt strich, dann knirschte und knackte es, jedes Haar entlud seine Elektrizität.

Seine Gedanken gingen blitzschnell bei allem, was Überlegung verlangte. Er war doppelt so schnell in jeder Bewegung wie die Polarhunde. Er sah eine Bewegung, hörte ein Geräusch und richtete sich danach, ehe ein anderer Hund nur deren Bedeutung begriffen hätte. Seine Muskeln waren fest und zugleich leicht beweglich wie die besten Federn. Das volle Leben durchströmte ihn.

„Solch einen Hund gibt es nicht zum zweiten Male“, sagte John Thornten eines Tages, als er Buck nachsah, der auf den Wald zuging.

„Nein“, meinte Peter, „als er gegossen wurde, ging die Form entzwei.“

„Ja wahrhaftig, das ist so“, bestätigte Hans.

Sie sahen ihn auf den Wald zuschreiten, sahen aber nicht die furchtbare Veränderung in ihm, als des Waldes Dunkel ihn umfing. Jetzt schritt er nicht mehr. Jetzt war er ganz Raubtier, das auf leisen Sohlen wie ein Schatten dahinglitt. Er verstand in Deckung zu bleiben, wo er nur konnte; er kroch wie eine Schlange und starrte wie diese auf sein Opfer. Er konnte ein Kaninchen töten, wenn es noch schlief, und einen Truthahn im Fluge fangen, wenn er auch nur eine Sekunde zu spät an Rettung dachte. Er fing die Fische im fließenden Wasser und wußte den Biber auf seinem Damm zu belauern. Er tötete aber nur, um Nahrung zu haben, nicht aus Lust am Morden. Ein Vergnügen aber hatte er daran, sich an Eichhörnchen heranzupirschen. Wenn er sie gefangen hatte, dann ließ er sie wieder laufen und freute sich, wenn sie dann laut schimpfend in die höchsten Spitzen der Bäume flüchteten.

Im Laufe des Jahres, mit dem kälteren Wetter zogen sich auch die Elche tiefer in das Land. Schon einmal hatte Buck ein Schmaltier gerissen, aber er wünschte sich würdigere

Gegner. Am liebsten hätte er ein starkes Stück gehabt, und das trat ihm in der Morgendämmerung einst in den Weg. Ein Sprung von zwanzig Elchen kam aus der Flußgegend herauf und unter ihnen ein starker Schaufler. Er war entsetzlich aufgeregt, und als das wohl sechs Fuß hohe Tier dem Hunde gegenüberstand, war das wohl ein so würdiger Gegner, wie er ihn sich nur wünschen konnte. Nach allen Seiten stieß das mächtige Tier seine Schaufeln, die wohl sieben Fuß Durchmesser hatten; die kleinen Augen blickten scharf und drohend, und es schnaubte vor Wut beim Anblick des Hundes.

Aus einer Flanke stand der Schaft eines Pfeiles hervor, der bunte Federn trug, wie die Indianer sie zu gebrauchen pflegten. Von dem Instinkt aus uralten Jagdtagen geleitet, versuchte Buck nun zunächst den Elch von den übrigen abzuschneiden. Das war kein leichtes Werk. Er bellte und sprang vor ihm her, stets dicht davor, doch immer gerade noch aus dem Bereich der schweren Schaufeln und der mächtigen Hufe, von denen ein Tritt genügt hätte, ihn zu zermalmen. Es war dem Elch nicht möglich voranzukommen, und seine Wut steigerte sich immer mehr. In solchen Augenblicken ging er zum Angriff über, doch Buck wich aus und griff von der Seite an. Oftmals, wenn er den Elch von den übrigen getrennt zu haben glaubte, kamen drei oder vier der jüngeren Stücke zurück und machten sich mit Buck zu schaffen, bis der alte Schaufler wieder bei dem Sprung angelangt war.

Aber die Geduld, mit der die Spinne endlose Stunden lang regungslos im Netz sitzt und der Panther im Hinterhalte lauert, die Geduld, die all den Tieren eigen ist, die ihre Nahrung lebend jagen, die bewies auch Buck in der Verfolgung des Elches. Er reizte die jungen Tiere, plagte die älteren mit seinem Gekläff und versetzte die Kälber in Angst und Schrecken. Einen halben Tag lang ging das so. Von allen Seiten griff Buck an, so daß die Elche nicht zur Ruhe kamen, und immer wieder schnitt er dem alten Elch den Weg ab, bis er schließlich vor Wut schnaubte.

Der Tag ging bald zu Ende, und die Sonne sank im Nordwesten. Die Dunkelheit kam schon früh, und die Nächte begannen lang zu werden. Die jungen Elche mußten dem alten immer häufiger zu Hilfe kommen, und der Weg, den sie an diesem Tage zurückgelegt hatten, war kurz. Und doch mußten sie, ehe der Winter hereinbrach, noch weit wandern, aber es schien ihnen, als ob sie der lästige Quälgeist so bald nicht freigeben würde. Und all sein Tun galt immer nur dem einen von ihnen. Nur er, nicht der ganze Sprung war in Gefahr. Nur sein Leben wurde gefordert, und es galt doch nicht so viel wie das von all den anderen.

Als die Schatten der Bäume lang und schräg fielen, stand der alte Elch allein und sah dem abziehenden Sprunge nach. Da gingen sie hin, die Tiere, die er so lange geführt hatte, die er beschützt und beherrscht hatte. Er sah ihnen nach, bis sie im dämmerigen Licht verschwanden. Er konnte ihnen nicht folgen, denn vor ihm her hüpfte und bellte ein erbarmungsloser Feind, der es ihm verbot und der doch so klein war, daß einer seiner Hufe ihn hätte zertreten können. Er hatte ein langes, langes Leben hinter sich, ein Leben voll mutiger Kämpfe; dieses war nun sein Ende: der Tod von den Zähnen eines Geschöpfes, das ihm kaum bis an die Knie reichte.

Nun hatte er Tag und Nacht keine Ruhe; Buck ließ ihn nie zufrieden, ließ ihn kein Blättchen vom Strauch pflükken, keinen Tropfen Wasser aus dem Bach schöpfen. Er durfte seinen brennenden Durst nicht stillen und hörte doch das Wasser oft unter seinen Füßen rauschen. In heller Verzweiflung flog er oft in langen Fluchten davon. Dann war es Bucks Ehrgeiz durchaus nicht, ihm hart auf den Fersen zu bleiben; er ließ sich Zeit, denn er holte ihn doch, wenn es sein mußte, in wenigen leichten Sprüngen ein. Er ließ den Elch auch ruhig lange Zeit stehen und legte sich still daneben und griff erst an, wenn er sich äsen oder tränken wollte.

Der schwere Kopf unter den großen Schaufeln sank immer tiefer zur Erde, der Gang wurde unsicherer von Stunde zu Stunde. Der Elch verhoffte jetzt oft und lange, die Muffel berührte fast das weiche Moos, die Lauscher hingen schlaff nach vorn, und Buck fand Zeit genug, für sich selbst Nahrung zu suchen.

Wenn er so still dalag und den Elch im Auge hatte, dann war es Buck manchmal, als ob etwas vorging im Lande. Als die Elche einzogen, schien auch etwas anderes gekommen zu sein, aber er wußte nicht, was es war. Er konnte es nicht sehen, nicht hören und nicht riechen, aber mit einem anderen namenlosen Sinn vernahm er es doch. Es gingen seltsame Dinge vor, und wenn er die Sache mit dem Elch erledigt hatte, wurde es Zeit, danach zu sehen.

Endlich am Abend des vierten Tages zog er den alten Schaufler nieder. Einen Tag und eine Nacht schenkte er sich Ruhe und fraß sich satt. Dann trat er erfrischt den Rückweg an. Im kurzen, gleichmäßigen Trab ging es voran, immer geradeaus, ohne Zeitverlust, ohne auch nur eine unnötige Schleife zu machen, geradezu auf das Lager; keine Magnetnadel hätte genauer die Richtung zeigen können.

Und immer sicherer wurde er, daß etwas im Lande geschehen sei, von dem er nichts wußte. Er hörte die Vögel davon reden, die Eichhörnchen darüber schelten, und der Wind flüsterte geheimnisvoll davon. Dann und wann blieb er stehen, sog die frische Morgenluft in langen Zügen ein, aber mit ihr auch etwas, das ihn zu einem eiligeren Lauf antrieb. Erst als er in das Tal einbog, wo das Zelt stand, gebrauchte er Vorsicht.

Er kam auf eine Fährte, und diese Fährte führte geradeaus in das Lager, wo John Thornten war. Die Rückenhaare sträubten sich, seine Augen glühten, jeder Nerv an ihm bebte. Er wußte jetzt alles, nur das Ende noch nicht. Seine Nase hatte es ihm gesagt, in wessen Fußspuren er trat. Er empfand eine Stille des Waldes, die er nie empfunden; alles Vogelleben war tot; kein Eichhörnchen rührte sich. Nur eins sah er, ein kleines graues Kerlchen. das sich dicht an einen rauhen grauen Stamm drückte.

Wie ein Schatten glitt Buck dahin, aber plötzlich war es ihm, als würde er mit eisernem Griff zur Seite gezogen. Er folgte der Weisung seiner Nase und fand im Dickicht Moor. Da lag er lang ausgestreckt, tot, von Pfeilen durchbohrt, deren befederte Enden aus seinem Körper heraussahen.

Hundert Schritt weiter stieß Buck auf einen der neuen Schlittenhunde, die Thornten in Dawson gekauft hatte. Er lag im letzten Todeskampf. Vom Lagerplatz kam das Geräusch vieler Stimmen und ein eintöniger Singsang. Auf dem Gesicht liegend fand er Hans, mit Pfeilen bedeckt wie ein Stachelschwein mit Stacheln. In demselben Augenblick konnte er den Platz vor dem Zelt übersehen, und vor seinen Augen glänzte es blutigrot. Es war die Welle der Wut, die ihn überlief. Er wußte es selbst nicht, daß er es war, der das Geheul ausstieß, das jetzt die Luft erschütterte. Es war das letzte Mal in seinem Leben, daß die Leidenschaft bei ihm Herr wurde über den Verstand. Es war die Liebe zu John Thornten, die ihn den Kopf verlieren ließ.

Es waren Yeehats-Indianer, die dort auf einem freien Platz vor dem Zelte ihre Tänze aufführten und dazu sangen. Plötzlich hörten sie ein furchtbares Geheul und sahen ein Tier, wie sie noch keins gesehen hatten. Es war Buck, der sich zwischen sie stürzte. Er sprang auf den ersten zu, es war gerade der Häuptling, warf ihn zu Boden und riß ihm die Gurgel auf, daß das Blut weit umherspritzte. In der nächsten Minute hatte er es mit dem zweiten geradeso gemacht, und auch über den dritten fiel er schon her. Er quälte seine Opfer nicht, dazu ließ er sich nicht Zeit. Von rechts nach links, nach hinten, nach vorn sprang er, zerriß, zerbiß und zermalmte, was ihm in den Weg kam. So schnell ging alles, und so eng hatten die Indianer zusammengesessen, daß sie nicht einmal ihre Pfeile gebrauchen konnten. Ein junger Krieger, der mit dem Speer nach Buck warf, traf einen anderen Indianer mit solcher Macht durch die Brust, daß das Speerende zum Rücken wieder herauskam. Eine Panik entstand, und ein

Todesschrei durchgellte die Luft. Alle flohen in den Wald, als ob der böse Geist hinter ihnen her wäre.

Und wie der leibhaftige Satan gebärdete sich Buck in seiner Wut. Es war ein Schicksalstag für die Yeehats. Weit über das Land wurden sie zerstreut, und erst eine Woche später sammelten sie sich in einem entlegenen Tale; es waren ihrer aber nicht mehr viele. Als Buck von ihrer Verfolgung zurückkam, fand er zunächst Peter, der schon auf seinem Lager im Schlafe erschlagen worden war. Thorntens verzweifelten Kampf las er aus den Fußspuren im Sand und verfolgte sie bis hinunter an den tiefen dunklen See. Am Ufer, die Vorderfüße im Wasser, lag Skeet, treu bis in den Tod. Der See aber war trübe und schlammig, und was er enthielt, war nicht zu sehen. Buck aber wußte es, John Thorntens Fußspuren führten hinein, aber nicht wieder heraus.

Den ganzen Tag lag der Hund dort oder wanderte ruhelos um das Zelt. Der Tod war ein Aufhören jeder Bewegung, jedes Lebens; das hatte er oft beobachtet, und er wußte, daß John Thornten tot war. Er fühlte eine große Leere in sich und ein Gefühl des Schmerzes wie Hunger. Aber es war ein Hunger, der nie gestillt werden konnte. Zu Zeiten, wenn er den Spuren der Yeehats nachjagte und wieder ein paar zu Tode brachte, dann vergaß er den Schmerz wohl auf Augenblicke, und Stolz erfüllte sein Herz. Er hatte das edelste Wild gehetzt, Menschen gejagt, Menschen getötet, und zwar nach dem Gesetz des Reißzahnes, mit dem Rechte des Stärkeren war es geschehen. Er beschnüffelte die Toten neugierig. Sie waren so leicht zu töten; mit einem Polarhund gab es einen viel härteren Kampf. Menschen waren keine würdigen Gegner; wenn sie nicht Knüppel oder Speere hatten; er würde sie nie mehr fürchten, höchstens die Waffen in ihrer Hand.

Die Nacht kam, und der Vollmond stand still am Himmel über den dunklen Bäumen. Buck lag traurig am Ufer des Sees. Da tönte ein Laut zu ihm herüber, den er kannte. Er klang so nah und klang doch fern. Es war der Ton, den er schon oft gehört hatte in einer anderen Welt, der Ton, den seine Erinnerung ihm bewahrt hatte. John Thornten war tot; jetzt wollte er dem Rufe folgen, denn das letzte Band war zerrissen, das ihn an die Menschheit band.

Auf ihren Jagdzügen waren die Wölfe durch das Land der Ströme und Seen gezogen bis hier in das Tal. Im Mondschein kamen sie daher wie ein Silberstreifen, und Buck stand hoch aufgerichtet, sie zu erwarten. Sie standen starr vor Schrecken, als sie ihn plötzlich sahen, und es dauerte lange, bis der kühnste unter ihnen zum Angriff vorsprang. Buck faßte ihn gut und brach ihm das Genick. Dann stand er wieder da, regungslos und still. Drei andere versuchten ihr Heil und zogen sich blutüberströmt zurück.

Plötzlich fielen alle zusammen über ihn her, und nur seine fabelhafte Gewandtheit konnte ihn retten. Er schnappte nach rechts und nach links, war hier und dort zu gleicher Zeit, allerwärts und nirgends. Er mußte sich nur vorsehen, daß er sich den Rücken freihielt. Langsam ging er rückwärts bis an die Bucht am See. Dort hatten sie beim Goldwaschen einen Haufen Sand und Steinchen aufgeworfen. Sich rückwärts schiebend, drängte er sich hinein, so daß er von drei Seiten geschützt war und sich nur nach vorne zu verteidigen brauchte.

Und so gut verstand er es, daß die Wölfe sich nach einer halben Stunde mißmutig zurückzogen. Sie schnaubten vor Wut, und ihre weißen Zähne leuchteten unheimlich vor Mordlust. Sie wußten aber nicht, was sie zunächst tun sollten; einige legten sich mit gespitzten Ohren nicht weit von Buck hin, andere standen und beobachteten ihn scharf, während einige zum Wasser hinuntergingen und tranken. Endlich kam ein Wolf näher. Es war ein alter, magerer, halb lahmer Geselle; er hob die Nase schnuppernd in die

Luft und kam dann freundlich knurrend näher. Da erkannte Buck in ihm seinen wilden Bruder, mit dem er eine ganze Nacht und einen Tag durch die Wildnis gezogen war.

Dann trat ein alter, mit Narben bedeckter Wolf herzu, der anscheinend auch freundlich gesinnt war. Buck aber fletschte die Zähne und knurrte grimmig. Da setzte sich der Wolf, richtete die Nase empor zum Mond und stieß ein jämmerliches Geheul aus. Buck horchte auf. Das war der Ruf, jetzt erkannte er ihn genau, und eine unbestimmte Macht zwang ihn hervorzukommen, sich neben den Alten zu setzen und einzustimmen. Dann kam einer nach dem anderen heran, beschnupperte ihn und schloß sich dem Geheul an. Plötzlich sprang der Wolf auf und lief dem Wald zu, die anderen Wölfe folgten. An der Seite des wilden Bruders stürmte Buck laut bellend davon.

Es dauerte nicht lange, bis die Yeehats bemerkten, daß die Wölfe ihr Aussehen änderten. Einige hatten tiefbraune Flecken am Kopfe und ein weißes Mal vor der Brust. Und immer, wenn sie die Wölfe sahen, bemerkten sie an der Spitze des Rudels einen ungeheuer großen Wolf. Sie nannten ihn den Geisterwolf und fürchteten ihn mehr als alle anderen. Sie wußten wohl, daß er es war, der ihr Lager bestahl und ihre Fallen beraubte, aber er tat es mit solcher Schlauheit, daß sie ihm nichts anhaben konnten. Sie gaben es auch auf, sich gegen ihn zu wehren, denn er zerriß alle ihre Hunde und fürchtete selbst ihre tapfersten Krieger nicht. Es waren viele, die sie schon mit aufgerissenem Halse gefunden hatten, und stets waren Spuren in der Nähe, die größer waren als die eines gewöhnlichen Wolfes.

Jedes Jahr bei Beginn des Winters, wenn die Elche in die wärmeren Gegenden ziehen und die Yeehats ihnen folgen, dann vermeiden sie ein gewisses Tal. Viele Frauen verhüllten ihr Gesicht, wenn am Lagerfeuer davon gesprochen wurde, was einstmals geschehen ist, als der böse Geist dort zum ersten Male gesehen wurde.

Dieses stille Tal hat aber einen Bewohner, und das ist

ein großer Wolf mit seidenglänzendem, prächtigen Fell. Da, wo aus verrotteten Säcken von Elchhaut ein glänzender gelber Strom zwischen die langen Grashalme fließt, liegt er oft stundenlang und starrt still vor sich hin; manchmal geht er auch hinunter und sieht in das dunkle Wasser des stillen Sees, und ein Geheul, schrill und jämmerlich, erfüllt die Luft.

Er ist nicht immer hier. Wenn die Wölfe vor den langen Winternächten des Nordens fliehen und ihren Beutetieren zum Süden folgen, dann läuft Buck in langen Sätzen an der Spitze des Rudels und stimmt beim bleichen Scheine der Mitternachtssonne mit ein in den uralten Sang der Wölfe.

Was sie nie vergessen

Fortune la Pearle bahnte sich seinen Weg durch den Schnee, stöhnend, kämpfend, sein Unglück, Alaska, Nome, die Karten und den Mann, den sein Messer gefällt hatte, verfluchend. Das warme Blut gefror auf seinen Händen, und der ganze Auftritt stand immer noch mit grellen Farben vor seinen Augen – der Mann, der sich an der Tischkante hielt und langsam zu Boden sank, und die Karten, die nach allen Seiten flogen, der Schauder, der sich schnell durch den ganzen Raum fortpflanzte, und die tiefe Stille; die Croupiers, die nicht mehr riefen, und das Rasseln der Jetons, das plötzlich verstummte; die entsetzten Gesichter, der endlose Augenblick der Stille und dann endlich das mächtige Gebrüll von Mord und die Rachewoge, die über ihm zusammenschlug und die ganze Stadt rasend hinter ihm hertrieb.

„Dic Hölle ist losgelassen", spottete er, während er sich in der Dunkelheit seitwärts wandte und ans Ufer stürzte.

In der offenen Tür schimmerte Licht, und aus Zelten, Hütten und Tanzlokalen kamen die Leute herausgeschossen, um sich an der wilden Jagd zu beteiligen. Die Rufe der Männer und das Heulen der Hunde erklang in seinen Ohren und trieb ihn noch mehr an. Er lief. Die Geräusche wurden undeutlicher, und die Verfolger verstreuten sich in unnützer Wut und zwecklosem Suchen. Aber ein Schatten heftete sich an seine Fersen. Er warf einen Blick über die Schulter zurück und sah ihn – bald, wie sich seine unsicheren Umrisse von einem großen, freien Schneefeld abzeichneten, bald, wie er mit dem tieferen Schatten einer Hütte oder mit dem eines an Land gezogenen Bootes verschwamm.

Vor Schwäche fluchte Fortune la Pearle wie ein Weib,

fast mit Tränen in der Stimme, eine Folge der Erschöpfung, und stürzte sich noch tiefer in die Wirrnis von Eisschollen, Zelten und Durchgängen. Er stolperte über ausgespannte Leinen und Gepäckhaufen, fiel über völlig sinnlos angebrachte Zeltpardunen und -pflöcke und stürzte immer wieder auf gefrorenen Abladeplätzen und über Treibholzstapel. Manchmal, wenn er meinte, entkommen zu sein, verlangsamte er seine Schritte, während ihm schwarz vor Augen wurde, so qualvoll hämmerte das Herz in seiner Brust, und sein Atem war kurz und schwer, als sollte er ersticken; aber immer wieder tauchte der Schatten aus dem Dunkel auf und zwang ihn, den Lauf mit derselben Schnelligkeit fortzusetzen.

Da erhob sich blitzschnell ein neuer Gedanke in seinem Hirn, und ihm folgte der Aberglauben, der ihn mit seiner eiskalten Hand packte. Die Beharrlichkeit des Schattens wurde ihm, dem Spieler, zum Symbol. Schweigsam, unerbittlich, unentrinnbar, wurde er ihm wie das Schicksal, das bei der letzten Wegbiegung wartet, wo Gewinn und Verlust abgerechnet werden. Fortune la Pearle glaubte an die seltenen Augenblicke, in denen auf viele Dinge Licht geworfen wird und der Verstand Zeit und Raum abschleudert, um sich nackt in die Ewigkeit zu erheben und in dem offenen Buch des Geschicks die Tatsachen zu lesen. Daß jetzt ein solcher Augenblick gekommen war, bezweifelte er nicht, und als er landeinwärts und über die schneebedeckte Tundra eilte, erschrak er nicht, als er sah, wie der Schatten festere Formen annahm und ihm näher auf den Leib rückte. Von einem seltsamen Gefühl der Ohnmacht beschwert, blieb er mitten in der weißen Einöde stehen und machte hastig kehrt. Seine rechte Hand fuhr aus dem Fäustling, und ein schußbereiter Revolver funkelte im Sternenlicht.

„Schieß nicht! Ich hab' kein Gewehr!"

Der Schatten hatte jetzt feste Formen angenommen, und beim Klang der menschlichen Stimme begannen Fortune la Pearle die Knie zu zittern, und die plötzliche Erleichterung wirkte so stark, daß ihm beinahe übel wurde.

Vielleicht kam es anders, weil Uri Bram an diesem Abend kein Gewehr bei sich hatte, als er auf dem harten Ufer des Eldorado saß und einen Mord geschehn sah. Das ist wohl auch die Ursache, daß er bald darauf auf die „Lange Reise" zog, mit einem Begleiter, mit dem er nur sehr wenig Berührungspunkte hatte. Wie dem aber nun auch sein mochte, so brummte er jedenfalls noch einmal: „Schieß nicht! Kannst du nicht sehen, daß ich kein Schießeisen habe?"

„Warum bist du dann aber hinter mir her, zum Kuckuck noch mal?" fragte der Spieler und senkte seinen Revolver.

Uri Bram zuckte die Achseln. „Das kann ja einerlei sein. Ich will, daß du mit mir kommst!“

„Wohin?“

„Nach meiner Hütte, am Rande des Lagers.“

Aber Fortune la Pearle stieß seinen Mokassinabsatz in den Schnee und rief seine verschiedenen Götter zu Zeugen von Uri Brams Verrücktheit an.

„Wer bist du?“ sagte er. „Und wer bin ich, daß ich meinen Kopf auf deinen Befehl in die Schlinge stecken soll?“

„Ich bin Uri Bram“, sagte der andere schlicht, „und meine Hütte liegt drüben am Rande des Lagers. Ich weiß nicht, wer du bist, aber du hast einem lebendigen Mann die Seele zum Körper hinausgejagt, ja – dein Ärmel ist rot von Blut – und du bist wie ein neuer Kain, gegen den die Hand der Menschen erhoben ist und der keine Stätte findet, wo er sein Haupt niederlegen kann. Schau, ich hab' eine Hütte –“

„Bei der Liebe deiner Mutter, Mann, so halt doch das Maul“, fiel Fortune la Pearle ihm ins Wort. „Sonst endet es damit, daß ich dich zu einem neuen Abel mache, und zwar aus reiner Freude an der Sache. Ja, Gott helfe mir – wenn ich es nicht tue! Tausend Mann sind hinter mir her, suchen mich, was soll ich da mit deiner Hütte? Ich will weg von hier, weg! Weg! Verfluchtes Schwein! Ich hätte Lust umzukehren, wie ein Toller auf sie loszugehen, ein paar Stück von ihnen mit mir zu nehmen, diese Schweine! Ein einziger, herrlicher Kampf und dann fertig mit der ganzen verfluchten Geschichte! Es ist ein dreckiges Spiel, das Leben, ich hab' es satt!“

Er hielt inne, entsetzt, gelähmt von seiner grenzenlosen Verlassenheit, und Uri Bram nahm den Augenblick wahr. Er war sonst kein Mann vieler Worte, und die Rede, die er jetzt hielt, war die längste, die er je in seinem Leben gehalten hatte, außer der, die er viel später und an einer ganz anderen Stelle noch halten sollte.

„Deshalb erzähle ich dir ja von meiner Hütte. Ich kann

dich dort so verstecken, daß sie dich nie finden. Ich habe eine Unmenge Proviant. Sonst entkommst du nie. Es gibt keine Hunde, nichts, und das Meer ist zugefroren. St. Michael ist die nächste Poststation, und dort posaunen sie die Neuigkeit aus, ehe du da bist, und ebenso steht es mit dem Hafen von Anvik – nein, du hast nicht die geringste Möglichkeit! Es ist besser, du bleibst bei mir, bis der Rauch sich verzogen hat. Ehe ein Monat vergangen ist, haben sie dich schon über dem Wettrennen nach York oder Gott weiß was sonst vergessen, und du kannst direkt vor ihrer Nase losziehen, ohne daß sie sich im geringsten darum kümmern. Ich habe meine eigenen Ideen in bezug auf Gerechtigkeit. Als ich dir vom Eldorado am Flußufer entlang nachlief, geschah es nicht, um dich zu fangen und dich der Obrigkeit zu übergeben. Ich habe, wie gesagt, meine Ideen, aber ganz andere."

Der Mörder zog schweigend ein Gebetbuch aus der Tasche. Und während das Nordlicht gelb im Nordosten schimmerte, entblößten die beiden Männer im Frost ihre Häupter und faßten mit bloßen Händen das heilige Buch; Fortune la Pearle ließ Uri Bram das, was er gesagt, beschwören, ein Eid, den Uri Bram nie zu brechen gedachte und auch nie brach.

In der Tür zur Hütte zauderte der Spieler einen Augenblick verwundert, was für ein merkwürdiger Mann ihm zu Hilfe gekommen war, und sein Gemüt wurde von Zweifel erfüllt. Als aber Licht angezündet wurde, sah er, daß es eine sehr gemütliche Hütte war, ohne andere Bewohner, und er drehte sich hastig eine Zigarette, während der andere Kaffee bereitete. Seine Muskeln erschlafften in der Wärme, er lehnte sich mit angenommener Gleichgültigkeit zurück und studierte durch die Rauchringe aufmerksam das Gesicht Uri Brams. Es war ein starkes Gesicht, aber die Stärke in ihm war von der besonderen Art, die sich selbst genügt und keine Verbindung mit etwas anderm hat. Die Furchen darin waren tief, fast wie Narben, und nicht die geringste Spur von Sympathie oder Humor milderte die harten Züge. Die Augen schimmerten kalt und grau unter den dichten, buschigen Brauen. Unter den hohen Backenknochen lagen tiefe Höhlen, die dem Gesicht etwas Abstoßendes verliehen. Kinn und Untergesicht deuteten auf ein Zielbewußtsein, das, wie die schmale Stirn bezeugte, sehr einseitig und, wenn nötig, schonungslos war. Alles war hart und barsch – die Nase, die Lippen, die Stimme, der Zug um den Mund. Dieses Gesicht zeugte davon, daß hier ein Mann war, der viel allein lebte und nicht gewohnt war, die Welt um Rat zu fragen; ein Mann, der des Nachts oft mit den Engeln kämpfte und dem neuen Tag mit zusammengebissenen Zähnen entgegenging, damit niemand von seinem Kampfe etwas ahnte. Sein Wesen war eng, aber tief, und Fortune, dessen eigenes Verhältnis zur Menschheit weit und flach war, konnte ihn nicht verstehen. Hätte Uri gesungen, wenn er froh, hätte er geseufzt, wenn er betrübt war, so würde er es verstanden haben; jetzt aber konnte er die rätselhaften Gesichtszüge nicht deuten und die Seele, die dahinter lag, nicht ermessen.

„Hilf mir, Mann“, gebot Uri, als sie ihre Tassen geleert hatten. „Wir müssen uns auf Besuch vorbereiten.“

Fortune half dem andern, und er tat es sehr vernünftig. Die Bettstelle nahm eine Ecke an der Rückwand der Hütte ein. Sie war sehr primitiv, ihr Boden bestand aus Brettern aus Treibholz, die mit Moos bedeckt waren. Am Fußende standen die Enden dieser Bretter in ungleicher Länge hervor. Uri riß das Moos auf der der Wand zunächst befindlichen Seite fort und entfernte drei von den Brettern. Die ungleichen Enden wurden abgesägt und wieder so angebracht, daß die vorspringenden Reihen nicht unterbrochen wurden.

Fortune holte aus der Vorratskammer einige Mehlsäcke und legte sie unter der Öffnung auf den Fußboden. Obendrauf legte Uri ein paar lange Seesäcke, und hierüber breitete er dann mehrere Lagen Moos und Decken. Und hier konnte Fortune liegen, während der Schlafsack über die ganze Bettstelle von einer Seite zur andern gebreitet wurde, so daß jeder, der sie sah, sie für leer halten mußte.

In den folgenden Wochen erschienen mehrere Besucher in der Hütte. Keine Hütte und kein Zelt entging dieser Untersuchung. Aber Fortune lag ungestört in seinem engen Versteck, und im übrigen interessierte sich auch niemand besonders für Uri Brams Hütte, denn sie war wohl die letzte Stelle auf Erden, wo man erwarten konnte, John Randolphs Mörder zu finden. Abgesehen von diesen Unterbrechungen, faulenzte Fortune in der Hütte, legte eine Patience nach der andern und rauchte zahllose Zigaretten. Obwohl er bei seinem flüchtigen Naturell Heiterkeit, Scherz und Lachen liebte, gewöhnte er sich doch schnell an Uris Schweigsamkeit. Sie sprachen nie miteinander, außer, um darüber zu diskutieren, was seine Verfolger unternahmen oder vorhatten, wie die Wege waren und wie die Hunde im Preise standen, und das taten sie auch nur in langen Abständen und mit so wenig Worten wie möglich.

Aber Fortune begann ein System auszuarbeiten und tat Stunde auf Stunde, Tag auf Tag nichts, als Karten zu mischen und zu geben, Karten zu mischen und zu geben, und er schrieb die Karten in langen Reihen auf und mischte und gab wieder. Schließlich aber begann selbst diese Beschäftigung ihr Interesse für ihn zu verlieren, und den Kopf über den Tisch gebeugt, saß er da und malte sich die lustigen Lokale aus, die die ganze Nacht geöffnet waren, wo Croupiers und Inspektoren scharenweise arbeiteten und wo das Klappern der Roulettekugel nie verstummte. In solchen Augenblicken fühlte er sich von seiner Einsamkeit und dem Gefühl, daß alles für ihn fehlgeschlagen war, gelähmt, und er konnte stundenlang in derselben Stellung dasitzen, ohne mit den Augen zu blinzeln oder sich zu regen. Dann wieder machte sich eine lang zurückgedämmte Bitterkeit in leidenschaftlichen Ausbrüchen Luft, denn er war alles eher als zufrieden mit seinem jetzigen Leben.

„Das Leben ist ein dreckiges Spiel“, lautete seine beständige Klage, und dies Thema variierte er ins Unendliche.

„Ich habe nie eine ehrliche Chance gehabt“, klagte er. „Von Geburt an bin ich genarrt worden, und selbst die Milch in der Brust meiner Mutter war verfälscht. Ihr hat man falsche Würfel gegeben, als sie mitspielen sollte, und meine Geburt war der Beweis dafür, daß sie verloren hatte.

Aber das war noch kein Grund, daß sie mich hassen sollte, und doch tat sie es – ja, sie tat es! Warum gab sie mir keine Chance? Warum gab die Welt mir keine? Warum kam ich in Seattle auf den Hund? Warum reiste ich im Zwischendeck nach Nome und lebte wie ein Schwein? Warum ging ich ins Eldorado? Ich wollte zum Großen Peter und ging nur hinein, um mir ein Streichholz geben zu lassen. Warum hatte ich Lust zu rauchen? Da siehst du! Alles arbeitete zusammen und paßte zueinander – das kleinste bißchen. Ja, und schon ehe ich geboren wurde! Ich möchte alles Gold, auf das ich mir je Hoffnung gemacht habe, wetten, daß es schon so war, ehe ich geboren wurde. Woher kam es, daß John Randolph Streit mit mir anfangen und erdolcht werden mußte? Verdammt noch mal! Er hatte es verdient! Warum konnte er nicht sein Maul halten und mir eine Chance geben? Er wußte, daß ich beinahe fertig war. Warum hielt er nicht die Finger davon? Ja, warum? Warum? Warum?“ Und Fortune la Pearle wälzte sich auf dem Fußboden, während er seine zwecklosen Fragen an die ganze Weltordnung stellte.

Bei solchen Ausbrüchen sagte Uri nicht ein Wort und gab kein Lebenszeichen – es war nur, als ob seine grauen Augen, wie aus Mangel an Interesse, schlaff und trübe würden.

Diese beiden Männer hatten nichts miteinander gemein; darüber war Fortune sich hinreichend klar, und er fragte sich öfters, warum Uri ihm eigentlich geholfen haben mochte.

Aber schließlich war das Warten zu Ende. Selbst der Blutdurst einer ganzen Gesellschaft hält nicht ihrem Golddurst stand. Die Ermordung John Randolphs war bereits in die Annalen des Lagers eingetragen, und dabei blieb es. Wäre der Mörder erschienen, so würden die Leute in Nome sicher um die Wette gerannt sein, um der Gerechtigkeit ihren Lauf zu lassen. Aber die Frage, wo Fortune la Pearle geblieben war, interessierte sie nicht mehr. In den Flußbetten und an den roten Ufern gab es Gold, und wenn das Meer wieder eisfrei wurde, wollten die Männer, deren Beutel jetzt wohlgefüllt waren, dorthin fahren, wo die Annehmlichkeiten des Lebens für einen lächerlich niedrigen Preis zu kaufen waren.

So half Fortune denn eines Nachts Uri Bram die Hunde vor den Schlitten zu schirren und alles festzuzurren, und dann folgten die beiden der winterlichen Schlittenspur südwärts übers Eis. Aber es ging nicht weit nach Süden, denn bei St. Michael bogen sie nach Osten ab landeinwärts, gingen über die Wasserscheide und erreichten den Yukon bei Anvik, viele Hundert Meilen von seiner Mündung. Dann ging es immer weiter, nach Nordosten, bei Koyokuk, Tanana und Minook vorbei, bis sie den großen Bogen beim Fort Yukon hinter sich gelassen, den nördlichen Polarkreis überschritten und ihn noch einmal auf dem Wege nach Süden über Yukon Flats passiert hatten. Es war eine sehr ermüdende Reise, und Fortune würde sich gewundert haben, warum der andere sie machte, hätte Uri ihm nicht erklärt, daß er einige Claims und Arbeiter bei Eagle habe. Eagle lag direkt an der Grenze; ein paar Meilen weiter wehte die britische Flagge über den Baracken des Fort Cudahy. Dann kamen Dawson, Pelly, Five Fingers, Windy Arm, Caribou Crossing, Linderman, Chilcoot und Dyea.

An dem Morgen, als sie Eagle passiert hatten, waren sie früh auf den Beinen. Es war die letzte Nacht, die sie gemeinsam im Zelt verbracht hatten, und jetzt sollte jeder seines Weges gehen. Fortune war es sehr leicht ums

Herz. Eine Verheißung von Frühling ruhte über dem Lande, und die Tage begannen länger zu werden. Der Weg führte jetzt auf kanadisches Gebiet hinüber. Die Freiheit war nahe, die Sonne wollte wiederkehren, und mit jedem Tag kam er der großen Welt draußen näher. Außerdem hatte er reichlich Bewegungsfreiheit und konnte sich die Zukunft wieder in strahlenden Purpurfarben malen. Beim Frühstück pfiff er und sang Bruchstücke fröhlicher Lieder, während Uri die Hunde anschirrte und seine Sachen packte. Als aber alles fertig war und Fortune schon der Boden unter den Füßen brannte, zog Uri einen Baumklotz ans Feuer und setzte sich.

„Hast du je vom ‚Weg der toten Pferde' gehört?"

Er blickte sinnend auf, und Fortune schüttelte den Kopf, während er innerlich wütend über die Verzögerung war.

„Es geschieht zuweilen, daß man Leute unter Verhältnissen trifft, die man nie vergißt", fuhr Uri fort, und er sprach leise und sehr langsam. „Ja, und unter solchen Verhältnissen traf ich einmal einen Mann auf dem ‚Weg der toten Pferde'. Im Jahre 1897 seine Ausrüstung über den weißen Paß zu schaffen gehörte zu den Dingen, die den Mut manches Mannes knickten; es hatte seinen Grund, daß sie dem Weg den Namen gaben. Die Pferde starben wie die Fliegen beim ersten Frost, und von Skaguay bis Bennett lagen sie haufenweise da und verwesten. Sie starben auf dem Felsen, sie wurden auf dem Gipfel vergiftet; sie fielen aus Nahrungsmangel bei den Seen; sie stürzten neben der Schlittenbahn, wenn es eine gab, oder sie gingen durch; im Fluß ertranken sie mit ihrer Last auf dem Rücken oder zerschmetterten an den Steinen; sie brachen sich die Beine in den Spalten, und den Rücken, wenn sie sich mit ihrer Last überschlugen; sie versanken im Morast oder erstickten im Schlamm, und die Eingeweide wurden ihnen in den Mooren von den Markpfählen, die aufrecht im Schlamm standen, zerrissen; die Leute schossen sie nieder, ließen sie sich zu Tode rakkern, und wenn sie fertig waren, kehrten sie an den Strand zurück, um neue Pferde zu kaufen. Manche gaben sich nicht einmal die Mühe, sie zu erschießen, sondern rissen ihnen nur Sättel und Hufeisen ab und ließen sie liegen, wo sie niedergestürzt waren. Ihre Herzen wurden hart wie Stein – wenn sie nicht ganz den Mut verloren, sie wurden wie Tiere, diese Männer auf dem ‚Weg der toten Pferde'.

Dort war es, wo ich einen Mann mit einem Herzen und einer Geduld wie Christus fand. Und er spielte ehrliches Spiel. Wenn er sich zur Mittagszeit ausruhte, nahm er den Pferden ihre Last ab, so daß auch sie sich ausruhen konnten. Er bezahlte fünfzig Dollar für hundert Pfund Futter und noch mehr. Er nahm sein eigenes Bettzeug, um ihnen den Rücken zu verbinden, wenn sie sich wundgeritten hatten. Andere Männer ließen die Sättel sich Löcher fressen, so groß wie Wassereimer, und manche ließen die Tiere, wenn sie die Hufeisen verloren hatten, traben, bis ihre Hufe bis aufs blutige Fleisch abgenutzt waren. Er verwandte seinen letzten Dollar für Hufeisennägel. Ich weiß es, denn wir schliefen im selben Bett. aßen aus demselben Topf und wurden wie Brüder dort, wo Männer das Dasein nicht mehr ertragen konnten und mit Gotteslästerungen auf den Lippen starben. Nie war er zu müde, um einen Riemen zu lockern oder einen Sattelgurt anzuziehen, und oft hatte er Tränen in den Augen, wenn er das hoffnungslose Elend sah. An einer besonders steilen Stelle, wo die Tiere sich auf die Hinterbeine stellten und die Vorderbeine wie Katzen hoben, um über die Felswand zu gelangen, war der Weg mit Leichen von Pferden übersät, die nicht hatten hinüberkommen können. Und da stand er nun, mitten in diesem Höllengestank, stets bereit, sie im rechten Augenblick mit einem freundlichen Zuruf zu ermuntern und von hinten nachzuschieben, bis alle hinüber waren. Und als eines von ihnen im Schlamm versank, versperrte er den Weg, bis es wieder herausgezogen war, und keiner wagte es, ihn anzutreiben.

Als wir das Ende des Weges erreichten, kam ein Mann,

der fünfzig Pferde zu Tode gepeinigt hatte, und wollte kaufen, aber wir sahen ihn an und unsere Tiere – Berg- und Präriepferde aus dem östlichen Oregon. Er bot uns fünftausend. – Und wir waren vollkommen ausgesogen, aber wir dachten an das giftige Gras auf dem Gipfel und an den Übergang bei dem Felsen. Und der Mann, der mein Bruder war, sprach nicht ein Wort, sondern teilte die Tiere zwischen uns – und er sah mich an, und wir verstanden uns. Und dann trieb er die meinen nach der einen Seite und ich die seinen nach der anderen Seite. Und wir nahmen unsere Büchsen und erschossen sie, während der Mann, der fünfzig Pferde getötet hatte, uns verfluchte, bis er ganz trocken im Halse war. Aber der Mann, mit dem ich Brüderschaft geschlossen hatte auf dem ‚Weg der toten Pferde' –"

„Ja, der Mann war natürlich John Randolph." Fortune beendete den Satz für ihn, und ein spöttischer Klang war in seiner Stimme.

Uri nickte und sagte: „Es freut mich, daß du mich verstanden hast."

„Ich bin bereit", antwortete Fortune, und sein Gesicht nahm den alten, müden, bitteren Ausdruck an. „Los, aber mach schnell."

Uri Bram erhob sich. „Ich habe mein ganzes Leben lang an Gott geglaubt. Ich glaube, er liebt Gerechtigkeit. Er sieht in diesem Augenblick auf uns herab und wählt zwischen uns. Er wartet darauf, daß sein Wille durch meinen rechten Arm erfüllt werde. Und so stark ist mein Glaube, daß ich uns beiden dieselbe Chance geben und ihn zwischen uns richten lassen will."

Fortunes Herz klopfte vor Freude bei diesen Worten. Er wußte nicht viel von Uris Gott, aber er glaubte an das Glück, und das Glück war auf seiner Seite gewesen seit dem Abend, als er am Ufer über den Schnee lief. „Aber wir haben nur eine Schußwaffe", wandte er ein.

„Wir schießen nacheinander", sagte Uri, indem er den Revolver des andern untersuchte.

„Und die Karten sollen entscheiden.“

Fortunes Blut wurde heiß, und als Uri nickte, zog er die Karten aus der Tasche. Sicher: das Glück würde ihn nicht im Stiche lassen. Er dachte an die Sonne, die jetzt zurückkehrte, nahm die Karten ab und zitterte vor Freude, als er sah, daß er geben sollte. Er mischte und gab, und Uri legte den Pik-Buben auf. Dann legten sie die Karten auf den Tisch. Uri hatte nicht einen einzigen Trumpf, er selber hingegen As und Zwei. Die große Welt schien ihm sehr nahe, als sie die fünfzig Schritte abzumessen begannen.

„Wenn Gott seine Hand zurückhält und du mich triffst, sind Hunde und Ausrüstung dein. Du wirst in meiner Tasche eine ausgefertigte Übertragungsurkunde finden“, erklärte Uri, der aufrecht dastand und seine Brust breit der Kugel bot.

Fortune riß sich mit einer hastigen Bewegung vom Anblick der Sonne los, die auf das Wasser schien, und zielte. Er war sehr vorsichtig. Zweimal senkte er den Revolver, als der Frühlingswind die Kiefern erzittern ließ. Das dritte Mal aber beugte er das Knie, faßte den Revolver mit beiden Händen und drückte ab. Uri drehte sich halb herum, hob beide Arme und sank in den Schnee. Fortune wußte, daß er ihn zu weit seitwärts getroffen hatte – sonst hätte der Mann sich nicht gedreht.

Als Uri die Herrschaft über seine Glieder wiedergewonnen hatte und mühselig auf die Füße kam, hätte Fortune am liebsten noch einmal geschossen. Aber er schob den Gedanken von sich. Das Glück war ihm schon günstig gewesen. Und betrog er jetzt, so würde er es bei einer andern Gelegenheit bezahlen müssen. Nein, ehrliches Spiel. Außerdem war Uri schwer verwundet und konnte unmöglich den schweren Revolver so lange halten, um richtig zu zielen.

„Und wo ist dein Gott jetzt?“ spottete er, indem er dem Verwundeten den Revolver reichte.

Und Uri antwortete: „Gott hat noch nicht gesprochen. Sei bereit, das Urteil zu hören.“

Fortune wandte sich ihm halb zu, drehte aber die Brust seitwärts, um ein kleines Ziel zu bieten. Uri wankte wie ein Betrunkener, wartete aber auch eine kurze Pause zwischen den leichten Windstößen ab. Der Revolver war sehr schwer, und wie Fortune vermutet hatte, war er im Zweifel, ob er ihn halten könnte. Aber er hob ihn mit ausgestrecktem Arm über den Kopf und senkte ihn dann langsam. In dem Augenblick, als Fortunes linke Brust und das Zielkorn eine Linie mit seinem Auge bildeten, drückte er ab. Fortune drehte sich nicht, aber das heitere San Franzisko verwischte sich und verblaßte, und während der sonnige Schnee immer schwärzer wurde, hauchte er seinen letzten Fluch gegen das Dasein, das er nicht zu benutzen verstanden hatte.

Der Mann mit der Schmarre

Jacob Kent hatte all seine Tage an Geiz gekrankt. Der hatte wieder ein chronisches Mißtrauen zur Folge, und dadurch war sein Charakter so boshaft geworden, daß es sehr unangenehm war, mit ihm zu tun zu haben. Er hatte auch eine Neigung zum Schlafwandeln und war sehr eigensinnig, wenn er sich etwas in den Kopf gesetzt hatte. Von Haus aus war er Weber gewesen, bis das Klondike-Fieber ihn gepackt und vom Webstuhl gerissen hatte. Seine Hütte stand mittwegs zwischen der Handelsstation Sixty Mile und dem Stuart, und die Männer, die die Schlittenspur nach Dawson zu ziehen pflegten, verglichen ihn einem Raubritter, der in seiner festen Burg droben saß und Zoll von den Karawanen forderte, die seine schlechtgehaltenen Wege benutzten. Da es einige historische Voraussetzungen erforderte, sich diese Gestalt vorzustellen, waren die weniger gebildeten Wanderer vom Stuart geneigt, ihn auf eine noch primitivere Art und Weise zu beschreiben, bei der besonders viele kräftige Beiworte verwendet wurden.

Diese Hütte war, nebenbei bemerkt, nicht seine eigene, sondern vor einigen Jahren von ein paar Leuten erbaut worden, die sich ihren Lebensunterhalt mit Goldgraben verdient hatten. Es waren außerordentlich gastfreie junge Leute gewesen, und als sie die Hütte verlassen hatten, pflegten immer noch Reisende, die den Weg kannten, bei Einbruch der Dunkelheit dorthin zu kommen. Sie lag sehr bequem, denn sie ersparte ihnen Zeit und Mühe des Zeltaufschlagens; und es war ein ungeschriebenes Gesetz, daß der letzte Mann jeweils einen hübschen kleinen Stapel Brennholz für den nächsten hinterließ. Kaum eine Nacht verging, ohne daß bis zu zwei Dutzend Männer Schutz in der Hütte suchten. Jacob Kent, der dies beobachtet hatte, nutzte die Macht des Besitzes aus und blieb in ihr wohnen. Von jetzt an mußten die müden Reisenden eine Abgabe von einem Dollar für den Mann bezahlen, um auf dem Fußboden schlafen zu dürfen, und Jacob Kent wog nie den Goldstaub ab, ohne im Gewicht zu betrügen. Außerdem sorgte er stets dafür, daß seine Gäste, die kamen und gingen, für ihn Brennholz hackten und Wasser trugen. Es war der reine Raub, aber seine Opfer waren großzügig, und wenn sie ihn auch haßten, so erlaubten sie ihm doch, in seinen Sünden zu gedeihen.

An einem Aprilnachmittag saß er vor seiner Tür – genau wie eine raublustige Spinne – und wunderte sich, daß die zurückgekehrte Sonne so warm brannte, während er gleichzeitig die Schlittenbahn hinabblickte, um nach etwaigen Fremden Ausschau zu halten. Der Yukon lag zu seinen Füßen, ein Meer von Eis, das bei den beiden großen Biegungen im Norden und Süden verschwand und reichlich zwei Meilen von Ufer zu Ufer maß. Über diese rauhe Fläche führte die schmale, eingesunkene Schlittenbahn, achtzehn Zoll breit und zweitausend Meilen lang, von denen jeder Fuß mehr Flüche gehört hatte als jeder andere Weg innerhalb und außerhalb der Christenheit.

Jacob Kent war heute besonders guter Laune. Er hatte in der letzten Nacht einen Rekord aufgestellt und seine Gastfreiheit an ganze achtundzwanzig Gäste verkauft. Allerdings war es recht unangenehm gewesen, und vier hatten die ganze Nacht unter seiner Koje geschnarcht, anderseits aber hatte es dem Sack, in dem er seinen Goldstaub aufbewahrte, recht gut getan. Dieser Sack mit seiner glitzernden gelben Herrlichkeit war die größte Freude seines Daseins und die größte Plage zugleich. In seiner Enge wohnten Himmelreich und Hölle. Da es nach der Natur der Sache kein Privatleben in seiner Hütte mit ihrem einzigen Zimmer gab, quälte ihn eine ständige Furcht vor Dieben. Für diese bärtigen Fremden, die aussahen, als wären sie zu allem fähig, wäre es ungeheuer leicht gewesen, damit durchzubrennen. Das war auch sein gewöhnlicher Traum, und diese bösen Träume pflegten ihn zu wecken. Eine auserwählte Versammlung solcher Räuber suchte ihn im Traum heim, und er war allmählich ganz vertraut mit ihnen geworden, namentlich mit dem sonderbaren Anführer mit der furchtbaren Schmarre auf der rechten Backe. Der Bursche war der Beharrlichste von der ganzen Bande, und aus Furcht vor ihm hatte Jacob Kent bei Tage schon mehrere Dutzend Verstecke in der Hütte und um sie herum gesucht. Wenn er ein solches Versteck gefunden hatte, atmete er ein paar Nächte leichter, um dann wieder den Mann mit der Schmarre auf frischer Tat zu ergreifen, wie er den Sack hervorzog. Erwachte er dann mitten in dem üblichen Kampf, so stand er auf und schaffte den Sack in ein neues, noch sinnreicheres Versteck.

Nicht, daß er ein Opfer von Traumgesichten gewesen wäre; aber er glaubte an Anzeichen und Gedankenübertragung und meinte, daß diese Räuber, die in seinen Träumen auftraten, eine Astralprojektion von wirklichen Menschen wären, die in solchen Augenblicken – wo ihr Körper sich auch zufällig befinden mochte – im Geiste berieten, wie sie sich seines Schatzes bemächtigen könnten. Und die Folge war, daß er die Unglücklichen, die über seine Schwelle traten, weiter brandschatzte und gleichzeitig seine eigene Sorge mit jedem Goldkörnchen, das in den Sack kam, vermehrte.

Wie Jacob Kent so dasaß und sich sonnte, hatte er plötzlich einen Einfall, der ihn aufspringen ließ. Alle Lebensfreude hatte für ihn in einem beständigen Wiegen und Wiegen von Goldstaub gegipfelt; aber auf diese angenehme Beschäftigung war ein Schatten gefallen, den zu vertreiben er bisher nicht imstande gewesen war. Seine Goldwaage war ganz klein, er konnte in der Tat höchstens anderthalb Pfund – achtzehn Unzen – darauf abwiegen, während der gesammelte Schatz etwa dreieindrittelmal so viel betrug. Es war ihm nie möglich gewesen, alles auf einmal zu wiegen, und deshalb meinte er von einer neuen und höchst erbaulichen Betrachtung abgeschnitten zu sein. Diese Tatsache hatte ihm die halbe Besitzerfreude verdorben, ja, er fühlte, daß dieses elende Hindernis tatsächlich den Besitz sowohl entwirklichte wie verringerte. Die Lösung dieses Problems war es, die ihm durch den Kopf geschossen war und ihn aufspringen ließ. Er sah sich sorgfältig forschend nach beiden Richtungen um. Es war nichts zu sehen, und er ging hinein.

In wenigen Minuten hatte er den Tisch abgeräumt und die Waage darauf gesetzt. Auf die eine Waagschale legte er die gestempelten Gewichte, die fünfzehn Unzen ausmachten, und balancierte die Waage dann mit Goldstaub auf der andern Waagschale aus. Dann vertauschte er die Gewichte mit Goldstaub und hatte jetzt genau dreißig Unzen auf der Waage. Diese dreißig Unzen tat er dann in die eine Waagschale und balancierte sie wieder mit mehr Goldstaub aus. Jetzt war sein Vorrat an Goldstaub erschöpft, und er schwitzte stark. Er zitterte vor Entzücken und war überglücklich. Dennoch schüttelte er den Sack gründlich, um auch das letzte Stäubchen herauszubekommen, bis das Gleichgewicht gestört war und die eine Seite der Waage niedersank. Aber mit Hilfe von einigen wenigen Körnern, die er in die andere Schale legte, wurde das Gleichgewicht wieder hergestellt. Mit zurückgebogenem Kopf, starr vor Entzücken, stand er da. Der Sack war leer, aber die Möglichkeiten, die die Waage bot, waren jetzt unbegrenzt. Er konnte jeden Betrag auf ihr wiegen, vom kleinsten Gran bis zu vielen Pfunden. Mammon packte sein Herz mit brennenden Fingern. Die Sonne setzte ihren Weg nach Westen fort, bis sie durch die offene Tür hereinschimmerte und ihre Strahlen gerade auf die Waage mit ihrer goldenen Last fielen. Wie die goldenen Brüste einer bronzenen Kleopatra warfen die köstlichen Hügel das Licht mit sanfter Wärme zurück. Zeit und Raum existierten nicht mehr für ihn.

„Donnerwetter – da hast du ja ein nettes Häufchen Gold, he?“

Jacob Kent drehte sich um, während er gleichzeitig die Hand nach seiner doppelläufigen Büchse ausstreckte, die

neben ihm stand. Als sein Blick aber auf das Gesicht des ungebetenen Gastes fiel, taumelte er schwindlig zurück.

Das war ja der Mann mit der Schmarre!

Der Mann betrachtete ihn neugierig.

„Nur ruhig!“ sagte er mit einer abwehrenden Handbewegung. „Du brauchst nicht zu fürchten, daß ich deinem verdammten Goldstaub etwas tue.

Du bist ein komischer Kauz, weißt du“, fügte er nachdenklich hinzu, als er Jacob Kents zitternde Knie und den Schweiß sah, der ihm über das Gesicht troff.

„Warum nimmst du dich nicht zusammen und sagst was?“ fuhr er fort, während der andere mühsam nach Luft rang. „Hast du ein Schloß vors Maul gekriegt? Ist was in dir kaputt gegangen?"

„W-w-wo hast du die gekriegt?" brachte Jacob Kent schließlich heraus, indem er mit seinem zitternden Zeigefinger auf die unheimliche Schmarre auf der Wange des andern wies.

„Die hat mir ein Schiffskamerad mit einem Marlspiker versetzt. Und da du ja jetzt wieder zu dir gekommen zu sein scheinst, so möchte ich doch fragen, was das dich angeht. Das hätte ich gern gewußt – was geht das dich an? Zum Teufel – tut sie dir was? Ist sie nicht fein genug für einen Herrn wie dich? Das hätte ich gern gewußt!"

„Nein, nein", antwortete Jacob Kent, indem er mit einem krampfhaften Lächeln auf den Stuhl sank. „Ich dachte nur –"

„Hast du je etwas Ähnliches gesehen?" fuhr der andere streitlustig fort.

„Nein!"

„Macht sie sich nicht hübsch?"

„Ja." Jacob Kent nickte beifällig, entschlossen, sich seinem merkwürdigen Gast zu fügen, aber vollkommen unvorbereitet auf den Ausbruch, der das Ergebnis seines Versuchs, sich angenehm zu machen, sein sollte.

„Du verfluchter, grützefressender Sohn eines Seeigels! Wie kommst du dazu, zu sagen, die abscheulichste Verunstaltung, mit der Gott je einen Mann hat herumlaufen lassen, sei hübsch? Wie meinst du das, du –"

Und dann stürzte sich dieser hitzige Mann des Meeres in einen Strom orientalischer Gotteslästerungen und brachte Gott und Teufel, Stammbäume und Menschen, Bilder und Ungeheuer auf so echt primitive Männerart durcheinander, daß Jacob Kent ganz gelähmt war. Die Arme wie zur Abwehr eines Schlages erhoben, fuhr er zurück. So vollkommen hilflos stand er da, daß der andere mitten in einem großartigen Satz innehielt und in ein Hohngelächter ausbrach.

„Die Sonne hat der Schlittenspur den Boden weggeschmolzen“, sagte der Mann mit der Schmarre, als er vor Lachen wieder sprechen konnte. „Und ich hoffe, du wirst es zu schätzen wissen, daß du dadurch Gelegenheit bekommst, mit einem Mann mit einer solchen Fratze zu verkehren. Jetzt mach ein bißchen Dampf in deinem Feuerkasten dort. Ich muß die Hunde abschirren, und dann sollen sie zu fressen haben. Spar nicht mit Holz, Verehrtester, wo das herkommt, wächst mehr, und du hast massenhaft Zeit, deine Axt zu traktieren. Und wenn du schon mal dabei bist, dann ist es am besten, wenn du auch gleich einen Eimer Wasser holst. So, ein bißchen fix jetzt – sonst mach ich dir Beine – zum Teufel!“

Es war wirklich etwas ganz Unerhörtes: Jacob Kent machte Feuer, hackte Holz und holte Wasser – kurz, er verrichtete alle grobe Arbeit für einen Gast! Ehe Jim Cardegee Dawson verlassen hatte, waren ihm die Ohren vollgeblasen worden von dem Sündenregister dieses Shylocks der Landstraße, und unterwegs hatten die zahlreichen Opfer ihm immer mehr von seinen Verbrechen erzählt. Aber Jim Cardegee, der wie alle Seeleute einen Spaß zu schätzen wußte, war, als er in die Hütte trat, fest entschlossen gewesen, dem Mann, der sie bewohnte, zu zeigen, was eine Harke war. Daß ihm dies über alles Erwarten geglückt war, sah er natürlich sofort, wenn er auch keine Ahnung hatte, welche Rolle die Schmarre auf seiner Backe dabei spielte. Obwohl er es nicht verstand, sah er aber doch den Schrecken, den sie erregte, und beschloß, das ebenso schonungslos auszunutzen, wie ein moderner Kaufmann eine besonders ausgesuchte Ware auszunutzen gedenkt.

„Das muß ich sagen – du kannst schon was schaffen, wenn es sein muß“, sagte er bewundernd, während er zusah, wie sein Wirt arbeitete. „Du hättest wirklich nie zum Goldgraben ausziehen sollen – nein, wirklich nicht! Dich hat Gott ja zum Gastwirt geschaffen. Ich hab' so oft die andern oben und unten am Fluß von dir schwatzen hören, aber ich glaubte nie, daß du so ein fixer Kerl wärst, nee, wahrhaftig nicht!“

Jacob Kent spürte einen wütenden Drang, seine Schrotbüchse an dem andern zu probieren, aber der Zauber, den die Schmarre auf ihn ausübte, war zu stark. Dies war der wirkliche Mann mit der Schmarre, der Mann, der ihn so oft in seinen phantastischen Träumen beraubt hatte. Dies war die Verkörperung des Geschöpfes, dessen Astralleib ihm in seinen Träumen erschienen war, dies war der Mann, der so oft Arges gegen seinen Schatz im Schilde geführt hatte, und deshalb – er konnte keinen andern Schluß ziehen –, deshalb war dieser Mann mit der furchtbaren Schmarre jetzt in eigener Person gekommen, um ihm sein Eigentum zu rauben. Und diese Schmarre! Er konnte den Blick ebensowenig von ihr lassen, wie er sein Herz zum Stillstand bringen konnte. So sehr er sich auch bemühte, suchten seine Augen doch immer wieder den einen Punkt – so unvermeidlich wie die Kompaßnadel den Pol.

„Stört sie dich?" fragte Jim Cardegee plötzlich mit Donnerstimme, als er von den Decken aufsah, die er gerade auf dem Fußboden ausbreitete, und dem starren Blick des andern begegnete. „Ich glaube, du tust am besten, jetzt die Klappe zuzumachen, die Laterne abzublenden und dich in die Koje zu legen, wenn sie dir so verflucht schlecht bekommt. Na, los jetzt, alter Schuft, oder soll ich dir erst Beine machen – in drei Teufels Namen!"

Jacob Kent war so nervös, daß er dreimal blasen mußte, um die Tranlampe auszulöschen. Dann verkroch er sich in seine Decken, ohne auch nur die Mokassins auszuziehen.

Der Seemann schnarchte bald heiter auf seinem harten Lager auf dem Fußboden, während Kent, die eine Hand an der Büchse, in die Finsternis starrte, fest entschlossen, die ganze Nacht kein Auge zuzutun. Er hatte keine Gelegenheit gehabt, seinen Goldsack beiseite zu schaffen, der jetzt im Munitionskasten am Kopfende seiner Koje lag. So sehr er sich aber auch bemühte, wach zu bleiben, schlief er doch schließlich ein, die Seele schwer mit dem Gewicht des Goldstaubes belastet. Wäre er nicht unversehens in dieser Verfassung eingeschlafen, so würde der Dämon des Schlafwandelns nicht geweckt worden und Jim Cardegee nicht am nächsten Tage mit einem Waschzuber auf die Goldsuche gegangen sein.

Das Feuer kämpfte einen hoffnungslosen Kampf, erstarb aber ganz, während der Frost durch die mit Moos verstopften Ritzen zwischen den Baumstämmen hereindrang und die Luft im Raume eisig kalt machte. Die Hunde draußen hörten auf zu heulen, sie lagen zusammengekrochen im Schnee und träumten von einem Himmel, der voller Lachse war und in dem es keine Schlittenführer und andere gestrenge Herren gab. Im Hause lag der Seemann regungslos, während sein Wirt sich ruhelos hin und her wälzte, eine Beute seltsam phantastischer Träume. Als die Mitternacht sich näherte, warf er plötzlich die Decke ab und stand auf. Es war höchst merkwürdig, daß er das tun konnte, ohne auch nur Licht zu machen. Vielleicht war es die Dunkelheit, die ihn mit geschlossenen Augen herumgehen ließ, vielleicht auch die Furcht vor der furchtbaren Schmarre auf der Wange des Gastes; wie dem aber auch sein mochte, Tatsache war jedenfalls, daß er mit geschlossenen Augen den Munitionskasten öffnete, eine schwere Menge Goldstaub in die beiden Läufe seiner Büchse stopfte, ohne auch nur das geringste zu verstreuen, ihn mit dem Wischer feststampfte, dann die Waffe fortstellte und wieder in seine Koje kroch.

Kaum berührte das Tageslicht mit seinen stahlgrauen Fingern das Pergamentfenster, als Jacob Kent erwachte. Er drehte sich auf die Seite, stützte sich auf den Ellbogen, hob den Deckel des Munitionskastens und guckte hinein. Was er hier sah oder nicht sah, übte eine merkwürdige Wirkung auf ihn aus, namentlich in Anbetracht seines nervösen Temperaments. Er betrachtete den Schlafenden auf dem Fußboden, schloß vorsichtig den Kasten und wälzte sich auf den Rücken. Eine ungewöhnliche Ruhe legte sich über seine Züge. Nicht ein Muskel zitterte, und nicht das geringste Zeichen von Aufregung oder Nervosität war zu bemerken. Er lag lange da und bedachte die Sache, und als er schließlich aufstand und in der Hütte umherzugehen begann, tat er es ruhig und beherrscht, ohne Lärm oder Eile.

Zufällig war ein schwerer Holzpflock gerade über Jim Cardegees Kopf an der Balkendecke eingeschlagen. Mit großer Vorsicht schlang Jacob Kent ein Stück halbzölligen Manilaseiles um den Pflock, so daß beide Enden auf den Boden herabhingen. Das eine Ende band er sich selbst um den Leib, und aus dem andern machte er eine Schlinge. Dann spannte er den Hahn seiner Büchse und legte sie in Reichweite neben einen Haufen Elchlederriemen. Mit Aufbietung seiner ganzen Willenskraft zwang er sich, die Schmarre anzusehen, legte dem Schlafenden die Schlinge um den Hals und zog sie zusammen, indem er sich mit seinem ganzen Gewicht zurückwarf, während er gleichzeitig die Büchse ergriff und auf den Seemann richtete.

Jim Cardegee erwachte halb erstickt und starrte verwirrt in die beiden Stahlrohre.

„Wo ist es?" fragte Kent, das Seil lockernd.

„Du verdammter – uh –"

Jacob Kent warf sich wieder zurück, so daß der andere fast erstickte.

„Du verfluchtes Schwein – uh –"

„Wo ist es?" wiederholte Kent.

„Was?" fragte Cardegee, sobald er Luft bekommen konnte.

„Der Goldstaub."

„Was für Goldstaub?" fragte der verdutzte Seemann.

„Das weißt du sehr gut – mein Goldstaub."

„Ich hab' nichts davon gesehen. Wofür hältst du mich denn? Vielleicht für einen Geldschrank? Und was habe ich übrigens damit zu schaffen?"

„Vielleicht weißt du es, und vielleicht auch nicht; aber jedenfalls schnür' ich dir den Hals zu, bis du es weißt. Und wenn du die Hand hebst, schieß' ich dir eine Kugel vor den Kopf."

„Laß nach!" brüllte Cardegee, als der andere das Seil straffte.

Kent lockerte das Seil, und der Seemann wand und drehte seinen Hals, um ihn freizubekommen, bis es ihm glückte, die Schlinge unter das Kinn zu schieben.

„Na?“ fragte Kent, auf die Enthüllung wartend.

Aber Cardegee grinste.

„Häng mich nur, du verfluchter alter Pottkieker!“

Und wie der Seemann es vorausgesehen hatte, wurde jetzt das Trauerspiel zum Schwank. Cardegee war der Schwerere von beiden, und Kent konnte ihn nicht vom Boden heben, obgleich er sich mit seinem ganzen Körper hintenüberwarf. Er spannte seine Kräfte bis zum äußersten an, aber die Füße des Seemanns blieben auf dem Boden, so daß sie einen Teil seines Gewichtes trugen, das im übrigen von der Schlinge unter seinem Kopf gehalten wurde.

Da Kent ihn nicht vom Boden heben konnte, klammerte er sich an ihn, fest entschlossen, ihn langsam zu erwürgen und ihn zu zwingen, zu sagen, was er mit dem Schatz gemacht hatte. Aber der Mann mit der Schmarre wollte sich nicht erwürgen lassen. Es vergingen zehn, zwölf, fünfzehn Minuten, dann ließ Jacob Kent verzweifelt seinen Gefangenen los.

„Na schön“, sagte er und wischte sich den Schweiß von der Stirn. „Wenn ich dich nicht hängen kann, kann ich dich doch erschießen. Es gibt ja Leute, die nicht zum Hängen geboren sind.“

„Und du richtest deinen Fußboden hier schön zu.“

Cardegee versuchte Zeit zu gewinnen. „Hör mal – ich will dir was sagen –, jetzt werden wir uns mal hübsch die Köpfe zerbrechen, um rauszukriegen, was wir tun sollen. Du hast etwas Goldstaub verloren. Du sagst, daß ich weiß, wo er ist, und ich sage, daß ich es nicht weiß. Jetzt wollen wir mal die Höhe bestimmen und dann den Kurs danach setzen –“

„Quatsch!“ fiel ihm der andere ins Wort, „jeden Kurs, der gefahren wird, bestimme ich. Und wenn du dich von der Stelle rührst, kriegst du eine Kugel in den Leib, und das so sicher wie nur was.“

„Beim Heil meiner Mutter –"

„Der Gott gnädig sein möge, wenn sie dich liebt. Also! Ach du möchtest –?" Der Seemann hatte sich angeschickt, sich zur Wehr zu setzen, aber Jacob Kent kam ihm zuvor und drückte ihm die kalte Mündung gegen die Stirn. „Lieg jetzt still! Wenn du dich nur um ein Haarbreit rührst, ist es aus mit dir."

Es war eine ziemlich mühselige Arbeit, da er die ganze Zeit darauf achten mußte, sich nie mehr von dem Gewehr zu entfernen, als daß er den Drücker erreichen konnte, aber er war nicht umsonst Weber, und in wenigen Minuten hatte er den Seemann an Händen und Füßen gebunden. Dann schleppte er ihn vor die Tür und legte ihn neben die Hütte, wo er die Aussicht über den Fluß hatte und sehen konnte, wie die Sonne sich zum Meridian emporarbeitete.

„Ich gebe dir Frist bis Mittag und dann –"

„Was dann?"

„Dann schicke ich dich stantepeh in die Hölle. Wenn du aber gestehst, will ich dich hier behalten, bis die nächste Abteilung von der reitenden Polizei vorbeikommt."

„Gott strafe mich, wenn das nicht eine schöne Erklärung ist! Da bin ich – unschuldig wie ein Lamm, und da bist du, mit einem Loch im Kopf und ganz versessen darauf, es mit mir anzulegen und mich in die Hölle zu expedieren, du verdammter alter Räuber! Du –"

Jim Cardegee schüttelte einen Sack von Flüchen aus, daß er sich selber übertraf. Jacob Kent holte sich einen Schemel heraus, um sie in Ruhe genießen zu können. Als der Seemann alle erdenkbaren Kombinationen seines Wortschatzes erschöpft hatte, begann er im stillen gründlich über die Sache nachzudenken und verfolgte dabei ständig mit den Augen die Sonne, die sich mit unziemlicher Eile über den östlichen Himmelsbogen emporarbeitete. Seine Hunde, die erstaunt waren, daß sie noch immer nicht vor den Schlitten gespannt wurden, umdrängten ihn. Seine Hilflosigkeit machte einen starken Eindruck auf die Tiere. Sie fühlten, daß etwas nicht in Ordnung war, wenn sie auch nicht wußten, was. Und sie scharten sich um ihn und gaben heulend ihr Mitgefühl zu erkennen.

„Hopp! Los, ihr Siwashs!“ rief er, trat, sich wie ein Wurm windend, nach ihnen und merkte, daß er direkt am Rande eines Erdlochs lag. Sobald die Tiere auseinander gejagt waren, begann er darüber nachzudenken, welchen Wert das Erdloch für ihn haben mochte, das er zwar nicht sah, dessen Vorhandensein er aber fühlte. Und es dauerte auch nicht lange, bis er zu dem Ergebnis gelangte. Er sagte sich, daß die Menschen ihrer Natur nach faul sind. Sie tun nicht mehr, als sie notgedrungen tun müssen. Wenn sie eine Hütte bauen, müssen sie Erde aufs Dach legen. Von dieser Voraussetzung aus gelangte er zu dem logischen Schluß, daß man die Erde nicht weiter trug, als unbedingt notwendig war, deshalb lag er am Rande des Loches, dem die Erde entnommen war, die das Dach von Jacob Kents Hütte bildete. Bei richtiger Ausnutzung dieses Wissens, sagte er sich, könnte er dadurch einen Aufschub erlangen, und jetzt wandte er seine Aufmerksamkeit den Elchlederriemen zu, mit denen er gebunden war. Seine Hände waren auf dem Rücken gefesselt, und sie waren naß von der Berührung mit dem Schnee. Er wußte, daß ungegerbtes Leder, wenn es feucht wurde, dehnbar war, und versuchte, es ohne sichtbare Anstrengung immer mehr zu strecken.

Mit gierigen Augen folgte er der Schlittenspur, und als er in Richtung von Sixty Mile einen Augenblick einen dunklen Fleck vor dem weißen Hintergrund einer Eisstauung auftauchen sah, warf er einen besorgten Blick auf die Sonne. Sie hatte jetzt fast den Zenit erreicht.

Immer wieder sah er den schwarzen Fleck sich über die Eisbänke arbeiten und in Senkungen zwischen ihnen verschwinden, aber er wagte nur einen flüchtigen Blick hinüberzuwerfen, aus Furcht, den Verdacht seines Feindes zu erregen. Als Jacob Kent sich einmal erhob und aufmerksam die Schlittenspur entlangblickte, wurde Cardegee sehr ängstlich, aber der Hundeschlitten befand sich gerade auf einer Strecke, die parallel mit einer Eisstauung lief, und er blieb daher außer Sicht, bis die Gefahr überstanden war.

„Ich will dich dafür hängen sehen“, drohte Cardegee, um die Aufmerksamkeit des andern auf sich zu lenken. „Und du wirst dafür in der Hölle schmoren – ja, das kannst du mir glauben.“

„Sag mal“, rief er nach einer Pause, „glaubst du an Gespenster?“ Jacob Kent fuhr zusammen, und Cardegee, der sah, daß er auf der richtigen Fährte war, fuhr fort: „Weißt du, ein Gespenst darf einem Mann erscheinen, der sein Wort nicht hält, und du kannst mich nicht vor acht Glasen – ich meine vor zwölf Uhr – krepieren lassen, verstanden? Denn wenn du es tust, so kann es sein, daß ich dir erscheinen werde. Hörst du, eine Minute, eine Sekunde vor der Zeit – und ich erscheine dir – so wahr mir Gott helfe!“

Jacob Kent sah unschlüssig aus, wagte aber nichts zu sagen.

„Wie steht es mit deinem Chronometer? Wie ist deine Länge?

Wie kannst du wissen, daß deine Zwiebel richtig geht?“ fuhr Cardegee fort, in der eitlen Hoffnung, seinen Henker um ein paar Minuten zu betrügen. „Richtest du dich nach der Zeit der Polizei oder nach der der Company? Denn wenn du's auch nur eine Sekunde vor zwölf tust, so kriegst du nie Frieden vor mir, das sage ich dir im voraus. Ich komme wieder, und wenn du nicht genau weißt, wie spät es ist, wie kannst du dann sicher sein? Ich frage dich, wie kannst du sicher sein?“

„Ich werde schon aufpassen“, antwortete Jacob Kent. „Ich habe eine Sonnenuhr hier.“

„Quatsch! Der Kompaß hat zweiunddreißig Grad Deklination.“

„Die sind genau vermerkt.“

„Wie hast du das gemacht? Nach dem Kompaß?“

„Nee, nach dem Nordstern.“

„Ist das genau?“

„Vollkommen.“

Cardegee stöhnte und warf einen verstohlenen Blick auf die Schlittenspur. Der Schlitten hatte jetzt einen Hang erreicht, er war kaum noch zwei Kilometer entfernt, und die Hunde liefen in vollem Trabe, leicht und ohne Anstrengung.

„Wie weit sind die Schatten noch von der Linie entfernt?"

Kent trat an die primitive Uhr und studierte sie. „Drei Zoll", erklärte er nach sorgfältiger Untersuchung.

„Sag mal, du wirst doch wohl acht Glasen rufen, ehe du schießt, nicht wahr?"

Kent bejahte es und versank wieder in Schweigen; die Riemen um Cardegees Handgelenke dehnten sich langsam, und er bekam schon allmählich die Hände frei.

„Sag, wie weit sind die Schatten jetzt?"

„Einen Zoll."

Der Seemann machte eine leichte Drehung, um sicher zu sein, daß er im rechten Augenblick in das Loch fallen konnte, und schob sich gleichzeitig die erste Schlinge über die Hände.

„Einen halben Zoll." In diesem Augenblick hörte Kent das knirschende Geräusch von Schlittenkufen und wandte sich der Schlittenspur zu. Der Mann, der dort angefahren kam, lag bäuchlings auf dem Schlitten, und die Hunde flogen die gerade Strecke zur Hütte heran. Kent drehte sich hastig um und hob sein Gewehr an die Schulter.

„Es ist noch nicht acht Glasen!" wandte Cardegee ein. „Und ich werde dir erscheinen – verlaß dich drauf."

Jacob Kent bedachte sich. Er stand neben der Sonnenuhr, vielleicht zehn Schritt von seinem Opfer. Der Mann auf dem Schlitten mußte gesehen haben, daß etwas Ungewöhnliches im Gange war, denn er erhob sich auf die Knie und peitschte wie toll auf seine Hunde los.

Die Schatten erreichten die Linie, und Kent blickte den Lauf entlang.

„Bist du bereit?" sagte er feierlich. „Acht Gl –"

Aber den Bruchteil einer Sekunde zu früh war Cardegee

rücklings in das Loch gerollt. Kent nahm den Finger vom Drücker und lief hin.

Päng! Die Büchse explodierte dem Seemann, der sich erhob, mitten ins Gesicht. Aber es kam kein Rauch aus der Mündung, dagegen eine mächtige Flamme in der Nähe des Kolbens, und Jacob Kent fiel. Die Hunde stürzten den Hang herauf, schleppten den Schlitten über ihn hinweg, und der Fahrer sprang im selben Augenblick ab, als Cardegee seine Hände frei bekam und aus dem Loch kletterte.

„Jim!" Der andere kannte ihn. „Was ist hier los?"

„Was los ist? Ach, nichts, das sind nur Kleinigkeiten, die ich für meine Gesundheit tue. Was los ist, du verfluchter Idiot? Was los ist, fragst du? Mach mir die Hände frei, oder ich zeig' dir, was eine Schwarte ist! Ein bißchen schnell – wenn du nicht willst, daß ich ein Deck mit dir scheuere!"

„Huh!" fügte er hinzu, während der andere ihn mit seinem Klappmesser befreite. „Was los ist, das möchte ich selber gern wissen. Kannst du es mir vielleicht sagen, du Esel?"

Als sie Jacob Kent auf die Seite drehten, war er mausetot. Die Büchse, ein altertümlicher, schwerer Vorderlader, lag neben ihm. Stahl und Holz waren auseinandergesprengt. Das Ende des rechten Laufes zeigte einen klaffenden Riß, der mehrere Zoll lang war. Der Seemann hob ihn neugierig auf. Ein glitzernder Strom von Goldstaub lief durch den Sprung heraus, und im selben Augenblick verstand Jim Cardegee den Zusammenhang.

„Weiß der Teufel", brüllte er, „das ist doch die Höhe! Hier ist sein verfluchter Goldstaub. Gott strafe mich und dich dazu, Charley, wenn du nicht gleich läufst und einen Waschzuber holst!"

Jan, der Unverbesserliche

*„Denn weder Gottes noch Menschen Gesetz
reicht über den Dreiundfünfzigsten nordwärts."*

Kratzend und um sich tretend wälzte Jan sich auf dem Boden. Er kämpfte jetzt mit Händen und Füßen, und er kämpfte grimmig und schweigend.

Zwei von den drei Männern, die sich an ihn hingen, riefen sich zu, was sie tun sollten, und bemühten sich, den untersetzten haarigen Teufel zu bändigen, der sich nicht bändigen lassen wollte. Der dritte Mann heulte. Sein Finger stak zwischen Jans Zähnen.

„Laß jetzt den Unsinn, Jan, und sei vernünftig", stöhnte der Rote Bill, indem er Jan die Arme um den Hals schlang, daß er fast erstickte. „Warum kannst du dich nicht ruhig und friedlich hängen lassen, zum Donnerwetter?"

Aber Jan ließ den Finger des dritten Mannes nicht los und wand sich auf dem Zeltboden zwischen Töpfen und Pfannen.

„Du bist kein Gentleman", schalt Taylor, dessen Körper dem Finger folgte und sich jedem Ruck von Jans Kopf anzupassen versuchte. „Du hast Herrn Gordon umgebracht, einen so tapferen und rechtschaffenen Kavalier, wie je einer auf einer Schlittenbahn hinter den Hunden gefahren ist. Du bist ein Mörder und hast keine Ehre im Leibe."

„Und du bist kein guter Kamerad", fiel der Rote Bill ihm ins Wort, „sonst würdest du dich ohne Lärm und Spektakel hängen lassen. So, Jan, benimm dich jetzt! Mach uns nicht so viel Mühe. Nur ruhig – wir wollen dich hübsch ordentlich hängen, damit die Sache ein Ende hat."

„Stütz alle Mann!" brüllte Lawson der Seemann.

„Stopft seinen Kopf in den Bohnentopf und setzt den Deckel drauf."

„Aber mein Finger", protestierte Taylor.

„Dann laß den Finger zum Teufel gehen!"

„Aber ich kann nicht, Herr Lawson. Das Biest hat ihn schon ganz im Hals, und er ist schon fast aufgefressen."

„Klar zum Wenden!"

Als Lawson diese Warnung rief, kam Jan hoch, und die vier Kämpfenden taumelten gegen die andere Seite des Zeltes in ein Gewirr von Fellen und Decken. Sie wichen eben noch dem Körper eines Mannes aus, der unbeweglich dalag und aus einem Schuß am Halse blutete.

Alles dies kam von der Tollheit, die Jan gepackt hatte, von der Tollheit, die einen Mann packt, der die harte Rinde der Erde zerschürft, lange unter harten und primitiven Verhältnissen gelebt hat und wie ein primitiver Urmensch herumgekrochen ist, während sich vor seinem Blick die fetten Täler der Heimat zeigen und seine Nase den Duft von Heu und Gras, Blumen und frischgepflügter Erde wittert. Fünf eisige Jahre hatte Jan gearbeitet – am Stuart River, in Forty Mile, Circle City, Koyokuk, Kotzebue, überall hatte er unter traurigen, harten Verhältnissen seine Saat ausgestreut, und jetzt erntete er die Frucht in Nome – nicht dem Nome mit den goldenen Ufern und den roten Sandstrecken, sondern dem Nome von 1897, als Anvil City noch nicht erbaut und der Eldorado-Distrikt noch nicht entdeckt war. John Gordon war Yankee und hätte klüger sein sollen. Aber er knurrte Jan in einem Augenblick an, als seine blutunterlaufenen Augen flammten und er vor Pein mit den Zähnen knirschte. Und deshalb roch es im Zelt nach Salpeter, und deshalb lag der eine ganz still da, kämpfte der andere wie eine in die Ecke gedrängte Ratte und wollte sich nicht auf die anständige und friedliche Art hängen lassen, die seine Kameraden ihm vorschlugen.

„Wenn Sie gestatten, Herr Lawson, so möchte ich, ehe wir mit dem Radau hier fortfahren, doch bemerken, daß es eine gute Idee wäre, diesem netten Bürschlein die Zähne auseinander zu bringen. Er will weder zubeißen noch loslassen. Er ist so klug wie eine Schlange, so klug wie eine Schlange."

„Laßt mich mit dem Beil versuchen!" rief der Seemann. „Laßt mich mit dem Beil versuchen!" Er schob ihm die Schneide dicht neben Taylors Finger in den Mund, wobei er die Zähne des Mannes als Unterlage benutzte. Jan hielt fest und atmete schnaufend wie ein Butzkopf durch die Nase. „Stütz alle Mann! Jetzt geht es."

„Puh! Danke – das hat geholfen!" Und Taylor versuchte, dem Opfer seinen Arm um das wild um sich tretende Bein zu schlingen.

Aber Jan kam in seiner Berserkerwut hoch; blutend, schäumend, fluchend; fünf Jahre Frost schmolzen plötzlich im Höllenfeuer. Sie schwankten hin und zurück, stöhnend und schwitzend wie ein zyklopisches, vielbeiniges Ungeheuer, das sich aus der Tiefe hob. Die Lampe stürzte um, die Flamme erstickte in ihrem eigenen Fett, und das schwache Mittagslicht vermochte kaum durch das schmutzige Zeltleinen hereinzudringen.

„Um Gottes willen, Jan, komm doch zu dir", bat der Rote Bill. „Wir wollen dir ja nichts tun. Wir wollen dich ja nur hängen, und du machst eine solche Unordnung und einen solchen Spektakel, daß es ganz schrecklich ist. Daß man all die Zeit mit einem Mann zusammen gereist ist und dann so von ihm behandelt wird! Das hätte ich nicht von dir geglaubt, Jan!"

„Er hat zuviel Fahrt. Versuch, seine Beine zu packen, Taylor, und hiev ihn herüber."

„Ja, Herr Lawson. Und sobald ich es sage, legst du dich mit deinem ganzen Gewicht auf ihn." Der Kentuckier tastete in der Dunkelheit herum. „So, schieb los!"

Wie eine Sturzsee wankte und taumelte eine Viertel-tonne Menschenfleisch gegen die Zeltwand, Pflöcke und Zeltleinen wurden ausgerissen, und das Zelt stürzte zusammen und hüllte die Kämpfenden in seine schmutzigen Falten ein.

„Du machst dir nur unnütze Mühe“, fuhr der Rote Bill fort, indem er gleichzeitig beide Daumen auf eine behaarte Kehle preßte, deren Besitzer er unter sich festhielt. „Du hast uns schon genug Mühe gemacht, und wenn wir dich aufgehängt haben, dauert es mindestens einen halben Tag, um alles wieder in Ordnung zu bringen.“

„Ich wäre dir sehr verbunden, wenn du mich losließest“, fauchte Taylor.

Der Rote Bill grunzte und löste seinen Griff und die beiden krochen ins Freie hinaus. Gleichzeitig versetzte Jan dem Seemann einen Tritt, so daß er beiseite kullerte, und schoß über den Schnee davon.

„He, ihr Faulpelze! Buck! Bright! Ihm nach! Werft ihn nieder!“ rief Lawson, indem er dem Fliehenden durch den Schnee nachtaumelte. Buck und Bright liefen, von den andern Hunden gefolgt, an ihm vorbei und holten den Mörder schnell ein.

Es gab keinen vernünftigen Grund für die beiden Männer, dies zu tun, keinen vernünftigen Grund für Jan, fortzulaufen, keinen vernünftigen Grund für sie, ihn daran zu hindern. Nach der einen Seite dehnten sich die öden Schneefelder aus; nach der anderen erstreckte sich das zugefrorene Meer. Ohne Nahrung und Unterschlupf konnte er nicht weit kommen. Sie brauchten nur zu warten, bis er zum Zelt zurückkam, was er notgedrungen tun mußte, wenn Kälte und Hunger ihn übermannten. Aber diese Männer ließen sich nicht die Zeit, nachzudenken. Sie waren alle ein bißchen übergeschnappt. Außerdem war Blut vergossen, und der Blutdurst hatte sie heftig und brennend erfaßt. „Die Rache ist mein“, sagt der Herr, aber er sagt es unter einem milderen Himmel, wo die warme Sonne den Menschen die Energie stiehlt. Im Nordlande haben sie die Entdeckung gemacht, daß das Gebet nur hilft, wenn man Muskeln hat, um es zu unterstützen, und man ist gewohnt, sich selbst zu helfen. Gott ist allgegenwärtig, heißt es, aber ein halbes Jahr lang wirft er einen Schatten über das Land, so daß man ihn nicht finden kann, und deshalb tasten die Menschen im Finstern herum, und man darf sich nicht wundern, wenn sie oft zweifeln und meinen, daß etwas an den zehn Geboten nicht stimmt.

Jan lief blindlings drauflos, ohne zu sehen, wo er seine Füße hinsetzte, denn er war nur von dem Zeitwort „leben" besessen. Leben! Weiterleben! Buck flog wie ein graues Flimmern durch die Luft, bekam ihn aber nicht zu fassen. Der Mann trat wie rasend nach ihm und stolperte. Da schlossen sich Brights weiße Zähne über seiner Mackinaw-Jacke, und er stürzte kopfüber in den Schnee. Leben! Weiterleben! Er kämpfte toller als je in einem wogenden Wirrwarr von Männern und Hunden. Mit seiner Linken packte er einen Wolfshund im Nacken, während er den Arm Lawson um den Hals schlang. Jedesmal, wenn der Hund eine schnelle Bewegung machte, um freizukommen, wurde der unglückliche Seemann fast erwürgt. Jans Rechte war in dem dicken, wolligen Haarbusch des Roten Bill vergraben, und bei alledem lag Taylor, hilflos festgenagelt, auf dem Boden. Es war nicht möglich, mit Jan fertig zu werden, denn der Wahnsinn verlieh ihm Riesenkräfte, aber plötzlich, ohne sichtbare Ursache, ließ Jan seine verschiedenen Gegner los und wälzte sich ruhig auf den Rükken. Zweifelnd und verdutzt zogen sie sich ein wenig zurück. Jan grinste boshaft.

„Meine Freunde", sagte er, immer noch grinsend, „ihr habt mich gebeten, höflich zu sein, und jetzt bin ich höflich. Was wollt ihr von mir?"

„Das stimmt, Jan – nur ruhig!" sagte der Rote Bill beschwichtigend. „Ich wußte ja, daß du Vernunft annehmen würdest. Bleib jetzt nur ruhig, dann werden wir schon das kleine Kunststück hübsch sauber besorgen."

„Was für ein Kunststück?"

„Das Hängen. Und du sollst wirklich deinem Gott danken, weil du es mit einem Mann zu tun hast, der seine Sache versteht. Ich habe es mehr als einmal in den Staaten gemacht, und ich weiß Bescheid damit."

„Mich hängen? Mich?"

„Ja!“

„Ha! Ha! Hört den Mann – was für einen Unsinn er redet! Reich mir deine Hand, Bill, und ich will aufstehen und mich hängen lassen.“

Mit einiger Mühe kam er auf die Beine und sah sich um. „Herr Gott, hört nur den Mann! Er will mich hängen! Ho! Ho! Ho! Ich denke ja nicht daran! Nein, ich denke ja nicht daran!“

„Aber ich, du Lümmel!“ sagte Dawson spöttisch, indem er eine Schlittenleine durchschnitt und sie sorgfältig aufrollte. „Heute hat Richter Lynch das Wort.“

„Einen Augenblick!“ Jan trat einen Schritt vor der ihm entgegengehaltenen Schlinge zurück. „Ich habe euch etwas zu fragen und euch einen Vorschlag zu machen. Kentucky, du kennst Richter Lynch?“

„Ja, als eine Einrichtung von freien Ehrenmännern, und zwar eine alte und verdiente Einrichtung. Die Obrigkeit ist manchmal käuflich, aber Richter Lynch – auf den kann man sich verlassen, der erweist Gerechtigkeit ohne Bezahlung. Gesetze können gekauft und verkauft werden, aber in diesem aufgeklärten Lande ist die Gerechtigkeit ebenso gratis wie die Luft, die wir einatmen, ebenso stark wie der Alkohol, den wir trinken, ebenso schnell wie –“

„Halt's Maul! Laß uns hören, was der Bengel will“, unterbrach Lawson den Strom seiner Beredsamkeit.

„Nun ja, Kentucky, so sag mir denn – wenn ein Mann einen andern totschlägt, hängt Richter Lynch dann den Mann?“

„Wenn die Beweise genügen – ja, Verehrtester.“

„Und in diesem Fall genügen die Beweise, um ein Dutzend Männer zu hängen, Jan“, fiel der Rote Bill ihm ins Wort.

„Halt's Maul, Bill. Mit dir spreche ich hinterher. Jetzt frage ich Kentucky etwas. Und wenn Richter Lynch den Mann nicht hängt, was dann?“

„Wenn Richter Lynch den Mann nicht hängt, dann kann der Mann frei hingehen, wo er will, und seine Hände sind

rein, es klebt kein Blut an ihnen. Und noch etwas sagt unsere große, herrliche Verfassung. Nämlich: Kein Mann kann zweimal wegen ein und desselben Verbrechens mit dem Tode bedroht werden – ja, oder so was Ähnliches."

„Und sie schießen ihn nicht, schlagen ihn mit einer Keule auf den Kopf oder tun sonst was mit ihm?"

„Nein, Verehrtester."

„Schön! Ihr alle habt gehört, was Kentucky gesagt hat, ihr Idioten? Jetzt spreche ich mit Bill. Du sagst, du verstehst deine Sache, und du hängst mich hübsch sauber, wie? Nicht wahr?"

„Darauf kannst du Gift nehmen, und, Jan, wenn du jetzt Vernunft annimmst, dann soll es so gemacht werden, daß du mächtig stolz darauf bist. Ich bin Kenner."

„Du bist ein guter Kopf, Bill, verstehst dich auf vieles – du weißt, daß zwei und eins drei sind – nicht wahr?"

Bill seufzte.

„Und wenn du zwei Dinge hast, dann hast du nicht drei, nicht wahr? So, jetzt kommst du mit, und ich will dir zeigen, daß drei Dinge dazu gehören, einen Mann zu hängen. Erstens der Mann! Schön! Ich bin der Mann! Zweitens der Strick! Lawson hat den Strick! Schön! Und drittens – müßt ihr etwas haben, um den Strick dran festzubinden. Guckt euch ein bißchen um und findet das dritte Ding, an dem ihr den Strick festmachen wollt! Bitte!"

Ganz mechanisch ließen sie den Blick über das Eis nach der Sonne schweifen. Es war eine einförmige Landschaft, ohne Kontraste und scharfe Konturen, traurig und öde – das Meer mit seinem Packeis, das sanft abfallende Ufer, die niedrigen Hügel, die den Hintergrund bildeten, und über allem der unendliche Mantel des Schnees.

„Kein Baum, kein Felsen, keine Hütte, kein Telegraphenpfahl – nichts!" jammerte der Rote Bill. „Nichts, das kräftig und groß genug ist, um einen fünf Fuß großen Mann vom Boden zu heben. Ich gebe es auf."

Er warf einen gierigen Blick auf den Körperteil, der Kopf und Schultern Jans miteinander verband.

„Ich gebe es auf“, wiederholte er traurig, zu Lawson gewandt. „Schmeiß den Strick weg. Es ist nie Gottes Wille gewesen, daß lebende Geschöpfe hier wohnen sollten – das ist die reine Wahrheit.“

Jan grinste triumphierend. „Ich glaube, ich gehe ins Zelt und rauche eine Pfeife.“

„Wenn man es so ansieht, hast du natürlich recht, Billy“, sagte Lawson. „Aber du bist ein Esel, und das kann man auch die reine Wahrheit nennen. Euch Landkrabben muß wohl erst ein Seemann zeigen, wie's gemacht wird. Habt ihr je von einer großen Schere gehört? Dann sperr gefälligst die Augen auf!“

Der Seemann machte sich mit größter Hast an die Arbeit. Aus dem Gerümpel, das an der Stelle lag, wo sie im Herbst das Boot an Land gezogen hatten, suchte er ein paar lange Riemen hervor. Die band er fast im rechten Winkel dicht unter den Ruderblättern zusammen. Die Griffe steckte er in Löcher, die er durch den Schnee bis in den Sand getreten hatte. Am Schnittpunkt brachte er zwei Halteleinen an und befestigte das Ende der einen an einer Eisscholle am Ufer. Die andere Leine reichte er dem Roten Bill. „Hier, mein Sohn, nimm und laß sie auslaufen!“

Und zu seinem Schrecken sah Jan, wie sein Galgen sich erhob. „Nein! Nein!“ rief er schaudernd und hob die geballten Fäuste. „Das darf nicht sein! Ich lasse mich nicht hängen! Kommt, ihr Idioten! Ich verprügele euch alle wie einen. Ich mach einen Höllenspektakel! Ich weiß nicht, was ich tue! Ich will sterben, ehe ich mich hängen lasse!“

Der Seemann ließ die beiden anderen mit dem tollen Menschen ringen. Sie wälzten sich wie rasend auf dem Boden und rissen Schnee und Tundra auf; der wilde Kampf ritzte einen tragischen Bericht über menschliche Leidenschaften in die weiße Decke, die die Natur über die Erde gebreitet hatte. Von Zeit zu Zeit tauchten Jans Hände und Füße aus dem Chaos auf, bis Lawson sie zu fassen bekam und mit Kabelgarn band. Um sich tretend, rasend, furchtbare Flüche ausstoßend, wurde er Zoll für Zoll besiegt und gefesselt und dann zu der Stelle geschleppt, wo die unerbittliche Schere wie ein riesiger Zirkel auf dem Schnee lag. Der Rote Bill legte ihm die Schlinge um den Hals, daß der Knoten gerade unter dem linken Ohr saß. Taylor und Lawson stellten sich an die Halteseile, bereit, den Galgen auf das Kommando hochzuziehen. Bill zögerte einen Augenblick und betrachtete sein Werk mit echter Künstlerfreude.

„Herr Gott! Seht dort!"

Das Entsetzen in Jans Stimme ließ die andern innehalten.

Das zusammengestürzte Zelt hatte sich erhoben, und in der zunehmenden Dämmerung focht es mit gespensterhaften Armen und taumelte auf sie zu wie ein Trunkener. Aber im nächsten Augenblick fand John Gordon die Öffnung und kroch hervor.

„Teufel, was –!" Er unterbrach sich, denn mit einem einzigen Blick erfaßte er die Situation.

„Wartet ein bißchen! Ich bin nicht tot!" rief er dann, indem er sich zornig der Gruppe näherte.

„Gestatten Sie mir, Herr Gordon, Ihnen zu gratulieren, daß Sie so gut davongekommen sind", sagte Taylor unsicher, „aber es wäre beinahe schiefgegangen. Es war verdammt nahe dabei!"

„Ich hätte ja gestorben und verfault sein können, ohne daß ihr euch darum gekümmert hättet – ihr verfluchten –", worauf John Gordon seinen Gefühlen in einem kräftigen Strom konzentrierter wütender Schimpfworte, untermischt mit einer Serie von Flüchen, Luft machte.

„Hat mich nur betäubt", fuhr er fort, als er ausgetobt hatte. „Hast du nie einen Ochsen betäubt gesehen, Taylor?"

„Ja, manches liebe Mal im Lande Gottes."

„Na also. Und so ging es mir auch. Die Kugel streifte mich zwischen Hirnschale und Halswirbel. Das lähmte mich eine Weile, aber es ist kein Schaden geschehen."

Dann wandte er sich zu dem Gefesselten. „Steh auf, Jan! Und wenn du dich nicht bei mir entschuldigst, verbleue ich dich, daß du dich nicht mehr rühren kannst. Ihr anderen macht ein bißchen Platz."

„Ich denke nicht daran. Laßt mich los, und ihr werdet sehen", antwortete Jan, der Unverbesserliche, denn der Teufel in ihm war immer noch unbesiegt. „Und dann verbleue ich dich und gebe es ihnen, den blöden Hunden, einem nach dem andern!"

Das weiße Schweigen

„Carmen hält keine zwei Tage mehr aus.“ Mason spie einen Klumpen Eis aus und betrachtete besorgt das arme Tier, dann nahm er die Pfote der Hündin in den Mund und begann das Eis loszubeißen, das zwischen ihren Zehen saß und sie grausam quälte.

„Ich hab' auch noch nie einen Hund mit einem so hochtrabenden Namen gesehen, der etwas taugte“, sagte er, spie das letzte Eisstück aus und schob den Hund fort. „Die schwinden einem direkt unter den Fingern weg. Habt ihr je gesehen, daß ein Hund mit einem ordentlichen Namen wie Cassiar, Siwash oder Husky zu Schaden gekommen wäre? Seht nur Shookum, das ist –“

Haps! Die magere Bestie fuhr hoch und hätte Mason um ein Haar an der Kehle gepackt.

„Was!“ Ein gewandter Schlag hinters Ohr mit der Hundepeitsche streckte das Tier in den Schnee, wo es zitternd liegenblieb, während ihm gelblicher Schaum aus dem Fang tropfte.

„Was ich sagen wollte: Seht mal Shookum an – der hat's in sich. Wetten, daß er Carmen gefressen hat, ehe die Woche um ist!“

„Ich schlage eine andre Wette vor“, entgegnete Malemute Kid und wendete das gefrorene Brot, das zum Auftauen vor das Feuer gestellt war. „Wir werden Shookum fressen, ehe die Reise zu Ende ist. Was meinst du, Ruth?“

Die Indianerin, die dabei war, Eis aufzutauen, um Kaffee zu machen, blickte von Malemute Kid auf ihren Mann und dann auf die Hunde, ließ sich aber zu keiner Antwort herbei. Die Wahrheit dessen, was der Mann gesagt hatte, war so offenkundig, daß jede Antwort überflüssig war. Eine ununterbrochene Reise von zweihundert Meilen vor sich und kaum für sechs Tage Proviant für Menschen und Hunde – es gab keine Wahl.

Die Frau und die beiden Männer setzten sich um das Feuer und machten sich an ihre karge Mahlzeit. Die Hunde lagen angeschirrt da, denn es war nur Mittagsruhe, und beobachteten neidisch jeden Bissen.

„Von heute ab gibt es kein Frühstück mehr“, sagte Malemute Kid. „Und wir müssen ein Auge auf die Hunde haben – sie fangen an, bösartig zu werden. Wenn sich die Gelegenheit bietet, fallen sie ohne weiteres über uns her.“

„Und dabei bin ich Geschworener und Sonntagsschullehrer gewesen.“

Nachdem Mason sein Herz durch diesen etwas merkwürdigen Ausspruch erleichtert hatte, versank er in träumerische Betrachtung seiner dampfenden Mokassins, wurde aber aus seinen Betrachtungen durch Ruth geweckt, die ihm die Tasse füllte.

„Gott sei Dank haben wir ja noch eine Menge Tee! Ich hab' ihn selbst wachsen sehen in Tennessee. Was würde ich jetzt für ein Stück Kuchen geben! Na, mach dir nichts draus, Ruth; denn es dauert gar nicht mehr lange, dann brauchst du nicht mehr hungrig in Mokassins herumzulaufen.“

Als die Frau diese Worte hörte, schüttelte sie die Niedergeschlagenheit ab, und eine große Liebe zu ihrem weißen Herrn und Gebieter leuchtete in ihren Augen auf. Er war der erste Weiße, den sie je gesehen – der erste Mann, den sie je ein Weib besser als ein Lasttier hatte behandeln sehen.

„Ja, Ruth“, sagte ihr Gatte in dem Kauderwelsch, in dem sie sich allein verständlich machen konnten. „Warte nur, bis wir aus dem Dreck heraus sind. Wir werden das Kanu des weißen Mannes nehmen und nach dem Salzwasser fahren. Ja, schlimmes Wasser, rings Wasser – große Berge, die immer auf und nieder tanzen. Und so groß, so weit, weit fort – du reisen zehn Schlaf, zwanzig Schlaf, vierzig Schlaf“ (er zählte die Tage an den Fingern ab),

„immer Wasser, schlimmes Wasser. Dann du kommen nach großem Dorf, viele Menschen, gerade wie Moskitos nächsten Sommer. Wigwams, oh, so hoch – zehn, zwanzig Kiefern. Hi-yu Shookum!"

Er hielt inne, sandte Malemute Kid einen flehentlichen Blick und stellte dann mühselig mittels Zeichensprache die zwanzig Kiefern aufeinander. Malemute Kid lächelte ironisch, aber Ruths Augen standen weit offen vor Verwunderung und Freude; denn sie wußte nicht recht, ob er nicht scherzte, und eine solche Herablassung erfreute ihr armes Frauenherz. „Und dann gehen hinein in ein – einen Kasten und puff! du fahren hoch." Er warf seine leere Tasse zur Illustration in die Luft, fing sie gewandt auf und rief: „Und piff! du kommen runter. Oh! Große Medizinmänner! Du gehen Fort Yukon, ich gehen Arctic City, fünfundzwanzig Schlaf, lage Leine ganzer Weg – ich fangen eine Leine – ich sagen: ‚Hallo, Ruth! Wie geht's?' – und du sagen: ‚Das ist mein lieber Mann?' Und ich sagen: ‚Ja.' Und du sagen: ‚Ich nicht können backen gutes Brot, kein Soda mehr', dann ich sagen: ‚Sieh nach in der Speisekammer unterm Mehl! Auf Wiedersehen!' Du sehen nach und finden viel Soda. Die ganze Zeit du Fort Yukon mich Arctic City. Hi-yu Medizinmann!" Ruth lächelte so freimütig über das Märchen, daß beide Männer in Lachen ausbrachen. Ein Lärm unter den Hunden machte den Herrlichkeiten des Wunderlandes ein schnelles Ende, und als die knurrenden Gegner getrennt waren, hatte die Frau die Schlitten angeschirrt, und alles war zum Aufbruch bereit. – „Los! Baldy! He! Los!"

Mason gebrauchte tüchtig die Peitsche, und als die Hunde sich heulend ins Geschirr warfen, brach er mit der Steuerstange den Schlitten los. Ruth folgte mit dem nächsten Gespann, und Malemute Kid, der ihr beim Aufbruch geholfen hatte, bildete den Nachtrab.

Dieser starke, rauhe Mann, der imstande war, einen Ochsen mit einem Schlag zu fällen, brachte es nicht übers Herz, die armen Tiere zu schlagen, sondern war freundlich zu ihnen, wie ein Hundetreiber selten ist – ja, er weinte fast über ihr Elend.

„So, los jetzt, ihr armen, wundfüßigen Viecher!“ murmelte er nach mehreren vergeblichen Versuchen, den Schlitten in Gang zu bringen; aber schließlich wurde seine Geduld belohnt, und sie hasteten ihren Genossen nach.

Es wurde nicht mehr gesprochen; die Mühen der Reise erlaubten eine solche Kraftverschwendung nicht. Und von allen tötenden Mühen ist die Nordlandfahrt die schlimmste. Glücklich der Mann, der sich einen Tagesmarsch durch Schweigen erkaufen kann, und das selbst auf gebahnten Wegen.

Und von allen unsäglichen Mühen ist das Wegebahnen die schlimmste. Bei jedem Schritt sinken die großen, breiten Schneeschuhe ein, daß der Schnee bis zum Knie reicht. Dann muß der Fuß gehoben, senkrecht gehoben werden, denn eine Abweichung von auch nur dem Bruchteil eines Zolls bedeutet sicheren Sturz, der Schneeschuh muß bis ganz über die Oberfläche gehoben werden; dann vorwärts und hinunter, worauf der andere Fuß ungefähr eine Elle senkrecht gehoben werden muß. Wer es zum erstenmal versucht, wird es, wenn er seine Schuhe glücklich auseinanderhalten kann, so daß er nicht über seine eigenen Beine fällt, nach hundert Ellen erschöpft aufgeben. Wer einen ganzen Tag vor den Hunden bleiben kann, darf mit gutem Gewissen und einem Stolz, der über alle Begriffe geht, in seinen Schlafsack kriechen. Und wer zwanzig Tagesmärsche unterwegs bleibt, ist ein Mann, den die Götter selbst beneiden dürfen.

Es wurde Nachmittag, und unter der drückenden Benommenheit, die von dem weißen Schweigen erzeugt wird, machten die stummen Reisenden sich an ihre Arbeit.

Die Natur hat viele Möglichkeiten, den Menschen von seiner Sterblichkeit zu überzeugen – der unendliche Wechsel der Gezeiten, das Wüten des Sturmes, die Schrecken des Erdbebens, der rollende Donner des Himmels –, aber am betäubendsten von allem ist die totengleiche Ruhe des weißen Schweigens. Jede Bewegung hört auf, der Himmel ist klar, das leiseste Flüstern wird eine Entweihung. Und der Mensch wird ängstlich, fürchtet sich vor dem Klang seiner eigenen Stimme.

Ein winziges Atom von Leben, zieht er durch die geisterhaften Weiten einer toten Welt, zittert über seine eigene Verwegenheit und erkennt, daß er ein Wurm und nicht mehr ist. Seltsame Gedanken kommen ungerufen, und das große Geheimnis aller Dinge kämpft um Enthüllung. Und die Furcht vor dem Tode, vor Gott, vor dem All kommt über ihn – die Hoffnung auf Auferstehung und Leben, die Sehnsucht nach Unsterblichkeit, die gebundene Kraft seines Wesens, die sich vergebens müht, frei zu werden – ja, wenn je, so wandert der Mensch dann allein mit Gott.

So verging der Tag.

Der Fluß machte einen großen Bogen, den Mason abschnitt, indem er sein Gespann quer über die schmale Landzunge steuerte. Aber die Hunde kamen nicht auf das andere Ufer hinauf. Immer wieder glitten sie zurück, obwohl Ruth und Malemute Kid den Schlitten schoben. Noch eine Anstrengung. Die elenden, vom Hunger ermatteten Tiere boten ihre letzten Kräfte auf. Hinauf – hinauf – der Schlitten schwankte auf dem äußersten Rande; aber der Leithund bog nach rechts ab und stolperte über Masons Schneeschuhe. Das Ergebnis war traurig. Mason verlor das Gleichgewicht; einer der Hunde stürzte im Geschirr, der Schlitten glitt zurück und riß sie alle wieder mit zum Fluß hinunter.

Klatsch! Die Peitsche fiel wild auf die Hunde, und namentlich auf den gestürzten.

„Nicht, Mason“, bat Malemute Kid, „der arme Teufel pfeift auf dem letzten Loch. Warte, wir ziehen den Schlitten wieder hoch.“

Mason hielt ruhig die Peitsche zurück, bis das letzte Wort gefallen war, dann schoß die lange Schnur heraus und wand sich ganz um den Körper des schuldigen Tieres. Carmen – sie war es nämlich – kroch im Schnee zusammen, heulte jämmerlich und fiel auf die Seite.

Es war ein kritischer Augenblick, eine unheimliche Episode der Reise: ein sterbender Hund und zwei aufgebrachte Kameraden. Ruth blickte flehend von einem zum andern. Aber Malemute Kid beherrschte sich, obwohl eine Welt von Vorwürfen in seinen Blicken lag, als er sich über den Hund beugte und die Riemen zerschnitt. Kein Wort wurde gesprochen. Die andern Hunde wurden vorgespannt und die Schwierigkeit überwunden; die Schlitten kamen wieder in Gang, der sterbende Hund schleppte sich hinterher. Solange ein Hund auch nur kriechen kann, wird er nicht erschossen, man gibt ihm noch die letzte Chance, ins Lager zu kriechen, wenn er kann, und gerettet zu werden, falls man einen Elch erwischt.

Mason bereute schon seine Heftigkeit, war aber zu eigensinnig, um sich zu entschuldigen. Er arbeitete sich vor, bis er die Spitze des Zuges erreicht hatte, ohne die Gefahr zu ahnen, die drohte. Die Bäume standen schirmend am Ufer, und zwischen ihnen hindurch mußten sie sich ihren Weg bahnen. Fünfzig Fuß oder weiter vom Wege ragte eine mächtige Kiefer empor. Seit Generationen stand sie da, und seit Generationen hatte das Schicksal seine Absicht mit ihr – und vielleicht mit Mason gehabt.

Er beugte sich nieder, um den Riemen des einen Mokassins fester zu schnallen. Die Schlitten hielten, und die Hunde legten sich in den Schnee, ohne auch nur einen Laut von sich zu geben. Die Stille war unheimlich. Nicht ein Hauch regte sich in dem bereiften Wald; die Kälte und das Schweigen des Raumes hatten das Herz der Natur vereist und ihre zitternden Lippen zum Schweigen gebracht. Ein Seufzer zitterte in der Luft – sie hörten es weniger, als daß sie es fühlten. Es war wie der Vorbote einer Bewegung in diesem von jeder Bewegung verlassenen Urwald. Dann spielte dieser große Baum, der von der Wucht der Jahre und des Schnees beschwert war, seine letzte Rolle in der Tragödie des Lebens. Mason hörte das warnende Krachen und versuchte aufzuspringen, erhielt aber, fast schon stehend, den Schlag gegen die Schulter. Die plötzliche Gefahr, der schnelle Tod – wie oft hatte Malemute Kid ihnen ins Auge geblickt! Die Kiefernnadeln zitterten noch, als er auch schon zusprang. Auch die Indianerin wurde weder ohnmächtig noch erhob sie ihre Stimme zu unnützen Klagen, wie viele ihrer Schwestern getan hätten. Auf seine Anordnung warf sie sich mit ihrem ganzen Gewicht auf eine schnell improvisierte Hebestange, erleichterte damit den Druck und lauschte auf das Stöhnen ihres Gatten, während Malemute Kid dem Baum mit der Axt zu Leibe ging. Der Stahl klang hell, als er in den gefrorenen Stamm biß, und jeder Schlag wurde von einem atemlosen „Hup! Hup!" des Fällers begleitet.

Endlich legte Kid das klägliche Etwas, das einmal ein Mann gewesen war, in den Schnee. Näher aber als die Qual seines Kameraden ging ihm die stumme Angst auf dem Gesicht der Frau, der aus hoffendem und hoffnungslosem Fragen gemischte Ausdruck. Es wurde nicht viel gesprochen. Im Nordland sieht man bald die Nutzlosigkeit der Worte und den unendlichen Wert der Taten ein. Bei einer Temperatur von 65 Grad Fahrenheit unter Null kann ein Mensch nicht lange im Schnee liegen, ohne zu sterben. So wurden denn die Zugleinen zerschnitten, der Leidende wurde in Pelze gehüllt und auf ein Lager von Zweigen gelegt. Vor ihm knisterte ein Feuer, genährt von dem Baum, der das Unglück verursacht hatte. Hinter und teilweise über ihm war ein primitiver Schirm aufgestellt – ein Stück Leinwand, das die Wärmestrahlen auffing und auf den Mann zurückwarf –, eine der Erfindungen, die Männer machen, wenn sie Physik an der Quelle studieren.

Und Männer, die ihr Bett mit dem Tode geteilt haben, wissen, wann der Ruf ertönt. Mason war schrecklich zugerichtet. Die oberflächlichste Untersuchung ergab das. Auf der rechten Seite waren ihm Arm, Bein und Rücken zerschmettert, die Glieder von der Hüfte an gelähmt, und aller Wahrscheinlichkeit nach hatte er auch innere Ver-

letzungen erlitten. Ein gelegentliches Stöhnen war das einzige Lebenszeichen, das er gab.

Es gab keine Hoffnung; es war nichts zu tun. Die unbarmherzige Nacht verstrich langsam für Ruth, die in dem verzweifelten Stoizismus ihrer Rasse dasaß, und für Malemute Kid, in dessen Bronzegesicht sich neue Furchen zeigten. Mason litt in der Tat am wenigsten, denn er verbrachte die Zeit in den Bergen von Tennessee, wo er Szenen aus seiner Kindheit wieder erlebte. Und sein längst vergessener Südstaatendialekt ertönte mit einem seltsamen Pathos, wenn er in seinen Phantasien schwamm, Waschbären jagte und Wassermelonen stahl. Für Ruth war es Chinesisch, Kid aber verstand es – verstand es, wie nur der es kann, der jahrelang von aller Zivilisation abgeschlossen gewesen ist.

Der Morgen brachte den Sterbenden wieder zum Bewußtsein, und Malemute Kid beugte sich über ihn, um sein Flüstern zu verstehen.

„Weißt du noch, wie wir uns auf dem Tanana trafen? Im nächsten Frühling sind es vier Jahre her. Ich machte mir damals nicht soviel aus ihr. Gewiß, sie war hübsch, und irgend etwas an ihr reizte mich, glaube ich. Aber seitdem habe ich sie sehr liebgewonnen. Sie ist mir eine gute Frau gewesen, immer Schulter an Schulter mit mir, wenn ich in der Klemme war. Und beim Handel, das weißt du, hat sie nicht ihresgleichen. Weißt du noch, wie sie die Moosehorn-Schnellen hinabfuhr, um dich und mich vom Felsen herunterzuholen, während die Kugeln das Wasser wie Hagelschlossen peitschten? Und damals bei der Hungersnot in Nuklukyeto? – oder als sie mit dem Eisbruch um die Wette lief, um mir die Nachricht zu bringen? Ja, sie ist mir eine gute Frau gewesen, besser als die andre. Das wußtest du vielleicht nicht? Ich hab' es dir nie erzählt, was? Ja, ich hab' es schon einmal in den Staaten versucht. Darum bin ich ja hier. Wir waren zusammen aufgewachsen. Ich ging fort, um ihr Gelegenheit zu geben, sich von mir scheiden zu lassen. Und die nahm sie wahr.

Aber das hat nichts mit Ruth zu tun. Ich habe gedacht, im nächsten Jahre reinen Tisch zu machen und wegzugehen – mit ihr –, aber jetzt ist es zu spät. Schick sie nicht zu ihrem Volk zurück, Kid. Es ist verflucht schwer für eine Frau, wenn sie wieder zurückgehen soll. Denk nur – fast vier Jahre hat sie unsere Kost gegessen: Schinken und Bohnen und Mehl und Dörrobst, und da sollte sie wieder zu ihren Fischen und ihrem Rentierfleisch zurück. Es wäre nicht gut für sie, unser Leben versucht und gemerkt zu haben, daß es besser als das ihres eigenen Volkes ist, um dann zu ihnen zurückzukehren. Nimm dich ihrer an, Kid – warum willst du nicht selbst –, aber nein, du hast ja immer Angst vor ihnen gehabt – und du hast mir auch nie erzählt, warum du ins Land gekommen bist. Sei gut zu ihr und schicke sie nach den Staaten, sobald du kannst. Aber mach es so, daß sie wiederkehren kann – sie bekommt so leicht Heimweh.

Und das Kleine – das hat uns noch näher aneinander geknüpft, Kid. Ich hoffe nur, daß es ein Junge wird! Denk daran! – Fleisch von meinem Fleisch, Kid. Es darf nicht hier im Lande bleiben. Und wenn es ein Mädchen wird, wie könnte es! Verkauf meine Felle. Sie werden mindestens viertausend einbringen, und ebensoviel habe ich bei der ›Kompanie‹ zugute. Sorg dafür, daß er eine gute Erziehung erhält, und, Kid, vor allem, laß ihn nicht hierher zurückkommen. Dies Land ist nicht für weiße Männer geschaffen.

Mit mir ist es vorbei, Kid. Drei oder vier Tage höchstens. Ihr sollt weiter. Ihr müßt! Denk daran, daß es meine Frau, daß es mein Junge ist – mein Gott! Ich hoffe, es ist ein Junge! Ihr könnt nicht bei mir bleiben – und ich befehle euch, ich, ein Sterbender, daß ihr weiterzieht."

„Laß mir drei Tage", bat Malemute Kid, „es könnte dir besser gehen; vielleicht geschieht etwas."

„Nein."

„Nur drei Tage."

„Ihr müßt weiter."

„Zwei Tage."

„Es gilt meine Frau und meinen Jungen, Kid. Du darfst mich nicht bitten."

„Einen Tag."

„Nein, nein, ich verlange –"

„Nur einen einzigen Tag. Wir könnten an den Rationen sparen, und vielleicht schieße ich einen Elch."

„Nein – nun, schön; einen Tag, aber nicht eine Minute länger. Und, Kid, laß mich nicht allein dabei. Nur einen Schuß, den Finger auf den Drücker. Du verstehst. Denk daran! Denk daran! Fleisch von meinem Fleisch, und ich werde ihn nie sehen!

Schick mir Ruth her. Ich will ihr Lebewohl sagen und sie bitten, an den Jungen zu denken und nicht zu warten, bis ich tot bin. Sonst weigert sie sich vielleicht, mit dir zu gehen. Leb wohl, Alter. Leb wohl! Kid, grabe nach, wo wir den Hund verscharrt haben, neben der Schlittenbahn, ich habe auf meiner Schaufel Gold gehabt. Und Kid!" Der beugte sich tiefer herab, um die letzten schwachen Worte zu hören, in denen der Sterbende seinen Stolz aufgab. „Es tut mir leid – wegen – du weißt – Carmen."

Malemute Kid verließ die Frau, die leise um ihren Mann weinte, zog seine Parka und seine Schneeschuhe an, nahm die Büchse unter den Arm und schritt in den Wald. Es war nicht das erstemal, daß er dem finsteren Grauen des Nordlands gegenüberstand. Aber noch nie hatte es ihn vor eine so schwere Aufgabe gestellt. Bei nüchterner Betrachtung wäre es ein einfaches Rechenexempel gewesen – drei Lebende gegen einen zum Tode Verurteilten. Aber dennoch zögerte er. Fünf Jahre hatten sie Seite an Seite auf Flüssen und Schneeböden, in Lagern und Minen, immer den Tod vor Augen, die Bande ihrer Kameradschaft geknüpft. So fest waren die Bande gewesen, daß er, seit Ruth zu ihnen gekommen war, oft eine unbestimmte Eifersucht bei ihr gespürt hatte. Und jetzt sollte er diese Bande mit eigener Hand zerschneiden.

Obwohl er betete, daß ein Elch, nur ein einziger Elch

kommen möchte, war alles wie ausgestorben, und bei Einbruch der Nacht schleppte sich der ermattete Mann mit leeren Händen und schwerem Herzen zum Lager zurück. Lärm unter den Hunden und gellende Schreie Ruths ließen ihn seine Schritte beschleunigen.

Als er das Lager erreichte, sah er Ruth mitten unter den knurrenden Hunden stehen und mit einer Axt um sich schlagen. Die Hunde hatten das eiserne Gesetz ihrer Herren übertreten und waren an den Proviant gegangen. Mit erhobenem Kolben sprang er zwischen sie, und der uralte Kampf ums Dasein wurde mit all der Brutalität seiner ursprünglichen Umgebung ausgekämpft. Büchse und Axt fuhren auf und nieder, trafen oder fehlten mit monotoner Regelmäßigkeit. Geschmeidige Körper flogen hoch mit wilden Augen und schäumenden Rachen, Menschen und Tiere stritten wild um die Übermacht. Dann krochen die geschlagenen Bestien ans Feuer, leckten ihre Wunden und heulten ihr Elend den Sternen zu.

Den ganzen Vorrat an getrocknetem Lachs hatten sie gefressen, und kaum fünf Pfund Mehl waren übrig, um sie zweihundert Meilen weit durch die Wüste zu bringen. Ruth kehrte zu ihrem Manne zurück, während Malemute Kid einen der Hunde, dem die Axt den Kopf zerschmettert hatte, abzog. Alles wurde sorgfältig beiseite gelegt, nur die Haut und die Eingeweide wurden den anderen Hunden vorgeworfen.

Der Morgen brachte neue Schwierigkeiten. Die Tiere kehrten sich gegeneinander. Carmen, die nur noch mit einem schwachen Faden am Leben hing, wurde von der Koppel angegriffen. Sie kümmerten sich nicht um die Peitsche. Sie krochen heulend unter den Schlägen zusammen, ließen sich aber nicht auseinandertreiben, ehe der letzte elende Bissen verschwunden war – Knochen, Haut, Haare, alles.

Malemute Kid ging an seine Arbeit, während er den wilden Reden Masons lauschte, der wieder mit den Kameraden anderer Zeiten in Tennessee war.

Er wählte einige Kiefern in der Nähe und arbeitete schnell. Ruth beobachtete ihn, wie er einen Steinhaufen errichtete, so wie die Jäger zuweilen tun, um ihr Fleisch gegen Wölfe und Hunde zu schützen. Er bog die Wipfel von zwei kleinen Kiefern gegeneinander und fast bis zum Boden herab und band sie mit Riemen aus Elchshaut aneinander. Dann schlug er die Hunde, bis sie zahm wurden, und spannte sie vor zwei von den Schlitten, auf die er alles lud mit Ausnahme der Felle, in die Mason gehüllt war. Die wickelte er dicht um ihn und schnallte sie mit Riemen fest, deren Enden er an den herabgezogenen Kiefern befestigte. Ein einziger Schnitt mit dem Messer mußte die Bäume befreien und den Körper des Mannes hoch in die Luft schnellen lassen.

Ruth hatte den letzten Wunsch ihres Mannes erfahren und widersetzte sich nicht. Die Ärmste hatte die Kunst des Gehorchens zur Genüge gelernt. Von Kind an hatte sie sich wie alle Frauen, die sie kannte, vor dem Herrn der Schöpfung gebeugt, und es kam ihr gar nicht in den Sinn, daß Frauen ungehorsam sein konnten. Kid erlaubte ihr, sich ein einziges Mal ihrem Kummer hinzugeben, als sie ihren Mann küßte, ein Brauch, den ihr eigenes Volk nicht kannte. Er führte sie dann zu dem ersten Schlitten und half ihr in die Schneeschuhe. Blindlings, ganz instinktiv, ergriff sie die Steuerstange und Peitsche und setzte die Hunde in Gang. Kid kehrte zu Mason zurück, der eingeschlummert war, und lange, nachdem sie verschwunden war, saß er noch am Feuer, wartete, hoffte und betete, daß sein Kamerad sterben möchte. Es ist nicht gut, mit traurigen Gedanken allein im weißen Schweigen zu sein. Die Stille der Finsternis ist warmherzig, schützt uns und atmet tausend unfaßbare Sympathien; aber die helle weiße Stille, die klar und kalt unter stahlgrauen Wolken liegt, ist unbarmherzig.

Eine Stunde verging – zwei Stunden, aber der Mann wollte nicht sterben. Gegen Mittag warf die Sonne, ohne ihren Rand über den südlichen Horizont zu erheben, einen

Lichtschein über den Himmel, um dann schnell wieder hinabzugleiten. Malemut Kid stand auf und schleppte sich zu seinem Kameraden. Er warf einen Blick um sich. Das weiße Schweigen schien ihn zu höhnen, und ein großer Schrecken überkam ihn. Ein scharfer Knall, Mason schwang in seinem luftigen Grabe, und Malemute Kid peitschte auf die Hunde los, daß sie in wildem Galopp über den Schnee jagten.

Der Sohn des Wolfs

Männer schätzen ihre Frauen selten gebührend ein, wenigstens nicht, ehe sie sie verloren haben. Der Mann weiß nicht die wunderbare Atmosphäre zu schätzen, von der die Frau umgeben ist, solange er darin lebt; nimmt man sie ihm aber, und eine stets wachsende Leere beginnt sich in seinem Dasein zu offenbaren, und ihn überkommt eine Art Hunger, etwas so Unbestimmbares, daß er es nicht ausdrücken kann. Haben seine Kameraden nicht mehr Erfahrung als er selber, so werden sie verständnislos den Kopf schütteln und ihm schwere körperliche Arbeit auferlegen. Aber der Hunger wird zunehmen; der Mann wird das Interesse für die Begebenheiten des täglichen Lebens verlieren und kränkeln, bis er eines schönen Tages, wenn das Gefühl der Leere unerträglich geworden ist, eine Erleuchtung hat.

Geschieht das im Yukonland, so befrachtet der Mann, wenn es Sommer ist, gewöhnlich einen Prahm oder schirrt, wenn es Winter ist, seine Hunde an und steuert nach Süden. Einige Monate später kehrt er dann, wenn er überhaupt Vertrauen zu dem Lande gewonnen hat, mit einer Frau wieder, die dies Vertrauen oder – was auch vorkommt – die Gefahren und Enttäuschungen mit ihm teilen kann. Dies soll nur dazu dienen, den Egoismus des Mannes zu zeigen. Es bringt uns aber auch auf den Fall des „Grindigen“ Mackenzie, der sich in alten Tagen ereignete, ehe das Land von einwandernden Chechaquas*) überschwemmt und verteilt war, und zwar zu einer Zeit, als Klondike einzig Anspruch darauf erhob, daß man von seiner Lachsfischerei Kenntnis nehme.

*) Neulinge

Dem „Grindigen“ Mackenzie sah man es an, daß er unter der Mühsal des Grenzerlebens geboren war und gelebt hatte. Sein Gesicht war von fünfundzwanzigjährigem unaufhörlichem Kampf mit den wildesten Launen der Natur gezeichnet, und die wildesten und härtesten Jahre von allen, die beiden letzten, hatte er damit verbracht, nach dem Gold zu graben, das dort in der Finsternis der Eisregionen verborgen liegt. Als die Sehnsucht ihn überkam, war er nicht überrascht, denn er war ein praktischer Mann und hatte andere Männer in der gleichen Lage gesehen. Aber er verheimlichte nach Möglichkeit jedes Zeichen seiner Krankheit. Das einzige, was man merkte, war, daß er schwerer als je arbeitete. Den ganzen Sommer kämpfte er mit den Moskitos und wusch die steilen Sandbänke im

Stuart River für doppelten Naturalienlohn aus. Dann flößte er Bauholz den Yukon abwärts nach Forty Mile und baute sich eine so bequeme Hütte, wie sich irgendein Lager ihrer nur rühmen konnte. Sie schien so gemütlich zu werden, daß mancher Mann mit Freuden sein Partner geworden wäre, nur um bei ihm zu wohnen. Aber er vernichtete jede Hoffnung mit derben Worten, die für ihre Barschheit und Bündigkeit bekannt waren, und kaufte sich doppelten Proviantvorrat.

Wie schon erwähnt, war der „Grindige" Mackenzie ein praktischer Mann. Wenn er etwas haben wollte, bekam er es meistens, aber er bog nie weiter von seinem Weg ab, als streng notwendig war. Obwohl er Arbeit und Mühsal gewohnt war, scheute er doch eine Reise von sechshundert Meilen übers Eis, zweitausend Meilen übers Meer und noch ein drittes Tausend Meilen, ehe das Ziel erreicht war – alles nur, um sich eine Frau zu holen. Das Leben war zu kurz. Daher spannte er seine Hunde vor, verstaute eine merkwürdige Last auf seinem Schlitten und steuerte quer über die Wasserscheide, deren westliche Hänge von den Hauptzuflüssen des Tanana durchfurcht wurden.

Er war ein zäher Reisender, und seine Wolfshunde konnten bei weniger Nahrung schwerer arbeiten und länger laufen als irgendein Gespann in Yukon. Drei Wochen später fuhr er dann in das Jagdlager am oberen Tanana ein. Die Indianer wunderten sich über seine Unbesonnenheit, denn sie hatten einen schlechten Ruf und waren bekannt dafür, daß sie weiße Männer um unbedeutender Dinge, wie einer geschliffenen Axt oder einer zerbrochenen Büchse, willen töteten. Aber er bewegte sich unbewaffnet mit einer seltsamen Mischung von Demut, Vertraulichkeit, Kaltblütigkeit und Unverschämtheit unter ihnen. Eine flinke Hand und eine tiefe Kenntnis von der Mentalität der Wilden gehörte dazu, um mit Glück so verschiedene Waffen zu handhaben; aber er war ein Meister in dieser Kunst und wußte, wann er schmeicheln und wann er mit dem Donnerkeil seines Zornes drohen sollte.

Zuerst machte er dem Häuptling Thling-Tinneh seine Aufwartung und überreichte ihm ein paar Pfund schwarzen Tee und Tabak, wodurch er seine äußerste Gewogenheit gewann. Dann mischte er sich unter die Männer und Mädchen und gab ihnen am Abend einen Potlach. Der Schnee wurde festgestampft in einem Oval, das etwa hundert Fuß in der Länge und fünfundzwanzig Fuß in der Breite maß. In der Mitte wurde ein langes Feuer angezündet und der ganze Platz mit Zweigen bedeckt. Die Hütten standen verlassen, und die ungefähr hundert Mitglieder des Stammes sangen zu Ehren ihres Gastes. Der „Grindige" Mackenzie hatte sich ihren nicht sehr reichen Wortschatz angeeignet und wußte auch in ihren tiefen Kehllauten, ihrer fast japanischen Mundart, ihrem eigenartigen Satzbau und in all ihren ehrenden und schmückenden Ausdrücken zu reden. Er hielt also Reden in ihrem eigenen Stil und befriedigte ihre angeborene Liebe zur Poesie durch unförmliche Bilder. Nachdem Thling-Tinneh und der Schamane geantwortet hatten, schenkte er den Männern Kleinigkeiten, beteiligte sich an ihren Gesängen und erwies sich als ein Meister in ihrem „Zweiundfünfzig-Stöcke-Spiel". Und sie rauchten seinen Tabak und waren vergnügt. Die jüngeren Männer nahmen jedoch eine herausfordernde Haltung ein und zeigten eine gewisse prahlerische Zudringlichkeit, die dank den deutlichen Hinweisen der zahllosen Squaws und dem Kichern der jungen Mädchen nicht zu verkennen war. Sie hatten nur wenige weiße Männer, „Söhne des Wolfs", gekannt, aber merkwürdige Dinge von ihnen gelernt.

Das entging auch der Aufmerksamkeit des „Grindigen" Mackenzie nicht, trotz seiner scheinbaren Sorglosigkeit. Als er sich in seinen Schlafsack gewickelt hatte, dachte er ernsthaft darüber nach und rauchte viele Pfeifen, während er seinen Kriegsplan schmiedete. Nur ein Mädchen hatte ihn gefesselt, und das war keine andere als Zarinska, die Tochter des Häuptlings. Ihre Züge, ihre Gestalt und Haltung entsprachen am meisten dem Schönheitstyp des weißen Mannes. Sie wirkte auch unter ihren Stammesschwestern beinahe auffallend. Sie wollte er besitzen, zu seiner Frau machen und sie – ja, er wollte sie „Gertrud“ nennen! Nachdem er diesen Entschluß gefaßt hatte, drehte er sich auf die Seite und schlief ein als der echte Sohn seiner alles besiegenden Rasse.

Es war eine langsame Arbeit und ein schwieriges Spiel, aber der „Grindige“ Mackenzie manövrierte gewandt und mit einer Sorglosigkeit, die die Sticks-Indianer unsicher machte. Er achtete sorgfältig darauf, daß die Männer ihn als sicheren Schützen und gewaltigen Jäger kennenlernten, und das Lager erscholl von Beifallsrufen, als er auf sechshundert Ellen einen Elch erlegte. Abends pflegte er dem Häuptling Thling-Tinneh einen Besuch in seinem Zelt aus Rentierfellen abzustatten, mächtig zu prahlen und freigebig Tabak zu verteilen. Auch den Schamanen vergaß er nicht, denn er kannte den Einfluß des Medizinmannes auf sein Volk und war bestrebt, ihn auf seine Seite zu bekommen. Aber dieser Würdige fühlte sich als großer Mann, wollte sich nicht günstig stimmen lassen, so daß man offenbar mit ihm als mit einem künftigen Feinde rechnen mußte.

Obgleich sich keine Gelegenheit für ein Gespräch mit Zarinska ergab, warf Mackenzie ihr doch manchen verstohlenen Blick zu und gab ihr seine Absicht deutlich zu erkennen. Und sie verstand sie gut, umgab sich jedoch, wenn die Männer fort waren oder sonst eine Möglichkeit gewesen wäre, mit ihr zu sprechen, kokett mit einem Kreis von Frauen. Aber er hatte keine Eile und wußte zudem, daß sie an ihn dachte und daß einige Tage Denken seinen Absichten nur dienlich sein konnte.

Endlich verließ er eines Abends, als seiner Ansicht nach die Zeit gekommen war, die verräucherte Wohnung des Häuptlings und eilte nach dem benachbarten Zelt. Wie gewöhnlich saß sie von Squaws und Mädchen umgeben da, die alle mit dem Nähen von Mokassins und mit Perlenarbeiten beschäftigt waren. Bei seinem Eintritt lachten sie, und der Klatsch, der ihn mit Zarinska zusammenbrachte, wurde laut. Aber eine nach der andern wurde ohne Umschweife in den Schnee gesetzt, und bald war die Neuigkeit über das ganze Lager verbreitet.

Er führte seine Sache gut in ihrer Sprache, denn sie verstand die seine nicht, und nach zwei Stunden erhob er sich, um zu gehen.

„Zarinska wird also mit in die Wohnung des weißen Mannes kommen? Gut! Ich werde jetzt mit deinem Vater sprechen, denn ihm wird es vielleicht nicht gefallen. Und ich werde ihm viele Geschenke geben; aber er darf nicht zuviel verlangen. Wenn er nein sagt? Gut! Zarinska wird dennoch in die Wohnung des weißen Mannes kommen."

Er hatte schon den Fellzipfel erhoben, um zu gehen, als ein leiser Ausruf ihn bewog, sich umzudrehen. Zarinska war auf dem Bärenfell in die Knie gesunken, ihr Gesicht strahlte in weiblicher Hingebung, und schamhaft schnallte sie ihm den schweren Gürtel auf. Er sah verwirrt auf sie hinab, mißtrauisch, angestrengt auf den schwächsten Laut von draußen lauschend. Aber ihre nächste Bewegung verscheuchte alle Furcht, und er lächelte froh. Sie nahm aus ihrem Nähbeutel eine Elchfellscheide, die herrlich mit bunten Perlen in phantastischen Mustern verziert war. Sie zog sein großes Jagdmesser, betrachtete ehrfürchtig die scharfe Schneide, schien sie mit dem Daumen probieren zu wollen und schob sie hierauf in ihre neue Hülle. Dann steckte sie ihm die Scheide in den Gürtel, an ihren gewohnten Platz, gerade über der Hüfte.

Es war wie eine Szene aus alten Tagen – die Dame und ihr Ritter. Mackenzie hob sie dann auf und berührte ihre Lippen mit seinem Bart – diese ihr fremde Liebkosung der weißen Männer. Es war eine Begegnung zwischen Steinzeit und Stahlzeit.

Die Luft zitterte von Erregung, als Mackenzie, ein Bündel unter dem Arm, den Zipfel von Thling-Tinnehs Zelt beiseite schlug. Die Kinder liefen draußen herum und sammelten trockenes Holz für den Potlach, ein Geschwirr von Weiberstimmen wuchs beständig, die jungen Männer berieten sich in murrenden Gruppen, und aus der Hütte des Schamanen ertönten die unheimlichen Klänge eines Beschwörungsgesanges.

Der Häuptling war allein mit seinem triefäugigen Weibe, aber ein Blick genügte, um Mackenzie zu erzählen, daß seine Neuigkeit bereits alt war. Er ging daher geradeswegs auf die Sache los, indem er die perlengestickte Scheide demonstrativ nach vorn schob, um die Verlobung bekanntzugeben.

„O Thling-Tinneh, du mächtiger Häuptling der Sticks und des Tanana-Landes, du Herrscher über Lachs und Bär, Elch und Rentier! Der weiße Mann steht in einer großen Sache vor dir. Viele Monde hat seine Wohnung leer gestanden, und er ist einsam. Und sein Herz hat sich in der Stille verzehrt und hungert nach einem Weibe, das neben ihm in seiner Wohnung sitzen und ihm, wenn er von der Jagd heimkehrt, warmes Feuer und gutes Essen bieten kann. Er hat seltsame Dinge gehört. Das Trippeln kleiner Mokassins und den Klang von Kinderstimmen. Und eines Nachts hatte er ein Gesicht, und er sah den Raben, der dein Vater ist, den Großen Raben, der der Vater aller Sticks ist. Und der Rabe sprach zu dem einsamen weißen Manne und sagte: ‚Binde dir deine Mokassins und schnalle dir deine Schneeschuhe an und belade deinen Schlitten mit Nahrung für viele Schläfe und mit schönen Geschenken für den Häuptling Thling-Tinneh. Denn du sollst dein Angesicht dorthin wenden, wo die Frühlingssonne hinter dem Land zu versinken pflegt, und nach den Jagdgründen dieses großen Häuptling ziehen. Dort sollst du ihm reiche Geschenke machen, und Thling-Tinneh, der mein Sohn ist, soll dir ein Vater sein. In seiner Wohnung ist ein Mädchen, dem ich den Atem des Lebens für dich eingehaucht habe. Dies Mädchen sollst du zum Weibe nehmen.‘ O Häuptling, so sprach der Große Rabe; und deshalb lege ich meine Geschenke vor deine Füße, deshalb bin ich gekommen, um deine Tochter zu nehmen!“

Der alte Mann wickelte sich mit dem würdigen Bewußtsein seiner Majestät in seine Felle, schob aber die Antwort hinaus, da ein Kind hereinkroch und ihm den Bescheid überbrachte, daß er in den Rat kommen solle, worauf es wieder verschwand.

„Oh, weißer Mann, den wir den ‚Elchtöter' genannt haben, auch bekannt als der ‚Wolf' und der ‚Sohn des Wolfs'! Wir wissen, du kommst von einem mächtigen Volke, Wir sind stolz, daß wir dich als Gast bei unserem Potlach haben; aber der Königslachs paart sich nicht mit dem Hundelachs, und so auch der Rabe nicht mit dem Wolf."

„Nein, das stimmt nicht!" rief Mackenzie. „Ich habe die Töchter des Raben in den Lagern der Wölfe gefunden – die Squaw von Mortimer, die von Tregidgo und die von Barnaby, der vor zwei Eisbrüchen kam, und ich habe von andern Squaws gehört, wenn meine Augen sie auch nicht sahen."

„Sohn, deine Worte sind wahr; aber sie passen schlecht zusammen, wie Wasser und Sand, wie die Schneeflocken und Sonne. Hast du aber Mason und seine Squaw getroffen? Nein? Er kam vor zehn Eisbrüchen – der erste aller Wölfe. Und mit ihm kam ein mächtiger Mann, rank wie ein Weidenzweig, groß und stark wie der graue Bär, mit einem Herz wie der Sommermond; sein –"

„Oh!" unterbrach ihn Mackenzie, der sich der wohlbekannten Gestalt erinnerte –, „Malemute Kid!"

„Ja, er war ein mächtiger Mann. Aber sahst du die Squaw? Sie war Zarinskas Schwester."

„Nein, Häuptling, aber gehört habe ich von ihr. Mason – fern, fern im Norden zerschmetterte ihn eine Kiefer, schwer von Jahren. Aber seine Liebe war groß und er hatte viel Gold. Mit dem und mit ihrem Knaben reiste sie zahllose Schläfe der Mittagssonne des Winters zu, und dort lebt sie noch – kein schneidender Frost, kein Schnee, keine Mitternachtssonne, keine Winternacht!"

Ein zweiter Bote unterbrach sie mit einer gebieterischen Aufforderung des Rates. Als Mackenzie ihn in den Schnee hinausjagte, sah er einen Augenblick schwankende Gestalten vor dem Ratsfeuer, hörte die tiefen Baßtöne vom rhythmischen Gesang der Männer und wußte, daß der Schamane den Zorn des Volkes entfachte. Eile tat not. Er wandte sich an den Häuptling.

„Ich will dein Kind haben, und siehe, hier ist Tabak, Tee, hier sind viele Tassen Zucker, warme Decken, große und gute Bücher. Und hier, sieh, hier ist eine treffliche Büchse mit vielen Kugeln und viel Pulver."

„Nein", antwortete der alte Mann und wehrte sich gegen die großen Reichtümer, die vor ihm ausgebreitet waren. „In diesem Augenblick hat mein Volk sich versammelt. Es will nichts von dieser Heirat wissen."

„Aber du bist der Häuptling."

„Doch meine jungen Männer sind wütend, weil die Wölfe ihnen ihre Mädchen genommen haben, so daß sie nicht heiraten können."

„Höre mich, o Thling-Tinneh! Ehe die Nacht dem Tage weicht, wird der Wolf seine Hunde nach den Bergen des Ostens wenden und in das Land des Yukons ziehen. Und Zarinska wird seinen Hunden den Weg bahnen."

„Und ehe die Nacht halb vergangen ist, werfen meine jungen Männer vielleicht das Fleisch des Wolfes den Hunden vor, und seine Knochen liegen im Schnee verstreut, bis der Frühling sie bloßlegt." Das war Drohung. Mackenzies Bronzegesicht färbte sich dunkelrot. Er erhob seine Stimme. Die alte Squaw, die bis jetzt als passive Zuhörerin dabeigesessen hatte, versuchte, an ihnen vorbei zur Tür zu kriechen. Der Gesang der Männer brach plötzlich ab, und man hörte laute Stimmen; er warf die alte Frau unsanft auf ihr Fellager zurück.

„Noch einmal rufe ich: Hör mich, o Thling-Tinneh! Der Wolf stirbt mit zusammengebissenen Zähnen, und mit ihm werden zehn deiner stärksten Männer zur Ruhe gehen – Männer, die man vermissen wird, denn die Jagd hat längst begonnen, und es dauert nicht viele Monde, bis der Fischfang beginnt. Was nützt es euch, daß ich sterbe? Ich kenne die Gebräuche deines Volkes. Dein Anteil an meinem Reichtum wird nur sehr klein sein. Gibst du mir dein Kind, so ist alles dein. Noch eines: Meine Brüder werden kommen, und ihrer sind viele, und ihre Bäuche sind nie gefüllt; und die Töchter des Raben werden Kinder in den Wohnungen des Wolfes gebären. Mein Volk ist größer als dein Volk. Das ist die Bestimmung. Willige ein, und all diese Reichtümer sind dein."

Mokassins knirschten draußen im Schnee. Mackenzie spannte den Hahn seiner Büchse und lockerte die beiden Revolver im Gürtel.

„Sag ja, o Häuptling!"

„Aber mein Volk wird nein sagen."

„Sag ja, und alles ist dein. Mit deinem Volke werde ich später abrechnen."

„Der Wolf will es so. Schön, ich nehme seine Geschenke – aber ich habe ihn gewarnt."

Mackenzie reichte ihm die Sachen, sorgte aber dafür, daß der Patronenauswerfer der Büchse vernagelt war. Als Zugabe erhielt der Häuptling noch ein in den buntesten Farben strahlendes seidenes Taschentuch. Der Schamane trat jetzt mit einem Dutzend junger Leute ein, aber der Weiße drängte sich kühn zwischen ihnen hindurch und verließ das Zelt.

„Pack ein!" lautete sein lakonischer Gruß, als er an Zarinskas Zelt vorbeikam; dann eilte er, um seine Hunde anzuschirren.

Wenige Minuten später bog er an der Spitze seines Gespanns, das Weib an seiner Seite, auf dem Ratplatz ein. Er setzte sich an das obere Ende des Kreises neben den Häuptling. Neben ihm, etwas zurück, saß Zarinska – wie es sich ziemte; im übrigen war die Lage gefährlich, und er mußte sich den Rücken decken.

Zu beiden Seiten saßen Männer zusammengekauert am Feuer und sangen ein Lied ihres Volkes aus längst entschwundener Zeit. Voll von eigenartigen, langgezogenen Kadenzen und immer neuen Wiederholungen, klang es nicht gerade schön. „Schrecklich" war die beste Bezeichnung dafür.

Am unteren Ende tanzte ein Dutzend Weiber unter den Augen des Schamanen. Wer sich nicht ganz der Ekstase der Beschwörung hingab, bekam schwere Vorwürfe von ihm zu hören. Halb verborgen unter der Masse des rabenschwarzen, gelösten Haares, das ihnen bis zur Hüfte reichte, schwankten sie langsam hin und her, und ihre Leiber wogten nach dem wechselnden Rhythmus.

Es war eine unheimliche Szene, ein Überspringen der Zeiten. Im Süden ging das neunzehnte Jahrhundert auf die Neige, und hier lebten Urmenschen, nur wenig verschieden von den vorhistorischen Höhlenbewohnern, der vergessene Rest einer älteren Welt.

Die lohfarbenen Wolfshunde saßen zwischen ihren fellgekleideten Herren oder kämpften miteinander um Platz, und der Widerschein des Feuers leuchtete in ihren roten Augen und ihren geifernden Fängen. Die Wälder lagen in geisterhafter Ruhe, finster und teilnahmslos da. Das weiße Schweigen, das vor einer Stunde nach dem Waldessaum zurückgetrieben war, schien jetzt wieder vorzudringen. Die Sterne tanzten mit großen Sprüngen am Himmel, wie sie zu tun pflegen, wenn die Kälte am schlimmsten ist. Polargeister schleppten ihre Feuergewänder über den Himmel.

Als der „Grindige" Mackenzie seinen Blick über die pelzgekleideten Reihen schweifen ließ, um Gesichter zu suchen, die er vermißte, kam ihm die wilde Größe des finsteren Auftritts zum Bewußtsein. Sein Blick weilte einen Augenblick auf einem neugeborenen Kinde, das an der nackten Brust seiner Mutter saugte. Es war sehr kalt – mehr als siebzig Grad Fahrenheit. Er dachte daran, wie empfindlich gegen die Kälte die Frauen seiner eigenen Rasse waren, und lächelte finster. Und doch war er den Lenden eines so zarten Weibes mit einem so königlichen Erbe entsprungen – einem Erbe, das ihm die Herrschaft über Land und Meer, über Tiere und Völker aller Zonen verlieh. Ein einzelner gegen hundert, vom arktischen Winter umgeben, fern von den Seinen, fühlte er den Drang, das Erbe zu heben, den Wunsch, zu besitzen, die wilde Liebe

zur Gefahr, die Lust zum Kampf, die Fähigkeit zu siegen oder zu sterben.

Singen und Tanzen hörten auf, und der Schamane entwickelte eine wilde Beredsamkeit. Mit allen Mitteln seiner wüsten Mythologie bearbeitete er klug die Leichtgläubigkeit seines Volkes. Seine Stellung war stark. Indem er das gute, schöpferische Prinzip als in der Krähe und im Raben verkörpert hinstellte, brandmarkte er Mackenzie als den Wolf, das streitbare, vernichtende Prinzip. Der Kampf zwischen diesen Mächten war nicht allein geistig, Mann gegen Mann kämpfte ihn, jeder unter seinem Totem. Sie waren die Kinder von Jelchs, dem Raben, dem Feuerbringer; Mackenzie war ein Kind des Wolfs oder, mit andern Worten, des Teufels. Für sie war es Verrat und Gotteslästerung schlimmster Art, in diesem ewigen Kampf Waffenstillstand zu schließen, ihre Töchter dem Erbfeind zu vermählen. Kein Ausdruck war zu stark, keine Bezeichnung gehässig genug, um Mackenzie als Meuchelfeind und Sendling des Satans zu brandmarken. Als er in seiner Rede so weit gelangt war, hörte man aus tiefer Brust seiner Zuhörer ein wütendes, unterdrücktes Knurren.

„Ja, meine Brüder. Jelchs ist allmächtig! Brachte er uns nicht das himmlische Feuer, damit wir uns wärmen konnten? Zog er nicht Sonne, Mond und Sterne aus ihren Höhlen, damit wir sehen konnten? Lehrte er uns nicht, mit den Geistern des Hungers und des Frostes zu kämpfen? Aber jetzt ist Jelchs zornig auf seine Kinder, und sie sind hingeschwunden bis auf eine Handvoll, und er will ihnen nicht mehr helfen. Denn sie haben ihn vergessen und sind böse Wege gewandert. Sie haben seine Feinde in ihre Hütten eingelassen und ihnen erlaubt, an ihren Feuern zu sitzen. Und der Rabe trauert über die Sünden seiner Kinder; wenn sie sich aber erheben und zeigen, daß sie sich besonnen haben, dann wird er aus der Finsternis kommen und ihnen helfen. Oh, Brüder! Der Feuerbringer hat euerm Schamanen eine Botschaft zugeflüstert, und ihr sollt sie hören.

‚Laßt die jungen Männer die jungen Weiber in ihre Hütten führen. Laßt sie dem Wolf an die Kehle fahren; laßt ihre Feindschaft nicht sterben. Dann sollen ihre Weiber fruchtbar werden, und sie sollen zu einem mächtigen Volk aufwachsen! Und der Rabe wird den großen Stamm ihrer Väter und ihrer Väter Väter aus dem Norden herbeiführen. Und sie werden die Wölfe zurücktreiben, bis sie wie das Lagerfeuer verschwundener Jahre sind, und wir werden wieder über alles Land herrschen!‘ Das ist die Botschaft von Jelchs, das Wort des Raben."

Diese Verheißung vom Kommen eines Messias ließ die Sticks aufspringen und in ein heiseres Heulen ausbrechen.

Mackenzie zog vorsichtig die Daumen aus den Fausthandschuhen und wartete, was da kommen sollte. Geschrei erhob sich, man rief nach dem Fuchs, bis einer der jungen Männer vortrat und sprach:

„Brüder! Der Schamane hat weise gesprochen. Die Wölfe haben unsere Weiber genommen, und unsere Männer sind kinderlos. Wir sind zu einer Handvoll eingeschrumpft.

Die Wölfe haben unsere warmen Felle genommen und uns böse Geister dafür gegeben, die in Flaschen wohnen, und Kleider, die nicht vom Biber oder vom Dachs kommen, sondern aus Gras gemacht sind. Und sie sind nicht warm, und unsere Männer sterben an seltsamen Krankheiten.

Ich, der Fuchs, habe mir kein Weib genommen, und weshalb? Zweimal sind die Mädchen, die mir gefielen, in das Lager der Wölfe gegangen. Und jetzt habe ich Felle von Biber, Elch und Rentieren gesammelt, um die Gunst Thling-Tinnehs zu gewinnen, daß er mir Zarinska, seine Tochter, gebe.

Aber jetzt hat sie Schneeschuhe an den Füßen, um den Hunden des Wolfs den Weg zu bahnen.

Ich rede nicht für mich allein. Wie mir, so ist es auch dem Bären ergangen. Auch er möchte gern der Vater ihrer Kinder sein, und viele Felle hat er dazu gesammelt.

Ich spreche für alle jungen Männer, die keine Frau haben. Die Wölfe sind immer hungrig. Immer nehmen sie das Beste, die Raben bekommen nur den Abfall.

Seht Gugkla!“ rief er, indem er brutal auf eine Frau wies, die Krüppel war. „Ihre Beine sind krumm wie die Spanten eines Birkenkanus. Sie kann weder Holz sammeln, noch den Jägern das Fleisch tragen. Haben die Wölfe sie gewählt?“

„Nein, Nein!“ brüllten die Stammesgenossen.

„Und Moyri, deren Augen der böse Geist schielend gemacht hat. Selbst die kleinen Kinder werden bange, wenn sie sie ansehen, und man sagt, daß sogar der graue Bär ihr ausweicht. Wurde sie gewählt?“ Wieder erscholl grausamer Beifall.

„Und dort sitzt Pischet. Sie hört meine Worte nicht. Nie hat sie das Gespräch der Frauen, die Stimme ihres Mannes und das Plaudern ihres Kindes gehört. Sie wohnt im weißen Schweigen. Machen die Wölfe sich etwas aus ihr?

Nein! Sie nehmen sich das Beste von der Beute; uns

bleibt nur der Abfall. Brüder! So soll es nicht bleiben! Die Wölfe sollen nicht mehr um unser Lagerfeuer schleichen. Die Zeit ist gekommen."

Ein mächtiger Lichtstreif, das Nordlicht, schoß purpurn, grün und gelb über den Zenit, baute eine Brücke von Horizont zu Horizont. Den Kopf zurückgeworfen und die Arme ausgestreckt, stand er da; seine Rede hatte ihren Höhepunkt erreicht.

„Seht! Die Geister unserer Väter haben sich erhoben, und große Taten sollen heute nacht verrichtet werden!"

Er trat zurück, und ein anderer junger Mann trat, etwas unsicher und von seinen Kameraden getrieben, vor. Er überragte sie um Haupteslänge, mit seiner breiten Brust bot er der Kälte Trotz. Unsicher trat er von einem Fuß auf den andern. Er konnte kein Wort herausbringen, und ihm war schlecht zumute.

Sein Gesicht war schrecklich anzusehen, denn es war einmal durch einen furchtbaren Schlag halb zerrissen. Endlich schlug er sich mit der geballten Faust auf die Brust, schnaufte wie ein Trommelwirbel, und seine Stimme erscholl wie die Brandung gegen Klippen.

„Ich bin der Bär – Silberspitze und der Sohn Silberspitzes! Als meine Stimme noch die eines Mädchens war, tötete ich schon Luchs, Elch und Rentier. Als sie wie der Schrei des Vielfraßes unter einem Steinhaufen erklang, ging ich südwärts über die Berge und tötete drei Männer vom Stamme des weißen Flusses. Als sie wie das Brüllen des Sturmes wurde, begegnete ich dem grauen Bären, aber ich wich ihm nicht aus."

Hier hielt er inne, und seine Hand fuhr bedeutungsvoll über die furchtbare Narbe.

„Ich bin nicht wie der Fuchs. Meine Zunge ist gefroren wie der Fluß. Ich kann nicht reden. Meiner Worte sind wenige. Der Fuchs sagt, heute nacht sollen große Taten ausgeführt werden. Gut! Die Rede fließt von seiner Zunge wie die Ströme im Frühling, aber er ist sparsam mit Taten. Heute nacht will ich mit dem Wolfe kämpfen. Ich will ihn töten, und Zarinska soll an meinem Feuer sitzen. Der Bär hat gesprochen."

Obgleich alle Geister der Hölle ihn umtosten, hielt der „Grindige" Mackenzie stand. Da er wußte, wie wenig ihm seine Büchse im Nahkampf nützen konnte, schob er beide Revolver im Gürtel so hin, daß er sie mit einem einzigen Griff erreichen konnte, und zog die Fäustlinge halb aus. Er wußte, daß es keine Hoffnung gab, wenn sie ihn gesammelt angriffen, aber seinem Worte getreu, bereitete er sich vor, mit zusammengebissenen Zähnen zu sterben.

Der Bär jedoch hielt seine Genossen zurück, indem er die eifrigsten mit seiner furchtbaren Faust vertrieb.

Als der Lärm sich zu legen begann, blickte Mackenzie sich nach Zarinska um.

Sie sah prachtvoll aus. Mit halbgeöffneten Lippen und zitternden Nüstern bog sie sich, wie ein Tiger im Sprunge, auf den Schneeschuhen vor. Ihre großen schwarzen Augen hefteten sich in Furcht und Trotz auf ihre Stammesgenossen. So stark war ihre Spannung, daß sie zu atmen vergaß. Die eine Hand krampfhaft gegen die Brust gedrückt, die andere um die Hundepeitsche gepreßt, schien sie zu Stein verwandelt. Als er sie ansah, ließ ihre Spannung nach. Ihre Muskeln erschlafften; mit einem tiefen Seufzer sank sie zurück und warf ihm einen Blick zu, der mehr als Liebe enthielt.

Thling-Tinneh versuchte zu reden, aber sein Volk übertönte seine Stimme. Da trat Mackenzie vor. Der Fuchs öffnete den Mund zu einem durchdringenden Schrei, aber so wild sprang Mackenzie auf ihn los, daß er zurückwich und der Schrei in seiner Kehle erstickte. Sein Erschrecken wurde mit schallendem Gelächter begrüßt, und Mackenzie bekam einen Augenblick Ruhe zum Sprechen.

„Brüder! Der weiße Mann, den ihr den ‚Wolf' zu nennen beliebt, kam mit aufrichtigen Worten zu euch. Er war nicht wie der Innuit. Er sprach keine Lügen. Er kam als Freund und wollte euer Bruder sein. Aber eure Männer haben gesprochen, und die Zeit der sanften Worte ist vorbei.

Zunächst will ich euch sagen, daß der Schamane eine böse Zunge hat und ein falscher Prophet ist und daß die Botschaft, die er brachte, nicht vom Feuerbringer ist. Seine Ohren sind der Stimme des Raben verschlossen, und in seinem eigenen Kopfe hat er listige Pläne erdacht und euch zum Narren gehalten. Er hat keine Macht. Als eure Hunde verzehrt wurden, als euer Magen schwer war von ungegerbten Häuten und Mokassinstreifen, als die alten Männer starben, als die alten Frauen starben, und als die Säuglinge an den vertrockneten Brüsten der Mütter starben, als das Land finster war und ihr zugrunde ginget wie der Lachs in der Falle, ja, als die Hungersnot unter euch herrschte, brachte da der Schamane euern Jägern Glück? Brachte er euerm Magen Fleisch? Ich sage euch, der Schamane hat keine Macht. Seht, ich speie ihm ins Gesicht!"

Trotz aller Bestürzung über die Lästerung war kein Laut zu hören. Einige der Frauen waren zwar entsetzt, aber unter den Männern war nur eine Spannung zu spüren, als erwarteten sie ein Wunder. Aller Augen richteten sich auf die Hauptdarsteller.

Der Priester war sich klar, daß ein kritischer Augenblick gekommen war, er fühlte seine Macht wanken, öffnete den Mund zu Drohungen, wich aber vor dem furchtbaren Vorrücken Mackenzies, seiner erhobenen Faust und seinen flammenden Blicken zurück.

Mackenzie lächelte höhnisch und fuhr fort:

„Bin ich getroffen? Hat der Blitz mich verbrannt? Sind die Sterne vom Himmel gefallen und haben mich zerschmettert? Pah! Mit dem Hund bin ich fertig! Und jetzt will ich euch von meinem Volk erzählen, dem mächtigsten aller Völker, die auf Erden herrschen. Zuerst jagen wir, wie ich jage – allein. Dann aber jagen wir in Rudeln, und zuletzt wimmelt das ganze Land von uns wie von den Rentieren. Wen wir in unsere Wohnungen nehmen, der lebt. Wer nicht kommen will – stirbt. Zarinska ist ein schönes Mädchen, aufrecht und stark. Wohl geeignet, die Mutter von Wölfen zu werden. Selbst wenn ich sterbe, wird sie es werden; denn meiner Brüder sind viele, und sie werden der Spur meiner Hunde folgen. Hört das Gesetz des Wolfes: Wer das Leben eines Wolfes nimmt – zehn von seinem Volke sollen mit ihrem Leben dafür büßen. In vielen Ländern ist der Preis bezahlt worden, in vielen Ländern wird er bezahlt werden.

Laßt mich wieder zurückkommen auf den Bären und den Fuchs. Es schien, als hätten sie beide ihre Augen auf das Mädchen geworfen. Aber seht, ich habe sie gekauft! Thling-Tinneh stützt sich auf die Büchse, die andern Waren liegen an seinem Feuer. Aber ich will den jungen Männern entgegenkommen. Dem Fuchs, dessen Zunge trocken von vielen Worten ist, will ich fünf lange Rollen Tabak geben. Dann kann sein Mund wieder feucht werden und seine Zunge im Rate lärmen. Dem Bären aber, auf den ich stolz bin, will ich zwei Decken, zwanzig Tassen Mehl und ebensoviel Tabak wie dem Fuchs geben. Und wenn er mit mir über die Berge im Osten zieht, dann will ich ihm eine Büchse geben, wie Thling-Tinneh sie bekam. Wenn nicht: Gut! Der Wolf ist der Worte müde. Doch noch einmal will er die Worte des Gesetzes sagen: Wer das Leben eines Wolfes nimmt – zehn von seinem Volke sollen mit ihrem Leben dafür büßen.“ Mackenzie trat lächelnd auf seinen Platz zurück, aber im Innern war er unruhig. Die Nacht war noch finster. Das Mädchen trat zu ihm, und er hörte genau zu, wie sie ihm von den Kunstgriffen des Bären im Messerkampf erzählte.

Die Entscheidung fiel für den Kampf. Im Handumdrehen waren Dutzende von Mokassins dabei, den in den Schnee gestampften Platz um das Feuer zu erweitern. Es wurde viel über die anscheinende Niederlage des Schamanen gesprochen. Manche behaupteten, er hätte nur seine Macht zurückgehalten, während andere sich an frühere Begebenheiten erinnerten und dem Wolf recht gaben. Der Bär trat in die Mitte des Kampfplatzes, ein langes entblößtes Jagdmesser russischer Arbeit in der Hand. Der Fuchs machte darauf aufmerksam, daß Mackenzie Revolver hätte. Daher nahm er seinen Gürtel ab und schnallte ihn Zarinska um, deren Hände er auch seine Büchse anvertraute. Sie schüttelte den Kopf. Sie konnte nicht schießen – für ein Weib bestand wenig Aussicht, solch feine Dinge zu gebrauchen.

„Wenn mir Gefahr von hinten droht, so rufe laut: ‚Mein Gatte!' Nein, so: ‚Mein Gatte!'"

Er lachte, als sie es wiederholte, kniff sie in die Backe und trat wieder in den Kreis. Nicht allein an Reichweite und Größe war der Bär ihm überlegen, seine Klinge war auch um gut zwei Zoll länger. Mackenzie hatte schon Männern in die Augen gesehen, und daher wußte er, daß er einem Manne gegenüberstand. Immer wieder wurde er bis an den Rand des Feuers oder in den tiefen Schnee hinausgedrängt, und immer wieder arbeitete er sich mit der Taktik des geübten Faustkämpfers in die Mitte zurück. Nicht eine Stimme erhob sich, um ihn anzufeuern, während sein Gegner Beifall, Winke und Warnungen erhielt. Aber er biß die Zähne zusammen, während die Messer klirrten; und er stieß und parierte mit einer Kaltblütigkeit, die er der Kenntnis seiner eignen Kraft verdankte. Anfangs fühlte er Sympathie für seinen Feind; aber sie mußte bald dem Lebensinstinkt in seiner ursprünglichsten Form weichen, und an dessen Stelle trat wieder die Lust, zu töten. Die Kultur von Jahrtausenden war von ihm abgestreift, er war ein Höhlenbewohner, der um sein Weibchen kämpfte.

Zweimal traf er den Bären und sprang selbst unbeschädigt zurück; das drittemal aber verfing sich sein Messer, und sie blieben aneinanderhängen. Jetzt begann er die furchtbare Kraft seines Gegners zu spüren. Seine Muskeln spannten sich zu schmerzenden Knoten, die Sehnen drohten zu zerreißen, aber immer näher kam der russische Stahl. Er versuchte loszukommen, ermattete sich aber nur dadurch. Der in Pelze gekleidete Kreis schloß sich immer dichter in der sicheren Erwartung eines entscheidenden Stoßes. Aber mit einem Ringergriff machte er eine halbe Seitwärtsdrehung und hieb nach seinem Gegner. Wider

Willen bog sich der Bär nach hinten und kam dadurch aus dem Gleichgewicht. Da warf Mackenzie sich vor und schleuderte ihn außerhalb des Kreises in den tiefen Schnee. Der Bär taumelte und kam im Sprunge zurück. „Oh, mein Gatte!“ die Stimme Zarinskas zitterte vor Angst.

Ein Bogenstrang schwirrte, Mackenzie duckte sich blitzschnell, ein Pfeil mit einer Knochenspitze fuhr über ihn hinweg und bohrte sich in die Brust des Bären, der mitten im Sprunge war und nun über seinen zusammengekauerten Feind taumelte.

Im nächsten Augenblick stand Mackenzie auf den Beinen und hatte sich umgedreht. Der Bär lag unbeweglich da, aber auf der andern Seite des Feuers stand der Schamane und legte einen neuen Pfeil auf den Bogen.

Mackenzies Messer kreiste durch die Luft. Er hatte die schwere Klinge an der Spitze gegriffen. Sie funkelte im Feuerschein, als das Messer über die Flammen schwirrte. Der Schamane schwankte einen Augenblick und stürzte dann nach vorn in die Gluten. Das Messer saß bis zum Schaft in seiner Kehle.

Klick! Klick! – Der Fuchs hatte sich der Büchse Thling-Tinnehs bemächtigt und versuchte vergeblich, eine Patrone hineinzuschieben, ließ sie aber fallen, als er das Lachen Mackenzies hörte.

„Der Fuchs weiß wohl noch nicht mit dem Spielzeug umzugehen? Er ist nur ein Weib. Komm her! Gib sie her, dann will ich es dir zeigen.“

Der Fuchs zögerte.

„Komm, sage ich!“

Wie ein geprügelter Hund kroch er vorwärts.

„So und so, und jetzt ist es in Ordnung.“

Eine Patrone flog an ihren Platz, der Hahn war gespannt, und Mackenzie hob die Büchse an die Schulter.

„Der Fuchs hat gesagt, heute nacht sollen große Taten verrichtet werden, und er sprach die Wahrheit, große Taten sind getan, aber die des Fuchses war die kleinste. Ist er noch entschlossen, Zarinska heimzuführen? Will er viel-

leicht den Weg beschreiten, den der Schamane und der Bär geebnet haben? Nicht? Gut!“

Mackenzie wandte sich verächtlich ab und zog sein Messer aus der Kehle des Priesters.

„Gibt es noch andere junge Männer, die dergleichen im Sinn haben? Dann will der Wolf sie zu zweit oder zu dritt auf einmal nehmen, bis keiner mehr da ist. Nein? Gut! Thling-Tinneh, hier gebe ich dir deine Büchse zum zweitenmal. Wenn du einmal ins Land des Yukons kommst, so wisse, daß immer ein Platz und viel Essen für dich am Feuer des Wolfes ist. Die Nacht weicht jetzt dem Tage. Ich gehe, aber vielleicht komme ich wieder. Und noch einmal: Denkt an das Gesetz des Wolfes!“

Als er zu Zarinska schritt, war er in ihren Augen übernatürlich. Sie nahm ihren Platz an der Spitze des Gespanns ein, und die Hunde setzten sich in Gang. Wenige Augenblicke später war sie von dem dunklen Walde verschlungen. Solange hatte Mackenzie gewartet. Jetzt schnallte er sich die Schneeschuhe an, um ihr zu folgen.

„Hat der Wolf die fünf langen Rollen vergessen?“ Mackenzie wandte sich wütend gegen den Fuchs. Dann überkam ihn die Komik der Situation.

„Ich will dir eine kurze Rolle geben.“

„Wie der Wolf will“, antwortete der Fuchs demütig und streckte die Hand aus.

In fernem Lande

Wenn man in einem fernen Lande reist, muß man sich darauf vorbereiten, viel von dem zu vergessen, was man gelernt hat, und Gewohnheiten annehmen, die zu den Verhältnissen in dem neuen Lande passen; man muß alte Ideale und alte Götter aufgeben und oft selbst die grundlegenden Gesetze, die einem bisher bestimmend für das Leben gewesen sind, umstürzen. Wer eine proteus-artige Anpassungsfähigkeit besitzt, den mag eine solche Veränderung vielleicht sogar befriedigen, wer aber tief in dem Boden wurzelt, dem er entsprossen ist, kann den Druck der veränderten Umgebung nicht ertragen, und Körper und Seele empören sich gegen die neuen Gesetze, die sie nicht verstehen. Diese Empörung äußert sich in vielerlei, erzeugt Böses und verursacht Unglück. Wer sich nicht in die neuen Verhältnisse finden kann, kehrt besser in sein eigenes Land zurück. Zaudert er zu lange, so wird er sicher sterben.

Der Mann, der den Gütern einer alten Zivilisation den Rücken kehrt und in die wilde, primitive Einfachheit des Nordens zieht, kann seine Aussicht auf Erfolg vorausberechnen, denn sie steht im umgekehrten Verhältnis zu der Zahl seiner hoffnungslos eingewurzelten Gewohnheiten. Der rechte Mann wird bald entdecken, daß die materiellen Gewohnheiten die geringste Rolle zur Erhaltung des Lebens spielen. Ein feines Mittagessen mit einfacher Kost, steife Lederschuhe mit weichen, formlosen Mokassins, warme Kissen mit einem Lager im Schnee zu vertauschen, ist schließlich eine Kleinigkeit.

Die Feuerprobe kommt erst, wenn man im Ernst das rechte Verhältnis zu allen Dingen und namentlich zu seinen Mitmenschen lernen soll. Die kleinen Höflichkeiten des täglichen Lebens soll er jetzt durch Uneigennutz, Nachsicht und Geduld ersetzen.

So – nur so kann er sich den köstlichen Schatz treuer Kameradschaft erwerben. Er soll nicht „Danke sehr“ sagen; er soll es fühlen, ohne den Mund zu öffnen, und es beweisen, indem er Vergeltung in Taten übt. Kurz, er soll Taten an Stelle des Wortes, Geist an Stelle des Buchstabens setzen.

Als man in der ganzen Welt vom arktischen Golde hörte und der Norden Macht über die Herzen der Menschen gewann, sprang auch Carter Weatherbee von seinem sicheren Kontorbock, ließ die Hälfte seines ersparten Geldes seiner Frau und verbrauchte den Rest für seine Ausrüstung. Seine Natur war nicht auf Romantik gerichtet – die hatte die Plackerei des Kontorlebens ihm ausgetrieben. Er war einfach der ewigen Tretmühle müde und wollte in der Hoffnung auf Gewinn einen großen Einsatz wagen.

Wie so viele andere Narren verachtete er die alten Wege, die die Nordlandpioniere seit zwanzig Jahren gebahnt hatten, und eilte zu Frühlingsanfang nach Edmonton; und dort schloß er sich, zum Unglück für seine Seele, einer Gesellschaft von Männern an.

Es war nichts Ungewöhnliches an dieser Gesellschaft außer ihrem Plan. Sogar ihr Ziel war das aller anderen Gesellschaften, nämlich Klondike. Aber die Route, die sie auf der Karte abgesteckt hatten, um dieses Ziel zu erreichen, ließ selbst den kühnsten in der treulosen Unbeständigkeit des Nordens Geborenen und Aufgewachsenen nach Luft schnappen. Ja, selbst Jacques Baptiste, der Sohn einer Chippewa-Frau und eines französischen Voyageurs, der sich hierher verirrt hatte, selbst Jacques Baptiste, dessen erstes Wimmern in einem Rentierfell nördlich vom fünfundsechzigsten Breitengrad ertönt war und durch einen prachtvollen Lutschbeutel aus rohem Talg gestillt worden, war verblüfft. Obwohl er ihnen seine Dienste verkaufte und sich verpflichtete, wenn es sein sollte, ins ewige Eis zu ziehen, schüttelte er doch unheilverkündend den Kopf, als man ihn um Rat fragte.

Percy Cuthferts böser Stern muß im Aufgehen gewesen sein, denn auch er schloß sich der Gesellschaft dieser Argonauten an. Er war ein Durchschnittsmensch, dessen Bankkonto ebenso groß wie seine Kultur war, was allerhand sagen wollte. Er hatte nicht den geringsten Grund, sich auf ein solches Wagestück einzulassen – keinen anderen Grund, als daß er an einer anormal entwickelten Sentimentalität litt. Er verwechselte diese Geschichte mit Abenteuerlust und wirklich romantischem Geist. Mancher andere hat dasselbe getan und damit einen verhängnisvollen Irrtum begangen.

Die erste Frühlingsschmelze fand die Gesellschaft auf dem Elchfluß, dessen Eisbruch sie folgte. Es war eine imposante Flotte, denn ihre Ausrüstung war bedeutend, und sie wurde von einer Anzahl zerlumpter, halbblütiger Voyageurs mit Weib und Kind begleitet. Tag für Tag rakkerten sie sich mit Booten und Kanus ab, schlugen sich mit Moskitos und ähnlichen Landplagen oder schwitzten und fluchten über die Stromschnellen. Derlei schwere Arbeit zeigt, was in einem Manne steckt, und ehe man den Athabasca-See im Süden aus den Augen verlor, hatte jedes Mitglied der Gesellschaft Farbe bekannt.

Carter Weatherbee und Percy Cuthfert waren Drückeberger und murrten ewig. Alle übrigen zusammen beklagten sich nicht soviel über ihre Anstrengungen und Mühen wie jeder einzelne von diesen beiden. Nicht ein einziges Mal meldeten sie sich freiwillig zu den tausend kleinen Pflichten im Lager. Sollte ein Eimer Wasser geholt, eine Extratracht Brennholz geschlagen, Teller aufgewaschen, das Gepäck nach irgend etwas durchsucht werden, das man brauchte – sofort entdeckten diese kraftlosen Schößlinge der Zivilisation Schrammen und Gebrechen, die augenblickliche Schonung erforderten. Sie waren die ersten, die abends in den Schlafsack krochen, obwohl noch eine Masse Arbeit zu verrichten war, sie waren die letzten, die morgens aufstanden, wenn man sich vor dem Frühstück zum Aufbruch bereitmachen sollte. Sie waren die ersten bei der Mahlzeit und die letzten, die bei der Zubereitung der Mahlzeit zugriffen; die ersten, die sich einen leckeren Bissen sicherten, die letzten, die merkten, daß sie sich an der Ration eines anderen vergriffen hatten. Wenn sie ruderten, schwitzten sie bei jedem Schlag oder ließen ihre Riemen durch die Bewegung des Bootes treiben. Sie glaubten, daß niemand es bemerkte, aber ihre Kameraden fluchten leise und haßten sie schließlich, während Jacques Baptiste offen höhnte und sie von morgens bis abends verfluchte. Aber Jacques Baptiste war nun eben mal kein Gentleman.

Am Großen Sklavensee kaufte man Hudson-Bai-Hunde, und die vermehrte Flotte sank unter der Last von Dörrfisch und Pemmikan bis an die Reling ein. Dann folgten Kanus und Boote der schnellen Strömung des Mackenzie, und man gelangte zum Großen Barren-Grund. Jeder Wassergraben, der auch nur die geringste Aussicht bot, wurde untersucht, aber die lockenden Goldfelder lagen immer noch nördlich vor ihnen. Am Großen Barren begannen ihre Voyageurs, von der allgemeinen Furcht vor dem Unbekannten gepackt, zu desertieren, und beim Fort Gute Hoffnung sah man die Letzten und Kühnsten sich unter den Zugleinen straffen und die Strömung hinaufarbeiten, die sie so verräterisch leicht hinabgetragen hatte. Jacques Baptiste blieb schließlich allein übrig. Hatte er ihnen nicht versprochen, wenn es sein sollte, bis ins ewige Eis zu ziehen?

Die fehlerhafte, zum größten Teil nach mündlichen Berichten gezeichnete Karte wurde jetzt andauernd befragt. Und es galt, zu eilen, denn die Sonnenwende war schon vorbei, und der Winter näherte sich. Sie fuhren die Küste der Bucht entlang, wo der Mackenzie ins Eismeer strömt, und drangen dann durch die Mündung in den Kleinen Peel-Fluß ein. Dann begann die Mühe, sich stromaufwärts zu arbeiten, und den beiden unfähigen Menschen erging es schlimmer als je. Leinen und Stangen, Paddel und Tragriemen, Stromschnellen und Passagen – alle diese Qualen flößten dem einen tiefen Abscheu ein und lehrten den andern, was Romantik in Wirklichkeit ist.

Eines schönen Tages meuterten sie, und als Jacques Baptiste sie gehörig zurechtsetzte, kehrten sie sich wie Giftschlangen gegen ihn. Aber der Mischling vermöbelte sie und schickte sie zerschlagen und blutend an die Arbeit. Es war das erstemal, daß jemand gezüchtigt wurde.

Da sie an der Quelle des Kleinen Peel zu Wasser nicht weiter konnten, verbrachten sie den Rest des Sommers damit, ihr Gepäck über die Wasserscheide des Mackenzie nach dem West Rat zu schaffen.

Dieser kleine Fluß strömte dem Porcupine zu, der wieder in den Yukon mündet, und zwar dort, wo diese gewaltige Hauptverkehrsstraße des Nordens unter dem Polarkreis einen großen Bogen schlägt. Aber jetzt hatte der Wettlauf mit dem Winter begonnen, und eines Tages vertäuten sie ihre Flotte an dem dicken Eis und beeilten sich, ihre Güter an Land zu schaffen. In der Nacht wurde das Flußeis immer wieder krachend zusammengepreßt; am nächsten Morgen war es im Ernst zur Ruhe gegangen.

„Wir können nicht mehr als vierhundert Meilen vom Yukon sein“, sagte Sloper, indem er mit dem Daumennagel die Entfernung auf der Karte maß.

Der Kriegsrat, bei dem die beiden Unfähigen mit fabelhafter Kläglichkeit gejammert hatten, näherte sich seinem Abschluß.

„Ein gutes Stück von der Hudson-Bai-Post. Jetzt nicht zu machen.“

Jacques Baptistes Vater hatte seinerzeit die Reise für die Pelz-Kompanie gemacht, wobei ihm mehrere Zehen erfroren waren.

„Verflucht kalt!“ rief ein anderer von der Gesellschaft. „Keine Weißen?“

„Nicht die Spur“, versicherte Sloper kurz und bündig. „Aber es sind nur fünfhundert Meilen den Yukon hinauf bis Dawson. Sagen wir alles in allem gut tausend von hier.“

Weatherbee und Cuthfert stöhnten im Chor.

„Wie lange brauchen wir dazu, Baptiste?“

Der Mischling rechnete einen Augenblick nach.

„Wenn wir wie der Teufel arbeiten, und keiner sich drückt, zehn – zwanzig – vierzig – fünfzig Tage. Wenn kleine Kinder dabei sind (er meinte die beiden Unfähigen), ist es überhaupt nicht zu sagen. Vielleicht, wenn die Hölle gefriert, vielleicht nicht einmal dann.“

Die Herstellung von Schneeschuhen und Mokassins wurde eingestellt. Einer rief nach einem Kameraden, der nicht anwesend war, aber aus einer alten Hütte am Rande des Lagers kam und sich ihnen anschloß. Die Hütte war eines der vielen rätselhaften Dinge, die die ungeheure Einöde des Nordens barg. Wann sie gebaut war, wußte niemand. Zwei Gräber unter freiem Himmel mit hohen Steinhaufen enthielten vielleicht das Geheimnis dieser frühen Wanderer. Aber wer hatte die Steine aufgeschichtet?

Der Augenblick war gekommen. Jacques Baptiste hielt im Anschirren inne und zwang den widerspenstigen Hund in den Schnee. Der Koch protestierte stumm gegen einen weiteren Aufschub, warf eine Handvoll Speck in den Topf, in dem die Bohnen kochten, und lenkte dadurch die allgemeine Aufmerksamkeit auf sich.

Sloper stand auf. Sein Körper bildete einen lächerlichen Gegensatz zu dem gesunden Äußeren der beiden Unfähigen. Fahl und ermattet, wie er aus einem südamerikanischen Fieberloch entwischt war, hatte er doch seine Flucht von einem Breitengrad zum andern fortgesetzt und war noch imstande, zuzupacken. Das schwere Jagdmesser eingeschlossen, wog er vielleicht neunzig Pfund, und sein graumeliertes Haar erzählte, daß er seine besten Tage hinter sich hatte. Sowohl Weatherbees wie Cuthferts frische junge Muskeln konnten sich zehnmal mit den seinen messen, und doch wanderte er sie bei den Tagesmärschen in Grund und Boden. Und den ganzen Tag hatte er seine kräftigeren Kameraden gereizt, sich auf die tausend Meilen weite, unsagbare Leiden bietende Reise zu wagen. Er verkörperte die Rastlosigkeit seiner Rasse, und die uralte teutonische Hartnäckigkeit mit einem Zusatz von der schnellen Entschlossenheit und Tatkraft des Yankees machten seinen Körper zu einem gehorsamen Werkzeug seines Geistes.

„Wer dafür stimmt, daß wir mit den Hunden weiterziehen, sobald das Eis sich setzt, sagt ja.“

„Ja!“ ertönte es von acht Stimmen – Stimmen, die dazu bestimmt waren, während der vielen hundert Meilen ununterbrochener Leiden unzählige Flüche auszustoßen.

„Und dagegen?“

„Nein!“ Zum erstenmal waren die beiden Unfähigen einig, ohne genau ihre persönlichen Vorteile abgewogen zu haben.

„Und was werdet ihr nun tun?“ fragte Weatherbee kriegerisch.

„Die Majorität bestimmt! Die Majorität bestimmt!“ riefen die andern.

„Ich weiß ja, daß die Expedition Gefahr läuft, unterzugehen, wenn ihr nicht mitkommt“, sagte Sloper sanft, „aber ich denke, wenn wir uns riesig anstrengen, werden wir euch entbehren können. Was meint ihr, Jungens?“ Seine Worte wurden mit einstimmigem Beifall begrüßt.

„Aber sagt“, fragte Cuthfert ängstlich, „was wird dann aus mir?“

„Kommst du nicht mit?“

„Nei-ein.“

„Dann tue, was du willst. Was geht es uns an!“

„Berate dich lieber mit deinem Herzensfreund“, schlug ein schwerfälliger Mann aus Dakota vor und zeigte auf Weatherbee. „Er wird dir schon sagen, wie du es machen mußt, wenn du Essen kochen und Holz sammeln willst.“

„Dann ist es also erledigt“, stellte Sloper fest. „Morgen ziehen wir los und kampieren fünf Meilen von hier, nur um alles in Ordnung zu bringen und zu sehen, ob wir etwas vergessen haben."

Die Schlitten ächzten auf ihren stahlbeschlagenen Kufen, und die Hunde lagen flach im Geschirr, in dem sie zu sterben bestimmt waren. Jacques Baptiste stand neben Sloper und warf einen letzten Blick auf die Hütte. Der Rauch quoll traurig zum Schornstein heraus. Die beiden Unfähigen standen in der Tür und sahen ihnen nach.

Sloper legte dem andern die Hand auf die Schulter. „Jacques Baptiste, hast du je von den Kilkenny-Katzen gehört?"

Der Mischling schüttelte den Kopf.

„Ja, mein Freund und guter Kamerad, die Kilkenny-Katzen schlugen sich, bis weder Haut noch Haar oder Geheul übrig war. Du verstehst? – Bis nichts übrig war. Ausgezeichnet. Diese beiden Männer mögen nicht arbeiten. Sie wollen nicht arbeiten. Das wissen wir. Sie werden den ganzen Winter allein in der Hütte bleiben – einen mächtig langen, dunklen Winter. Kilkenny-Katzen, wie?"

Der Franzose in Baptiste zuckte die Achseln, aber der Indianer schwieg. Immerhin war es ein sehr beredtes, prophetisches Achselzucken.

Anfangs ging es ausgezeichnet in der kleinen Hütte. Die rauhen Scherze ihrer Kameraden hatten Weatherbee und Cuthfert die gegenseitige Verantwortung, die auf ihnen ruhte, vor Augen geführt; außerdem gab es alles in allem nicht übermäßig viel Arbeit für zwei gesunde Männer. Und die Entfernung der andern, oder mit andern Worten, des schimpfenden Mischlings, wirkten angenehm erleichternd. Am Anfang wetteiferten sie miteinander und erfüllten ihre Pflichten mit einer Bereitwilligkeit, daß ihre Kameraden, die jetzt Seele und Körper auf den weiten Wegen zusetzten, vor Verwunderung die Augen aufgerissen hätten.

Alle Vorsorge war in Acht und Bann erklärt. Der Wald, der sie von drei Seiten umgab, war ein unerschöpflicher Holzspeicher. Wenige Schritte vor ihrer Tür schlummerte der Porcupine, und ein Loch in seinem Wintermantel ergab einen sprudelnden Springbrunnen mit kristallklarem, eisigem Wasser. Bald aber wurde ihnen auch das zuviel. Das Loch fror immer wieder zu, und das verschaffte ihnen eine scheußliche Stunde Arbeit.

Die unbekannten Baumeister der Hütte hatten durch Verlängerung der Seitenwände auf der Rückseite einen Vorratsraum geschaffen. Hier wurde der Hauptvorrat der Gesellschaft aufbewahrt. Es war Nahrung genug für die dreifache Zeit. Aber das meiste war von der Art, die zwar Muskeln und Sehnen bildet, aber den Gaumen nicht kitzelt.

Allerdings gab es mehr als genug Zucker für zwei wirkliche Männer, aber diese beiden waren kaum etwas anderes als Kinder. Sie entdeckten recht schnell, daß eine dickflüssige Mischung von Zucker und warmem Wasser gut schmeckt, und sie tunkten ihre Pfannkuchen und ihr Brot in den weißen Sirup. Dann wieder schwelgten sie verheerend in Tee und Kaffee und namentlich in Dörrobst. Der erste Streit zwischen ihnen entstand über die Zuckerfrage. Und es ist eine sehr ernste Sache, wenn zwei Männer, die vollkommen aufeinander angewiesen sind, zu streiten beginnen. Weatherbee liebte es, laut über Politik zu disputieren, während Cuthfert, der am liebsten seine Kupons geschnitten und die Menschheit ihre Wege hätte schreiten lassen, nicht auf den Gegenstand einging oder nur hin und wieder verblüffende Aussprüche tat. Der Kontorist jedoch war zu dumm, die elegante Form, die der andere seinen Gedanken verlieh, zu schätzen, und der Umstand, daß er sein Pulver vergebens verschoß, reizte Cuthfert. Er war gewohnt, die Leute durch seinen Witz zu blenden, und Mangel an einem Zuhörerkreis wurde für ihn direkt zu einem Unglück. Er empfand das als einen wirklichen Kummer und zog unwillkürlich seinen hohlköpfigen Kameraden dafür zur Verantwortung. Außer dem Kampf ums Dasein hatten sie nichts gemein – nicht den geringsten Berührungspunkt. Weatherbee war Kontorist und hatte sein ganzes Leben lang nichts als seine Geschäftsbücher gekannt; Cuthfert war akademisch gebildet, dilettierte als Maler und hatte allerhand geschrieben.

Der eine war Proletarier, hielt sich aber selbst für gebildet, der andere war gebildet und wußte das. Man ersieht hieraus, daß ein Mann wohl gebildet sein kann, ohne auch nur den geringsten Instinkt für aufrichtige Kameradschaft zu besitzen. Der Kontorist war ebenso materialistisch wie der andere ästhetisch, und seine Liebesabenteuer, über die er sich eingehend verbreitete, und die zum größten Teil nur in seiner Phantasie existierten, wirkten auf den überempfindlichen Akademiker wie giftige Gasschwaden. Der Kontorist erschien ihm wie ein schmutziges, unkultiviertes Tier, das in den Kot zu den Schweinen gehörte, und das sagte er ihm; und dafür bekam er zu wissen, daß er ein Muttersöhnchen und ein Philister sei. Weatherbee hätte im Leben nicht das Wort „Philister" erklären können, aber es befriedigte ihn, und das war die Hauptsache. Weatherbee sang bei jedem dritten Ton vorbei und sang stundenlang Lieder wie „Oh, Susanna"; und Cuthfert weinte vor Wut, bis er es nicht mehr aushalten konnte und in die Kälte hinausfloh.

Aber es gab kein Entrinnen. Der starke Frost war nicht lange zu ertragen, und die kleine Hütte mit ihren Betten, ihrem Tisch und Ofen beengte sie.

Die Anwesenheit des einen wirkte auf den anderen wie eine persönliche Beleidigung, und sie sanken in verdrossenes Schweigen, das mit jedem Tage unerträglicher wurde. Hin und wieder konnte ein Aufblitzen im Auge oder das leichte Bewegen der Lippe sie verraten, obwohl sie bemüht waren, einander in den Perioden des Schweigens völlig zu ignorieren. Und in jedem erstand eine große Verwunderung, warum Gott nur den andern geschaffen hatte. Da sie nur wenig zu tun hatten, wurde ihnen die Zeit zu einer unerträglichen Bürde. Das machte sie natürlich noch fauler. Sie sanken in eine physische Schlaffheit, aus der sie nicht wieder herauskommen konnten, und die sie gegen die geringste Arbeit rebellieren ließ.

Eines Morgens, als Weatherbee an der Reihe war, das gemeinsame Frühstück zu bereiten, rollte er sich aus den Decken und zündete zuerst die Tranlampe, dann das Feuer an, während der Kamerad noch schnarchte. Der Inhalt der Kessel war gefroren. Und es gab kein Wasser in der Hütte, um aufzuwaschen. Aber daraus machte er sich nichts. Während das Eis im Kessel auftaute, schnitt er Speck in Scheiben und machte sich an die verhaßte Arbeit des Brotbackens. Cuthfert war listig mit halbgeschlossenen Lidern Zeuge der Vorgänge.

Die Folge war eine Szene, in der sie sich gegenseitig schwer beleidigten; dann einigten sie sich, daß von jetzt an jeder sein Essen selbst kochen sollte.

Eine Woche darauf versäumte Cuthfert das allmorgendliche Aufwaschen, aß aber nichtsdestoweniger mit Wohlbehagen das Mahl, das er bereitet hatte. Weatherbee grinste. Von jetzt an verschwand der dumme Brauch, aufzuwaschen, von ihrer Tagesordnung.

Als der Zucker und andere kleine Leckereien zur Neige gingen, begann jeder zu fürchten, daß er nicht den ihm gebührenden Teil erhielte, und um nicht übervorteilt zu werden, stopften sie sich bis zum Brechen. Die Leckereien ertrugen diese Fresserei nicht, und die Männer auch nicht. Aus Mangel an frischem Gemüse und an Bewegung wurde ihr Blut dick, und ekelhafte Blutknoten bildeten sich unter der Haut. Aber sie beachteten diese Warnung nicht. Das nächste war, daß ihre Muskeln und Gewebe anzuschwellen begannen, das Fleisch wurde schwarz, Mund, Kinn und Lippen wurden gelblich wie fette Sahne. Statt sich im Unglück näherzukommen, freute sich jeder über die Symptome des Skorbuts beim andern.

Sie verloren jeden Sinn für ihr Äußeres. Und daneben auch für ihre Wohlanständigkeit. Die Hütte war ein

Schweinekoben, und nicht ein einziges Mal machten sie ihre Betten oder legten frische Kiefernzweige unter. Und doch konnten sie nicht so lange, wie sie gern gewollt, in den Decken bleiben, denn der Frost war unerbittlich, und der Herd verschlang viel Holz. Haar und Bart wurden lang und wirr, während ihre Kleider den Abscheu eines Lumpensammlers erregt hätten. Aber daraus machten sie sich nichts. Sie waren krank, niemand sah sie, und außerdem schmerzte sie jede Bewegung.

Zu alledem kam eine neue Plage – der Schrecken des Nordens. Dieser Schrecken war ein Kind der großen Kälte und des großen Schweigens und war in der Finsternis des Dezembers geboren, als die Sonne zum letztenmal hinter den südlichen Horizont glitt. Der Natur der beiden Männer entsprechend wirkte er verschieden auf sie.

Weatherbee fiel abergläubischen Vorstellungen zum Opfer und tat alles, was er konnte, um die Geister zu packen, die in den vergessenen Gräbern schliefen. Diese Geisterbeschwörung nahm ihn ganz in Anspruch, so daß sie in seinen Träumen aus der Kälte zu ihm kamen, unter seine Decke schlüpften und ihm ihre Sorgen und Widerwärtigkeiten aus ihrem früheren Leben erzählten. Ihn schauderte bei ihrer kalten Berührung, wenn sie sich ihm näherten und ihn mit ihren gefrorenen Gliedern umschlangen; und wenn sie ihm von kommenden Dingen ins Ohr flüsterten, hallte die Hütte wider von seinen entsetzten Schreien.

Cuthfert wußte nicht, was es gab – sie sprachen nicht mehr miteinander –, und wenn er auf diese Weise geweckt wurde, griff er unweigerlich nach dem Revolver. Dann saß er aufrecht im Bett und zitterte, die Waffe auf den Träumenden gerichtet, am ganzen Leibe. Cuthfert glaubte, daß der andere toll würde, und begann für sein Leben zu fürchten.

Seine eigene Krankheit nahm eine weniger bestimmte Form an. Der geheimnisvolle Baumeister, der die Hütte, Balken für Balken, errichtete, hatte auf dem Dachfirst eine Wetterfahne angebracht. Cuthfert bemerkte, daß sie stets nach Süden zeigte, und eines Tages wurde er über diesen Eigensinn so gereizt, daß er sie nach Osten drehte. Er beobachtete sie eifrig, aber kein Windhauch veränderte sie. Da drehte er sie nach Norden und schwor, sie nicht wieder anzurühren, ehe der Wind zu wehen begann. Aber die Luft erschreckte ihn durch ihre geisterhafte Stille, und oft stand er mitten in der Nacht auf, um zu sehen, ob die Fahne sich gedreht hätte – zehn Grad hätten ihm genügt. Aber nein, sie blieb dort oben unveränderlich wie das Schicksal. Seine Phantasie ging mit ihm durch, und die Windfahne wurde ihm ein Fetisch. Zuweilen folgte er der Richtung, in die sie zeigte, quer durch die Einöde und füllte seine Seele bis zum Rand mit Schrecken. Er verweilte bei dem Ungesehenen und Unbekannten, bis die Last der Ewigkeit ihn zerschmettern zu wollen schien.

Alles hier im Norden hatte diese überwältigende Wirkung – der Mangel an Leben und Bewegung, die Finsternis, die unendliche Ruhe, die über dem Lande brütete, die geisterhafte Stille, die den Widerhall jedes Herzschlages zu einer Heiligtumschändung machte, der feierliche Wald, der etwas Entsetzliches, Unsagbares zu umfassen schien, etwas, für das es weder Worte noch Gedanken gab. Die Welt mit ihren geschäftigen Menschen und Unternehmungen, die er kürzlich verlassen, erschien ihm sehr fern. Die Erinnerungen meldeten sich – Erinnerungen an Märkte, Galerien und belebte Straßen, an Gesellschaftskleider, an gute Männer und liebe Frauen, die er gekannt hatte –, aber das waren dunkle Erinnerungen an ein Leben, das er vor Jahrhunderten auf einem andern Planeten gelebt hatte. Diese Phantasien waren nie Wirklichkeit. Wenn er, die Augen auf den Polarhimmel gerichtet, unter der Wetterfahne stand, konnte er sich selbst nicht überzeugen, daß das Südland wirklich existierte, daß in diesem Augenblick dort unten Leben und Bewegung herrschte. Es gab kein Südland, keine von Frauen geborenen Männer, keine Heirat. Hinter dem verschwommenen Horizont erstreckten sich unendliche Einsamkeiten, und hinter ihnen noch unendlichere. Es gab keine sonnigen Länder voller Blütenduft. Das waren nur uralte Träume vom Paradies. Die Sonnenländer des Westens und der würzige Osten, das Lächeln Arkadiens und die gesegneten Inseln der Seligen. – Ha! Ha! sein Lachen sprengte den leeren Raum und erschreckte ihn durch seinen ungewohnten Laut. Es gab keine Sonne. Dies war die Welt, tot, kalt und finster, und er war ihr einziger Bewohner. Weatherbee? In solchen Augenblicken zählte Weatherbee nicht. Er war ein Kaliban, ein schreckliches Phantom, das für unendliche Zeiten, als Strafe für irgendein vergessenes Verbrechen, an ihn gefesselt war.

Er lebte mit dem Tode unter Toten, bedrückt von dem Gefühl seiner eigenen Bedeutungslosigkeit, zerschmettert durch die überwältigende Macht der schlummernden Zeiten. Die Gewaltigkeit all dessen entsetzte ihn. Alles hier war auf die Spitze getrieben – alles außer ihm selbst: der völlige Stillstand von Wind und Bewegung, die unermeßlichen Weiten der schneebedeckten Wüste, die Höhe des Himmels und die Tiefe des Schweigens. Die Wetterfahne – wenn sie sich nur bewegen wollte!

Wenn doch ein Donnerkeil herniederfallen oder der Wald in Flammen aufgehen wollte! Wenn doch der Himmel sich mit dem Krachen des Jüngsten Tages öffnen wollte! – Nur irgend etwas! – Irgend etwas! Aber nein, nichts regte sich. Das Schweigen erdrückte ihn, und der Nordlandschrecken krallte ihm seine eisigen Finger ums Herz. Einmal stieß er, ein neuer Robinson Crusoe, am Ufer des Flusses auf eine Fährte – die schwache Fährte eines Kaninchens in der feinen Schneekruste. Das war eine Offenbarung. Es gab Leben im Nordland. Er wollte ihm folgen, es sehen, es anstarren. Er vergaß ganz seine geschwollenen Muskeln und kämpfte sich in einer Ekstase der Erwartung durch den tiefen Schnee hindurch. Der Wald verschlang ihn, und das kurze Mittagszwielicht verschwand. Aber er setzte seine Nachforschungen fort, bis die erschöpfte Natur ihr Recht forderte und ihn hilflos in den Schnee sinken ließ. Da ächzte er nun, verfluchte seine Torheit und wußte, daß die Fährte nur eine Ausgeburt seiner Phantasie gewesen war; und spätabends schleppte er sich auf Händen und Knien, mit erfrorenen Wangen und seltsam gefühllosen Füßen, wieder in die Hütte. Weatherbee grinste boshaft, bot ihm aber keine Hilfe. Er stach Nadeln in seine Zehen und taute sie am Ofen auf. Eine Woche später hatten sie sich entzündet.

Aber der Kontorist hatte seine eigenen Sorgen. Die Toten kamen jetzt häufiger als je aus den Gräbern und verließen ihn selten, ob er wach war oder schlief. Es kam so weit, daß er ihr Kommen erwartete und fürchtete und nie ohne ein Schaudern an ihrem Steinhaufen vorbeiging. Eines Nachts kamen sie zu ihm und zogen ihn mit sich hinaus, damit er ihnen bei irgend etwas helfen sollte. In wildem Entsetzten erwachte er zwischen den Steinhaufen und floh außer sich in die Hütte. Aber er mußte eine Zeitlang draußen gelegen haben, denn auch seine Füße und Wangen waren erfroren.

Zuweilen machte die ständige Anwesenheit der Toten ihn toll, und er tanzte in der Hütte herum, hieb mit einer Axt durch die leere Luft und zerschmetterte alles, was in seinen Bereich kam. Bei diesem Spukkampfe hüllte Cuthfert sich in seine Decke und verfolgte den Verrückten mit gespanntem Revolver, bereit, ihn niederzuschießen, wenn er ihm zu nahe käme. Einmal aber, als Weatherbee nach einem solchen Anfall erwachte, sah er die Waffe auf sich gerichtet. Sein Mißtrauen erwachte, und von jetzt an lebte auch er in Todesfurcht. Jetzt beobachteten sie einander genau, jeder in steter Furcht, dem andern den Rücken zu kehren.

Ihre Unsicherheit wurde zur fixen Idee, die sie sogar im Schlaf beherrschte. In ihrer gegenseitigen Furcht ließen sie in stillem Einverständnis die ganze Nacht die Tranlampe brennen und versorgten sie reichlich mit Öl, ehe sie sich zur Ruhe begaben. Die geringste Bewegung des einen genügte, um den andern zu wecken, und manche schlaflose

Nacht begegneten sich ihre starren Blicke, während die Finger unter der Decke nach dem Drücker suchten.

Infolge dieser ununterbrochenen Angst, der Spannung, in der sie sich befanden, und der Krankheit, die sie verheerte, verloren sie jede Menschenähnlichkeit und sahen wie gejagte und verzweifelte wilde Tiere aus. Ihre Wangen und Nasen waren erfroren gewesen und schwarz geworden. Die Zehen begannen beim ersten oder zweiten Gelenk abzufallen. Jede Bewegung bereitete Schmerzen, aber der Herd war unersättlich und zwang ihre elenden Körper, unglaubliche Leiden zu ertragen.

Tagein, tagaus forderte das Feuer seine Nahrung, und sie schleppten sich in den Wald und fällten, auf den Knien rutschend, Holz. Als sie einmal herumkrochen und nach trockenen Zweigen suchten, stießen sie in einem Dickicht von zwei Seiten aufeinander. Plötzlich starrten zwei Totenköpfe sich an. Die Leiden hatten sie in dem Maße verwandelt, daß sie sich nicht kannten. Sie sprangen auf, schrien vor Entsetzen und stürzten auf ihren kranken Füßen fort, und als sie vor der Tür der Hütte zusammenbrachen, rissen und kratzten sie wie Teufel, bis sie ihren Irrtum erkannten.

Zuweilen kamen sie zu sich, und in einem dieser klaren Augenblicke teilten sie den Zucker, die Quelle ihres größten Genusses, zu gleichen Teilen unter sich. Jeder bewachte seinen Vorrat mit eifersüchtigen Blicken, denn es waren nur wenige Tassen voll übrig, und keiner traute dem andern. Eines Tages jedoch irrte Cuthfert sich. Kaum imstande, sich zu bewegen, krank vor Schmerzen, mit schwindelndem Kopf und geblendeten Augen kroch er mit der Zuckerdose in der Hand in die Vorratskammer und verwechselte seinen Sack mit dem Weatherbees.

Dies geschah in den ersten Tagen des Januars. Die Sonne hatte kürzlich ihren tiefsten Stand im Süden passiert und warf jetzt blitzende Streifen gelben Lichts über den nörd-

lichen Himmel. Am darauffolgenden Tage, nachdem Cuthfert sich in den Zuckersäcken geirrt hatte, fühlte er sich an Leib und Seele besser. Als die Mittagszeit sich näherte und der Tag heller wurde, schleppte er sich hinaus, um sich an der schwindenden Glut zu freuen, die ihm ein Pfand für die kommende Sonnenzeit war. Auch Weatherbee fühlte sich besser und kroch neben ihn. Unter der unbeweglichen Wetterfahne setzten sie sich in den Schnee und warteten.

Die Stille des Todes war um sie. Wenn die Natur andrer Breiten diese Stimmung annimmt, ist die Luft von Erwartung erfüllt, von der Erwartung einer zarten Stimme, die den Faden wieder aufnehmen soll. Nicht so im Norden. Die beiden Männer hatten Ewigkeiten in diesem geisterhaften

Frieden gelebt. Sie konnten sich keines Liedes aus der Vergangenheit erinnern; sie konnten kein Lied von der Zukunft beschwören. Diese unirdische Ruhe war immer gewesen – das Schweigen der Ewigkeiten. Ihre Augen richteten sich nach Norden. Ungesehen hinter ihrem Rücken, hinter den ragenden Bergen im Süden, glitt die Sonne an einem andern Himmel als dem ihrigen dem Zenit zu. Als einzige Beschauer des mächtigen Gemäldes betrachteten sie das langsam zunehmende falsche Morgengrauen. Ein schwacher Schimmer begann zu glühen und wieder zu erlöschen. Dann wurde er stärker, ging in Rotgelb, Purpur und Safrangelb über. Er wurde so stark, daß Cuthfert meinte, die Sonne müsse doch – durch ein Wunder – im Norden aufsteigen! Plötzlich, ohne Übergang, wurde der Himmel reingefegt. Kein Farbton war am Himmel.

Für heute war das Licht erloschen. Mit einem schluchzenden Seufzer schöpften sie Luft. Aber dort! Die Luft flimmerte von glitzernden Reifnadeln und dort, im Norden, zeigten sich die unbestimmten Umrisse der Wetterfahne auf dem Schnee. Ein Schatten! Ein Schatten! Es war genau Mittag. Schnell wandten sie ihre Gesichter gen Süden. Ein goldener Rand sah über die Schneeschulter des Berges hinweg, lächelte sie einen Augenblick an und tauchte dann wieder unter.

Sie hatten Tränen in den Augen, als sie sich ansahen. Eine seltsame weiche Stimmung überkam sie. Sie fühlten sich unwiderstehlich zueinander hingezogen. Die Sonne kehrte zurück. Morgen kam sie zu ihnen und übermorgen und jeden Tag. Und immer länger sollte ihr Besuch dauern, bis die Zeit kam, da sie Tag und Nacht über den Himmel glitt und nicht ein einziges Mal hinter dem Horizont versank. Es sollte keine Nacht mehr geben. Der eisige Winter sollte gebrochen werden. Der Wind sollte wehen, und die Wälder sollten antworten. Das Land sollte sich im gesegneten Sonnenschein baden und das Leben sich erneuern. Hand in Hand sollten sie dies furchtbare Traumland verlassen und heimwärts ziehen. Blind tasteten sie nacheinander, und ihre Hände begegneten sich – ihre armen, verstümmelten, geschwollenen Hände.

Aber das Versprechen sollte nicht eingelöst werden. Nordland ist Nordland, und die Menschen leben hier ihr Seelenleben nach seltsamen Gesetzen, die andere Menschen, die nicht in fernen Ländern gereist sind, nie verstehen werden.

Eine Stunde später stellte Cuthfert eine Pfanne mit Brot in den Ofen und begann darüber nachzudenken, was die Ärzte nach seiner Rückkehr wohl mit seinen Füßen machen würden. Die Heimat schien ihm jetzt nicht so fern.

Weatherbee rumorte in der Vorratskammer. Plötzlich stieß er einen Strom von Verwünschungen aus, der aber mit erschreckender Plötzlichkeit abbrach. Der andere hatte von seinem Zucker gestohlen.

Immerhin wäre es vielleicht anders gekommen, wenn nicht die beiden Toten unter ihren Steinen hervorgekommen wären und ihm wütende Drohungen in die Kehle geblasen hatten. Sie führten ihn ganz leise aus der Vorratskammer, die er abzuschließen vergaß; jetzt war es soweit; was sie ihm in seinen Träumen zugeflüstert hatten, mußte jetzt vollbracht werden. Sie führten ihn leise, ganz leise zum Holzstapel und legten ihm die Axt in die Hände. Dann halfen sie ihm, die Tür der Hütte aufzuschieben, und er war sicher, daß sie sie hinter ihm schlossen – wenigstens hörte er sie hinter sich zuschlagen und die Klinke einschnappen. Und er wußte, sie warteten draußen, daß er es täte.

„Carter! Hör doch, Carter."

Percy Cuthfert war entsetzt über den Ausdruck im Gesicht des Kontoristen, und er sprang hinter den Tisch.

Carter Weatherbee folgte ihm, ohne sich zu übereilen und ohne Aufregung. Sein Gesicht drückte weder Mitleid noch Leidenschaft aus, eher die ruhige Zielbewußtheit eines Menschen, der eine bestimmte Arbeit zu verrichten hat und sich methodisch daranmacht.

„Was ist denn los?“

Der Kontorist wich zurück und schnitt dem andern den Rückzug zur Tür ab, sagte aber kein Wort.

„Aber sag doch, Carter, was ist? Sei doch vernünftig.“

Der Akademiker bedachte sich schnell und machte dann eine blitzschnelle Bewegung nach dem Bett, wo sein ‚Smith and Wesson‘ lag. Die Augen auf den Wahnsinnigen gerichtet, ließ er sich rückwärts in die Koje fallen und ergriff gleichzeitig den Revolver.

„Carter!“

Der Schuß brannte Weatherbee gerade ins Gesicht, aber er schwang seine Waffe und sprang ihn an. Die Axt schnitt tief unten ins Rückgrat, und Percy Cuthfert spürte, wie jedes Gefühl in seinen unteren Gliedmaßen schwand. Dann fiel der Kontorist schwer über ihn und tastete mit schwachen Fingern nach seiner Kehle. Der scharfe Hieb der Axt hatte verursacht, daß Cuthfert den Revolver fallen ließ, und nach Luft schnappend suchte er zwischen den Decken nach ihm. Dann kam ihm ein Gedanke. Er griff nach dem Messer im Gürtel des Kontoristen, und jetzt waren sie zum letztenmal aneinander.

Percy Cuthfert fühlte seine Kräfte schwinden. Der untere Teil seines Körpers war unbrauchbar. Das tote Gesicht Weatherbees erdrückte ihn – erdrückte ihn und hielt ihn fest wie einen Bären in der Falle. Die Hütte füllte sich mit einem wohlbekannten Geruch, und er wußte, daß das Brot anbrannte. Aber was tat das? Er brauchte es nicht mehr. Und im Sack waren noch sechs Tassen Zucker – hätte er gewußt, was geschehen würde, so würde er nicht damit gespart haben. Ob die Wetterfahne sich je bewegen würde? Vielleicht drehte sie sich gerade jetzt. Warum nicht? Hatte er nicht heute die Sonne gesehen? Er wollte sich erheben und nachsehen. Nein. Er konnte sich nicht regen. Er hatte nicht gedacht, daß der Kontorist so schwer sei.

Wie schnell die Hütte kalt wurde! Das Feuer mußte ausgegangen sein. Die Kälte drang herein. Es mußte schon unter dem Gefrierpunkt sein, und die Tür war schon innen bereift. Er konnte es zwar nicht sehen, aber die Erfahrung ermöglichte es ihm, nach der Temperatur in der Hütte zu urteilen. Jetzt mußte die untere Angel weiß sein.

Ob der Bericht von dem, was hier geschah, je die Heimat erreichte?

Was würden die Freunde dazu sagen? Sie würden es wohl beim Kaffee lesen oder im Klub darüber sprechen. Er konnte sie deutlich sehen: „Der arme Cuthfert", murmelten sie, „er war doch ein netter Kerl." Er lächelte über ihre Lobreden und ging weiter, er suchte ein Türkisches Bad. Die Straße zeigte das alte Gedränge. Seltsam, daß niemand seine Elchledermokassins und seine zerlöcherten Strümpfe beachtete. Er wollte einen Wagen nehmen. Und nach dem Bade mußte es angenehm sein, sich rasieren zu lassen. Nein, erst wollte er essen. Braten, Kartoffeln und Gemüse – wie frisch das alles war! Und was war das? Ganze Eimer von Honig, strömender, flüssiger Bernstein! Aber warum brachten sie ihm so viel? Ha! Ha! Das alles konnte er nie essen. Stiefelputzen? Gewiß, warum nicht? Er setzte den Fuß auf den Schemel. Der Schuhputzer sah in neugierig an, da fielen ihm seine elchledernen Mokassins ein, und er lief schnell fort.

Ein Knarren! Jetzt mußte die Wetterfahne sich wahrlich bewegen. Nein; es sang nur in seinen Ohren. Das war alles – es sang. Jetzt mußte der Reif die Klinke erreicht haben. Vielleicht war schon die obere Angel bedeckt. Zwischen den Ritzen im moosgedeckten Dach begannen sich kleine Reifflecken zu bilden. Wie langsam sie wuchsen! Nein, gar nicht langsam! Da war ein neuer, und dort wieder einer. Zwei – drei – vier; dort wuchsen zwei zusammen. Sieh, jetzt waren sie nicht mehr vereinzelt. Sie waren zusammengelaufen und bildeten einen einzigen Fleck. Nun, er hatte doch Gesellschaft. Wenn Gabriel je das Schweigen des Nordens brach, würden sie Hand in Hand vor dem großen weißen Thron stehen, und Gott würde sie richten. Gott würde sie richten.

Dann schloß Percy Cuthfert die Augen und schlief ein.

Auf der Rast

„Rein damit!"

„Aber sag mal, Kid, wird das nicht ein bißchen zu stark? Whisky und Schnaps ist schon schlimm genug; und dann noch Kognak und Pfeffersauce hinein und –"

„'rein damit. Wer macht diesen Punsch, wie?" Und Malemute Kid lächelte wohlwollend durch den Dampf. „Wenn du so lange in diesem Lande gewesen wärst wie ich, mein Sohn, und von Kaninchenfährten und Lachsbäuchen gelebt hättest, würdest du wissen, daß nur einmal im Jahr Weihnachten ist. Und Weihnachten ohne Punsch hieße einen Schacht graben, ohne ihn abzuteufen."

„Laß dir nicht 'reinschwatzen", sagte der Große Jim Belden zustimmend.

Er war von seiner Grube bei Mazy May gekommen, um Weihnachten zu feiern, und hatte, wie alle wußten, die letzten Monate ausschließlich von Rentierfleisch gelebt.

„Ihr habt doch nicht vergessen, wie wir die Tanana anführten, was?"

„Nee, weiß Gott. Jungens, das würde eure Herzen erfreut haben, wenn ihr gesehen hättet, wie der ganze Stamm besoffen war – und alles nur durch eine prachtvolle Mischung von Zucker und Sauerteig. Das war vor deiner Zeit", sagte Malemute Kid und wandte sich an Louis Savoy, einen jungen Goldgräber, der erst vor zwei Jahren gekommen war. „Damals gab es keine weiße Frau im Lande, und Mason wollte gerne heiraten. Der Vater von Ruth war Häuptling der Tanana und erhob, wie der ganze Stamm, Einwände. War mächtig starrköpfig. Na, ich opferte mein letztes Pfund Zucker; es war die feinste Arbeit, die ich je geleistet habe. Ihr hättet nur die Jagd den Fluß hinunter und quer über die Landenge sehen sollen."

„Aber die Squaw?“ forschte Louis Savoy, der große Französisch-Kanadier. Er hatte letzten Winter in Forty Mile von dem tollen Streich gehört.

Da berichtete Malemute Kid, der der geborene Erzähler war, die ungeschminkte Wahrheit über diesen Brautraub des Nordlands. Mehr als einer dieser rauhen Abenteurer fühlte, wie sich ihm das Herz zusammenschnürte, und sehnte sich unbestimmt nach den sonnigen Weiten der Heimat, wo das Leben mehr versprach als unfruchtbaren Kampf gegen Kälte und Tod.

„Wir erreichten den Yukon gerade beim ersten Eisbruch“, schloß er, „und der Stamm war nur eine Meile hinter uns. Aber das war unsere Rettung, denn beim zweiten Eisbruch öffnete sich das Wasser zwischen uns und ihnen, und als sie nach Nuklukyeto kamen, war die ganze Station zu ihrem Empfang vorbereitet. Und was die Trauung betrifft, so frag nur Vater Roubeau hier; er hat die Zeremonie ausgeführt.“

Der Jesuit nahm die Pfeife aus dem Munde, konnte aber seine Befriedigung nur durch ein väterliches Lächeln zu erkennen geben, während Protestanten und Katholiken kräftig applaudierten.

„Donnerwetter!“ rief Louis Savoy, den die romantische Geschichte sehr zu fesseln schien. „La petite Squaw; mon Mason brave. Donnerwetter!“

Als dann die ersten Zinnbecher mit Punsch die Runde machten, sprang der stets durstige Bettles auf und stimmte sein Lieblingslied von der Sassafraswurzel an, und der bacchantische Chor brüllte den Refrain.

Malemute Kids furchtbares Gebräu tat seine Wirkung; die Männer aus den Lagern und den weiten Einöden tauten unter seiner Wärme auf, und Scherz, Gelächter, Gesang und Erzählungen aus einer entschwundenen Zeit gingen reihum. Männer, die das Schicksal aus einem Dutzend Länder zusammengewürfelt hatte, tranken sich zu.

Der Engländer Prince hielt eine Rede auf „Uncle Sam,

das frühreife Kind der Neuen Welt"; der Yankee Bettles trank auf das Wohl der Königin („Gott segne sie!"), und Louis Savoy stieß mit dem deutschen Händler Meyers aus Elsaß-Lothringen an. Dann erhob sich Malemute Kid, den Becher in der Hand, und blickte auf das fettige Papierfenster, das mit einer drei Zoll dicken Eisschicht bedeckt war.

„Es lebe der Mann, der heute nacht auf der Fahrt ist! Möge sein Proviant reichen, mögen seine Hunde frisch bleiben und seine Streichhölzer nie naß werden!"

Sie hörten das wohlbekannte Knallen der Hundepeitsche, das Heulen der Hunde und das Schnurren eines Schlittens, der vor der Hütte anhielt. Die Unterhaltung hörte auf, man wartete, was da kommen sollte.

„Das ist einer von den Alten. Er sorgt zuerst für seine Hunde und dann erst für sich", flüsterte Malemute Kid, während sie auf das Schnappen der Kiefer und das wolfsartige Knurren und Heulen hörten. Der Fremde trieb offenbar ihre Hunde zurück, während er die seinen fütterte.

Dann ertönte das erwartete Klopfen, scharf und zuversichtlich, und der Fremde trat ein. Vom Licht geblendet, zögerte er einen Augenblick in der Tür und gab ihnen Gelegenheit, ihn genauer zu betrachten.

Es war eine seltsame, malerische Gestalt in seiner Polartracht aus Wolle und Pelz. Er maß sechs Fuß und zwei oder drei Zoll, und seiner Größe entsprachen Schulterbreite und Brustweite. Sein glattrasiertes Gesicht war durch die Kälte rosig gefärbt, die langen Wimpern waren weiß von Reif, und die Ohrenklappen sowie der Nackenschutz der großen Wolfsfellmütze hingen lose herab, so daß er, wie er aus der Nacht draußen hereintrat, dem Frostkönig selbst glich. Um seine Mackinaw-Jacke war ein perlengestickter Gürtel geschnallt, in dem zwei große Colt-Revolver und Jagdmesser steckten, und außer der unvermeidlichen Hundepeitsche trug er eine rauchlose Büchse von schwerstem Kaliber und neuestem Modell. Als er näher trat, sahen sie, daß er sehr angegriffen war, wenn sein Gang auch fest und elastisch war.

Ein verlegenes Schweigen herrschte, aber sein herzliches „Fröhliche Weihnachten, Leute!“ brachte die andern gleich wieder in Stimmung, und im nächsten Augenblick schüttelten Malemute Kid und er sich die Hände. Obwohl sie sich noch nie getroffen hatten, kannten sie sich doch vom Hörensagen. Man hieß ihn herzlich willkommen und setzte ihm einen Becher Punsch vor, ehe er Gelegenheit hatte, etwas zu erzählen.

„Wie lange ist es her, daß ein Korbschlitten mit drei Mann und acht Hunden hier vorbeigekommen ist?“ fragte er.

„Wohl zwei Tage. Bist du hinter ihnen her?“

„Ja, es ist mein Gespann. Laufen mir gerade vor der Nase davon, die Spitzbuben. Zwei Tage habe ich schon eingeholt – aber jetzt habe ich sie wohl bald.“

„Na, und dann wirst du wohl Funken aus ihnen schlagen?“ fragte Belden, um das Gespräch in Gang zu halten, denn Malemute Kid hatte schon die Kaffeekanne hingestellt und war eifrig dabei, Speck und Elchfleisch zu braten.

Der Fremde schlug bedeutungsvoll auf seine Revolver.

„Wann bist du von Dawson aufgebrochen?“

„Um zwölf.“

„Gestern abend natürlich.“

„Heute mittag.“

Ein überraschtes Murmeln ging durch den Kreis, und das mit gutem Grunde, denn es war jetzt gerade Mitternacht, und in zwölf Stunden siebzig Meilen rauhen Flußeises war etwas fast Unerhörtes. Das Gespräch kam jetzt auf allgemeinere Dinge, und zwar wie immer, auf Kindheitserinnerungen. Während der Fremde die einfache Kost aß, forschte Malemute Kid aufmerksam in seinen Zügen. Er kam schnell zu dem Ergebnis, daß sie hübsch, offen und ehrlich waren und daß sie ihm gefielen. Der Mann war noch jung, aber Gefahren und Mühsal hatten seine Züge streng gemacht. Obwohl seine blauen Augen freundlich blickten, wenn er mit jemand sprach, und milde, wenn er schwieg, konnte man sich den harten Stahlglanz vorstellen, der sich in ihnen zeigen mußte, wenn es galt, zu handeln, und namentlich, wenn es galt, es mit einer Übermacht aufzunehmen. Die schweren Kinnladen und das viereckige Kinn deuteten auf Eigensinn und Unbezwinglichkeit. Aber trotz allem, was die Natur des Löwen kennzeichnete, zeugten eine gewisse Milde und eine leise Andeutung von Weiblichem von einer weichen Natur.

„Ja, so wurde ich also mit meiner Alten zusammenge-

spleißt“, sagte Belden, indem er den spannenden Bericht von seiner Freiersfahrt schloß. „‚Hier sind wir, Papa‘, sagte sie. ‚Ich will euch gehängt sehen‘, sagte er und wandte sich dann zu mir: ‚Jim, mach daß du wegkommst mit deinen Lumpen. Ich will vor dem Mittagessen ein tüchtiges Stück von den vierzig Morgen gepflügt haben.‘ Und dann wandte er sich zu ihr. ‚Und du, Sal, mach, daß du an deine Töpfe kommst.‘ Und dann schnaufte er und gab ihr einen Kuß. Und ihr könnt mir glauben, daß ich froh war – aber das merkte er mir an und rief: ‚Also los, Jim!‘ Und ich machte, daß ich hinauskam.“

„Warten Kinder auf dich?“ fragte der Fremde.

„Nein, Sal starb, ehe eins kam. Deshalb bin ich hier.“ Belden zündete sich nachdenklich die Pfeife an, die gar nicht ausgegangen war. Dann erhellten sich seine Züge und er fragte: „Und du, Fremder – verheiratet?“

Statt zu antworten, öffnete der Mann seine Uhr, löste sie von dem Riemen, der ihm als Uhrkette diente, und reichte sie dem andern. Belden trat an die Tranlampe, betrachtete kritisch das Uhrgehäuse, stieß leise einen bewundernden Fluch aus und reichte die Uhr Louis Savoy.

Mit zahlreichen „Donnerwettern!“ reichte dieser die Uhr schließlich Prince, und man sah, daß dessen Hände zitterten und daß seine Augen einen seltsam sanften Ausdruck annahmen. Und so ging sie von einer rauhen Hand in die andere – diese kolorierte Photographie einer Frau, von eben der lieblichen Art, wie solche Männer sie sich in ihrer Phantasie denken, mit einem Kind an der Brust. Die das Wunder noch nicht gesehen hatten, waren wild von Neugier, die es gesehen, schweigsam und nachdenklich. Sie konnten dem Hunger, dem Schrecken des Skorbuts, einem plötzlichen Tode zu Wasser und zu Lande ins Auge sehen, aber das kolorierte Bild einer unbekannten Frau mit ihrem Kinde machte sie alle zu Frauen und Kindern. „Ich habe den Kleinen nie gesehen – es ist ein Junge, schrieb sie, und zwei Jahre alt“, sagte der Fremde, als er den Schatz zurückerhielt.

Einen Augenblick betrachtete er das Bild zögernd, dann schloß er die Kapsel schnell und wandte sich ab, aber nicht schnell genug, um die hervorbrechenden Tränen zu verbergen.

Malemute Kid führte ihn zu einer Koje und hieß ihn sich niederlegen.

„Wecke mich Punkt vier. Vergiß es ja nicht", lauteten seine letzten Worte, und einen Augenblick später atmete er tief im Schlaf der Erschöpfung.

„Donnerwetter, das ist ein Kerl", meinte Prince.

„Drei Stunden Schlaf nach fünfundsiebzig Meilen, und dann wieder los auf die Spur. Wer ist er, Kid?" „Jack Westondale. Ist seit drei Jahren hier und hat noch nichts gewonnen, außer dem Ruf, daß er wie ein Pferd arbeitet, sonst hat er nur ein Pech nach dem andern gehabt. Ich kenne ihn nicht selbst, aber Sitka Charley hat mir von ihm erzählt."

„Es muß hart sein, daß ein Mann mit einer so reizenden Frau seine besten Jahre in diesem gottverlassenen Loch verbringen soll, wo ein Jahr so viel ist wie zwei anderswo in der Welt."

„Sein Fehler ist, daß er einfach ein zu toller Draufgänger und dabei zu eigensinnig ist. Zweimal hat er alles auf eine Karte gesetzt und alles verloren."

Die Unterhaltung wurde durch den lärmenden Bettles unterbrochen, denn die elegische Stimmung begann zu schwinden. Und bald vergaß man die einförmigen Jahre mit der einfachen Kost und der ewigen Mühsal und überließ sich einer lauten Heiterkeit.

Nur Malemute Kid schien nicht mitgerissen zu werden. Immer wieder sah er ängstlich auf seine Uhr. Schließlich nahm er Fausthandschuhe und Biberfellmütze, verließ den Raum und begann in der Vorratskammer zu rumoren.

Er konnte auch die festgesetzte Zeit nicht abwarten, sondern weckte seinen Gast eine Viertelstunde zu früh. Der junge Riese war ganz steif geworden, und er mußte ihn kräftig reiben, um ihn auf die Füße zu bringen. Dann wankte der Mann mit Mühe aus der Hütte, wo er seine Hunde angeschirrt und alles zum Aufbruch bereit fand. Die Gesellschaft wünschte ihm einen guten baldigen Erfolg, Vater Roubeau gab ihm einen schnellen Segen, und dann gingen die andern wieder in die Hütte: kein Wunder, denn es ist nicht angenehm, sich einer Kälte von vierundsiebzig Grad Fahrenheit unter Null mit unbeschützten Händen und Ohren auszusetzen.

Malemute Kid brachte ihn bis zur Hauptschlittenbahn, schüttelte ihm herzlich die Hand und gab ihm gute Ratschläge.

„Du wirst hundert Pfund Lachsrogen auf dem Schlitten finden", sagte er. „Für die Hunde ist das ebensoviel wie hundertfünfzig Pfund Fisch, und in Pelly bekommst du kein Hundefutter, wie du vielleicht dachtest."

Der Fremde fuhr zusammen, seine Augen funkelten, aber er unterbrach ihn nicht.

„Du kriegst nicht ein Gramm Nahrung für dich oder die Hunde, ehe du Five Fingers erreichst, und das sind gut zweihundert Meilen. Achte auf das offene Wasser auf dem Thirty-Mile-Fluß. Und nimm den Richtweg über den Le-Barge-See."

„Woher weißt du es? Die Nachricht kann mir doch noch nicht zuvorgekommen sein."

„Ich weiß nichts und will auch nichts wissen. Aber das Gespann, dem du nachjagst, hat dir nie gehört. Sitka Charley hat es letztes Frühjahr verkauft. Aber er sagte einmal, daß du dich mit mir messen könntest, und ich glaube ihm. Dein Gesicht gefällt mir. Und – also, zum Kuckuck, sieh, daß du ans Salzwasser kommst und zu deiner Frau und –"

Hier zog Kid sich den Handschuh ab und reichte ihm seinen Geldbeutel.

„Nein, das brauche ich nicht", und die Tränen gefroren auf seinen Wangen, als er krampfhaft Malemute Kids Hand preßte.

„Schone die Hunde nicht. Sobald einer zurückbleibt,

schneide ihn los und kaufe dir einen neuen, was du auch dafür geben mußt. Du kriegst welche in Five Fingers, Little Salmon und in Hootalinqua. Und nimm dich vor nassen Füßen in acht", war sein letzter Rat. „Mach bei jeder Rast ein Feuer und wechsle die Strümpfe."

Keine fünfzehn Minuten später verkündete Schellengeläut die Ankunft neuer Gäste. Die Tür öffnete sich, und ein Mann von der berittenen Polizei des Nordwest-Territoriums trat, von zwei halbblütigen Hundeführern gefolgt, ein. Wie Westondale waren auch sie schwerbewaffnet und schienen erschöpft zu sein.

Die Mischlinge waren die Fahrt gewohnt, und sie hielten sich noch gut; der junge Polizist aber war arg mitgenommen. Die Hartnäckigkeit seiner Rasse hielt ihn jedoch aufrecht.

„Wann ist Westondale gefahren?" fragte er. „Er hat hier doch Aufenthalt gemacht, nicht wahr?"

Es war eine überflüssige Frage, denn die Fährte antwortete nur zu deutlich.

Malemute Kid hatte Belden einen Blick zugeworfen, der verstand den Wink und antwortete ausweichend: „Das ist schon eine ganze Weile her."

„Hör, Mann, 'raus jetzt mit der Wahrheit", sagte der Polizist warnend.

„Du möchtest ihn wohl gern fassen. Hat er in Dawson zuviel Radau gemacht?"

„Er hat Harry McFarland vierzigtausend geraubt und sich einen Scheck auf Seattle gekauft; und wer kann die Auszahlung verhindern, wenn wir ihn nicht einholen? Wann ist er weitergefahren?"

Nicht ein Blick verriet die allgemeine Spannung, denn Malemute Kid hatte das Beispiel gegeben, und der junge Polizist begegnete deshalb überall nur unbeweglichen Gesichtern.

Er trat rasch auf Prince zu und richtete seine Frage an ihn; aber obgleich der Kanadier ein peinliches Gefühl hatte, als er das ernste offene Gesicht seines Landsmannes sah, erzählte er doch nur etwas ganz Unwesentliches vom Zustand der Wege.

Da fragte er Vater Roubeau, und der konnte nicht lügen. „Vor einer Viertelstunde", antwortete der Priester. „Aber er und seine Hunde haben sich vier Stunden ausgeruht."

„Fünfzehn Minuten Vorsprung und ausgeruht! Herrgott!"

Der arme Bursche wankte halb bewußtlos vor Erschöpfung und Enttäuschung zurück und murmelte etwas von einer zehnstündigen Fahrt von Dawson, und daß die Hunde nicht weiterkönnten.

Malemute Kid zwang ihn, einen Becher Punsch zu trinken. Dann wandte sich der junge Mann zur Tür und befahl den Hundeführern, ihm zu folgen. Aber die Wärme und die Aussicht auf Ruhe war zu verlockend, und sie erhoben kräftige Einwände. Kid verstand ihr französisches Patois und folgte gespannt ihrer Unterhaltung.

Sie schworen, daß die Hunde nicht weiterkönnten, daß Siwash und Babette erschossen werden müßten, ehe sie die erste Meile hinter sich hätten, daß es mit den andern kaum besser ginge und daß es für alle Teile das beste wäre, sich auszuruhen.

„Leih mir fünf Hunde!" bat der Polizist Malemute Kid.

Aber Kid schüttelte den Kopf.

„Ich gebe dir einen Scheck über fünftausend auf Kapitän Constantine – hier sind meine Papiere –, ich habe Vollmacht, nach Gutdünken zu ziehen."

Dieselbe stumme Weigerung.

„Dann requiriere ich sie im Namen der Königin."

Kid lächelte ungläubig, indem er einen Blick auf sein wohlversehenes Arsenal warf, und der Engländer, der seine Ohnmacht einsah, wandte sich zum Gehen. Als die Hundeführer aber immer noch Einwände erhoben, fuhr er wütend auf sie los und schalt sie Weiber und Köter. Das dunkle Gesicht des älteren Mischlings wurde blutrot vor Zorn, er richtete sich auf und schwor, aushalten zu wollen, bis ihm die Haut in Fetzen von den Füßen hinge; und dann würde es ihm ein besonderes Vergnügen machen, den Anführer in den Schnee zu werfen.

Der junge Polizist ging mit Aufgebot seiner ganzen Energie, ohne zu wanken, zur Tür und schützte eine Kraft vor, die er gar nicht besaß. Aber alle sahen es und wußten diese stolze Anspannung zu schätzen. Er konnte jedoch nicht ganz verbergen, daß sein Gesicht vor Schmerz zuckte. Reifbedeckt lagen die Hunde zusammengerollt im Schnee, und es war fast unmöglich, sie auf die Beine zu bekommen. Die armen Tiere heulten unter den Peitschenhieben. Die Führer waren wütend und blutdürstig, sie konnten den Schlitten auch erst in Gang bekommen, als Babette, der Leithund, abgeschnitten war.

„Ein dreckiger Schurke und Lügner!“

„Der Blitz soll ihn treffen!“

„Ein Dieb!“

„Schlimmer als ein Indianer!“

Es war klar, daß sie zornig waren – erstens über die Art und Weise, wie sie hinters Licht geführt worden waren, zweitens im Namen der verletzten Moral des Nordlandes, wo Ehrlichkeit die höchste Tugend des Mannes ist.

„Und wir haben dem Banditen noch geholfen, als wir schon wußten, was er getan hat.“

Alle Augen richteten sich anklagend auf Malemute Kid, der sich aus der Ecke erhob, wo er es Babette bequem gemacht hatte, und schweigend den Rest des Punsches in die Becher schenkte.

„Es ist eine kalte Nacht, Jungens – eine bitterkalte Nacht“, begann er, etwas abweichend, seine Verteidigung. „Ihr habt alle schon Schlittenreisen gemacht und wißt, was das heißt. Tritt keinen Hund, wenn er fertig ist. Ihr habt nur die eine Seite der Sache gesehen. Ein ehrlicherer Mann als Jack Westondale hat nie aus demselben Napf wie ihr oder ich gegessen. Voriges Jahr im Frühling gab er seine ganzen Ersparnisse, vierzigtausend, Joe Castrell, damit er Land von der Regierung für ihn kaufte. Heute wäre er Millionär gewesen. Aber was tut Joe Castrell, während Westondale in Circle City blieb, um einen skorbutkranken Freund zu pflegen? Geht zu McFarland und verspielt das Ganze. Am nächsten Tage lag er tot im Schnee. Und der arme Jack hatte gedacht, im Winter heimzureisen, zu seiner Frau und dem Jungen, den er noch nie gesehen hatte! Denkt daran, er nahm genau, was sein Kompagnon verlor – vierzigtausend. Na, jetzt ist er weg, und was wollt ihr nun dabei machen?"

Kid blickte sich im Kreise um, sah, daß der Zorn sich legte, und hob seinen Becher.

„Und nun wollen wir anstoßen auf den Mann, der auf der Fahrt ist. Möge sein Proviant reichen, mögen seine Hunde frisch bleiben und seine Streichhölzer nie naß werden. Gott sei mit ihm, gebe ihm Glück und –"

„Nieder mit der berittenen Polizei!" rief Bettles, und sie stießen mit vollen Bechern an.

Eine Odyssee des Nordens

Die Schlitten sangen ihr ewiges Klagelied, begleitet vom Knirschen der Geschirre und dem Läuten der Schellen des Leithundes; aber Männer und Hunde waren müde und gaben keinen Ton von sich. Es war eine schwere Fahrt durch den frischgefallenen Schnee, sie kamen weither, und die von steinharten Blöcken aus gefrorenen Elchhäuten schwer belasteten Kufen bissen sich mit fast menschlicher Hartnäckigkeit in der losen Oberfläche fest. Die Dunkelheit brach herein, aber es sollte heute kein Lager aufgeschlagen werden. Der Schnee fiel leise durch die ganz stille Luft, nicht in Flocken, sondern in winzigen, wunderbar geformten Eiskristallen. Es war warm – nur 10 Grad Fahrenheit unter Null –, und das galt den Männern für nichts. Meyers und Bettles hatten ihre Ohrenklappen hochgeschlagen; und Malemute Kid hatte sogar die Fausthandschuhe ausgezogen.

Die Hunde waren früh am Nachmittag ermattet gewesen, begannen sich aber jetzt wieder zu erholen. Die schlausten verrieten eine gewisse Unruhe – sie zerrten ungeduldig an den Strängen, schnauften und spitzten die Ohren. Sie ärgerten sich über ihre schlafferen Brüder und trieben sie, wenn sich die Gelegenheit bot, an, indem sie ihnen tückisch nach den Hinterbeinen schnappten. Jene, derart aufgemuntert und angespornt, halfen wieder die anderen antreiben. Endlich stieß der Leithund des ersten Schlittens ein Freudengeheul aus, streckte sich, daß sein Bauch fast den Schnee berührte, und warf sich eifrig ins Geschirr. Die anderen folgten seinem Beispiel. Die Stränge strafften sich, die Schlitten schossen vorwärts, und die Männer klammerten sich an den Steuerstangen fest und zogen hastig die Füße hoch, damit sie nicht unter die Kufen kamen. Die Müdigkeit des Tages war wie weggeblasen, und sie feuerten die Hunde durch Zurufe an. In rasendem Galopp sausten sie durch die zunehmende Dunkelheit.

„Hü! Hü!" schrien die Männer abwechselnd, wenn ihre Schlitten vom Wege abkamen und sich wie Boote im Winde auf die Seite legten, daß sie nur auf einer Kufe liefen.

Dann kam der Endspurt, einige hundert Ellen weit, bis zu dem erleuchteten Pergamentfenster, das anheimelnd von der gemütlichen Hütte, dem prasselnden Yukonofen und den dampfenden Teetöpfen erzählte. Aber die Hütte war von Fremden besetzt. Sechzig heisere Mäuler kläfften herausfordernd im Chor, und ebenso viele zottige Körper stürzten sich Hals über Kopf auf die Hunde, die den ersten Schlitten zogen. Die Tür öffnete sich, ein Mann in dem scharlachroten Mantel der Nordwest-Polizei watete bis zu den Knien durch den Schnee zu den rasenden Tieren und übte ruhig und unparteiisch nach allen Seiten mit dem dicken Ende der Hundepeitsche Justiz. Dann drückten die Männer sich die Hände, und so wurde Malemute Kid in seiner eigenen Hütte von einem Fremden willkommen geheißen.

Stanley Prince, der ihn hätte empfangen sollen und der die Verantwortung für den Yukonofen und den erwähnten heißen Tee trug, war durch seine Gäste ganz in Anspruch genommen. Es waren ungefähr ein Dutzend, und zwar eine so unbeschreibliche Bande, wie sie je der Königin bei der Handhabung der Gesetze und Austeilung ihrer Post behilflich gewesen waren. Obgleich sie vielen verschiedenen Rassen angehörten, hatte das gemeinsame Leben doch einen bestimmten Typ unter ihnen entwickelt, einen trockenen, kräftigen Typ mit gestählten Muskeln und sonnenverbrannten Gesichtern, lebensfroh, freimütig, helläugig und zuverlässig. Sie fuhren mit den Hunden der Königin, versetzten die Herzen ihrer Feinde in Angst und Schrecken, aßen ihre karge Kost, waren glücklich. Sie hatten das Leben kennengelernt, hatten Taten verrichtet und Romane erlebt, ohne daß sie sich dessen bewußt gewesen wären.

Sie fühlten sich vollkommen wie zu Hause. Zwei von ihnen waren in Malemute Kids Koje gekrochen, wo sie dieselben Lieder sangen, die ihre französischen Vorfahren gesungen hatten, als sie als erste nach dem Nordwesten gekommen waren und sich indianische Frauen dort genommen hatten. Bettles' Koje hatte eine ähnliche Einquartierung erhalten, und drei oder vier lustige Voyageurs wühlten mit den Zehen in den Decken, während sie zuhörten, wie einer der andern von der Zeit erzählte, als er in der Boodlebrigade unter Wolseley bei den Kämpfen vor Karthum gedient hatte. Und als er müde war, erzählte ein Cowboy von Höfen, von Königen, hohen Herren und Damen, die er gesehen hatte, als er mit Buffalo Bill durch die Hauptstädte Europas gezogen war. In einer Ecke saßen zwei Mischlinge, alte Kameraden von einem verlorenen Feldzuge, setzten Geschirr instand und erzählten von den Tagen, als der Aufruhr im Südwesten flammte und Louis Riel König war.

Rauhe Scherze flogen hin und her, und wilde Abenteuer zu Lande und zu Wasser wurden als etwas ganz Alltägliches erzählt, dessen man sich nur irgendeines lustigen oder merkwürdigen Umstandes halber erinnerte. Prince wurde mitgerissen von diesen ungekrönten Helden, die die Geschichte des Landes hatten werden sehen und in deren Augen das Große, Romantische nur etwas ganz Alltägliches war, das nun einmal zum Leben gehörte. Er ließ seinen kostbaren Tabak mit verschwenderischer Verachtung die Runde machen, eingerostete Erinnerungen wurden dann gelöst und auch vergessene Odysseen ihm zu Ehren wieder ins Leben gerufen.

Als die Unterhaltung schließlich stockte, die Reisenden sich die letzte Pfeife stopften und die Schlafsäcke auseinanderrollten, wandte Prince sich an seine Kameraden, um Näheres zu erfahren.

„Nun, über den Cowboy weißt du ja Bescheid", antwortete Malemute Kid, indem er seine Mokassins aufzuschnüren begann; „und es ist nicht schwer, zu sehen, daß in den Adern seines Bettgenossen englisches Blut rollt. Die übrigen sind samt und sonders Nachkommen der Coureurs du bois mit Gott weiß wie vielerlei anderm Blut gemischt. Die beiden, die sich an die Tür gelegt haben, sind regelrechte Mischlinge oder Bois brulés. Der Kerl mit der Schärpe um den Leib – beachte seine Augenbrauen und die Form seiner Kiefer – zeigte klar und deutlich, daß sich ein Schotte in das verräucherte Zelt seiner Mutter verirrt hat. Und der hübsche Bursche dort, der sich den Mantel unter den Kopf legt, ist französisches Halbblut – du hast ihn sprechen hören; er kann die beiden Indianer, die sich neben ihn gelegt haben, nicht leiden. Du weißt: als die Mischlinge sich unter Riel erhoben, hielten die Vollindianer Frieden, und seitdem können sie sich nicht mehr ausstehen."

Aber was ist der mürrische Bursche am Ofen für einer? Ich möchte drauf schwören, daß er kein Englisch kann. Er hat den ganzen Abend nicht den Mund aufgemacht."

„Da irrst du dich. Er spricht gut genug Englisch. Hast du seine Augen nicht gesehen, als er zuhörte? Ich sah sie.

Aber er hat nicht das geringste mit den andern gemein. Als sie ihren Jargon sprachen, konntest du merken, daß er nichts verstand. Ich möchte selbst gern wissen, was für einer er ist. Laß uns sehen, es herauszubekommen!"

„Leg ein paar Stücke Holz auf!" befahl Malemute Kid, indem er die Stimme hob und den Mann, von dem die Rede war, anblickte. Er gehorchte sofort.

„Hat irgendwo Disziplin gelernt", meinte Prince leise.

Malemute Kid nickte, zog sich die Strümpfe aus und begab sich vorsichtig zwischen den Schlafenden hindurch zum Ofen. Dort hängte er seine nassen Strümpfe zwischen zwei Dutzend andere.

„Wann gedenkt ihr in Dawson zu sein?" fragte er prüfend.

Der Mann blickte ihn forschend an, ehe er antwortete. „Fünfundsiebzig Meilen, nicht wahr? In zwei Tagen vielleicht."

Ein ganz leichter Akzent war eben zu spüren, aber er sprach glatt und ohne nach Worten zu suchen.

„Schon früher im Land gewesen?"

„Nein."

„Nordwest-Territorium?"

„Ja."

„Da geboren?"

„Nein."

„Na, wo bist du denn her, zum Donnerwetter? Du bist keiner von denen da." Malemute Kid zeigte auf die Hundekutscher mit einer Handbewegung, die sich auch auf die beiden Polizisten, die sich in Princes Koje gelegt hatten, erstreckte. „Wo bist du her? Ich habe früher schon mal Gesichter wie das deine gesehen, weiß nur nicht, wo."

„Ich kenne dich", antwortete der Mann und lenkte damit plötzlich den Strom von Malemute Kids Fragen ab.

„Woher? Mich je gesehen?"

„Nein; aber deinen Genossen, den Priester, Pastilik. Schon lange her. Ihn geben mich Proviant. Ich nicht bleiben lange. Du hören ihn reden über mich."

„Ach, du bist der, der die Otternfelle für die Hunde verkaufte!“ Der Mann nickte, klopfte seine Pfeife aus, rollte sich in den Schlafsack und gab damit zu erkennen, daß er keine Lust zu weiterer Unterhaltung hatte. Malemute Kid blies die Tranlampe aus und kroch unter die Decke.

„Also, was ist er?“

„Weiß nicht – hat abgewinkt –, schließt die Schale wie eine Auster. Aber er ist ein Bursche, der einen schon neugierig machen kann. Ich hab' von ihm gehört. Die ganze Küste redete vor acht Jahren über ihn. Eine Art Mysterium, weißt du. Er kam mitten im Winter vom Norden viele tausend Meilen weit irgendwoher an der Küste der Beringsee und hatte eine Eile, als ob der Teufel hinter ihm her wäre. Keiner hat je erfahren, wo er herkam; aber es muß weit gewesen sein. Es ging ihm dreckig, als er von den schwedischen Missionaren an der Golovin-Bucht Proviant kriegte und sich nach dem Weg nach Süden erkundigte. Das hörten wir später. Dann verließ er den Weg an der Küste und fuhr quer über den Norton-Sund. Schreckliches Wetter, Schneesturm und Gegenwind – aber er kam durch, wo Tausende ihr Leben gelassen hätten, verfehlte St. Michael und kam schließlich in Pastilik an. Hatte alle Hunde bis auf zwei verloren und war mehr tot als lebendig.

Er hatte solche Eile, daß Vater Roubeau ihn verproviantieren mußte, aber Hunde konnte er ihm nicht verschaffen, denn er wartete selbst auf meine Rückkehr, um wegkommen zu können. Unser Odysseus war indessen zu klug, um ohne Hunde zu reisen, und so lungerte er mehrere Tage mißmutig herum. Auf seinem Schlitten hatte er ein Bündel der schönsten Otternfelle, Seeottern, weißt du, die ihr Gewicht in Gold wert sind. In Pastilik wohnte ein alter Shylock von einem russischen Händler, der so viele Hunde hatte, daß er sie am liebsten ersäuft hätte. Na, sie schacherten nicht lange, als aber der merkwürdige Mensch weiter nach Süden jagte, hatte er ein Gespann, das sich sehen lassen konnte. Der Shylock seinerseits hatte die Otternfelle. Ich sah sie, sie waren prachtvoll. Wir berechneten, daß die Hunde ihm mindestens fünfhundert Dollar das Stück eingebracht hatten. Und glaub ja nicht, daß der merkwürdige Mensch nicht wußte, was Seeottern wert waren; er war irgendein Indianer, aber das bißchen, was er redete, zeigte, daß er unter Weißen gelebt hatte.

Als die See eisfrei wurde, hörten wir von der Nunivak-Insel, daß er dort Proviant eingenommen hätte. Dann verloren wir seine Spur, und dies ist das erste, was ich seit acht Jahren von ihm höre. Aber wo kam der Mensch her? Und was hatte er dort getan? Und warum war er fortgereist? Er ist Indianer, ist Gott weiß wo gewesen und hat Disziplin gelernt, was für einen Indianer ungewöhnlich ist. Wieder ein Nordlandrätsel, das du lösen magst, Prince."

„Danke ergebenst, aber ich habe schon genügend", erwiderte er.

Malemute Kid schnarchte schon; aber der junge Mineningenieur lag mit offenen Augen da und starrte in die dichte Finsternis, wartete, daß sich die seltsame Erregung, die ihm in allen Adern pochte, legen sollte, und als er endlich eingeschlafen war, arbeitete sein Hirn weiter, und nun wanderte auch er durch das weiße Unbekannte, kämpfte sich mit den Hunden über die unendlichen Wege und sah Männer als Männer leben, arbeiten und sterben.

Am nächsten Morgen brachen die Hundetreiber und Polizisten mehrere Stunden vor Tagesanbruch nach Dawson auf. Aber die Mächte, die über die Interessen Ihrer Majestät wachen und das Schicksal ihres geringsten Geschöpfes lenken, ließen ihren Postboten nur wenig Ruhe; eine Woche darauf zeigten sie sich wieder am Stuart, schwer mit Briefen für Salt Water beladen. Nur ihre Hunde waren durch frische ersetzt worden, aber das waren ja auch Hunde.

Die Männer hatten erwartet, daß sie sich mehrere Tage Ruhe gönnen könnten. Außerdem war dies Klondike ja ein neuer Teil des Nordlandes, und sie hätten wohl gern ein wenig von der goldenen Stadt gesehen, wo der Goldstaub wie Wasser floß und in den Tanzlokalen Spiel und Gesang nie aufhörten. Aber sie trockneten ihre Strümpfe und rauchten ihre Abendpfeifen fast mit demselben Behagen wie bei ihrem letzten Besuch, obwohl dieser oder jener aufsässige Geist noch daran denken mochte, zu desertieren und dann durch das Mackenzie-Tal nach den Schauplätzen ihrer alten Tage im Chippewyan-Land zu gelangen. Zwei oder drei beschlossen sogar, nach Beendigung ihrer Dienstzeit auf diesem Wege heimzukehren, und begannen sofort, diesbezügliche Pläne zu schmieden, wobei sie von dem halsbrecherischen Vorhaben ungefähr sprachen wie ein Städter von seinem nächsten Sonntagsausflug in den Wald.

Der mit den Otternfellen schien von einer inneren Unruhe gepackt zu sein, obwohl er sich nur wenig für die Diskussion interessierte. Schließlich zog er Malemute Kid beiseite und redete eine Weile leise auf ihn ein. Prince blickte neugierig zu ihnen hinüber, und die Sache wurde ihm noch rätselhafter, als sie ihre Mützen und Fausthandschuhe nahmen und hinausgingen. Als sie wiederkamen, stellte Malemute Kid seine Goldwaage auf den Tisch, wog sechzig Unzen ab und tat sie in den Beutel des merkwürdigen Menschen. Dann schloß sich der erste Hundetreiber der Beratung an, und es wurden gewisse Vereinbarungen mit ihm getroffen. Am nächsten Tage zog die Gesellschaft weiter den Fluß hinauf; aber der Mann mit den Otternfellen erhielt mehrere Pfund Proviant und kehrte in der Richtung nach Dawson um.

„Ich wußte nicht, was ich machen sollte", antwortete Malemute Kid auf Princes Frage. „Der arme Kerl wollte aus irgendeinem Grunde den Dienst quittieren – wenigstens schien ihm sehr darum zu tun zu sein, obwohl er nicht damit herausrücken wollte, was los war. Du weißt, es ist ganz wie in der Armee; er hat sich auf zwei Jahre verpflichtet, und die einzige Möglichkeit, freizukommen, ist, daß er sich loskauft. Er konnte nicht desertieren und dann hier in der Gegend bleiben, und er war eben darauf versessen, hierzubleiben. Er habe seinen Entschluß gefaßt, sagte er, als er nach Dawson gekommen sei. Aber dort habe er keinen Bekannten getroffen, er besitze nicht einen Cent, und ich sei der einzige Mensch, mit dem er zwei Worte gesprochen habe. So sprach er denn mit dem Vizegouverneur und traf seine Vereinbarung mit ihm für den Fall, daß er das Geld von mir bekommen könnte – leihweise, weißt du. Sagte, er wolle es mir im Laufe eines Jahres abzahlen und mich, wenn ich es wünschte, auf die Fährte nach einem großen Reichtum setzen. Hatte es nie gesehen, wußte aber, daß es großer Reichtum war.

Und da! Ja, als er mich draußen hatte, weinte er fast. Bat und flehte. Warf sich vor mir in den Schnee, bis ich ihn wieder hochzog. Schwatzte dummes Zeug wie ein Verrückter. Schwor, es sei ein Ziel, auf das er seit Jahren lossteuerte, und er könne es nicht ertragen, wenn es jetzt schiefginge. Ich fragte ihn, was für ein Ziel das sei, aber er wollte es nicht sagen. Er fürchtete, sie könnten den Einfall haben, ihn auf dem zweiten Teil der Reise abzusetzen, und dann bekäme er Dawson zwei Jahre lang nicht zu sehen, und es wäre zu spät. Nie in meinem Leben habe ich einen Menschen gesehen, der so auf etwas versessen war. Und als ich ihm sagte, daß ich ihm das Geld geben wollte, mußte ich ihn wieder aus dem Schnee ziehen. Ich sagte ihm, er könnte es als meinen Anteil an dem Unternehmen ansehen. Aber glaubst du, daß er darauf einging! Nein. Er schwor, er wolle mir alles geben, was er fände, mich reich machen wie einen Geizhals in seinen Träumen, und lauter solches Zeug. Ein Mann, der sein Leben und seine Zeit wagt, wo ein anderer nur sein Geld wagt, findet es gewöhnlich hart genug, wenn er die Hälfte von dem, was er findet, abgeben soll. Aber hier steckt etwas anderes dahinter, Prince; merk dir, was ich sage. Wir werden noch von ihm zu hören bekommen im Lande –"

„Und wenn nicht?"

„Dann wird mein besseres Ich einen tüchtigen Stoß bekommen, und ich werde um einige sechzig Unzen ärmer sein."

Die kalte Jahreszeit mit den langen Nächten war gekommen, und die Sonne begann ihr altes Spiel an der südlichen Schneelinie, ehe man etwas von Malemute Kids Anteil hörte. Da hielt an einem rauhen Morgen Anfang Januar ein Zug schwerbeladener Hundeschlitten vor seiner Hütte am Stuart. Der Mann mit den Otternfellen war da, und mit ihm kam ein Mann, wie die Götter ihn jetzt fast zu erschaffen vergessen haben.

Wo immer von Draufgängertum die Rede war, wo immer man Geld für nichts rechnete, da wurde der Name Axel Gundersons genannt, und wenn die Leute abends am Lagerfeuer saßen und von Kraft und Entschlossenheit redeten, da fiel sicher auch sein Name. Und wenn die Unterhaltung einschlief, so flammte sie wieder auf, sobald die Frau erwähnt wurde, die sein Geschick teilte.

Wie gesagt: Als die Götter Axel Gunderson erschufen, hatten sie sich erinnert, was sie in alten Zeiten vermocht, und ihn so erschaffen, wie die Männer waren, als die Erde jung war. Volle sieben Fuß ragte er empor in seiner malerischen Kleidung, die ihn als einen Eldorado-König bezeichnete. Brust, Hals und Kleider waren die eines Riesen, und um diese dreihundert Pfund Knochen und Muskeln tragen zu können, waren seine Schneeschuhe auch reichlich drei Fuß länger als die anderer Männer. Großzügig, mit buschigen Brauen, gewaltigen Kiefern und scharfen Augen vom blassesten Blau war sein Gesicht, das von einem Manne erzählte, der kein Gebot als das eigene kannte. Wie gelbe Seide von der Farbe reifen Korns umgab das bereifte Haar sein Gesicht und fiel ihm bis auf den Bärenpelz. Wie er jetzt an der Spitze der Hunde auf den schmalen Weg zur Hütte einbog, erinnerte etwas an ihm an die See; und er schlug mit dem dicken Ende der Hundepeitsche an Malemute Kids Tür wie ein nordischer Seeräuber auf einem Zuge nach Süden an das Burgtor gedonnert haben mag, um eingelassen zu werden.

Prince entblößte seine frauenhaften Arme und begann den Schwarzbrotteig zu kneten, wobei er manchen Seitenblick auf die drei Gäste warf – aber es waren auch Gäste,

wie sie vielleicht nur einmal in einem Menschenalter unter einem Dache zusammenkommen.

Der merkwürdige Mensch, dem Malemute Kid den Namen Odysseus gegeben hatte, hielt ihn immer noch in seinem Bann.

Aber sein Hauptinteresse galt doch Axel Gunderson und dessen Frau. Sie war von der Reise etwas mitgenommen, denn sie hatte seit der Zeit, als ihr Mann zu Reichtum gekommen war, ein verwöhntes Leben in warmen behaglichen Wohnungen gelebt, und sie war müde. Sie ruhte an seiner breiten Brust, wie eine zarte Blume sich an eine Mauer lehnt, während sie zögernd Malemute Kid auf seine gutmütigen Scherze antwortete und Princes Blut seltsam pochen ließ, wenn ein Blick aus ihren tiefen, schwarzen Augen ihn zufällig streifte. Denn Prince war ein Mann, und ein gesunder und kräftiger dazu, und er hatte seit vielen Monaten kaum eine Frau gesehen. Allerdings war sie älter als er und Indianerin. Aber sie war anders als alle eingeborenen Frauen, die er je gesehen hatte. Sie war bereist – war unter anderem in seinem Lande gewesen, wie er aus der Unterhaltung erfuhr. Und sie kannte die meisten Dingc, die Frauen seiner eigenen Rasse kannten, und vieles dazu, dessen Kenntnis man von ihnen nicht erwarten konnte. Sie verstand es, eine Mahlzeit aus an der Sonne getrocknetem Fisch und ein Bett im Schnee zu bereiten; und dabei peinigte sie sie doch mit aufreibenden Einzelheiten von Diners mit vielen Gängen und brachte für einen Augenblick ihre Seelen in Aufruhr, indem sie die Namen von Gerichten nannte, die sie in alten Zeiten gekannt, jetzt aber fast vergessen hatten. Sie kannte Elch, Bär und den kleinen Blaufuchs sowie das Leben der wilden Seetiere im Norden; sie wußte von Wäldern und Flüssen, was man von ihnen wissen konnte; was man aus der Fährte von Männern, Vögeln und Tieren in der feinen Schneekruste lesen konnte, das las sie wie aus einem offenen Buche, und doch sah Prince Anerkennung in ihren Augen, als sie die „Gesetze des Lagers" las. Diese Gesetze waren von dem unersättlichen Bettles zu einer Zeit, als sein Blut heiß wallte, verfaßt worden, und die Bestimmungen zeichneten sich namentlich durch ihren einfachen, treffenden Humor aus. Prince pflegte sie stets nach der Wand umzudrehen, ehe Damen kamen; aber wer konnte ahnen, daß diese Eingeborene –? Nun, jetzt war es zu spät.

Das also war die Frau Axel Gundersons, sie, deren Name und Ruf zusammen mit dem ihres Gatten durch das ganze Nordland gegangen war.

Bei Tisch neckte Malemute Kid sie mit der Sicherheit eines alten Freundes, und Prince fiel in den Ton ein, sobald er über die erste Verlegenheit der neuen Bekanntschaft weggekommen war. Aber sie hielt sich ausgezeichnet in dem ungleichen Kampf, während ihr Mann sich, weniger sicher im Wortstreit, darauf beschränkte, zu applaudieren. Er war sehr stolz auf sie. Alles, was er tat, jeder seiner Blicke erzählte, wieviel sie für ihn bedeutete. Der Mann mit den Otternfellen aß schweigend, in dem lustigen Kampfe vergessen, und erhob sich lange, ehe die andern fertig waren, um zu den Hunden hinauszugehen. Und doch allzufrüh nahmen seine Reisegefährten Handschuhe und Parkas und folgten ihm.

Seit vielen Tagen hatte es nicht geschneit, und der Schlitten glitt auf dem harten Yukonwege so leicht dahin, als wäre es blankes Eis gewesen. Odysseus führte den ersten Schlitten; mit dem zweiten kamen Prince und Axel Gundersons Frau, während Malemute Kid und der gelbhaarige Riese den dritten lenkten.

„Es ist die reine Spekulation, Kid“, sagte er; „aber ich glaube daran. Er ist nie dagewesen, macht aber einen guten Eindruck und hat eine Karte, von der ich schon vor vielen Jahren, als ich im Kootenay-Lande war, hörte. Ich hätte dich gern mitgenommen; aber er ist ein merkwürdiger Gesell, und er schwur direkt, daß er die ganze Sache aufgeben würde, wenn noch jemand hineingezogen würde. Wenn ich aber wiederkomme, erhältst du den ersten Wink, und ich stecke dir einen Claim gleich neben meinem ab und gebe dir außerdem die Hälfte von den Bauplätzen. – Nein, nein“, rief er, als der andere ihn unterbrechen wollte. „Ich will die Sache durchführen, und dazu brauche ich zwei Köpfe. Wenn es geht, wie es soll, nun, warum soll es nicht ein zweites Cripple Creek werden, Mann; hörst du? Ein zweites Cripple Creek! Da ist Quarz, weißt du, kein Sand, der ausgewaschen werden muß, und wenn wir die Geschichte richtig anfangen, kriegen wir das Ganze – Millionen über Millionen. Ich habe früher schon von dem Platz gehört, und du auch. Wir werden eine Stadt bauen – Tausende von Arbeitern – gute Wasserwege – Dampferlinien – große Frachtschiffe – Dampfer mit geringem Tiefgang für die Hauptroute – und vielleicht müssen wir an eine Eisenbahn denken – Sägemühlen – elektrische Lichtanlage – eigenes Bankwesen – Handelsgesellschaften – Syndikate. Nicht wahr? Wenn du nur den Mund hältst, bis ich wiederkomme.“

Die Schlitten kamen an eine Stelle, wo der Weg die Mündung des Stuart kreuzte. Es war ein unendliches Eis- und Schneemeer, dessen unermeßliche Fläche sich im unbekannten Osten verlor. Die Schneeschuhe wurden von den Schlitten genommen. Axel Gunderson drückte ihm zum Abschied die Hand und ging voraus; seine großen Schneeschuhe versanken gut einen halben Fuß tief in der dünnsten weichen Oberfläche und stampften den Schnee so fest, daß die Hunde nicht einsinken konnten. Seine Frau ging hinter dem letzten Schlitten und zeigte bald, daß sie langjährige Übung in der Handhabung des unbequemen Fußzeugs hatte. Die Stille wurde von ihren heiteren Abschiedsgrüßen durchbrochen, die Hunde heulten, der mit den Otternfellen gab einem widerspenstigen Hund einen Peitschenhieb. Eine Stunde darauf sah der Zug wie ein schwarzer Bleistift aus, der in langer gerader Linie über einen mächtigen Foliobogen kroch.

Viele Wochen später waren Malemute Kid und Prince eines Abends damit beschäftigt, Schachaufgaben nach der ausgerissenen Seite einer alten Zeitschrift zu lösen. Kid war soeben von seinen Bonanza-Besitzungen heimgekehrt und gönnte sich eine kurze Ruhepause vor Beginn einer langen Elchjagd. Prince war auch fast den ganzen Winter fortgewesen und hatte sich nach der friedlichen Ruhe in der Hütte gesehnt.

„Setz den Springer dazwischen und melde Schach. Nein, das geht nicht! Sieh, der nächste Zug –"

„Was hast du davon, wenn du den Bauern zwei Felder vorsetzt? Er muß schräg schlagen, und wenn der Läufer dann aus dem Wege ist –"

„Aber warte mal! Dann gibt es hier eine Lücke –"

„Nein, er ist gedeckt. Mach weiter. Du wirst sehen, es hilft."

Es war sehr interessant. Zweimal wurde an die Tür geklopft, ehe Malemute Kid „Herein!" rief. Die Tür sprang auf. Etwas wankte herein. Prince sah nur einen Schimmer davon und sprang auf. Das Entsetzen in seinen Augen ließ Malemute Kid sich umdrehen, und auch er war bestürzt, obwohl er schon manches Schlimme gesehen hatte. Das Ding wankte blind auf sie zu. Prince zog sich zurück, bis er den Nagel erreichte, an dem sein ‚Smith and Wesson' hing.

„Herrgott! Was ist das?" flüsterte er Malemute Kid zu.

„Weiß nicht. Sieht aus wie ein Fall von viel Kälte und wenig Essen", antwortete Malemute Kid, indem er sich nach der entgegengesetzten Seite zurückzog.

„Paß auf, vielleicht ist er verrückt", warnte er, nachdem er die Tür geschlossen hatte.

Das Ding näherte sich dem Tische. Die klare Flamme der Tranlampe fing seinen Blick. Das erheiterte es, und es brachte einige unheimliche, schnarrende Töne hervor, die Lustigkeit bedeuten sollten. Dann aber warf er sich – denn es war ein Mann – plötzlich vor, zerrte an seinen Lederhosen und begann ein Lied zu singen, wie Seeleute tun, wenn sie am Gangspill arbeiten und die See ihnen in die Ohren heult:

„Yan-kee kam den Fluß herunter.
Zieh! Du Räuberbande! Zieh!
Kennt ihr den Kapitän, ihr Jungens?
Zieh! Räuberbande! Zieh!
Jo-na-than Jones von Süd-Caro-li-in-a,
Zieh! Du Räuber – –"

Er brach plötzlich ab, wankte knurrend wie ein Wolf zum Speiseschrank, und ehe sie dazwischentreten konnten, zerriß er mit den Zähnen ein Stück rohen Speck. Malemute Kid rang schwer mit ihm; aber seine Wahnsinnsstärke verließ den Mann ebenso plötzlich, wie sie gekommen war, und ermattet ließ er seine Beute fahren. Sie nahmen ihn zwischen sich und setzten ihn auf einen Stuhl, wo er, mit dem Körper halb über dem Tische liegend, zusammensank. Eine kleine Dosis Whisky kräftigte ihn soweit, daß er einen Löffel in die Zuckerdose tauchen konnte, die Malemute Kid vor ihm hingestellt hatte. Als sein Hunger einigermaßen gestillt war, reichte Prince ihm schaudernd einen Becher dünne Fleischbrühe. Die Augen des Geschöpfes glühten in einem düsteren Feuer, das bei jedem Bissen aufflammte und wieder erlosch. Es war nur sehr wenig Haut in seinem Gesicht, das eingesunken und ausgezehrt war und nur wenig Ähnlichkeit mit menschlichen Zügen hatte.

Kälte und Frost hatten sich tief eingefressen, jeder neue Frost hatte seinen Schorf über einer halbgeheilten älteren Narbe hinterlassen. Diese trockene, harte Oberfläche war von dunkler, blutiger Farbe und von tiefen zackigen Rissen gefurcht, aus denen das bloße rote Fleisch hervorsah. Seine Pelzkleidung war schmutzig und zerlumpt, und die Haare waren an einer Seite abgesengt, so daß man sehen konnte, wo er am Feuer gelegen hatte. Malemute Kid zeigte auf eine Stelle, wo das gegerbte Leder Stück bei Stück in Streifen geschnitten war – das grausige Zeugnis des Hungers.

„Wer – bist – du?" fragte Kid langsam und deutlich. Der Mann hörte nicht.

„Wo kommst du her?“

„Yan-kee kam den Fluß herunter“, lautete die Antwort mit zitternder Stimme.

„Zweifellos ist der Ärmste den Fluß heruntergekommen“, sagte Malemute Kid und schüttelte ihn, um etwas Verständliches aus ihm herauszubringen.

Aber der Mann jammerte bei der Berührung auf und griff sich im Schmerz mit der Hand an die Seite. Er erhob sich langsam und lehnte sich halb über den Tisch.

„Sie lachte mich aus – so – mit Haß in den Augen; und sie – wollte – nicht kommen –“

Seine Stimme erlosch, und er wollte hintenüberfallen, als Malemute Kid ihn am Handgelenk packte und rief: „Wer? Wer wollte nicht kommen?“

„Sie, Unga. Sie lachte und stach nach mir, so und so. Und dann –“

„Ja?“

„Und dann –“

„Was dann?“

„Dann lag er sehr still im Schnee, lange. Er liegt – noch – im – Schnee.“

Die beiden Männer sahen sich unschlüssig an.

„Wer liegt im Schnee?“

„Sie, Unga. Sie sah mich an mit Haß in den Augen, und dann –“

„Ja, ja.“

„Und dann nahm sie das Messer, so; und einmal, zweimal – sie war schwach. Ich kam sehr langsam weiter. Und da ist viel Gold. Sehr viel Gold.“

„Wo ist Unga?“ Malemute Kid wußte nur, daß sie vielleicht eine Meile von hier sterbend liegen konnte. Er schüttelte den Mann heftig und wiederholte immer wieder: „Wo ist Unga? Wer ist Unga?“

„Sie – liegt – im Schnee.“

„Weiter!“ Kid preßte ihm heftig das Handgelenk.

„Da – wollte – ich – im – Schnee – bleiben – aber – ich – hatte – eine – Schuld – zu – bezahlen – es – war

– schwer – ich – hatte – eine Schuld – zu – bezahlen – eine Schuld – zu – bezahlen – ich – hatte –" Der stammelnde Wortstrom stockte, während er in die Tasche griff und einen Hirschbeutel herausholte. „Eine – Schuld – zu – bezahlen –. Fünf – Pfund – Gold – Mal – e – mute – Kid – Ich – –" Der Kopf sank ermattet auf den Tisch, und Malemute Kid konnte ihn nicht wieder heben.

„Es ist Odysseus", sagte er ruhig und warf den Beutel mit dem Goldstaub auf den Tisch. „Ich glaube, mit Axel Gunderson und seiner Frau ist es aus. Faß an, wir wollen ihn in die Koje tragen. Er ist Indianer; er kommt schon durch und wird uns dann die Geschichte erzählen."

Als sie ihm das Zeug vom Leibe schnitten, sahen sie nahe der rechten Brust zwei frische scharfumrandete Messerstiche.

„Ich will von den Dingen, die geschehen sind, auf meine eigene Weise sprechen; aber ihr werdet verstehen. Ich will mit dem Anfang beginnen und von mir und der Frau und hinterher von dem Mann erzählen."

Der Ofen zog den Mann mit den Otternfellen an, wie er Leute anzieht, die des Feuers beraubt gewesen sind und fürchten, daß diese Gabe der Götter ihnen jederzeit wieder genommen werden könnte. Malemute Kid stocherte die Flamme in der Tranlampe hoch und stellte sie so, daß ihr Schein auf das Gesicht des Erzählers fiel. Prince warf sich auf den Rand des Bettes und leistete ihnen Gesellschaft.

„Ich bin Naass, ein Häuptling und der Sohn eines Häuptlings, geboren zwischen einem Sonnenuntergang und einem Sonnenaufgang auf den dunklen Wellen im Oomiak meines Vaters. Eine ganze Nacht stritten die Männer an den Paddeln, und die Frauen warfen die Wellen hinaus, die über uns hinwegschlugen, und wir kämpften mit dem Sturme. Der salzige Schaum gefror auf der Brust meiner Mutter, bis ihr Atem mit dem Sturm erlosch. Aber ich – ich hob meine Stimme mit Wind und Sturm und lebte. Wir wohnten auf Akatan –“

„Wo?“ fragte Malemute Kid.

„Auf Akatan, einer der Alëuten; Akatan, jenseits Kardalaks, jenseits Unimaks. Wie gesagt, wir wohnten auf Akatan, das mitten im Meere, am Rande der Welt liegt. Wir jagten und fischten auf dem salzigen Meer Fische, Robben und Ottern, und unsere Hütten drängten sich Seite an Seite auf dem schmalen Felsstreifen zwischen dem Waldrand und dem gelben Strande, wo unsere Kajaks lagen. Wir waren nicht viele, und die Welt war sehr klein. Es gab andere Länder im Osten – Inseln wie Akatan; daher glaubten wir, daß die ganze Welt aus Inseln bestände, und machten uns keine Gedanken darüber. Ich war anders als mein Volk. Im Sande des Strandes standen gebogene Spanten und von den Wogen gekrümmte Planken eines solchen Bootes, wie mein Volk es nie gebaut hatte. Ich weiß noch, daß an der Stelle der Insel, von wo aus man in drei Richtungen den Ozean überblickte, eine Kiefer stand, wie sie sonst nie dort wächst, glatt, gerade und hoch. Es hieß, daß zwei Männer in dem Boot, das jetzt zerschlagen auf dem Strande lag, vom Meer gekommen waren. Sie waren weiß wie ihr und schwach wie die kleinen Kinder, wenn die Robben fortgegangen sind und die Jäger mit leeren Händen heimkommen. Ich weiß diese Dinge von den alten Männern und den alten Frauen, denen ihre Väter und Mütter sie erzählt hatten. Diesen merkwürdigen weißen Männern gefielen unsere Gebräuche anfangs nicht, aber sie wurden stark durch die Fische, die sie aßen, und den Tran und wurden übermütig. Und sie bauten sich jeder eine Hütte und nahmen sich die besten unserer Frauen. Und es kamen Kinder. So wurde der geboren, der der Vater des Vaters meines Vaters werden sollte.

Wie gesagt: ich war anders als mein Volk; denn in mir habe ich das starke flammende Blut der weißen Männer, die vom Meere kamen. Es heißt, daß wir andere Gesetze hatten, ehe diese Männer kamen, aber sie waren wild und streitlustig und kämpften mit unseren Männern, bis keiner mehr mit ihnen zu kämpfen wagte. Da machten sie sich zu Häuptlingen, schafften unsere alten Gesetze ab und gaben uns neue, nach denen der Mann der Sohn seines Vaters und nicht der seiner Mutter war, wie wir es bis dahin gewohnt waren. Sie befahlen auch, daß der erstgeborene Sohn alles haben sollte, was früher seinem Vater gehört hatte, und daß die andern Brüder und Schwestern sich behelfen mußten, wie sie konnten. Auch andere Gesetze gaben sie uns. Sie zeigten uns neue Wege, den Fisch zu fangen und den Bären zu töten, von dem es viele in unsern Wäldern gab, und sie lehrten uns, Vorräte für Hungerzeiten aufzuspeichern. Und diese Dinge waren gut.

Als sie aber Häuptlinge geworden waren und es keinen Mann mehr gab, der ihrem Zorn zu begegnen wagte, da kämpften diese fremden weißen Männer miteinander. Und der eine, dessen Blut in mir ist, schleuderte seinen Robbenspieß, daß er den Körper des andern um Armeslänge durchfuhr. Ihre Kinder und Kindeskinder nahmen den Kampf auf, es herrschte großer Haß unter ihnen, und manche dunkle Tat wurde begangen, bis auf meine Zeit, so daß von jeder Familie immer nur einer lebte, um das Blut fortzupflanzen. Von meinem Blut war ich der einzige. Von denen des andern Mannes gab es nur ein Mädchen, das bei seiner Mutter lebte: Unga. Ihr Vater und der meine kehrten eines Nachts nicht vom Fischfang zurück; später aber trieben sie bei Hochwasser an die Küste, und sie hielten sich eng umschlungen.

Die Leute wunderten sich darüber wegen des alten Hasses zwischen unsern Häusern; und die alten Männer schüttelten die Köpfe und sagten, daß der Kampf fortgesetzt werden würde, wenn sie und ich Kinder bekämen. Das erzählten sie mir als Knabe, bis ich es glaubte und in Unga eine Feindin sah, die die Mutter von Kindern werden sollte, welche mit den meinen kämpften. Tag um Tag dachte ich an diese Dinge, und als ich ein Jüngling wurde, fragte ich, warum es so sein müßte. Und sie antworteten: ‚Wir

wissen nicht anders, als daß deine Eltern so taten.‘ Und ich dachte darüber nach, warum die, die kommen sollten, die Kämpfe jener kämpfen sollten, die gegangen waren, und ich konnte keine Gerechtigkeit darin sehen. Aber die Leute sagten, es müsse so sein; und ich war ja nur ein Knabe.

Und sie sagten, ich müßte eilen, daß mein Blut älter und stärker als das ihre würde. Das war leicht, denn ich war Häuptling, und das Volk sah auf zu mir wegen der Gesetze und Taten meiner Väter und wegen meines Reichtums. Jede Jungfrau wäre gern zu mir gekommen; aber ich fand keine, die nach meinem Sinn war. Und die alten Männer und die Mütter der jungen Mädchen forderten mich auf, mich zu beeilen, denn schon damals boten die Jäger Ungas Mutter große Geschenke, und wenn ihre Kinder früher als die meinen stark wurden, dann mußten die meinen sicher sterben.

Aber ich fand keine Jungfrau, bis ich eines Abends vom

Fischfang heimkehrte. Die Sonne stand niedrig und schien mir plötzlich in die Augen. Der Wind war frisch, und die Kajaks zogen durch die weißen Wogen. Plötzlich kam Ungas Kajak hinter mir her, und sie sah mich an. Ihr schwarzes Haar flatterte wie eine Nachtwolke, und ihre Wangen waren naß von Meerschaum. Wie gesagt, die Sonne schien mir gerade in die Augen, und ich war ein Knabe. Wie es zugehen mochte, weiß ich nicht, aber plötzlich war mir klar, daß dies die Botschaft zwischen Mann und Weib war. Wie sie dahinschoß, sah sie sich zwischen zwei Ruderschlägen um – wie nur Unga sehen konnte –, und wieder fühlte ich, daß dies die Botschaft zwischen Mann und Weib war. Die Leute riefen laut, als wir den trägen Oomiaks nachsausten und sie bald weit hinter uns ließen. Aber sie ruderte schnell, und mein Herz war wie ein schwellendes Segel, und ich kam ihr nicht näher. Der Wind frischte auf, die See wurde weiß, und springend wie Robben schossen wir auf dem goldenen Pfad der Sonne über das Wasser."

Naass hatte sich vorgebeugt, daß er nur noch halb auf seinem Stuhle saß, in der Haltung eines Mannes, der mit dem Paddel rudert, als erlebte er die Fahrt von neuem. Irgendwo jenseits des Ofens sah er den schleudernden Kajak und Ungas flatterndes Haar. Die Stimme des Sturmes klang in seinem Ohr, und das Salz biß frisch in seinen Nasenlöchern.

„Aber sie erreichte die Küste und lief lachend über den Sand nach dem Hause ihrer Mutter. Und ein großer Gedanke kam in der Nacht zu mir – ein Gedanke würdig dessen, der Häuptling war über das ganze Volk von Akatan. Als der Mond aufgegangen war, ging ich zum Hause ihrer Mutter und betrachtete die Gaben Yash-Nooshs, die vor der Tür aufgehäuft waren, die Gaben Yash-Nooshs, eines tüchtigen Jägers, der Vater der Kinder Ungas werden wollte. Andere junge Männer hatten alles, was sie besaßen, dort aufgestapelt und wieder geholt, und jeder junge Mann hatte seinen Haufen größer als den der anderen gemacht. Und ich lachte Mond und Sterne an und ging in mein eigenes Haus, wo all mein Reichtum lag. Und ich ging viele Male hin und her, bis mein Haufen um soviel mal größer als der Yash-Nooshs war, wie Finger an einer Hand sind. Da waren Fische, die an der Sonne getrocknet und geräuchert waren; vierzig Felle von Pelzrobben und halb so viele von Ohrenrobben, und jedes Fell war am Maul geschlossen und dickbäuchig von Öl. Und zehn Felle von Bären, die ich getötet hatte, als sie im Frühjahr aus dem Walde gekommen waren. Da waren Perlen und Decken und scharlachfarbenes Tuch, das ich von Leuten eingetauscht hatte, die weiter im Osten wohnten. Und ich sah den Haufen und lachte. Denn ich war Häuptling auf Akatan, und mein Reichtum war größer als der aller meiner jungen Männer, und meine Vorfahren hatten große Taten ausgeführt und Gesetze gegeben und für alle Zeiten ihren Namen in den Mund des Volkes gelegt. Und als der Morgen kam, ging ich zum Strand hinunter und blickte aus den Augenwinkeln nach dem Hause von Ungas Mutter. Meine Gaben lagen immer noch unberührt da. Und die Frauen lächelten und scherzten miteinander. Ich wunderte mich, denn noch nie war ein solches Gebot gemacht worden, und in der Nacht vermehrte ich den Haufen und legte einen Kajak aus wohlgegerbter Haut daneben, der noch nie auf dem Wasser geschwommen war. Aber am nächsten Morgen war es noch da, so daß alle Männer und Frauen darüber lachten. Ungas Mutter war schlau, und ich war zornig über die Schande, die vor den Augen meines Volkes über mich gekommen war. In der Nacht tat ich so viel hinzu, daß es ein großer Haufen wurde, und zog meinen Oomiak auf den Strand, der den Wert von zwanzig Kajaks hatte. Und am nächsten Morgen war kein Haufen da.

Dann traf ich die Vorbereitungen zur Hochzeit, und das Volk, das zunächst im Osten wohnte, kam wegen des Hochzeitsmahls und des Potlachs. Unga war vier Sonnen älter als ich nach der Weise, wie wir unsere Jahre rechnen. Ich war nur ein Knabe, aber das tat nichts, denn ich war Häuptling und der Sohn eines Häuptlings.

Aber ein Schiff zeigte seine Segel auf der Fläche des Ozeans, und wie der Wind wehte, wurde es größer. Seine Speigatten spien das klare Wasser aus, und die Männer arbeiteten geschäftig an den Pumpen. Vorn stand ein mächtiger Mann, er maß die Tiefe des Wassers und gab Befehle mit einer Stimme wie Donner. Seine Augen hatten die blaßblaue Farbe tiefen Wassers, und sein Kopf trug eine Mähne wie die eines Seelöwen. Sein Haar war gelb wie das Stroh der Ernte im Süden oder wie die Manilaseile, die die Seeleute flechten.

In den letzten Jahren hatten wir in der Ferne Schiffe gesehen, dies aber war das erste, das an die Küste Akatans kam. Das Fest wurde unterbrochen, die Frauen und Kinder flohen in die Häuser, wir Männer aber spannten unsere Bogen und warteten, die Spieße in den Händen. Als aber der Steven des Schiffes den Strand berührte, kümmerten sich die fremden Männer nicht um uns, sie hatten genug mit sich selber zu tun. Als die Ebbe kam, kielholten sie den Schoner und flickten ein großes Loch in seinem Boden. Da kamen die Frauen wieder herausgeschlichen, und das Fest wurde fortgesetzt.

Als die Flut kam, warpten die Seefahrer den Schoner in tiefes Wasser und mischten sich dann unter uns. Sie brachten Geschenke und waren freundlich, und ich ließ Platz für sie machen, und da mein Herz weit war, gab ich ihnen Geschenke wie allen andern Gästen; denn es war mein Hochzeitstag, und ich war Häuptling auf Akatan. Und er, der eine Mähne wie ein Seelöwe hatte, war da, und so groß und stark war er, daß man erwartete, die Erde unter seinen Schritten zittern zu sehen. Er kreuzte die Arme und sah viel und scharf auf Unga. Und er blieb, bis die Sonne verschwand und die Sterne hervorkamen. Da ging er zu seinem Schiff hinunter. Ich aber nahm Unga bei der Hand und führte sie in mein eigenes Haus. Und es gab Singen und viel Lachen, und die Frauen scherzten, wie Frauen bei solchen Gelegenheiten tun. Aber wir machten uns keine Sorgen. Da ließ das Volk uns allein und ging heim.

Der letzte Lärm war verschollen, als der Häuptling der Seefahrer in meine Tür trat. Und er hatte schwarze Flaschen bei sich, und wir tranken und wurden lustig. Denkt daran, daß ich nur ein Knabe war und mein ganzes Leben am Rande der Welt verbracht hatte. Mein Blut wurde zu Feuer und mein Herz so leicht wie der Schaum, der aus der Brandung auf die Klippen fliegt. Unga saß schweigend mit offenen Augen auf den Fellen im Winkel und schien bange zu sein. Und er, der die Mähne des Seelöwen hatte, sah sie scharf und lange an. Dann kamen seine Männer mit Mengen von Gaben, und er häufte so viel Reichtum vor mir auf, wie in ganz Akatan nicht war. Da waren Büchsen, große und kleine, Pulver, Kugeln und Zündhütchen, blanke Beile und Messer aus Stahl und kunstfertige Geräte und seltsame Dinge, wie ich sie noch nie gesehen. Als er mir Zeichen machte, daß das alles mein sei, dachte ich, er sei ein großer Mann in seiner Freigebigkeit. Aber da machte er mir auch Zeichen, daß Unga mit ihm auf sein Schiff gehen sollte, versteht ihr? Unga sollte auf sein Schiff mit ihm gehen. Das Blut meines Vaters flammte plötzlich heiß, und ich schickte mich an, ihn mit einem Spieß zu durchbohren; aber der Geist der Flaschen hatte das Leben aus meinem Arm gestohlen, und er packte mich am Hals und schlug meinen Kopf gegen die Wand des Hauses. Und da war ich schwach wie ein neugeborenes Kind, und meine Beine wollten mich nicht mehr tragen. Unga schlug und schrie und klammerte sich mit ihren Händen an die Dinge im Hause, bis alles um uns fiel, als er sie zur Tür schleppte. Da nahm er sie in seine großen Arme, und als sie an seinem gelben Haar riß und zerrte, lachte er wie der große Robbenbulle in der Paarungszeit.

Ich kroch an den Strand und rief meine Leute; aber sie fürchteten sich. Nur Yash-Noosh war ein Mann, und ihm schlugen sie mit einem Ruder auf den Kopf, bis er mit dem Gesicht im Sande lag und sich nicht regte. Und singend heißten sie die Segel, und das Schiff fuhr vor dem Winde fort.

Mein Volk sagte, es sei gut, denn jetzt würde es keine Blutrache mehr auf Akatan geben; aber ich sagte kein Wort, wartete bis zur nächsten Vollmondzeit, legte Fleisch und Öl in meinen Kajak und fuhr nach Osten. Ich sah viele Inseln und viele Völker, und ich, der ich am Rande der Welt gelebt hatte, sah, daß sie sehr groß war. Ich sprach mit Zeichen; aber sie hatten keinen Schoner und keinen Mann mit einer Mähne wie ein Seelöwe gesehen, und sie zeigten stets nach Osten. Ich schlief an seltsamen Orten, aß sehr merkwürdige Dinge und sah wunderbare Gesichter. Viele lachten, denn sie glaubten, ich sei schwachköpfig. Zuweilen aber wandten alte Männer mein Gesicht gegen das Licht und segneten mich, und die Augen der jungen Frauen wurden milde, wenn sie mich nach dem fremden Schiff und nach Unga und dem Seefahrer ausfragten.

Und so kam ich durch rauhe Seen und schwere Stürme nach Unalaska. Da lagen zwei Schoner; aber keiner war der, den ich suchte. Ich ging weiter nach Osten, aber die Welt wurde größer, und weder auf den Inseln noch in Unamok wußte jemand von dem Schiff. Und so kam ich eines Tages an ein felsiges Land, wo Männer große Löcher in den Berg gruben. Und dort war ein Schoner, aber nicht der meine, und den belasteten Männer mit den ausgegrabenen Felsstücken. Das fand ich kindisch, denn die ganze Welt war ja aus Felsen gemacht; aber sie gaben mir zu essen und ließen mich arbeiten. Als der Schoner tief genug im Wasser lag, gab der Kapitän mir Geld und sagte, ich könne gehen! Aber ich fragte, welchen Weg er ginge, und er wies nach Süden. Ich machte ihm Zeichen, daß ich mit ihm gehen wolle; zuerst lachte er, da er aber Männer brauchte, nahm er mich an Bord. So lernte ich, auf ihre Art zu reden, Segel zu heißen und bei plötzlichen Windstößen zu reffen und am Rade zu stehen. Aber das war mir nicht fremd, denn das Blut meiner Väter war das von Seefahrern.

Ich hatte gedacht, es sei leicht, den zu finden, den ich suchte, wenn ich erst zu seinem eigenen Volke gekommen wäre; als wir aber eines Tages Land in Sicht bekamen und durch eine schmale Fahrrinne von der See in einen Hafen gelangten, dachte ich wohl, so viele Schoner zu sehen, wie Finger an meinen Händen waren, aber meilenweit lagen die Schiffe, dicht gedrängt wie viele kleine Fische, an den Kais, und als ich unter sie ging, um nach einem Manne mit einer Mähne wie ein Seelöwe zu fragen, lachten sie und antworteten mir in vielen Sprachen. Und ich merkte, daß sie in den fernsten Teilen der Welt zu Hause waren.

Ich ging in die Stadt, um das Gesicht jedes Mannes zu sehen, aber sie waren wie Fische, wenn sie in dichten Scharen über die Bänke ziehen, und ich konnte sie nicht zählen. Und der Lärm drang so lange auf mich ein, bis ich nicht mehr hören konnte und mir der Kopf von dem Getümmel schwindelte. Ich ging immer weiter durch Länder, die im warmen Sonnenschein sangen, wo die Ernte reich auf den Feldern lag und wo es große Städte gab voller Männer, die wie Frauen lebten mit falschen Worten im Munde und mit Herzen, die schwarz von Golddurst waren. Und unterdessen jagte und fischte mein Volk auf Akatan und war glücklich in dem Gedanken, daß die Welt klein sei.

Aber der Blick von Ungas Augen, als sie vom Fischen heimkam, begleitete mich stets, und ich wußte, daß ich sie finden würde, wenn die Zeit gekommen war. Sie wanderte durch stille Gassen in der Abenddämmerung oder lockte mich über die fruchtbaren, von Morgentau feuchten Felder, und es war ein Versprechen in ihren Augen, wie nur Unga es geben konnte.

So wanderte ich durch tausend Städte. Manche Menschen waren freundlich und gaben mir zu essen, andere lachten und wieder andere verfluchten mich. Aber ich hielt meine Zunge im Zaum, ging merkwürdige Wege und sah seltsame Dinge. Zuweilen arbeitete ich, ich, ein Häuptling und der Sohn eines Häuptlings, für Männer – Männer, die roh sprachen, hart wie Eisen waren und aus dem Schweiß und dem Kummer ihrer Kameraden Gold schmiedeten. Aber noch hörte ich kein Wort von denen, die ich suchte, bis ich wieder zur See zurückkehrte wie eine Robbe zu den

Paarungsplätzen. Aber es war ein anderer Hafen in einem andern Land, das im Norden lag. Und dort hörte ich von dem gelbhaarigen Seefahrer und erfuhr, daß er Robbenjäger war und sich gerade jetzt weit fort auf dem Ozean befände.

So fuhr ich denn auf einem Robbenschoner mit den faulen Siwashs und folgte seinem spurlosen Pfad nach Norden, wo die Jagd damals im Gange war. Und wir waren Monate voller Mühsal fort, sprachen manche Flotte an und hörten viel von den wilden Taten dessen, den ich suchte; nicht ein einziges Mal aber kamen wir ihm auf dem Meere nahe. Wir fuhren nach Norden bis zu den Pribyloffs, töteten die Robben herdenweise am Strande und schafften ihre warmen Körper an Bord, bis unsere Speigatten von Speck und Blut troffen und kein Mann an Deck stehen konnte. Da wurden wir von einem langsamen Dampfer gejagt, der mit großen Kanonen auf uns schoß. Aber wir setzten Segel, bis die Seen über Deck spülten und es rein wuschen, und verloren uns im Nebel.

Es heißt, daß gerade zu der Zeit, als wir mit Furcht im Herzen flohen, der gelbhaarige Seefahrer nach den Pribyloffs kam und die Faktorei überfiel. Ein Teil von seinen Leuten hielt die Angestellten der Kompanie in Schach, während die andern zehntausend frische Felle aus dem Salzhaus holten. Ich sage, es heißt so, aber ich glaube es, denn während ich die Küsten entlangreiste, ohne ihm zu begegnen, hallten die nordischen Meere wider von den Erzählungen seiner Verwegenheit und seines Mutes, bis die drei Nationen, die dort Land besaßen, mit ihren Schiffen Jagd auf ihn machten. Und ich hörte von Unga, denn die Kapitäne sangen laut ihr Loblied, und sie war immer bei ihm. Sie hätte die Bräuche seines Volkes gelernt, sagten sie, und sie sei glücklich. Aber ich wußte es besser – ich wußte, daß ihr Herz sich nach ihrem eigenen Volke an der gelben Küste Akatans sehnte.

Dann, nach langer Zeit, kam ich zu dem Hafen zurück, der mit der See durch eine schmale Fahrrinne verbunden ist, und dort erfuhr ich, daß er quer über den großen Ozean gefahren war, um Robben auf der Ostseite des warmen Landes zu jagen, das sich vom Russischen Meer südwärts erstreckt. Ich, der ich Seemann geworden war, fuhr mit Männern seiner eigenen Rasse auf Robbenjagd und folgte ihm. Und in diesem neuen Land waren wenige Schiffe; aber wir hingen uns an die Robbenherden und jagten sie das ganze Frühjahr hindurch nordwärts. Und als die Robbenkühe, die schwer von Jungen waren, über die russische Grenze gingen, wurden unsere Männer ängstlich und knurrten. Denn es gab viel Nebel, und täglich verloren wir Leute in den Booten. Sie wollten nicht mehr arbeiten, und so wandte der Kapitän das Schiff dorthin, wo wir hergekommen waren. Aber ich wußte, daß der gelbhaarige Seefahrer unerschrocken war und die Robben bis zu den russischen Inseln jagen würde, wohin nur wenige Männer gingen. So nahm ich denn in der Finsternis der Nacht, als der Ausguckmann auf dem Vordeck schlief, ein Boot und fuhr allein nach dem warmen langen Land.

Und ich reiste südwärts, um die wilden kühnen Männer an der Yeddo-Bucht zu treffen. Und die Mädchen von Yoshiwara waren klein und blank wie Stahl und schön anzusehen, aber ich konnte nicht bleiben, denn ich wußte, daß Unga auf dem schaukelnden Deck bei den Paarungsplätzen im Norden trieb.

Die Männer an der Yeddo-Bucht waren von allen Enden der Erde zusammengekommen, und sie kannten weder Gott noch Heim. Sie fuhren unter japanischer Flagge. Mit ihnen ging ich nach den reichen Küsten der Kupferinseln, wo wir viele Felle einsalzten. Und in diesem schweigenden Meer sahen wir niemand, bis wir aufbrechen wollten. Da hob eines Tages ein starker Wind den Nebel, und gerade auf uns zu steuerte ein Schoner, und dicht hinter ihm drohten die finsteren Kanonenmündungen eines russischen Kriegsschiffes. Wir flohen quer im Winde, aber der Schoner kam immer näher und legte drei Fuß zurück, wenn wir nur zwei machten. Und auf der Brücke stand der Mann, der

die Mähne des Seelöwen hatte, und er lachte stark, und übermütig, wie er war, und setzte Segel, daß die Reling unter Wasser lag. Und Unga war da – ich erkannte sie im ersten Augenblick –, als aber die Kanonen über das Meer zu reden begannen, schickte er sie nach unten. Wie gesagt, drei Fuß, wenn wir zwei machten, bis wir jedesmal, wenn das Schiff in die See tauchte, sein Ruder sich grün aus dem Wasser heben sahen – und ich legte das Ruder um und erschöpfte meine Seele in Flüchen, während ich dem russischen Schiff den Rücken kehrte. Denn wir wußten, daß er vor uns laufen wollte, so daß er entschlüpfte, während wir gefangen wurden. Sie schossen unsere Masten herunter, daß wir in den Wind drehten wie eine verwundete Möwe; er aber verschwand hinter der Kimmung – er und Unga.

Was konnten wir tun? Die frischen Felle sprachen deutlich genug. So nahmen sie uns denn mit in einen russischen Hafen und später in ein ödes einsames Land, wo sie uns Salz in den Minen graben ließen. Und einige starben – und andere starben nicht."

Naass schlug die Decke von seiner Schulter zurück und entblößte das zernarbte und zerrissene Fleisch, das die unverkennbaren Spuren der Knute trug. Prince deckte ihm schnell die Decke wieder über, denn es war kein schöner Anblick.

„Es war eine traurige Zeit dort, und manchmal liefen Leute fort nach Süden; aber sie kamen stets wieder. Darum gingen wir nach Norden, wir, die wir von der Yeddo-Bucht gekommen waren. Wir standen nachts auf und nahmen der Wache die Gewehre weg. Und das Land war sehr groß und hatte Ebenen voller Moore und großer Wälder. Und die Kälte kam mit viel Schnee auf der Erde, und keiner kannte den Weg. Monate voll Mühsal reisten wir durch den endlosen Wald – ich erinnere mich jetzt nicht mehr daran, denn es gab wenig Nahrung, und oft legten wir uns nieder, um zu sterben. Zuletzt aber erreichten wir das kalte Meer, und da waren nur noch drei am Leben, um es zu sehen. Einer von uns war als Kapitän von Yeddo gefahren, und er wußte, wie die großen Länder beieinander lagen, und wußte, wo die Stelle war, von der aus man von einem Lande nach dem andern über das Eis gehen konnte. Und er führte uns – ich weiß nicht, es war so lange –, bis wir noch zwei waren. Als wir hinkamen, trafen wir fünf Männer des Volkes, das in diesem Lande lebt, und sie hatten Hunde und Felle, während wir sehr arm waren. Wir kämpften im Schnee, bis sie starben, und der Kapitän starb, und die Hunde und Felle gehörten mir. Da ging ich über das Eis, das aufgebrochen war, und einmal geriet ich ins Treiben, bis eine westliche Brise mich an die Küste brachte. Und dann die Golovin-Bucht, Pastilik und der Priester. Dann südwärts, südwärts, nach den warmen Ländern, wo ich zuerst gewandert war.

Aber die See brachte nichts mehr ein, und wer auf Robbenjagd ging, hatte wenig Verdienst und großes Risiko. Die Flotte zerstreute sich, und Kapitäne und Mannschaften wußten nichts von dem, den ich suchte. Da ging ich fort vom Ozean, dem immer ruhelosen, und kam in die Länder, wo Bäume, Häuser und Berge stets auf einer Stelle bleiben und sich nie bewegen. Ich reiste weit und lernte viele Dinge, sogar, wie man schreibt und aus Büchern liest. Und es war gut, daß ich das tat, denn mir fiel ein, daß Unga ja diese Dinge kennen mußte und daß eines Tages, wenn die Zeit gekommen war – wir – ihr versteht, wenn die Zeit gekommen war . . .

So trieb ich denn umher, wie die kleinen Fische, die ein Segel im Winde setzen, aber nicht steuern können. Aber meine Augen und meine Ohren waren stets offen, und ich kam mit Männern zusammen, die viel reisten, denn ich wußte, daß sie den, den ich suchte, nur einmal gesehen zu haben brauchten, um sich seiner zu erinnern. Schließlich kam ein Mann geradewegs aus den Bergen, und er hatte Steine bei sich, die das reine Gold in erbsengroßen Stücken enthielten, er hatte von ihnen gehört, er hatte sie getroffen, er kannte sie. Sie wären reich, sagte er, und lebten an einem Ort, wo sie das Gold aus dem Boden zögen.

Es war ein wildes Land und sehr weit fort; aber nach einer langen Wanderung erreichte ich das Lager, das zwischen den Bergen verborgen lag, wo die Leute Tag und Nacht fern vom Licht der Sonne arbeiteten. Noch war die Zeit nicht gekommen. Ich lauschte, was die Leute sagten. Er sei fortgereist – sie seien fortgereist –, nach England wurde gesagt, um Leute mit viel Geld zu überreden, sich zu vereinigen und Gesellschaften zu gründen. Ich sah das Haus, in dem sie gewohnt hatten; es war eher ein Palast, wie man sie in den alten Ländern sieht. Bei Nacht kroch ich durch ein Fenster, um zu sehen, wie er zu ihr war. Ich ging von Zimmer zu Zimmer und dachte, so müßten wohl Könige und Königinnen wohnen, es war alles sehr gut. Und alle sagten, daß er sie wie eine Königin behandle, und viele wollten wissen, von welchem Volk sie wäre, denn es floß anderes Blut in ihren Adern, und sie war nicht wie die Frauen von Akatan sonst, und niemand erkannte sie für das, was sie war. Und sie war eine Königin, ich aber war ein Häuptling und der Sohn eines Häuptlings, und ich hatte einen unermeßlichen Preis in Fellen und Booten und Perlen für sie bezahlt.

Aber warum so viele Worte? Ich war Seemann und kannte die Wege der Schiffe auf dem Meere. Ich folgte ihnen nach England und kam nach andern Ländern. Zuweilen hörte ich Leute von ihnen reden, und zuweilen las ich von ihnen; aber dennoch konnte ich sie nie erreichen, denn sie hatten viel Geld und reisten schnell, und ich war ein armer Mann. Da aber kam Unglück über sie, und ihr Reichtum schwand eines Tages wie ein Rauchstreifen. Die Zeitungen waren damals voll davon; dann aber redete man nicht mehr davon, und ich wußte, daß sie dorthin zurückgekehrt waren, wo sie mehr Gold aus dem Boden holen konnten.

Als sie jetzt arm geworden, waren sie von der Welt verschwunden; und so wanderte ich nun von Lager zu Lager, ganz nach Norden bis ins Kootenay-Land, wo ich ihre erkaltete Fährte fand. Sie waren dort gewesen und wieder fortgegangen, einige sagten den einen Weg, andere den andern, und wieder andere sagten, sie seien nach dem Yukon-Lande gegangen. Und ich ging diesen Weg, und ich ging jenen; immer reiste ich von Ort zu Ort, bis mir schien, daß ich müde werden mußte von der Welt, die so groß war. Aber in Kootenay machte ich eine lange mühselige Reise mit einem Eingeborenen aus dem Nordwestlande, der sich zum Sterben niederlegte, als die Hungersnot über uns kam. Er war auf einem unbekannten Wege über die Berge im Yukon-Lande gewesen, und als er merkte, daß seine Stunde gekommen war, gab er mir eine Karte und das Geheimnis eines Ortes, wo, wie er bei seinen Göttern schwor, viel Gold sein sollte.

Kurz darauf begann alle Welt nach Norden zu ziehen. Ich war ein armer Mann; ich verkaufte mich als Hundetreiber. Das übrige wißt ihr. Ich traf ihn und sie in Dawson. Sie erkannte mich nicht, denn ich war damals nur ein Knabe gewesen, und ihr Leben war reich gewesen, so daß sie nicht Zeit hatte, sich eines Mannes zu erinnern, der einen unermeßlichen Preis für sie bezahlt hatte.

Und dann? Du kauftest mich von meinem Dienst los. Ich kehrte zurück, um alles auf meine eigene Art zurechtzulegen, denn ich hatte sehr lange gewartet, und jetzt, da meine Hand über ihm war, eilte es nicht. Wie gesagt, ich gedachte es auf meine eigene Art und Weise zu tun. Denn ich überdachte alles, was ich in meinem Leben gesehen und gelitten hatte, und dachte an die Kälte und die Hungersnot in dem unendlichen Wald am Russischen Meer. Wie ihr wißt, führte ich ihn nach Osten, wo viele hingegangen, aber wenige zurückgekehrt sind. Ich führte sie bis zu der Stelle, wo die Knochen und Flüche der Männer auf dem Golde liegen, das nicht ihnen gehören sollte.

Es war weit, und der Weg ungebahnt. Unserer Hunde waren viele, und sie fraßen viel; und unsere Schlitten konnten nicht so viel tragen, wie bis zum Kommen des Frühlings nötig war. Wir mußten zurück sein, ehe der Fluß eisfrei war. Hier und dort legten wir Depots an, damit unsere

Schlitten leichter wurden und wir auf dem Rückweg keinen Hunger zu fürchten hatten. Bei McQuestion waren drei Männer, und in ihrer Nähe bauten wir uns ein Versteck; dasselbe taten wir in Mayo, wo zwölf Pellys, die vom Süden über die Wasserscheide gekommen waren, ein Jagdlager errichtet hatten. Dann, als wir weiter nach Osten kamen, sahen wir nur noch den schlafenden Fluß, den unbeweglichen Wald und das weiße Schweigen des Nordlandes. Wie gesagt, es war weit, und der Weg ungebahnt. Zuweilen machten wir an einem ganzen Tage nicht mehr als acht oder zehn Meilen, und nachts schliefen wir wie die Toten. Und nie ahnten sie, daß ich Naass, der Häuptling von Akatan, war, der Unrecht ahndete.

Wir errichteten jetzt kleinere Depots, und nachts war es ein leichtes, auf dem gebahnten Wege zurückzugehen und sie in einer Weise zu zerstören, daß man die Vielfraße für die Diebe halten mußte. Dann gibt es Stellen, wo der Fluß Gefälle hat und das Wasser unruhig ist; hier staut sich das Eis und wird von unten weggefressen. An einer solchen Stelle brach der Schlitten, den ich fuhr, mit den Hunden ein; und er sowohl wie Unga hielten es für einen unglücklichen Zufall und nicht mehr. Und der Schlitten hatte viel Nahrungsmittel getragen, und die Hunde waren die stärksten gewesen. Aber er lachte, denn er war stark vor Leben, und gab den Hunden, die noch übrig waren, nur wenig zu fressen, bis wir sie einen nach dem andern vom Geschirr losschnitten und ihren Kameraden zu fressen gaben. Wir kämen leicht wieder heim, meinte er, wenn wir uns ohne Hunde und Schlitten von einem Depot zum andern durchäßen; und das war richtig, denn wir hatten nur sehr wenig Proviant, und der letzte Hund starb in den Strängen an dem Abend, als wir das Gold, die Knochen und die Flüche der Männer erreichten.

Um zu der Stelle im Herzen der großen Berge – und die Karte sprach die Wahrheit – zu gelangen, hieben wir Stufen in das Eis an der Felswand. Wir schauten nach einem Tal drüben aus, aber dort war kein Tal, der Schnee breitete sich über alles, eben wie große Ernteflächen, und hier und dort hoben gewaltige Berge ihre weißen Häupter bis zu den Sternen. Und mitten auf dieser seltsamen Ebene, die ein Tal hätte sein sollen, fielen Erde und Schnee senkrecht zum Herzen der Erde ab. Wären wir nicht Seemänner gewesen, so hätte uns bei diesem Anblick geschwindelt; aber wir standen am Rande des Abgrunds und spähten nach einer Möglichkeit aus, um hinabzugelangen. Und auf einer Seite, aber nur dort, fiel die Wand schräg ab, so daß sie wie ein Schiffsdeck in einer kräftigen Brise lag. Ich weiß nicht, warum es so sein mußte, aber es war so. ‚Das ist der Höllenrachen', sagte er, ‚laßt uns hinuntergehen.' Und wir gingen.

Auf dem Grunde hatte irgend jemand aus Holzklötzen, die er von oben hinuntergeworfen hatte, eine Hütte erbaut. Es war eine sehr alte Hütte, denn Männer waren hier zu verschiedenen Zeiten allein gestorben, und auf den Birkenrindenstücken, die dort lagen, lasen wir ihre letzten Worte und Flüche. Einer war an Skorbut gestorben; einem andern hatte sein Kamerad seinen letzten Proviant und sein Pulver gestohlen und sich dann davongemacht; einem dritten hatte ein Grislybär übel mitgespielt; ein vierter war auf die Jagd gegangen und verhungert – und so weiter, und sie hatten das Gold nicht verlassen können und waren, jeder auf seine Weise, hier gestorben. Und das unnütze Gold, das sie gesammelt hatten, lag wie ein Traum auf dem Boden der Hütte ausgestreut.

Aber dieser Mann, den ich so weit geführt hatte, hatte eine feste Seele und einen klaren Kopf. ‚Wir haben nichts zu essen', sagte er, ‚und wir wollen nur das Gold sehen und finden, wo es herkommt. Und wieviel dort sein mag. Dann wollen wir schnell weggehen, ehe es uns in die Augen sticht und uns den Verstand stiehlt. Wenn wir es so machen, können wir später mit mehr Proviant wiederkommen und alles in Besitz nehmen.' So sahen wir denn die große Ader, die durch die Wand der Grube ging, wie eine richtige Ader es tun soll; und wir maßen sie und folgten ihr von oben nach unten, teilten die Mine ein und schalmten die Bäume an, um unser Besitzrecht zu bezeichnen. Dann kletterten wir mit Knien, die uns vor Hunger und Krankheit zitterten, und mit Herzen, die uns bis in den Hals hinaufschlugen, zum letztenmal den mächtigen Fels hinauf und machten uns auf den Heimweg.

Das letzte Stück trugen wir Unga zwischen uns, und wir fielen oft, aber schließlich erreichten wir das Depot. Und seht, dort war kein Proviant. Ich hatte meine Sache gut gemacht, denn er glaubte, die Vielfräße hätten es getan, und er verfluchte sie und seine Götter in einem Atemzug. Aber Unga war tapfer und lächelte und legte ihre Hand in die seine, so daß ich mich abwenden mußte, um mich zu beherrschen. ‚Wir wollen uns bis morgen am Feuer ausruhen', sagte sie, ‚und wir werden Kräfte aus unsern Mokassins gewinnen.' So schnitten wir denn den obersten Teil unserer Mokassins in Streifen und kochten sie die halbe Nacht, um sie kauen und verschlingen zu können. Und am Morgen besprachen wir unsere Aussichten. Bis zum nächsten Depot waren es fünf Tagesmärsche. Wir konnten es nicht erreichen, wir mußten Wild finden.

‚Wir wollen weitergehen und jagen', sagte er.

‚Ja', sagte ich, ‚wir wollen weitergehen und jagen.' Und er bestimmte, daß Unga beim Feuer bleiben und ihre Kräfte schonen sollte. Und wir gingen weiter, er, um Elche zu jagen, ich zu dem Depot, das ich heimlich errichtet hatte. Aber ich aß nur wenig, damit ich ihnen nicht zu stark erschien. Und als er nachts zum Lager zurückkehrte, fiel er oft hin. Und ich tat auch, als ob ich sehr schwach wäre, und stolperte über meine Schneeschuhe, als ob jeder Schritt mein letzter sein könnte. Und wir stärkten uns mit unseren Mokassins.

Er war ein großer Mann. Seine Seele hielt seinen Körper bis zum letzten Augenblick aufrecht. Und keine Klage kam über seine Lippen, außer um Ungas willen. Am nächsten Tage folgte ich ihm, damit ich sein Ende nicht verfehlte. Und er legte sich oft nieder, um auszuruhen. In dieser Nacht wäre es fast mit ihm aus gewesen; am Morgen aber fluchte er mit schwacher Stimme und ging wieder fort. Er war wie ein Betrunkener, und ich dachte oft, daß er fertig wäre; aber er hatte die Kraft des Starken, und seine Seele war die eines Riesen, denn er trug seinen Körper den ganzen mühseligen Tag. Und er schoß zwei Schneehühner, wollte sie aber nicht essen. Er brauchte kein Feuer; sie bedeuteten das Leben; aber er dachte nur an Unga und kehrte zum Lager zurück. Er ging nicht mehr, sondern kroch auf Händen und Füßen durch den Schnee. Ich trat nahe zu ihm und las den Tod in seinen Augen. Selbst jetzt war es noch nicht zu spät, von den Schneehühnern zu essen. Er warf die Büchse fort und trug die Vögel wie ein Hund im Munde. Ich schritt aufrecht neben ihm. Und in den Augenblicken, wenn er sich ausruhte, sah er mich an und wunderte sich, daß ich so stark war. Ich konnte es sehen, obwohl er nicht mehr sprach; und obwohl seine Lippen sich bewegten, brachte er doch kein Wort heraus. Wie gesagt, er war ein großer Mann, und mein Herz sprach für Milde; aber ich las in meinem Leben und erinnerte mich der Kälte und des Hungers in dem endlosen Wald am Russischen Meer. Und dazu war Unga mein, und ich hatte einen unermeßlichen Preis in Fellen, Booten und Perlen für sie bezahlt.

Und so kamen wir durch den weißen Wald, dessen Schweigen schwer wie feuchter Nebel auf uns lag. Und die Geister der Vergangenheit erfüllten die Luft um uns her; und ich sah den gelben Strand von Akatan und die Kajaks, die vom Fischfang heimkamen, und die Häuser am Rande des Waldes. Und die Männer waren da, die sich zu Häuptlingen gemacht hatten, die Gesetzgeber, deren Blut ich trug und deren Blut auch durch das Ungas mit mir verbunden war. Ja, und Yash-Noosh wanderte mit mir, nassen Sand im Haar und in der Hand noch den Kriegsspeer haltend, der zerbrach, als er auf ihn fiel. Und ich wußte, daß die Zeit gekommen war, und sah das Versprechen in Ungas Augen.

Wie gesagt, so kamen wir durch den Wald, bis wir den Geruch vom Lagerrauch spürten. Da beugte ich mich über ihn und riß ihm die Schneehühner aus dem Munde. Er drehte sich auf die Seite und blieb liegen; und Verwunderung stieg in seine Augen, und die Hand, die zuunterst war, glitt langsam zu dem Messer an seiner Hüfte. Aber ich nahm es ihm fort und lächelte dicht vor seinem Gesicht. Selbst jetzt verstand er noch nichts. Da tat ich, als tränke ich aus schwarzen Flaschen, als errichtete ich hoch über dem Schnee einen Haufen von Gütern und als geschähen alle die Dinge jetzt, die an meinem Hochzeitsabend geschehen waren. Ich sprach kein Wort, aber er verstand. Noch war er unerschrocken. Um seine Lippen lagen Spott und kalter Zorn, und mit seinem Wissen erhielt er neue Kraft. Der Weg war nicht weit, aber der Schnee war tief, und er schleppte sich sehr langsam vorwärts. Als er einmal lange still dalag, drehte ich ihn um und blickte ihm in die Augen. Und zuweilen sah es aus, als könne er nicht weiter, und zuweilen schien er zu sterben. Als ich ihn aber losließ, schleppte er sich weiter. So kamen wir zum Feuer. Sofort war Unga neben ihm. Seine Lippen bewegten sich lautlos; dann zeigte er auf mich, damit Unga verstände. Und hierauf lag er im Schnee, sehr still, sehr lange. Und noch jetzt liegt er im Schnee.

Ich sagte kein Wort, ehe ich die Schneehühner gekocht hatte. Dann sprach ich sie an in ihrer eigenen Sprache, die sie seit vielen Jahren nicht gehört hatte. Sie fuhr hoch, ihre Augen waren vor Verwunderung weit aufgerissen, und sie fragte, wer ich sei und wo ich diese Sprache gelernt hätte.

‚Ich bin Naass‘, sagte ich.

‚Du?‘ sagte sie. ‚Du?‘ Und sie kroch dicht zu mir, daß sie mich sehen konnte.

‚Ja‘, antwortete ich; ‚ich bin Naass, der Häuptling von Akatan, der letzte meines Blutes, wie du die letzte des deinen bist.‘

Und sie lachte. Bei allem, was ich je gesehen, bei allen Taten, die ich verrichtet habe – laßt mich nie wieder ein solches Lachen hören. Es goß Frost in meine Seele, wie ich hier im weißen Schweigen saß, allein mit dem Tode und mit dieser Frau, die lachte. ‚Komm', sagte ich, denn ich glaubte, sie wäre irre. ‚Iß und laß uns weiterkommen. Es ist ein weiter Weg von hier nach Akatan.'

Aber sie grub ihr Gesicht in seine gelbe Mähne und lachte, daß es klang, als ob alles über uns zusammenstürzte. Ich hatte geglaubt, daß sie bei meinem Anblick außer sich vor Freude und eifrig sein würde, zu den Erinnerungen der alten Zeit zurückzukehren; dies aber schien mir seltsam.

‚Komm!' rief ich und packte sie an der Hand. ‚Der Weg ist weit und dunkel. Laß uns eilen.'

‚Wohin?' fragte sie, indem sie sich aufsetzte und innehielt in ihrer seltsamen Lustigkeit.

‚Nach Akatan', antwortete ich und spähte ihr ins Gesicht, um zu sehen, wie es sich bei dem Gedanken erhellte. Aber es war, als erhärteten ihre Lippen in Spott und kaltem Zorn.

‚Ja', sagte sie. ‚Wir wollen Hand in Hand nach Akatan gehen, du und ich. Und wir wollen in den schmutzigen Hütten leben und Fisch und Tran essen und eine Brut in die Welt setzen – eine Brut, auf die wir bis ans Ende unserer

Tage stolz sind. Wir wollen sehr glücklich sein und die Welt vergessen. Es ist gut, herrlich. Komm, laß uns eilen. Laß uns zurück nach Akatan gehen.‘

Und sie ließ die Hand durch sein gelbes Haar gleiten und lächelte auf eine Art, die nicht gut war, und es war kein Versprechen in ihren Augen. Ich saß schweigend da und wunderte mich über die Seltsamkeit des Weibes. Ich dachte an die Nacht, da er sie von mir fortschleppte und sie schrie und an seinem Haar zerrte – diesem Haar, mit dem sie jetzt spielte und das sie nicht verlassen wollte. Dann erinnerte ich mich des Preises, den ich für sie bezahlt, und der langen Jahre, die ich gewartet hatte; und ich packte sie und schleppte sie fort, wie er getan. Und sie wehrte sich, gerade wie an jenem Abend, und kämpfte wie eine Katze für ihr Junges; und als das Feuer zwischen uns und dem Manne lag, ließ ich sie los, und sie setzte sich nieder und lauschte. Und ich erzählte ihr von allem, was dazwischenlag, von allem, was mir auf den fremden Meeren begegnet war und was ich in fremden Ländern getan hatte; von meiner mühseligen Suche, von den Jahren des Hungers und dem Versprechen, das von Anfang an mein gewesen war. Ja, ich erzählte ihr alles von dem, was an jenem Tage zwischen dem Mann und mir vorgefallen war, bis zu den noch jungen Tagen. Und wie ich so sprach, sah ich das Versprechen in ihren Augen wachsen, voll und groß, wie der Anbruch der Morgenröte. Und ich las in ihnen Mitleid, die Zärtlichkeit und Liebe eines Weibes und Ungas Herz und Seele. Und ich wurde wieder zum Jüngling, denn der Blick war der Blick Ungas, wie sie damals lachend über den Strand nach dem Hause ihrer Mutter gelaufen war. Die quälende Unruhe, Hunger und Warten waren fort. Die Stunde war gekommen. Ich fühlte den Ruf ihrer Brust, und mir war, als sollte ich mein Haupt dort bergen und vergessen. Sie öffnete mir ihre Arme, und ich näherte mich ihr. Da flammte plötzlich der Haß in ihren Augen auf, ihre Hand suchte meinen Gürtel. Und einmal, zweimal stach sie mich mit dem Messer. ‚Hund!‘ fauchte sie und schleuderte mich in den Schnee. ‚Schwein!' Und dann lachte sie, daß das Schweigen brach, und ging zu ihrem Toten zurück.

Wie gesagt, einmal und zweimal stach sie mich; aber sie war vom Hunger geschwächt, und es war nicht bestimmt, daß ich sterben sollte. Aber ich wäre doch am liebsten dort geblieben und hätte meine Augen zum letzten langen Schlaf geschlossen bei denen, deren Leben das meine gekreuzt und meine Füße auf unbekannte Pfade gelenkt hatte. Aber es lag noch eine Schuld auf mir, die mir keine Ruhe ließ.

Und der Weg war lang, die Kälte bitter, und es gab nur wenig Nahrung. Die Pellys hatten keinen Elch gefunden und mein Depot geraubt. Und ebenso hatten die drei weißen Männer getan; aber sie lagen, als ich vorbeikam, dürr und tot in ihren Hütten. Dann weiß ich nichts mehr, bis ich hierher kam und Essen und Feuer – viel Feuer fand."

Als er geendet hatte, kroch er mit einem gierigen Ausdruck am Herd zusammen. Lange spielten die flackernden Schatten der Tranlampe seltsam und unheimlich auf der Wand.

„Aber Unga!" rief Prince, dem die Szene deutlich vor Augen stand.

„Unga? Sie wollte nicht von den Schneehühnern essen. Sie lag über ihm, die Arme um seinen Hals geschlungen und das Gesicht tief in seinem gelben Haar verborgen. Ich zog sie näher zum Feuer, daß sie die Kälte nicht fühlte, aber sie kroch auf die andere Seite. Und ich errichtete dort ein Feuer. Das nutzte jedoch sehr wenig, denn sie wollte nichts essen. Und so liegen sie noch dort im Schnee."

„Und du?" fragte Malemute Kid.

„Ich weiß nicht. Aber Akatan ist klein, ich habe nicht viel Lust, wieder dorthin zu gehen und am Rande der Welt zu leben. Das Leben bietet wenig Freude. Ich kann nach Constantine gehen, man wird mich in Eisen legen, und eines Tages werden sie ein Seil strammen, und ich werde einen guten Schlaf tun. Und doch – nein; ich weiß nicht."

„Aber Kid“, wandte Prince ein, „das ist ja Mord.“

„Still!“ befahl Malemute Kid. „Es gibt Dinge, die größer als unsere Weisheit sind und jenseits unserer Gerechtigkeit liegen. Wir können nicht sagen, was recht und unrecht dabei ist, und es kommt uns nicht zu, zu richten.“

Naass kroch noch näher ans Feuer. Es war ein großes Schweigen, und jeder der drei Männer sah viele Bilder kommen und gehen.

In den Wäldern des Nordens

Nach einer beschwerlichen Reise bis hinter das letzte verkrüppelte Buschwerk und wuchernde Unterholz, hinter tiefen Einöden, wo der karge Norden der Erde alles zu verweigern scheint, stößt man auf weite Waldgebiete und Striche lächelnden Landes. Aber das hat die Welt erst jetzt erfahren. Einige Forschungsreisende haben es gewußt, aber keiner von ihnen kehrte bisher zurück, um es der Welt zu verraten.

Einöden – ja, es sind Einöden, dieses traurige Land des Nordens, diese Wüsten des Polarkreises, sie, die frostige, rauhe Heimat des Moschusochsen, die unfruchtbare, karge Stätte des mageren Steppenwolfes. So fand Avery van Brunt sie, baumlos und freudlos, kaum mit Moos und Flechten bewachsen und so gar nicht einladend. So fand er sie wenigstens, bis er zu den weißen Stellen auf der Landkarte vordrang und auf ungeahnte reiche Fichtenwälder und auf nirgends verzeichnete Eskimostämme stieß. Er hatte die Absicht – und den Ehrgeiz – gehabt, diese weißen Stellen auf der Karte auszufüllen, indem er in buntem Wechsel Gebirgsketten, Seen und Flußbetten, sich schlängelnde Ströme einzeichnete, und mit wachsendem Entzükken malte er sich die Möglichkeit eines Gürtels von Nutzholz und heimischen Dörfern aus.

Avery van Brunt, oder mit seinem vollen Titel: A. van Brunt, Professor am Geologischen Vermessungsinstitut, war Nächstkommandierender der Expedition und Führer der Unterexpedition, die er selbst auf einem Abstecher 500 Meilen weit durch die Täler des Thelon hinaufgeleitet hatte und jetzt in eines der nicht verzeichneten Dörfer führte. Hinter ihm mühten sich unverdrossen auf seiner Fährte acht Männer: zwei französisch-kanadische Reisende, die übrigen stämmige Crees von der Manitoba-Straße.

Er allein war Vollblut-Angelsachse, und das Blut rollte, durch die Tradition seiner Rasse geheiligt, stolz durch seine Adern. Mit ihm schritten Clive und Hastings, Drake und Raleigh, Hengist und Horsa. Als erster aller Männer seiner Rasse sollte er dies weltabgeschiedene Dorf des Nordlandes betreten. Bei diesem Gedanken überkam ihn ein Triumphgefühl, eine frohe Erregung, und seine Kameraden bemerkten, wie seine Müdigkeit wich und wie er unversehens seinen Schritt beschleunigte.

Das Dorf leerte sich, und eine buntscheckige Menge zog ihm dichtgeschart entgegen. Voran die Männer, Bogen und Speere drohend in den Fäusten, als Nachtrab schüchtern Frauen und Kinder. Van Brunt hob den rechten Arm und gab das übliche Friedenszeichen, ein Zeichen, das alle Völker verstehen, und die Dorfbewohner antworteten mit dem Zeichen des Friedens. Aber da lief zu seinem Kummer ein fellbekleideter Mann vor und streckte die Hand mit einem vertraulichen „Hallo" aus. Es war ein bärtiger Mann, Wangen und Stirn bronzefarbig verbrannt, in ihm erkannte Brunt einen seiner eigenen Rasse.

„Wer sind Sie?" fragte er, die ausgestreckte Hand ergreifend.

„Andrée?"

„Andrée?" fragte der Mann seinerseits.

Van Brunt sah ihn schärfer an. „Bei Gott, Sie müssen eine gute Weile hier gelebt haben."

„Fünf Jahre", antwortete jener, und ein düsterer Schimmer von Stolz leuchtete in seinen Augen. „Aber kommen Sie, lassen Sie uns plaudern. – Lassen Sie sie hier lagern", beantwortete er den fragenden Blick, den van Brunt auf seine Leute warf. „Der alte Tant latch wird für sie sorgen. Kommen Sie."

Mit langen Schritten ging er. Van Brunt folgte ihm auf dem Fuße durch das ganze Dorf. Unregelmäßig, wo sich gerade eine günstige Stelle bot, waren die Zelte aus Elchfellen aufgeschlagen. Van Brunt ließ seinen erfahrenen Blick darüber hingleiten und berechnete.

„Zweihundert außer den Kindern“, schätzte er.

Der Mann nickte. „So ungefähr. Aber hier wohne ich, etwas außerhalb, wissen Sie – mehr für mich. Nehmen Sie Platz. Ich esse mit Ihnen, wenn Ihre Leute abkochen. Ich habe ganz vergessen, wie Tee schmeckt. – Fünf Jahre, und weder geschmeckt noch gerochen. – Etwas Tabak? – Ah, danke, und eine Pfeife? Gut. Und nun noch ein Zündholz, und dann wollen wir sehen, ob das alte Kraut noch seine Zaubermacht besitzt.“

Mit der peinlichen Vorsicht eines Waldbewohners strich er das Zündholz an, freute sich an der jungen Flamme, als hätte es noch nie etwas Ähnliches in der Welt gegeben, und zog den ersten Mundvoll Rauch ein. Er hielt ihn eine Weile nachdenklich zurück und blies ihn dann mit spitzen Lippen langsam und zärtlich aus. Als er sich zurücklehnte, war sein Ausdruck milder, und ein weicher Schimmer trat in seine Augen. Er seufzte tief und glücklich mit unermeßlicher Zufriedenheit und sagte plötzlich:

„Weiß Gott! Das schmeckt!“

Van Brunt nickte verständnisvoll. „Fünf Jahre, sagen Sie?“

„Fünf Jahre.“ Der Mann seufzte wieder. „Und ich nehme an, Sie möchten darüber hören, sind natürlich neugierig; es ist ja auch eine seltsame Situation, das stimmt. Aber es ist nicht viel zu erzählen. Ich kam von Edmonton auf der Jagd nach Moschusochsen, hatte Pech wie Pike und die andern und verlor meine Leute und meine Ausrüstung. Hunger, Entbehrung, die alte Geschichte, wissen Sie, der einzige Überlebende und so weiter, bis ich auf Händen und Füßen hier bei Tant latch angekrochen kam.“

„Fünf Jahre“, murmelte van Brunt nachdenklich und suchte in seiner Erinnerung.

„Im Februar waren es fünf Jahre. Anfang Mai kam ich über den Great Slave . . .“

„Und Sie sind – Fairfax?“ unterbrach van Brunt ihn. Der Mann nickte.

„Warten Sie . . . John, nicht wahr, John Fairfax.“

„Woher wissen Sie?“ fragte Fairfax träge und mit seinen Gedanken beschäftigt, während er Rauchspiralen in die stille Luft steigen ließ.

„Die Zeitungen waren voll davon, als Prevanche ...“

„Prevanche!“ Fairfax setzte sich, plötzlich munter geworden, auf. „Er verschwand in den Smoke Mountains.“

„Ja, aber er arbeitete sich durch und kam dann heraus.“

Fairfax lehnte sich zurück und wandte sich von neuem seinen Rauchspiralen zu. „Das freut mich“, meinte er nachdenklich.

„Prevanche war ein Prachtkerl, wenn er auch seine eigenen Ideen über das Zaumzeug von Zugtieren hatte, das Biest. Und er kam wirklich durch? Wahrhaftig, das freut mich.“

Fünf Jahre – das fuhr van Brunt immer wieder durch den Sinn, und irgendwie schien Emily Southwaithes Antlitz vor ihm aufzutauchen und lebendig zu werden. Fünf Jahre. – Ein Keil von Wildgänsen schwebte niedrig über ihnen, und beim Anblick des Lagers schwenkten sie schnell nach Norden ab in die glimmende Sonne.

Es war eine Stunde nach Mitternacht. Die Wolken im Norden färbten sich plötzlich blutig, dunkelrote Strahlen schossen südwärts, und die düsteren Wälder brannten in einem blassen Feuer. Die Luft hing in atemloser Stille, keine Nadel zitterte, und die letzten Töne vom Lager kamen klar und deutlich herüber wie Trompetenschall. Crees und Reisende spürten einen Hauch davon, murmelten leise und träumerisch, und der Koch dämpfte unbewußt das Rasseln der Töpfe und Pfannen. Irgendwo weinte ein Kind, und aus der Tiefe des Waldes erhob sich wie das Klingen einer silbernen Saite das Klagelied einer Frauenstimme: „O-o-o-o-o-a-haa-ha-a-ha-aa-a-a, O-o-o-o-o-a-ha-a-ha-a.“

Van Brunt erschauerte, und er rieb sich seine Handrükken.

„Und sie gaben mich auf, dachten, ich sei tot?“ fragte sein Genosse langsam.

„Ja, Sie kamen nie zurück, da haben Ihre Freunde ...“

„Mich prompt vergessen.“ Fairfax lachte hart und verächtlich.

„Warum kamen Sie nicht wieder?“

„Teils aus Widerwillen, denke ich, und teils aus Ursachen, über die ich keine Macht hatte. Sehen Sie, Tant latch hatte sich den Fuß gebrochen, als ich seine Bekanntschaft machte – es war ein häßlicher Bruch –, und ich renkte ihn ein und bekam ihn wieder zurecht. Ich blieb einige Zeit und kam wieder zu Kräften. Ich war der erste Weiße, den er gesehen hatte, und natürlich erschien ich ihm sehr weise, und tatsächlich zeigte ich seinem Volke unendlich viele Dinge. Unter anderm paukte ich ihnen Strategie ein, so daß sie die vier andern zum Stamme gehörenden Dörfer, die Sie noch nicht gesehen haben, besiegten und Herren des Landes wurden. Und natürlich hielten sie viel von mir, so viel, daß sie nichts davon hören wollten, als ich daran dachte, wieder aufzubrechen. Sie waren wirklich sehr gastfrei, stellten ein paar Wächter an und bewachten mich Tag und Nacht. Und dann gebrauchte Tant latch gewissermaßen Lockmittel – er überredete mich sozusagen, und da es so oder so doch keinen großen Unterschied machte, so fand ich mich damit ab und blieb.“

„Ich kannte Ihren Bruder in Freiburg. Ich bin van Brunt.“

Fairfax streckte impulsiv die Hand aus und schüttelte die des andern. „Wie, Sie sind der Freund Billys? Armer Billy. Er sprach oft von Ihnen. – Und ausgerechnet hier müssen wir uns treffen“, fügte er hinzu, ließ seinen Blick über die urweltliche Landschaft schweifen und lauschte einen Augenblick auf die Trauerklage der Frau. „Ihr Mann ist von einem Bären zerrissen worden, und sie kommt schwer darüber hinweg.“

„Scheußliches Leben!“ Van Brunt schnitt eine Grimasse des Ekels. „Ich denke, nach fünf Jahren muß Zivilisation süß schmecken? Was meinen Sie?“

Das Gesicht von Fairfax nahm einen schlaffen Ausdruck an.

„Ach, ich weiß nicht. Schließlich sind es ehrliche Menschen, und sie leben ihrer Einsicht gemäß. Und dazu sind sie bewundernswert einfach. Nichts Kompliziertes, nicht tausend feine Verästelungen jeder Gefühlsregung. Sie lieben, fürchten, hassen, ärgern und freuen sich in gewöhnlichen, offenen, unfehlbaren Ausdrücken. Es mag ein scheußliches Leben sein, aber es lebt sich wenigstens leicht. Keine Liebelei, keine Zeitvergeudung. Wenn eine Frau Sie liebt, wird sie nicht zögern, es Ihnen zu sagen. Haßt sie Sie, so wird sie es auch sagen, und wenn Sie dann Lust dazu haben, können Sie sie schlagen. Die Hauptsache ist, daß sie genau weiß, was Sie meinen und umgekehrt. Keine Irrtümer, keine Mißverständnisse. Das hat seinen Reiz nach dem krampfhaften Fieber der Zivilisation. Verstehen Sie das? – Nein, es ist ein ganz gutes Leben", fuhr er nach einer Pause fort, „gut genug, wenigstens für mich, und ich gedenke es fortzusetzen."

Van Brunt senkte nachdenklich den Kopf, und ein unmerkliches Lächeln spielte auf seinen Lippen. Keine Liebelei, keine Tändelei, kein Mißverständnis. – Nun, Fairfax nimmt es auch nicht leicht, dachte er, eben weil Emily Southwaithe versehentlich in die Klauen eines Bären geriet. Und er war auch kein schlechter Bär, dieser Carlton Southwaithe.

„Aber Sie werden doch mit mir kommen", meinte van Brunt vorsichtig.

„Nein."

„Doch."

„Das Leben ist zu leicht hier, wie gesagt." Fairfax sprach mit Entschiedenheit. „Sommer und Winter wechseln wie das Flammen der Sonne durch die Latten eines Zaunes, die Jahreszeiten sind ein nebelhaftes Etwas zwischen Licht und Schatten, die Zeit flieht, und das Leben zerrinnt und dann . . . Eine Klage im Walde und die Finsternis. Hören Sie!" Er streckte die Hand in die Höhe, und durch die Stille und Einsamkeit ertönte die silberne Saite von der Trauer des Weibes. Fairfax stimmte leise mit ein.

„O-o-o-o-o-haa-ha-a-a-a-a-a-a, O-o-o-o-o-a-ha-a-a-a", sang er. „Hören Sie nicht? Sehen Sie nicht? Die Klage eines Weibes? Das Totenlied? Meine Haare weißlockig und ehrwürdig? Die rauhe Pracht meiner Pelze, in die ich gehüllt bin? Der Jagdspeer an meiner Seite? Wer kann da sagen, es sei nicht gut so?"

Van Brunt blickte ihn kühl an: „Fairfax, Sie sind ein Narr. Fünf solche Jahre genügen, um einen Mann zu knikken, und Sie befinden sich in einer ungesunden, krankhaften Verfassung. Übrigens: Carlton Southwaithe ist tot."

Van Brunt stopfte seine Pfeife, steckte sie an und beobachtete den andern vorsichtig und mit fast berufsmäßigem Interesse. Einen Augenblick blitzten Fairfax' Augen auf, seine Fäuste ballten sich, und er erhob sich halb. Dann erschlafften seine Muskeln, er schien zu grübeln. Michael, der Koch, meldete, daß das Essen fertig sei, aber van Brunt winkte ihm, daß er noch warten wolle. Das Schweigen war drückend, und er hatte den Einfall, die Gerüche des Waldes zu analysieren, diese Düfte modernder und verwesender Vegetation, dann die harzigen der Tannenzapfen und Nadeln, den aromatischen Rauch von vielen Lagerfeuern. Zweimal blickte Fairfax auf, ohne etwas zu sagen, dann kam es:

„Und – Emily . . .?"

„Seit drei Jahren Witwe, und noch immer Witwe."

Wieder Schweigen, ein langes Schweigen, das Fairfax endlich mit naivem Lächeln brach. „Sie haben wohl recht, van Brunt. Ich komme mit."

„Ich wußte es." Van Brunt legte Fairfax die Hand auf die Schulter. „Man kann natürlich nicht wissen, aber ich glaube – eine Frau in ihrer Lage – sie hatte Anträge . . ."

„Wann brechen Sie auf?" unterbrach Fairfax ihn.

„Wenn die Leute etwas geschlafen haben. Dabei fällt mir ein, daß Michael böse wird; kommen Sie, wir wollen essen."

Nach dem Abendbrot, nachdem die Crees und die Reisenden sich in ihre Decken gehüllt hatten und schnarchten, saßen die beiden Männer noch an dem erlöschenden Feuer. Sie hatten viel zu reden – von Kriegen und Politik, Forschungsreisen, Männertaten und Ereignissen, Freunden, Heiraten und Todesfällen – von fünfjährigem Geschehen, auf das Fairfax brannte.

„So wurde die spanische Flotte bei Santiago erledigt", sagte van Brunt gerade, als eine junge Frau mit leichtem Schritt zu ihnen trat und neben Fairfax stehenblieb. Sie blickte ihm rasch ins Gesicht und warf einen verwirrten Blick auf van Brunt.

„Die Tochter des Häuptlings Tant latch, eine Art Prinzessin", erklärte Fairfax mit ehrlichem Erröten. „Um es gleich zu gestehen, eines von dem Lockmitteln, die mich hierbleiben ließen. Thom, das ist mein Freund, van Brunt."

Van Brunt streckte die Hand aus, aber die Frau verharrte in ihrer starren Ruhe, die über ihrer ganzen Erscheinung lag. Weder wurde eine Linie in ihrem Antlitz sanfter, noch entspannten sich ihre Züge. Ihr Blick begegnete dem seinen durchdringend, fragend, suchend.

„Köstlich, sie versteht es!" lachte Fairfax. „Ihre erste Vorstellung, wissen Sie. Aber wie sagten Sie, die spanische Flotte wurdc bei Santiago vernichtet?"

Thom kauerte neben ihrem Gatten nieder, reglos wie eine Bronzestatue, nur ihre Blicke wanderten unaufhörlich spähend von Angesicht zu Angesicht. Und während Avery van Brunt immer weitersprach, spürte er unter dem stummen Blick eine gewisse Nervosität. Mitten in malerischen Schlachtenschilderungen fühlte er plötzlich das schwarze Auge auf sich brennen, und dann stotterte und stammelte er, bis er seine Haltung wiedergewann und wieder in Gang kam.

Die Hände um die Knie geschlungen, mit erloschener Pfeife und in tiefem Sinnen trieb Fairfax ihn an, wenn er zögerte, und malte sich die Welt wieder, die er vergessen zu haben glaubte.

Eine oder zwei Stunden vergingen, dann erhob Fairfax sich zaudernd. „Und Cronje wurde in die Enge getrieben, wie? Na ja! Warten Sie einen Augenblick, ich gehe nur schnell zu Tant latch hinüber. Er wird Sie erwarten, und ich werde es so einrichten, daß Sie ihn nach dem Frühstück begrüßen können. Das ist Ihnen doch recht, nicht wahr?“

Er verschwand zwischen den Kiefern, und van Brunt fand sich, wie er in das warme Auge Thoms starrte. Fünf Jahre, überlegte er, und sie kann jetzt nicht älter als zwan-

zig sein. Ihre Nase war nicht flach und gleichsam breitgedrückt wie die der Eskimofrauen, sondern adlerhaft mit zarten Flügeln und so fein gebildet wie die einer Dame weißer Rasse. – Also irgendwie Indianerblut, verlaß dich drauf, Avery van Brunt. Und sei nicht nervös, Avery van Brunt, sie wird dich nicht auffressen; sie ist nur eine Frau, und noch dazu keine häßliche. Eher orientalisch als arktisch. Große und weit offene Augen mit einer ganz schwachen Andeutung von Mongolentum. Thom, du bist eine Anomalie. Du gehörst nicht zu den Eskimos, selbst wenn dein Vater einer ist. Wo kam deine Mutter her? Oder deine Großmutter? Und Thom, liebes Kind, du bist eine Schönheit, eine eisige, frostige kleine Schönheit mit Alaska-Lava im Blut, und bitte, schau mich nicht so an. – Er lachte und stand auf. Ihr unausgesetztes Starren verwirrte ihn. Ein Hund schnupperte an den Nahrungsmittelsäcken. Er wollte ihn vertreiben und den Proviant in Sicherheit bringen, bis Fairfax wiederkam. Aber Thom hinderte ihn mit einer Handbewegung daran und stand, ihn musternd, auf.

„Du?“ sagte sie in einem arktischen Dialekt, der fast ohne Abweichung von Grönland bis Point Barrow gesprochen wird. „Du?“

Und der Ausdruck, der schnell auf ihr Gesicht trat, verriet alles, was sie mit diesem „Du“ meinte: die Frage, warum er hier sei, was er wolle, was er mit ihrem Manne zu schaffen habe.

„Brüder“, antwortete er im selben Dialekt, indem er mit der Hand nach Süden wies. „Brüder sind wir, dein Mann und ich.“

Sie schüttelte den Kopf. „Es ist nicht gut, daß du hier bist.“

„Nach einem Schlaf gehe ich.“

„Und mein Mann?“ fragte sie mit zitterndem Eifer.

Van Brunt zuckte die Achseln. Ihn überkam ein gewisses heimliches Schamgefühl, eine Art unpersönlicher Scham, und ein Zorn auf Fairfax. Und als er die junge Wilde ansah, spürte er das heiße Blut, das ihm ins Gesicht stieg. Sie war eben Weib. Das sagte alles – Weib. Wieder einmal die alte niederträchtige Geschichte, immer wieder, so alt wie Eva und so jung wie der letzte Liebeskuß.

„Mein Mann! Mein Mann! Mein Mann!“ wiederholte sie heftig, indem sie ihm mit leidenschaftlich gerötetem Gesicht und der unbarmherzigen Milde des ewigen Weibes in die Augen blickte.

„Thom“, sagte er ernst auf englisch, „du bist in den Wäldern des Nordlandes geboren, du hast Fisch und Fleisch gegessen, mit Kälte und Hunger gekämpft und alle deine Tage einfach gelebt. Und es gibt viele Dinge, die wahrlich nicht einfach sind, die du nicht kennst und nicht verstehen kannst. Du weißt nicht, was es heißt, nach fernen Fleischtöpfen zu sehen, du kannst nicht verstehen, was es heißt, Verlangen nach dem Antlitz einer schönen Frau zu tragen. Und die Frau ist schön, Thom, die Frau ist sehr schön. Du warst diesem Manne eine Frau, und du warst ihm alles, was du konntest, aber dein ‚Alles‘ ist sehr wenig und sehr einfach. Zu wenig und zu einfach, und er ist ein Mann von einer fremden Rasse. Ihn hast du nie gekannt und wirst ihn nie kennen. Es ist so bestimmt. Du hieltest ihn in deinen Armen, aber du hieltest nie sein Herz, das Herz dieses Mannes, dem die Jahreszeiten wechselnde Farben sind und dessen Träume barbarisch enden. Traum und Traumdunst, das ist er dir gewesen. Du griffst nach einer Gestalt und faßtest einen Schatten, schenktest dich einem Manne und warst die Bettgenossin eines Gespenstes. So ging es in alten Zeiten den Töchtern der Menschen, wenn die Götter sie schön fanden. Und doch, Thom, Thom, ich möchte nicht John Fairfax sein in den schlaflosen Nächten der kommenden Jahre, in den Nächten, da seine Augen nicht den Sonnenglanz von dem Haare der Frau an seiner Seite, sondern die dunklen Flechten einer Gefährtin sehen werden, die er in den Wäldern des Nordens verlassen hat.“

Obwohl sie ihn nicht verstand, hatte sie mit gespannter Aufmerksamkeit gelauscht, als hinge ihr Leben von seinen

Worten ab. Aber sie erfaßte den Namen ihres Gatten und rief auf eskimoisch:

„Jaja, Fairfax! Mein Mann!"

„Armes Närrchen, wie könnte er dein Mann sein?" Aber sie verstand seine englische Sprache nicht und glaubte, daß er sich über sie lustig mache. Der triebhafte, unvernünftige Zorn des Weibchens flammte auf ihrem Gesicht, und es schien dem Manne fast, als kröche sie wie ein Panther zum Sprunge zusammen. Er fluchte leise bei sich und sah, wie die Flamme von ihrem Antlitz wich und die weiche strahlende Glut des flehenden Weibes sich entzündete – des flehenden Weibes, das auf Stärke verzichtet und sich wohlweislich mit seiner Schwäche waffnet.

„Er ist mein Mann", sagte sie sanft. „Ich habe nie einen andern gekannt. Es kann nicht sein, daß ich je einen andern kennen werde. Es kann auch nicht sein, daß er von mir geht."

„Wer hat gesagt, daß er von dir gehen soll?" fragte er scharf, halb im Zorn, halb in Ohnmacht.

„Du mußt sagen, daß er nicht von mir gehen soll", antwortete sie sanft und mit Tränen in der Stimme.

Van Brunt stieß zornig mit dem Fuß ins Feuer und setzte sich nieder.

„Du mußt es ihm sagen. Er ist mein Mann. Vor allen Frauen ist er mein Mann. Du bist groß, du bist stark, und sieh, ich bin schwach. Sieh, ich liege zu deinen Füßen. Du hast es in der Hand, mit mir zu tun, was du willst. Es ist deine Sache."

„Steh auf!" Er riß sie heftig hoch und stand selbst auf.

„Du bist ein Weib, und deshalb darfst du nicht zu Füßen eines Mannes liegen."

„Er ist mein Mann."

„Dann verzeihe Christus allen Männern!" rief van Brunt leidenschaftlich.

„Er ist mein Mann!" wiederholte sie eintönig und flehend.

„Er ist mein Bruder", antwortete er.

„Mein Vater ist der Häuptling Tant latch. Er herrscht über fünf Dörfer. Ich will dafür sorgen, daß die fünf Dörfer durchsucht werden nach einem Mädchen, das dir gefällt, so daß du in Wohlbehagen hier bei deinem Bruder leben kannst.“

„Nach einem Schlaf gehe ich fort.“

„Dort kommt mein Mann, sieh!“

Aus dem Dunkel der Fichten erklang Fairfax’ Stimme in munterm Trällern.

Wie der Tag durch ein Nebelmeer verdrängt wird, so vertrieb sein Gesang das Licht von ihrem Antlitz.

„Es ist die Sprache seines eigenen Volkes“, sagte sie, „die Sprache seines eigenen Volkes.“

Sie wandte sich mit den leichten Bewegungen eines geschmeidigen jungen Tieres und verschwand im Walde.

„Alles in Ordnung!“ rief Fairfax im Näherkommen. „Seine Majestät werden Sie nach dem Frühstück empfangen.“

„Haben Sie es ihm gesagt?“ fragte van Brunt.

„Nein. Ich will es ihm auch nicht sagen, ehe wir marschfertig sind.“

Van Brunt warf verstimmt einen Blick auf die schlafenden Gestalten seiner Leute.

„Ich werde froh sein, wenn wir hundert Meilen von hier sind.“

Thom hob den Fellvorhang von der Hütte ihres Vaters. Zwei Männer saßen drinnen bei ihm, und alle drei blickten sie mit lebhaftem Interesse an. Aber ihr Gesicht verriet nichts, als sie eintrat und sich schweigend niederließ. Tant latch trommelte mit den Knöcheln auf einem Speerschaft, den er über seine Knie gelegt hatte, und starrte träge einem Sonnenstrahl nach, der durch ein Schnürloch fiel und eine schimmernde Spur in die trübe Luft der Hütte zeichnete. An seiner rechten Schulter kauerte Chugungatte, der Schamane. Beides waren alte Männer, und die Müdigkeit vieler Jahre nistete in ihren Augen. Ihnen gegenüber aber saß Keen, ein junger und im Stamme sehr beliebter Mann. Er hatte rasche und lebhafte Bewegungen, und seine schwarzen Augen blitzten unaufhörlich forschend und herausfordernd von einem Antlitz zum andern.

Es war still in der Hütte. Hin und wieder drang der Lärm vom Lager herein, und in der Ferne klang schwach wie die Schatten von Stimmen das Zanken von Knaben in dünnen, schrillen Tönen. Ein Hund steckte plötzlich den Kopf zum Eingang herein und blinzelte die Versammelten eine Weile wolfsartig an, während der Geifer von seinen elfenbeinweißen Fangzähnen tropfte. Nach einer Weile knurrte er aufreizend, senkte dann aber, durch die Unbeweglichkeit der menschlichen Gestalten erschreckt, wieder den Kopf und kroch rückwärts hinaus. Tant latch blickte seine Tochter gleichgültig an.

„Und dein Mann, wie steht es mit ihm und dir?"

„Er singt fremdartige Lieder", antwortete Thom, „und es ist ein neuer Ausdruck in seinem Gesicht."

„So? Hat er gesprochen?"

„Nein, aber es ist ein neuer Ausdruck in seinem Gesicht, ein neues Licht in seinen Augen, und er sitzt mit dem Fremden am Feuer, und sie reden und reden, reden ohne Ende."

Chugungatte flüsterte seinem Herrn etwas ins Ohr, und Keen bog sich in den Hüften vor.

„Irgend etwas ruft ihn aus der Ferne", fuhr sie fort, „und er scheint zu lauschen und mit einem Lied in der Sprache seines eigenen Volkes zu antworten."

Wieder flüsterte Chugungatte, Keen bog sich vor, und Thom schwieg, bis ihr Vater ihr zunickte, daß sie fortfahren solle.

„Du weißt, Tant latch, daß Wildgans und Schwan und die kleine Krickente hier im Tieflande geboren werden. Und du weißt, daß sie vor dem Frost in unbekannte Länder fliehen, und ebenso weißt du, daß sie stets zurückkehren, wenn die Sonne über dem Lande steht und die Wasserläufe frei sind. Stets kehren sie dorthin zurück, wo sie geboren sind, damit dort neues Leben entstehen kann. Das

Land ruft sie, und sie kommen. Und jetzt ruft ein anderes Land, und es ruft meinen Mann – das Land, in dem er geboren ist –, und er gedenkt, dem Rufe zu folgen. Dennoch ist er mein Mann. Vor allen Frauen ist er mein Mann."

„Ist das gut, Tant latch? Ist das gut?" fragte Chugungatte mit einer leisen Drohung in der Stimme.

„Ja, es ist gut!" rief Keen dreist. „Das Land ruft seine Kinder, alle Länder rufen ihre Kinder wieder. Wie Wildgans und Schwan und die kleine Krickente gerufen werden, so auch dieser Fremdling, der bei uns verweilt hat und nun gehen muß. Auch das Geschlecht ruft. Die Gans paart sich mit der Gans, und der Schwan paart sich nicht mit der kleinen Krickente. Es tut nicht gut, wenn der Schwan sich mit der kleinen Krickente paart. Und es tut auch nicht gut, wenn Fremdlinge sich ihre Weiber in unsern Dörfern suchen. Daher sage ich, daß der Mann zu seinem eigenen Geschlecht in sein eigenes Land gehen soll."

„Er ist mein Mann", antwortete Thom, „und er ist ein großer Mann."

„Ja, er ist ein großer Mann." Chugungatte hob den Kopf mit einem leisen Erwachen jugendlicher Kraft. „Er ist ein großer Mann, und er hat deinem Arm Stärke geschenkt, o Tant latch, hat dir Macht gegeben und deinen Namen gefürchtet im Lande gemacht, gefürchtet und geehrt. Er ist sehr weise, und seine Weisheit bringt viel Nutzen. Ihm haben wir vieles zu verdanken – die Anwendung von Kriegslisten und die Geheimnisse einer Verteidigung des Dorfes und bei Überfällen im Walde, die Abhaltung von Beratungen, Besiegung des Feindes durch Worte und feierliche Versprechungen, Einkreisung des Wildes, das Stellen von Fallen, die Aufbewahrung von Nahrungsmitteln und die Heilung von Krankheit und Wunden auf der Jagd und im Kampf. Du, Tant latch, würdest heute ein lahmer alter Mann sein, wäre der Fremdling nicht zu uns gekommen und hätte dich gepflegt. Und stets, wenn wir im Zweifel über eine schwierige Frage waren, sind wir zu ihm gegangen, daß er uns durch seine Weisheit Rat schaffte, und stets hat er uns Rat geschafft. Und es werden immer wieder Fragen kommen, da wir sein Wissen brauchen werden. Wir können ihn deshalb nicht gehen lassen. Es ist nicht gut, ihn gehen zu lassen."

Tant latch trommelte weiter auf dem Speerschaft und gab kein Zeichen, daß er zugehört hatte. Thom forschte vergebens in seinem Gesicht, Chugungatte schien zusammenzusinken, als ob die Last der Jahre wieder auf ihn fiele.

„Niemand tötet meine Beute." Keen schlug sich kräftig vor die Brust. „Ich töte meine Beute selbst. Ich freue mich des Lebens, wenn ich meine Beute töte. Wenn ich mich über den Schnee an den großen Elch anpirsche, so bin ich glücklich. Und wenn ich mit voller Kraft den Bogen spanne und ihm den Pfeil schnell und scharf ins Herz jage, so bin ich glücklich. Und das Fleisch von der Beute, die ein anderer Mann gefällt hat, schmeckt mir nicht so gut wie das von meiner eigenen Beute. Ich freue mich des Lebens, freue mich meiner eigenen List und Kraft, freue mich, daß ich etwas ausrichte, etwas für mich selber. Wozu sollte man sonst wohl leben? Wozu sollte ich leben, wenn ich mich nicht freute über mich selbst und über das, was ich vollbringe? Und weil ich mich freue und glücklich darüber bin, daß ich jage und fische, darum werde ich listig und stark. Der Mann, der in seiner Hütte am Feuer sitzt, wird nicht listig und stark. Er wird nicht froh, wenn er von meiner Beute ißt, und das Leben ist keine Freude für ihn. Er lebt nicht. Und deshalb sage ich: Es ist gut, daß der Fremdling geht. Seine Weisheit macht uns nicht weise. Wenn er listig ist, so brauchen wir es nicht zu sein. Haben wir List nötig, so gehen wir zu ihm und holen sie uns. Wir essen das Fleisch von seiner Beute, und es schmeckt nicht. Wir haben den Nutzen von seiner Stärke, und wir werden nicht glücklich dadurch. Wir leben nicht, wenn er für uns lebt. Wir werden dick und weibisch, wir fürchten uns vor der Arbeit, und wir vergessen, was wir für uns selbst tun müssen. Laß den Mann gehen, o Tant latch, auf daß wir Männer sein können! Ich bin Keen, ein Mann, und ich töte selbst meine Beute!"

Tant latch sandte ihm einen Blick, in dem die Leere der Ewigkeit zu liegen schien. Keen wartete gespannt auf die Entscheidung; aber die Lippen blieben unbeweglich, und der alte Häuptling wandte sich zu seiner Tochter.

„Was gegeben ist, kann nicht zurückgenommen werden", brach sie los. „Ich war noch ein Kind, als der Fremdling, der mein Mann ist, zu uns kam. Und ich kannte nicht Männer und Männerart, und mein Herz lebte im Spiel der Mädchen, als du, Tant latch, du und kein anderer, mich zu dir riefst und mich in die Arme des Fremdlings legtest. Du und kein anderer, Tant latch! Und wie du mich dem Manne gabst, so gabst du auch den Mann mir. Er ist mein Mann. In meinen Armen hat er geschlafen, und aus meinen Armen kann er nicht gerissen werden."

„Es wäre gut, o Tant latch", fügte Keen schnell mit einem bedeutungsvollen Blick auf Thom hinzu, „es wäre gut, daran zu denken: Was gegeben ist, kann nicht zurückgenommen werden."

Chugungatte richtete sich auf. „Deine Jugend, Keen, gibt deinem Mund diese Worte ein. Aber wir, o Tant latch, wir sind alte Männer, und wir verstehen. Auch wir haben in die Augen von Frauen geblickt und gefühlt, wie unser Blut heiß wurde von seltsamen Wünschen. Aber die Jahre haben uns abgekühlt, und wir haben die Weisheit der Ratsversammlung, die Schlauheit des kühlen Kopfes und der ruhigen Hand gelernt, und wir wissen, daß das heiße Herz allzu heiß ist und zur Unbesonnenheit neigt. Wir wissen, daß Keen Gnade vor deinen Augen fand. Wir wissen, daß Thom ihm in alten Tagen versprochen wurde, als sie noch ein Kind war. Und wir wissen, daß die neuen Tage kamen und mit ihnen der Fremdling und daß um unseres Wissens und unseres Verlangens nach Glück willen Keen Thom verlor und das Versprechen gebrochen ward."

Der alte Schamane schwieg und sah dem jungen Mann gerade in die Augen.

„Und man mag auch wissen, daß ich, Chugungatte, den Rat gab, das Versprechen zu brechen."

„Auch nahm ich kein anderes Weib in mein Bett“, fiel Keen ein. „Ich habe selbst mein Feuer entzündet und mein Essen gekocht und in meiner Einsamkeit mit den Zähnen geknirscht.“

Chugungatte winkte mit der Hand, zum Zeichen, daß er noch nicht fertig sei. „Ich bin ein alter Mann, und ich spreche, weil ich verstehe. Es ist gut, stark zu sein und nach Macht zu streben. Es ist besser, auf Macht zu verzichten, auf daß Gutes daraus entstehe. In alten Tagen saß ich neben deiner Schulter, Tant latch, und meine Stimme wurde überall gehört im Rat, und mein Rat wurde in wichtigen Dingen befolgt. Und ich war stark und hatte Macht. Nächst Tant latch war ich der Größte. Da kam der Fremdling, und ich sah, daß er listig und weise und groß war. Und weil er weiser und größer war als ich, wurde es klar, daß größerer Vorteil von ihm kommen würde als von mir. Und ich hatte dein Ohr, Tant latch, und du lauschtest meinen Worten, und der Fremdling erhielt Macht und Stellung und deine Tochter Thom. Und der Stamm gedieh unter den neuen Gesetzen in den neuen Tagen, und so wird er weitergedeihen, solange wir den Fremdling in unserer Mittc haben. Wir sind alte Männer, wir beiden, o Tant latch, du und ich, und dies ist eine Sache des Kopfes und nicht des Herzens. Hör meine Worte! Laß den Mann hierbleiben.“

Ein langes Schweigen herrschte. Der alte Häuptling grübelte mit der gewichtigen Sicherheit eines Gottes, und Chugungatte schien sich in die Nebel eines hohen Alters zu hüllen. Keen sah verlangend auf das Weib, aber sie achtete nicht darauf, sondern hielt ihre Augen starr auf das Gesicht ihres Vaters geheftet. Der Wolfshund schob wieder den Vorhang beiseite, faßte in der Stille Mut und kroch auf dem Bauche näher. Er schnupperte neugierig an Thoms gleichgültiger Hand, spitzte Chugungatte gegenüber herausfordernd die Ohren und kroch vor Tant latch zusammen. Der Speer fiel rasselnd zu Boden, der Hund sprang mit einem erschrockenen Heulen beiseite, schnappte in die Luft und erreichte mit einem neuen Sprung den Eingang.

Tant latch sah von einem Gesicht auf das andre und betrachtete jedes lange und sorgfältig. Dann hob er den Kopf mit rauher Königswürde und sprach sein Urteil in kaltem, ruhigem Tone:

„Der Mann bleibt. Laßt die Jäger zusammenrufen. Schickt einen Läufer in das nächste Dorf mit dem Befehl, die Krieger zu schicken. Ich will den neuen Fremdling nicht sehen. Sprich du mit ihm, Chugungatte. Sag ihm, daß er gleich gehen soll, wenn er in Frieden gehen will. Kommt es aber zum Kampfe, so tötet, tötet, tötet bis zum letzten Mann, aber gebt mein Wort kund, daß nichts Böses unserm Manne widerfahren darf – dem Manne, den meine Tochter geheiratet hat. – Es ist gut."

Chugungatte erhob sich und stolperte hinaus; Thom folgte ihm. Als Keen sich aber im Eingang bückte, hielt Tant latchs Stimme ihn zurück:

„Keen, es ist gut, auf mein Wort zu hören. Der Mann bleibt. Sorge dafür, daß ihm nichts Böses widerfährt."

Infolge des strategischen Unterrichts von Fairfax kam der Stamm nicht wild und lärmend angestürzt. Vielmehr herrschte große Zurückhaltung, die Krieger begnügten sich damit, schweigend, von Deckung zu Deckung kriechend, vorzurücken. Unten am Flusse und teilweise durch eine kleine Lichtung geschützt, lagen zusammengekauert die Crees und die Reisenden. Ihre Augen konnten nichts sehen und ihre Ohren nur undeutlich hören, aber sie fühlten das Leben, das durch den Wald pulste, die undeutlichen, unbestimmbaren Bewegungen eines vorrückenden Heeres.

„Verflixt!" brummte Fairfax. „Sie hatten noch nie Pulver gerochen, aber ich hab' es sie gelehrt."

Avery van Brunt lachte, klopfte seine Pfeife aus und steckte sie samt dem Tabaksbeutel sorgfältig ein. Dann lockerte er das Jagdmesser in der Scheide an seiner Hüfte.

„Wartet nur", sagte er, „wir wollen euch die Suppe schon versalzen."

„Wenn sie an meine Lehre denken, greifen sie uns in einzelnen Abteilungen an."

„Mögen sie. Unsere Magazingewehre sind bereit. Sie wollen es – gut! So möge das erste Blut fließen! Eine Extraration Tabak, Lom!“

Lom, einer der Crees, hatte eine ungedeckte Schulter entdeckt und ihren Besitzer mit einer brennenden Kugel über seine Entdeckung belehrt.

„Wenn wir sie nur zum Losbrechen reizen könnten“, murmelte Fairfax. „Wenn wir sie nur zum Losbrechen reizen könnten.“

Van Brunt sah hinter einem entfernten Baum einen Kopf hervorlugen und brachte den Mann durch einen schnellen Schuß zu Fall. Er zappelte im Todeskampf auf dem Boden. Michael erledigte einen dritten, und Fairfax beteiligte sich mit den übrigen ebenfalls am Spiel und feuerte, sobald jemand sich eine Blöße gab oder ein Busch sich bewegte. Beim Lauf über eine kleine Niederung, wo es keine Dekkung gab, blieben fünf Eingeborene auf ihren Gesichtern liegen, und links, wo die Deckung nur spärlich war, wurde ein Dutzend getroffen. Aber trotzdem behielten sie ihre trotzige Hartnäckigkeit und näherten sich vorsichtig und ruhig, ohne Hast, aber auch ohne Zögern.

Zehn Minuten später, als sie ganz nahe waren, hörten alle Bewegungen auf, der Vormarsch wurde plötzlich eingestellt, und die Stille, die jetzt folgte, war unheilverkündend und drohend. Es waren nur die grünen und goldenen Farben des Waldes und der Büsche zu sehen, die in dem ersten schwachen Hauch des Morgenwindes erschauerten. Die blasse, weiße Morgensonne sprenkelte den Boden mit langen Schatten und Lichtstreifen. Ein Verwundeter hob den Kopf und kroch beschwerlich über die Niederung. Michael folgte ihm mit der Büchse, schoß aber nicht. Ein Pfeifen durchfuhr die unsichtbare Linie von links nach rechts, und ein Schauer von Pfeilen schwirrte durch die Luft.

„Fertig!“ kommandierte van Brunt mit einem metallischen Klang in seiner Stimme. „Jetzt!“

Gleichzeitig brachen sie aus der Deckung hervor. Der

Wald wurde plötzlich lebendig. Ein mächtiges Geheul ertönte, und die Gewehre kläfften in scharfem Trotz. Die Männer des Stammes begegneten dem Tod mitten im Sprunge, und während sie fielen, fluteten ihre Brüder in einer brüllenden, unwiderstehlichen Woge über sie hinweg. Allen voran, mit flatterndem Haar und die Arme schwingend, über gefallene Bäume springend, kam Thom. Fairfax zielte auf sie und hätte fast abgedrückt, als er sie noch rechtzeitig erkannte.

„Die Frau! Schießt nicht!“ rief er. „Seht, sie ist unbewaffnet!“

Die Crees hörten nicht, ebensowenig Michael und sein Kamerad, der andere Reisende, auch nicht van Brunt, der unaufhörlich schoß. Aber Thom lief unverletzt weiter, auf den Fersen eines fellbekleideten Jägers, der von seitwärts vor sie gestürzt war. Fairfax leerte sein Magazin auf die Männer rechts und links von ihr und drehte seinen Gewehrlauf, um den großen Jäger zu treffen. Aber der Mann schien ihn zu erkennen, schwenkte plötzlich ab und rannte Michael einen Speer in den Leib. Im nächsten Augenblick hatte Thom ihren Arm um den Hals ihres Gatten geschlungen und, sich herumwirbelnd, mit Stimme und Bewegung den Schwarm der Angreifer gespalten. Ein Schock Männer stürzte an beiden Seiten vorüber, und Fairfax stand einen Augenblick da und betrachtete sie und ihre bronzefarbene Schönheit. Ergriffen und frohlockend starrte er in unerhörte Tiefen, hatte Gesichte von den seltsamsten Dingen, träumte unsterbliche Träume. Vage Erinnerungen an die Lehrsätze alter Philosophie und neuer Ethik gingen ihm durch den Sinn und wunderbare, greifbare, aber schmerzhaft unzusammenhängende Bilder – Jagdszenen, finstere Waldstrecken, schweigende Schneefelder, Ballsäle mit strahlenden Lichtern, große Galerien und Vorlesungssäle, Regale mit langen Bücherreihen, Maschinengeratter und Straßenlärm, Fragmente eines vergessenen Liedes, Gesichter geliebter Frauen und alter Kameraden. – Ein Jäger stürzte, von einer Kugel zwischen den Augen getroffen, plötzlich leblos vornüber, schoß durch die Wucht seines Falles noch ein Stück über den Boden. Fairfax kam wieder zu sich. Seine Kameraden waren, soweit sie noch lebten, weit zurück zwischen die Bäume getrieben. Er konnte das leidenschaftliche Heia! Heia! der Jäger hören, während sie drauflosgingen und mit ihren Waffen aus Knochen und Elfenbein hieben und stachen. Die Schreie der Gefallenen trafen ihn wie Schläge. Er wußte, daß der Kampf zu Ende und die Schlacht verloren war, aber alle Überlieferungen und die Treue seiner Rasse zwangen ihn, sich ins Getümmel zu stürzen, um wenigstens mit seinen Brüdern zu sterben.

„Mein Mann! Mein Mann!“ schrie Thom. „Du bist gerettet!“

Er versuchte, vorwärtszukommen, aber das Gewicht ihres Körpers hemmte seinen Schritt.

„Es ist unnütz! Sie sind tot, und das Leben ist sehr schön!“ Sie hielt seinen Hals fest umschlungen, umwand ihn mit ihren Beinen, so daß er strauchelte, kämpfen mußte, um wieder auf die Füße zu kommen, wieder strauchelte und hintenüberfiel. Im Fallen hatte Thom das Sausen eines gefiederten Pfeilcs gehört, der vorbeiflog: sie deckte seinen Leib mit dem ihren wie mit einem Schilde, während sie ihn immer noch fest mit den Armen umschlungen hielt und Gesicht und Lippen gegen seinen Hals preßte.

Da erhob Keen sich aus einem wirren Laubdickicht einige Fuß entfernt. Er blickte sich vorsichtig um. Der Kampf hatte sich verzogen, und der Schrei des letzten Mannes erstarb. Niemand war zu sehen. Er legte einen Pfeil auf die Bogensehne und warf einen Blick auf den Mann und die Frau. Zwischen ihrer Brust und ihrem Arm zeigte sich das weiße Fleisch der Flanke des Mannes. Keen spannte den Bogen und zog den Pfeil bis zur Spitze zurück. Zweimal tat er es, ruhig und um seines Schusses sicher zu sein. Dann ließ er das mit knöchernen Widerhaken versehene Geschoß gerade in das Fleisch fliegen, das nie weißer leuchtete als in der dunkelarmigen, dunkelbrüstigen Umarmung.

Das Gesetz des Lebens

Der alte Koskoosh lauschte begierig. Obwohl er längst das Augenlicht verloren hatte, waren seine Ohren doch noch scharf, und das schwächste Geräusch drang zu der Intelligenz, die noch hinter seiner welken Stirn glimmte, aber nicht mehr auf die Dinge dieser Welt blickte. Aha! Das war Sit-cum-to-ha, die mit schriller Stimme die Hunde ausschalt, während sie sie puffte und schlug, damit sie sich einspannen ließen. Sit-cum-to-ha war die Tochter seiner Tochter, aber sie war zu sehr in Anspruch genommen, um einen Gedanken an ihren altersschwachen Großvater zu verschwenden, der allein, einsam und hilflos dort im Schnee saß. Das Lager mußte abgebrochen werden. Der weite Weg wartete, und der kurze Tag zögerte nicht. Das Leben rief sie, das Leben und die Pflichten des Lebens, nicht der Tod. Und er war dem Tode jetzt sehr nahe.

Der Gedanke flößte dem alten Manne einen Augenblick Schrecken ein, und er streckte die gichtige Hand aus, die zitternd über dem kleinen Haufen trockenen Holzes neben ihm hin und her fuhr. Als er sich vergewissert hatte, daß er wirklich da war, kehrte seine Hand in den Schutz seines räudigen Pelzes zurück, und er lauschte wieder. Das widrige Knarren halbgefrorener Felle sagte ihm, daß die Elchhäute, vom Zelt des Häuptlings heruntergeholt, in tragbare Form geknetet und gepreßt wurden. Der Häuptling war sein Sohn, stark und kraftvoll, der beste Mann des Stammes und ein mächtiger Jäger. Während die Weiber sich mit dem Lagergepäck abplagten, erscholl seine Stimme, die sie ihrer Langsamkeit wegen ausschalt. Der alte Koskoosh spitzte die Ohren. Es war das letztemal, daß er die Stimme hören sollte. Jetzt fiel Geehows Zelt! Und nun Tuskens! Sieben, acht, neun; jetzt konnte nur noch das des Schamanen stehen. So! Jetzt arbeiteten sie daran. Er konnte den Schamanen brummen hören, während er es auf dem Schlitten aufstapelte. Ein Kind wimmerte, und eine Frau beruhigte es mit sanften, klagenden Kehllauten. Die kleine Kootee, dachte der alte Mann, ein unruhiges Kind und nicht sehr kräftig. Es starb vielleicht bald, und dann brannten sie ein Loch in die gefrorene Tundra und häuften Steine darüber, um den Vielfraß abzuhalten. Nun ja, was machte das? Wenige Jahre bestenfalls, und ebensooft ein leerer Magen wie ein voller. Und zuletzt wartete der Tod, der immer Hungrige, der Hungrigste von allen.

Was war das? Oh, die Männer schirrten die Schlitten an und zogen die Leinen fest. Er lauschte, er, der nie mehr lauschen sollte. Die Peitschenhiebe sausten und schnitten in die Hunde. Horch, wie sie heulten! Wie sie die Arbeit und die Reise haßten! Jetzt zogen sie an! Schlitten auf Schlitten schwankte langsam in das Schweigen hinaus. Sie waren fort. Waren aus seinem Leben geglitten, und er sah allein der letzten bitteren Stunde ins Angesicht. Der Schnee knirschte unter einem Mokassin. Ein Mann stand neben ihm, und eine Hand legte sich weich auf sein Haupt. Sein Sohn war gut, daß er dies tat. Er erinnerte sich anderer alten Männer, deren Söhne nicht geblieben waren, als der Stamm fortzog. Aber sein Sohn war geblieben. Seine Gedanken verloren sich in der Vergangenheit, bis die Stimme des jungen Mannes ihn zurückrief.

„Geht es dir gut?“ fragte er.

Und der alte Mann antwortete: „Es geht mir gut.“

„Es liegt Holz neben dir“, fuhr der Jüngere fort, „und das Feuer brennt hell. Der Morgen ist trübe, und die Kälte hat nachgelassen. Es wird gleich schneien. Gerade fängt es an.“

„Ja, es schneit schon.“

„Der Stamm hat Eile. Die Lasten sind schwer und ihre Leiber flach aus Mangel an Nahrung. Der Weg ist weit, und sie reisen schnell. Ich gehe jetzt. Ist es gut?“

„Ja, es ist gut. Ich bin wie das letzte Blatt des Jahres,

das noch lose am Stamme hängt. Der erste Windhauch, und ich falle. Meine Stimme ist wie die eines alten Weibes geworden. Meine Augen zeigen den Füßen nicht mehr den Weg, und meine Füße sind schwer, und ich bin müde. Es ist gut."

Er neigte ergeben das Haupt, bis der letzte Laut des knirschenden Schnees erstorben war und er wußte, daß er seinen Sohn nicht mehr zurückrufen konnte. Dann tastete seine Hand schnell nach dem Holze. Das war das einzige, das noch zwischen ihm und der Ewigkeit stand, die über ihn hereinbrach. Zu guter Letzt war sein Leben nach einer

Handvoll Scheite zu messen. Eines nach dem andern würde schwinden, um das Feuer zu nähren, und Schritt für Schritt würde sich der Tod an ihn heranschleichen. Wenn das letzte Scheit seine Wärme abgegeben hatte, würde die Kälte ihre Kräfte sammeln. Zuerst würden die Füße nachgeben, dann die Hände, und langsam würde die Starre der Glieder den Leib ergreifen. Sein Haupt würde auf die Knie fallen, und er würde Ruhe haben. Das war ganz leicht. Alle Menschen mußten sterben.

Er beklagte sich nicht. Das war das Gesetz des Lebens, und es war recht so. Dicht an der Erde war er geboren, dicht an der Erde hatte er gelebt, und ihr Gesetz war ihm daher nicht neu. Es war das Gesetz allen Fleisches. Die Natur war nicht gütig gegen das Fleisch. Es galt ihr nichts das greifbare Ding, das man Individuum nannte, ihre Sorge galt nur der Art, der Rasse.

Dies war die tiefste Abstraktion, der der barbarische Geist des alten Koskoosh fähig war, aber sie hatte er auch mit festem Griff gepackt.

In allem Lebendigen sah er Beispiele dafür. Das Steigen des Pflanzensaftes, die aufbrechende Grüne der Weidenknospe, der Fall des gelben Laubes – schon darin lag alles. Aber eine Aufgabe stellte die Natur dem Individuum. Löste es sie nicht, so starb es. Löste es sie – gleichviel –, es starb dennoch. Der Natur war es gleichgültig: Es waren unzählige, die gehorchten, und nur der Gehorsam, nicht der Gehorchende, lebte und lebte ewig.

Koskoosh' Stamm war sehr alt. Die alten Männer, die er als Knabe gekannt, hatten alte Männer vor ihnen gekannt. So war es also wahr, daß der Stamm lebte, daß er für den Gehorsam all seiner Glieder, deren Gräber unbekannt waren, bis in die vergessene Vorzeit einstand. Sie zählten nicht, sie waren Episoden. Sie waren entschwunden wie die Wolken an einem Sommerhimmel. Auch er war eine Episode und würde verschwinden. Die Natur kümmerte sich nicht darum. Sie stellte dem Leben nur eine Aufgabe, gab nur ein Gesetz. Sich fortzupflanzen war die Aufgabe des

Lebens, sein Gesetz der Tod. Eine Jungfrau war schön anzusehen, stark und mit vollen Brüsten, den Frühling in ihrem Gange und Licht in ihren Augen. Aber ihre Aufgabe lag noch vor ihr. Das Licht in ihren Augen wurde noch heller, ihr Schritt schneller, sie war den jungen Männern gegenüber bald keck, bald furchtsam und teilte ihnen ihre eigene Unruhe mit. Und immer schöner und schöner wurde sie, bis irgendein Jäger sie in sein Zelt nahm, wo sie ihm sein Essen bereitete, für ihn arbeitete und die Mutter seiner Kinder wurde. Und wenn ihre Nachkommenschaft kam, verfiel ihre Schönheit. Ihre Glieder wurden langsam und träge, ihre Augen stumpf und trübe, und nur die kleinen Kinder freuten sich noch an der runzligen Wange der alten Squaw am Lagerfeuer. Ihre Aufgabe war gelöst. Nur eine kurze Weile, und bei der ersten Hungersnot, beim ersten langen Marsch wurde sie zurückgelassen, wie es ihm geschehen war, mit einem Häufchen Reisig im Schnee. So war das Gesetz.

Er legte behutsam ein Scheit in das Feuer und gab sich wieder seinen Betrachtungen hin.

Überall und mit allen Wesen war es dasselbe. Die Moskitos verschwanden beim ersten Frost. Das kleine Eichhörnchen verkroch sich, um zu sterben. Wenn das Kaninchen alterte, wurde es langsam und dick und konnte seinen Feinden nicht mehr entkommen. Selbst der große Hirsch wurde schwerfällig und blind und zänkisch und konnte zuletzt von einer Handvoll kläffender junger Hunde gefällt werden.

Er dachte daran, wie er seinen eigenen Vater eines Winters am Oberlauf des Klondike verlassen hatte, den Winter, bevor der Missionar mit seinen Büchern voll von Geschwätz und seiner Kiste voll von Medizin gekommen war. Oft hatte Koskoosh in der Erinnerung an die Kiste mit der Zunge geschnalzt, aber jetzt wollte ihm das Wasser im Munde nicht mehr zusammenlaufen. Der „Schmerzstiller" war besonders gut gewesen. Aber der Missionar war schließlich doch eine Plage, denn er brachte kein Fleisch ins Lager, aß aber für drei, und die Jäger murrten. Aber an der Wasserscheide von Mayo bekam er Lungenentzündung, und nachher stießen die Hunde die Steine weg und balgten sich um seine Knochen.

Koskoosh legte noch ein Scheit aufs Feuer und ließ seine Gedanken weiter zurück in die Vergangenheit schweifen. Da war die Zeit der großen Hungersnot, als die Männer sich mit leerem Magen ums Feuer kauerten und düstere Sagen von den alten Zeiten erzählten, als der Yukon drei Winter lang breit und offen dahinströmte, dafür aber in drei Sommern zu Eis erstarrte. Er hatte seine Mutter bei der Hungersnot verloren. Im Sommer hatte die Laichzeit der Lachse einen Fehlschlag ergeben, und der Stamm hatte sich mit der Hoffnung auf den Winter und das Erscheinen der Rene getröstet. Und dann kam der Winter, aber kein Ren. Nie war so etwas geschehen, selbst die ältesten Männer hatten es nicht erlebt. Aber das Ren kam nicht, und es war das siebente Jahr, und die Kaninchen hatten sich nicht vermehrt, und die Hunde bestanden nur noch aus Haut und Knochen.

Und in der langen Finsternis starben Kinder und Frauen und alte Männer, und nicht einer von zehn im Stamme lebte noch, um die Sonne willkommen zu heißen, als sie im Frühling wiederkehrte. Das war eine Hungersnot!

Aber er hatte auch Zeiten der Fülle erlebt, da das Fleisch verfaulte und die Hunde vor Übersättigung faul und untauglich waren – Zeiten, da sie das Wild laufen ließen, ohne es zu erlegen, da die Frauen fruchtbar und die Zelte überfüllt waren von krabbelnden Knaben und Mädchen.

Da geschah es, daß die Männer übermütig wurden, alte Streitigkeiten wieder aufnahmen, über die Wasserscheide nach Süden gingen, um die Pellys zu töten, und nach Westen, um an den ausgebrannten Feuern der Tananas zu sitzen.

Er erinnerte sich, als Knabe in einer guten Zeit gesehen zu haben, wie ein Elch von Wölfen getötet wurde. Zing-ha lag neben ihm im Schnee und sah zu – Zing-ha, der später der listigste Jäger wurde und der schließlich durch eine

Wake in den Yukon fiel. Sie fanden ihn einen Monat später. Er war halb herausgekrochen und zu Eis gefroren.

Aber der Elch. Er war an dem Tage mit Zing-ha fortgegangen, um Jäger zu spielen. Am Bache hatten sie die frische Fährte eines Elchs und gleichzeitig eine Menge Wolfsfährten gefunden.

„Ein alter Bursche", sagte Zing-ha, der die Zeichen schneller lesen konnte, „ein alter Bursche, der dem Rudel nicht mehr folgen kann. Die Wölfe haben ihn von seinen Brüdern getrennt, und jetzt lassen sie nicht mehr von ihm ab."

Und so war es. Das war nun einmal ihre Art. Tag und Nacht, ohne Rast und Ruhe, knurrten sie dicht hinter ihm, schnappten nach seiner Schnauze, wollten ihn verfolgen bis zum Ende. Wie in Zing-ha und ihm der Blutdurst erwachte! Das Ende mußte sehenswert sein!

Schnellfüßig folgten sie der Fährte, und selbst er, Koskoosh, dessen Auge nicht so scharf und der ein ungeübter Spürer war, hätte ihr blind folgen können, so breit war sie. Sie waren dicht hinter der Beute her und konnten mit jedem Schritt die furchtbare, soeben geschriebene Tragödie lesen.

Jetzt kamen sie an eine Stelle, wo der Elch haltgemacht hatte. Auf die dreifache Länge eines erwachsenen Mannes war der Schnee nach allen Richtungen zerstampft und fortgeschleudert. In der Mitte waren die tiefen Eindrücke von den breiten Hufen des Wildes und ringsherum die leichteren Fußspuren der Wölfe. Einige hatten sich, während ihre Brüder die Beute umsprangen, seitwärts niedergelegt und ausgeruht. Die Eindrücke ihrer ausgestreckten Körper waren so deutlich im Schnee, als wären sie soeben erst entstanden. Ein Wolf war bei dem wilden Ansprung von dem wütenden Opfer abgefangen und zu Tode gestampft worden. Einige wenige reingenagte Knochen zeugten davon.

Wieder hielten sie ihre Schneeschuhe an. Hier hatte das große Tier verzweifelt gekämpft. Zweimal war es, wie der Schnee zeigte, zu Boden gerissen worden, und zweimal hatte es seine Angreifer abgeschüttelt und war wieder auf die Beine gekommen. Seine Aufgabe hatte es längst gelöst, aber dennoch war ihm das Leben noch lieb gewesen. Zingha sagte, es wäre etwas Seltenes, daß ein Elch, der einmal niedergerissen war, wieder freikäme, aber hier war es unleugbar geschehen. Der Schamane würde Zeichen und Wunder darin gesehen haben, wenn sie es ihm erzählt hätten.

Und nun hatte sie die Stelle erreicht, wo der Elch versucht hatte, den Hang hinaufzusteigen und den Wald zu gewinnen. Aber seine Feinde hatten ihn von hinten angegriffen, so daß er sich gebäumt, sich überschlagen und zwei von ihnen zermalmt und tief in den Schnee gepreßt hatte. Das Ende stand bevor, denn die Wölfe hatten ihre gefallenen Brüder nicht angerührt. Sie eilten weiter, an zwei Stellen vorbei, wo das Tier wieder haltgemacht hatte, wenn auch nur ganz kurze Zeit. Jetzt war die Fährte rot, und die weiten Schritte des großen Tieres waren kürzer und wankend geworden. Und dann hörten sie das erste Geräusch des Kampfes – nicht den vollen Jagdchor, sondern das kurze, knurrende Kläffen, das von Nahkampf und von im Fleisch vergrabenen Zähnen erzählte.

Auf dem Bauch kroch Zing-ha gegen den Wind durch den Schnee, und zusammen mit ihm kroch er, Koskoosh, der im nächsten Jahre Häuptling des Stammes werden sollte. Sie schoben sich zusammen unter die Zweige einer jungen Fichte und spähten vorwärts. Es war das Ende, das sie sahen.

Dies Bild stand, wie alle Jugendeindrücke, noch klar vor ihm, und seine stumpfen Augen sahen das Ende ebenso lebendig, wie es sich in jener fernen Zeit abgespielt hatte. Koskoosh wunderte sich darüber, denn in den folgenden Tagen, als er der Führer von Männern und das Haupt der Berater gewesen, hatte er große Taten ausgeführt und seinen Namen zum Fluch im Munde der Pellys gemacht, gar nicht zu reden von den fremden weißen Männern, die er, Messer gegen Messer, in offenem Kampfe getötet hatte.

Lange grübelte er über die Tage seiner Jugend, bis das Feuer zusammensank und der Frost zu schneiden begann.

Diesmal legte er zwei Scheite auf und maß sein Leben an dem Holz, was noch übrig war. Hätte Sit-cum-to-ha an ihren Großvater gedacht und einen größeren Armvoll gesammelt, hätten seine Stunden länger gedauert. Das wäre leicht gewesen. Aber sie war stets ein gleichgültiges Kind gewesen und hatte nichts für die Alten übrig gehabt seit der Stunde, da der Biber, der Sohn von Zing-has Sohn, sein Auge auf sie geworfen hatte.

Nun, was tat es? Hatte er nicht in seiner eigenen unbedachten Jugend ebenso gehandelt?

Eine Weile lauschte er auf die Stille. Vielleicht wurde das Herz seines Sohnes weich, und er kehrte mit den Hunden zurück, um seinen alten Vater mit dem Stamme weiterzubringen bis zu einer Stelle, wo die Rene zahlreich waren und ihnen die Bäuche schwer von Fett hingen. Er strengte sein Ohr an, sein ruheloses Gehirn wurde einen Augenblick still. Nichts regte sich, nichts. Er allein atmete mitten in der großen Stille. Es war sehr einsam.

Horch, was war das?

Ein kalter Schauer rann über seinen Körper.

Das wohlbekannte, langgezogene Geheul durchbrach die Stille, ganz nahe. Und dann sahen seine trüben Augen das Bild des Elches – des alten Elchbullen –, der mit zerrissenen Flanken und blutigen Seiten, wirrer Mähne und das große verzweigte Geweih auf den Boden gesenkt, bis zum letzten kämpfte. Er sah die blitzschnellen grauen Gestalten, die schimmernden Augen, die lechzenden Zungen, die triefenden Fangzähne. Und er sah, wie der unerbittliche Kreis sich schloß, bis er zu einem dunklen Punkt mitten in dem zerstampften Schnee wurde.

Eine kalte Schnauze stieß gegen seine Wange, und bei dieser Berührung sprang seine Seele wieder in die Gegenwart. Seine Hand fuhr ins Feuer und zog ein brennendes Scheit heraus. Einen Augenblick, von seiner ererbten Furcht vor dem Menschen überwältigt, zog das Tier sich zurück und schickte seinen Brüdern einen langgezogenen Ruf, und die antworteten gierig, bis sich ein Kreis zusammengekrochener, geifernder grauer Tiere um ihn schloß. Der alte Mann spürte, wie dieser Kreis enger wurde. Er schwang wild seinen Brand, und das Schnaufen wurde zum Knurren, aber die keuchenden Bestien wollten nicht weichen. Jetzt schlängelte sich eine, den Hinterleib nachziehend, vorwärts, jetzt eine zweite, jetzt eine dritte, aber keine einzige wich zurück.

Warum sich ans Leben klammern? fragte er sich und ließ das flammende Scheit in den Schnee fallen. Es zischte und erlosch. Der Kreis knurrte unruhig, blieb aber liegen.

Wieder sah er den letzten Kampf des alten Elchbullen, und Koskoosh ließ das Haupt müde auf die Knie sinken. Was tat es schließlich? War es nicht das Gesetz des Lebens?

Wie vor alters zog die Argo ...

Es war im Sommer 1897, als Unruhe in der Familie Tarwater entstand. Großvater Tarwater war nach einem Jahrzent der Unterjochung und Unterdrückung wieder einmal ausgebrochen. Diesmal war es das Klondikefieber. Das erste und einzige Symptom solcher Anfälle war Gesang. Er sang nur ein Lied, und auch von dem konnte er nicht mehr als vier Verse der ersten Strophe. Und die Familie wußte, daß ihn die Füße juckten und daß ihm die alte Tollheit im Hirn krabbelte, wenn er sein heiseres, brüchiges Falsett erhob und sang:

„Wie vor alters zog die Argo,
Kann uns keiner heut' verwehren
Auszuziehen, tum-tum-tum,
Um das Goldne Vlies zu scheren.“

Zehn Jahre zuvor hatte er das Lied nach der Melodie des kirchlichen Lobgesangs gesungen, als ihn das Fieber gepackt hatte, nach Patagonien zu ziehen und Gold zu graben. Die ganze zahlreiche Familie hatte sich ihm widersetzt, aber sie hatte eine schwere Zeit mit ihm gehabt. Als nichts seinen Entschluß erschüttern konnte, hatten sie ihm Rechtsanwälte geschickt mit der Drohung, ihn zu entmündigen und in der staatlichen Irrenanstalt einzusperren – eine vernünftige Maßregel einem Mann gegenüber, der vor einem Vierteljahrhundert alles bis auf zehn Morgen mageren Bodens eines Gutes in Kalifornien verspekuliert und seitdem auch nicht viel mehr Scharfsinn in Geschäften bewiesen hatte.

Die Anwendung der Rechtsanwälte bei John Tarwater glich der Anwendung eines Senfpflasters, denn seiner Meinung nach waren es von allen Menschen gerade diese, die ihm seinen ausgedehnten Besitz entrissen hatten. Zu der Zeit, als er das Patagonienfieber hatte, genügte der Gedanke an ein so drastisches Mittel allein, um ihn zu kurieren. Er bewies schnell, daß er nicht verrückt war, indem er das Fieber abschüttelte und darauf einging, nicht nach Patagonien zu ziehen.

Hierauf bewies er, wie verrückt er in Wirklichkeit war, indem er unaufgefordert seiner Familie die zehn Morgen zu Tarwater Flat, einschließlich Haus, Scheuer, Wirtschaftsgebäude und Wasserrechte, überschrieb. Ebenfalls übertrug er ihnen die achthundert Dollar, die er auf der Bank hatte, das lang gesparte Wrackgut seines vernichteten Vermögens. Hierin sah die Familie jedoch keinen Grund, ihn in die Irrenanstalt zu schicken, was ja unweigerlich seine löblichen Absichten durchkreuzt hätte. „Großvater ist sicher schlechter Laune“, sagte Mary, seine älteste Tochter, selbst schon Großmutter, als ihr Vater das Rauchen aufgab.

Alles, was er für sich behalten hatte, war ein Gespann alter Pferde und ein einziges Zimmer in dem überfüllten Haus. Da er versicherte, niemand Dank schulden zu wollen, übertrug man ihm ferner die Aufgabe, zweimal wöchentlich die Post der Vereinigten Staaten von Kelterville über die Tarwater-Berge nach Old Almaden zu bringen – einer sporadisch bearbeiteten Quecksilbermine im Viehland in den Bergen. Mit seinen beiden alten Pferden beanspruchten die beiden wöchentlichen Fahrten seine ganze Zeit. Und in den zehn Jahren hatte er, ob Regen oder Sonnenschein, nie eine Fahrt versäumt. Und ebensowenig hatte er es auch nur ein einziges Mal unterlassen, allwöchentlich die Bezahlung für seine Beköstigung in Marys Hand zu legen. Diese Beköstigung hatte er während der Erholung von seinem Patagonienfieber verlangt und genau bezahlt, obwohl er seinen Tabak hatte aufgeben müssen, um dazu imstande zu sein.

„Hu!“ vertraute er dem zerbrochenen Wasserrad der alten Tarwater-Wassermühle an, die er selbst aus Stämmen aus dem Wald erbaut und die Weizen für die ersten Ansiedler gemahlen hatte. „Hu! Solange ich mich selbst erhalte, werden sie mich nicht ins Armenhaus schicken, und wenn ich nicht einen roten Heller habe, so ist es nicht wahrscheinlich, daß so ein Rechtsverdreher kommt und mich beschnüffelt."

Und doch waren gerade diese in hohem Maße vernünftigen Handlungen der Grund, daß man John Tarwater für leicht verrrückt hielt.

Das erste Mal hatte er das Lied „Wie vor alters zog die Argo" im Jahre 1849 gesungen, als er, zweiundzwanzig Jahre alt und heftig vom Kalifornienfieber ergriffen, in Michigan zweihundertvierzig Morgen, davon vierzig gerodet, für vier Ochsengespanne und einen Wagen verkauft hatte und quer über die Steppe gezogen war.

„Und bei Fort Hall, wo die Oregon-Auswanderer nach Norden gingen, bogen wir südwärts nach Kalifornien ab", pflegte er seinen Bericht von dieser beschwerlichen Reise zu schließen.

„Und Bill Ping und ich fingen Grislybären mit dem Lasso im Unterholz von Cache Slough im Sacramento-Tal."

Dann waren Jahre mit Frachtfahren und Minenarbeit gefolgt. Mit einem in den Mercedes-Goldwäschereien gesammelten Gewinn befriedigte er schließlich den Landhunger seiner Rasse und seiner Zeit und ließ sich im Sonoma-Land nieder.

Die zehn Jahre, die er die Post in der Tarwater-Gemeinde, durch das Tarwater-Tal und über den Tarwater-Berg – das meiste davon hatte ihm einmal gehört – fuhr, verbrachte er damit, daß er davon träumte, das Land wiederzugewinnen, ehe er starb.

Und jetzt, da seine riesige, magere Gestalt aufrechter war, als sie seit Jahren gewesen, und blaue Flammen in seinen kleinen, engstehenden Augen glimmten, stimmte er wieder ein altes Lied an.

„Da geht er nun – hört nur!" sagte William Tarwater.

„Niemand zu Hause“, lachte Harris Topping, Tagelöhner, mit Annie Tarwater verheiratet und Vater ihrer neun Kinder.

Die Küchentür öffnete sich, um den alten Mann einzulassen, der soeben seine Pferde gefüttert hatte. Der Gesang war auf seinen Lippen verstummt, aber Mary war gereizt, weil sie sich die Hand verbrannt hatte und weil der Magen eines Enkelkindes sich weigerte, die gewässerte Kuhmilch ordentlich zu verdauen.

„Es hat keinen Zweck, so anzufangen“, wandte sie sich streitsüchtig an ihn. „Die Zeit ist vorbei, als du nach einer Gegend wie Klondike durchbrennen konntest, und dein Singen kann sie dir nicht wiederkaufen.“

„Einerlei“, antwortete er ruhig. „Ich wette, daß ich nach diesem Klondike gehen und Gold genug sammeln könnte; um den Tarwater-Besitz zurückzukaufen.“

„Alter Narr!“ bemerkte Annie.

„Um ihn zurückzukaufen, brauchtest du mindestens dreihunderttausend, wenn nicht mehr“, versuchte William ihn zum Schweigen zu bringen.

„Dann könnte ich dreihunderttausend und noch mehr sammeln, wenn ich nur dort wäre“, sagte der alte Mann ruhig.

„Danke Gott, daß du nicht hinspazieren kannst, sonst brächest du heute schon auf!“ rief Mary. „Seereisen kosten Geld.“

„Ich hatte Geld“, sagte ihr Vater demütig.

„Aber jetzt hast du keines – daher denk nicht mehr dran“, riet William. „Die Zeiten sind vorbei, da du mit Bill Ping Bären fingst. Es gibt keine Bären mehr.“

„Einerlei . . .“

Aber Mary schnitt ihm das Wort ab. Sie nahm die Zeitung vom Küchentisch und schwang sie ihrem betagten Vater heftig vor der Nase hin und her.

„Was sagen diese Klondiker? Hier steht es schwarz auf weiß. Nur die Jungen und Starken können Klondike aushalten. Es ist schlimmer als der Nordpol. Und selbst die haben dort massenhaft Tote zurückgelassen. Sieh nur die Bilder. Du bist vierzig Jahre älter als die ältesten von ihnen."

John Tarwater sah wirklich hin, aber seine Augen schweiften zu anderen Fotografien auf dem effektvollen Umschlag.

„Und sieh hier die Fotografien von den Goldklumpen, die sie mitgebracht haben", sagte er. „Ich kenne Gold. Habe ich nicht zwanzigtausend aus der Mercedes-Grube geholt? Und wären es nicht hunderttausend geworden, wenn der Wolkenbruch nicht meinen Damm gesprengt hätte! Wenn ich jetzt nur in Klondike wäre . . ."

„Total verrückt!" knurrte William beiseite, aber hörbar für die andern.

„Eine hübsche Art, mit seinem alten Vater zu reden", tadelte der alte Tarwater ihn mild. „Mein Vater würde mir das Fell mit einem Knüppel gegerbt haben, wenn ich so zu ihm gesprochen hätte."

„Aber du bist wirklich verrückt, Vater", begann William.

„Du wirst schon recht haben, mein Sohn. Aber in dem Punkt war mein Vater nicht verrückt. Er hätte es getan."

„Der alte Mann hat ein paar Artikel von Männern gelesen, die noch nach den Vierzigern Glück gehabt haben", höhnte Annie.

„Und warum nicht, mein Kind?" fragte er. „Warum kann ein Mann nicht Glück haben, wenn er siebzig ist? Ich bin dies Jahr erst siebzig geworden. Und vielleicht hätte ich Glück, wenn ich nur nach Klondike kommen könnte."

„Was du eben nicht kannst", wies Mary ihn ab.

„Na ja", seufzte er, „wenn nicht, dann kann ich ja ebensogut gleich zu Bett gehen."

Er stand auf, lang, mager, knochig und knorrig, die prächtige Ruine eines Mannes. Sein zottiges Haar, sein Backenbart waren nicht grau, sondern schneeweiß, ebenso die Haarbüschel, die auf der Rückseite seiner ungeheuer knochigen Finger standen. Er bewegte sich zur Tür, öffnete sie, seufzte, blieb stehen und sandte einen Blick zurück.

„Und doch“, murmelte er klagend, „jucken mich die Fußsohlen ganz schrecklich.“

Lange, ehe die Familie am nächsten Morgen aufstand, hatte der alte Tarwater seine Pferde beim Laternenschein gefüttert und angespannt, sich das Frühstück bei Lampenlicht bereitet und gegessen und war durch das Tarwater-Tal nach Kelterville aufgebrochen. Zweierlei Ungewöhnliches war an dieser gewöhnlichen Fahrt, die er seit Abschluß des Postkontraktes tausendundvierzigmal gemacht hatte. Er fuhr nicht nach Kelterville, sondern bog südwärts auf die Landstraße nach Santa Rosa ab. Noch merkwürdiger als dies war das in Papier gewickelte Paket zwischen seinen Füßen. Es enthielt seinen einzigen schwarzen anständigen Anzug, den Mary ihn lange nicht mehr hatte tragen lassen wollen, nicht weil er abgetragen war, sondern weil er, wie sie seiner Vermutung nach im Innersten dachte, anständig genug war, um ihn darin zu begraben.

Und in Santa Rosa verkaufte er den Anzug sofort in einem Trödlerladen für zweieinhalb Dollar. Von demselben willfährigen Geschäftsmann empfing er vier Dollar für den Trauring seiner längst verstorbenen Frau. Sein Gespann und den Wagen verkaufte er für fünfundsiebzig Dollar, wenn er auch nur fünfundzwanzig in bar erhielt. Als er zufällig auf der Straße Alton Granger traf, demgegenüber er noch nie ein Wort von den zehn Dollar erwähnt hatte, die er ihm im Jahre vierundsiebzig geliehen, erinnerte er ihn an die kleine Angelegenheit und erhielt augenblicklich sein Geld. Und von all den Menschen, die vermutlich nicht bei Kasse waren, hatte er allein Glück bei dem Trunkenbold der Stadt, dem er in seinen alten guten Tagen manches Glas spendiert hatte: Er lieh sich von ihm einen Dollar. Schließlich fuhr er mit dem Nachmittagszug nach San Franzisko.

Zwölf Tage später landete er, einen Leinensack mit wollenen Decken und altem Zeug schleppend, an der Küste von Dyea, mitten in dem großen Klondikestrom. Der Strand war ein brüllendes Tollhaus. Zehntausend Tonnen

Ausrüstung lagen aufgehäuft und verstreut da, zweimal zehntausend Mann ruderten darin herum und riefen durcheinander. Die Fracht auf Indianerrücken über den Chilcoot nach dem Linderman-See war von sechzehn auf dreißig Cent das Pfund gesprungen, was einem Preis von sechshundert Dollar für eine Tonne entsprach. Und der subarktische Winter mit seiner Finsternis stand vor der Tür. Alle wußten es, und alle wußten auch, daß von den zwanzigtausend nur wenige über die Pässe kommen sollten, während die übrigen hier überwintern und auf das späte Frühlingstauwetter warten mußten.

So war der Strand, den der alte John Tarwater betrat, und er steuerte direkt über den Strand auf den Chilcoot los, sein altes Lied gackernd, selbst ein richtiger alter Argonaute, den keine Ausrüstung beschwerte. Denn er besaß keine Ausrüstung. Nachts schlief er auf der flachen Strecke fünf Meilen oberhalb Dyeas, an der Stelle, wo die Schiffahrt in Booten begann. Hier wurde der Dyea-Fluß ein stürmischer Gebirgsstrom, der in einer engen Schlucht aus den Gletschern stürzte, die ihm ihr Wasser von weit her sandten.

Und hier sah er früh am nächsten Morgen einen kleinen Mann, der nicht mehr als hundert Pfund wog, über einen Baumstamm wandern, mit gut hundert Pfund Mehl auf dem Rücken. Er sah ferner, wie der kleine Mann von dem Baumstamm stolperte, kopfüber in eine ruhige, zwei Fuß tiefe Pfütze fiel und sich ganz ruhig anschickte, zu ertrinken. Er wünschte sicher nicht, so leicht zu sterben, aber das Mehl auf seinem Rücken wog ebensoviel wie er selber und erlaubte ihm nicht aufzustehen.

„Schönen Dank, Alter“, sagte er zu Tarwater, als er ihn aufs Trockene gezogen hatte.

Während er sich die Schuhe aufschnürte und das Wasser ausgoß, setzten sie die Unterhaltung fort. Dann zog er ein Zehndollarstück aus der Tasche und bot es seinem Retter an.

Der alte Tarwater schüttelte den Kopf und zitterte vor

Kälte, denn das Eiswasser hatte ihn bis zu den Knien durchnäßt.

„Aber ich denke, ich hätte nichts dagegen, mich zu einer freundschaftlichen Mahlzeit mit Ihnen zusammenzusetzen.“

„Haben Sie noch nicht gefrühstückt?“ fragte der kleine Mann, der über Vierzig war und gesagt hatte, daß er Anson hieß, mit einem offenbar interessierten Blick.

„Nicht einen Bissen“, antwortete John Tarwater.

„Wo ist Ihre Ausrüstung? Voraus?“

„Hab' keine Ausrüstung.“

„Wollen Sie im Lande kaufen?“

„Hab' keinen Dollar, um was zu kaufen, Freundchen. Was im Augenblick nicht so wichtig ist wie ein warmes Frühstück.“

In Ansons Lager, eine Viertelmeile weiter, fand Tarwater einen schlanken jungen Mann von dreißig mit rotem Backenbart, der über einem Feuer aus nassem Weidenholz fluchte. Nachdem er als Charles vorgestellt war, übertrug er seine finsteren Blicke und seine Wut auf Tarwater, der tat, als ob er nichts merkte, und sich seinerseits mit dem Feuer zu schaffen machte. Er benutzte den kühlen Morgenwind, um Zug zu erhalten, den die andern dummerweise durch Steine ferngehalten hatten, und erzeugte bald weniger Rauch und mehr Feuer. Das dritte Mitglied der Gesellschaft, Bill Wilson, oder der Große Bill, wie sie ihn nannten, kam mit einem hundertvierzig Pfund schweren Packen; und Charles servierte etwas, das Tarwater für ein sehr schlechtes Frühstück ansah. Die Grütze war halbgar und zum größten Teil verbrannt, der Speck verkohlt und der Kaffee unaussprechlich.

Sobald das Essen verschlungen war, nahmen die drei Teilhaber ihre Packgurte und machten sich auf den Weg nach der Stelle, wo in ihrem letzten Lager, eine Meile zurück, der Rest ihrer Ausrüstung lag. Und der alte Tarwater bekam zu tun. Er wusch die Schüsseln, holte trockenes Holz, setzte einen zerrissenen Packgurt instand, schliff Schlachtermesser und Lageraxt und packte Hacken und Schaufeln um, so daß sie besser zu tragen waren.

Was während des kurzen Frühstücks Eindruck auf ihn gemacht hatte, war der Respekt, den Anson und der Große Bill vor Charles hatten. Als Anson am Morgen einmal, nachdem er einen neuen Hundertpfundpacken hereingebracht hatte, verschnaufte, machte Tarwater eine feine Anspielung hierauf.

„Sehen Sie, die Sache ist die“, sagte Anson. „Wir haben die Führerschaft geteilt. Jeder hat seine besondere Aufgabe. Ich bin Zimmermann. Wenn wir zum Linderman-See kommen und die Bäume gefällt und zu Planken zersägt sind, habe ich den Bootsbau zu leiten. Der Große Bill ist Flößer und Grubenarbeiter. Er hat für das Holz und für alle Minenunternehmen zu sorgen. Das meiste von unserer

Ausrüstung ist vorausgeschickt. Wir mußten den Indianern so viel für den Transport nach dem Chilcoot bezahlen, daß wir ruiniert sind. Unser letzter Teilhaber ist oben bei den Sachen und schafft sie selbst nach der anderen Seite hinüber. Er heißt Liverpool und ist Seemann. Wenn die Boote gebaut sind, ist er es daher, der ihre Ausrüstung zu leiten hat, damit wir die Seen und Stromwirbel bis Klondike hinunterfahren können."

„Und Charles – dieser Herr Crayton –, was ist seine Spezialität?" fragte Tarwater.

„Er ist Geschäftsmann. Er leitet die Organisation und etwaige Geschäfte."

„Hm", überlegte Tarwater. „Es ist ein Glück, eine solche Schar von Sonderkenntnissen für eine Expedition zu bekommen."

„Mehr als Glück", meinte Anson. „Es war auch alles Zufall. Jeder von uns zog allein. Wir trafen uns auf dem San Franziskoer Dampfer und gründeten die Gesellschaft. – Na, ich muß fort. Sonst gibt Charles mir noch einen Tritt, weil ich nicht meinen Teil trage. Eigentlich kann man doch nicht verlangen, daß ein Mann von hundert Pfund ebensoviel trägt wie einer von hundertsechzig."

„Los, mach uns was zu essen", sagte Charles zu Tarwater, als er das nächste Mal mit einer Last hereinkam und sah, wie geschickt der alte Mann war.

Und Tarwater bereitete ein Mittagessen, das wirklich ein Mittagessen war, wusch die Schüsseln, hatte wirkliches Schweinefleisch und Bohnen zum Abendessen und dazu in einer Bratpfanne gebackenes Brot, das so delikat war, daß die drei Teilhaber sich fast zuschanden daran aßen. Als das Aufwaschen nach dem Abendessen besorgt war, hieb er Späne, um am Morgen schnell und sicher Feuer anmachen zu können, zeigte Anson einen Kniff mit dem Schuhzeug, unentbehrlich für einen Mann, der etwas schleppen sollte, sang sein „Wie vor alters zog die Argo" und erzählte ihnen von der großen Auswanderung über die Steppe im Jahre neunundvierzig.

„Wahrhaftig, das erste anständige und angenehme Lager, seit wir von der See aufbrachen“, bemerkte der Große Bill, als er seine Pfeife ausklopfte und sich die Schuhe aufschnürte, um zu Bett zu gehen.

„Hab' ich's euch ein bißchen erleichtert, Jungens, was?“ forschte Tarwater freundlich. Alle nickten.

„Na, dann will ich euch einen Vorschlag machen, Jungens. Ihr könntet ihn annehmen oder nicht, aber hört ihn bitte an. Ihr habt Eile, weiterzukommen, ehe alles zufriert. Die halbe Zeit, die ihr zum Tragen verwenden könntet, vergeudet einer von euch auf das Kochen. Wenn ich das für euch besorge, werdet ihr alle schneller weiterkommen. Das Essen wird auch besser sein und euch befähigen, besser zu tragen. Und ich selbst kann hin und wieder auch ein bißchen tragen, ein ganz klein bißchen, ja, ein ganz klein bißchen.“

Der Große Bill und Anson wollten gerade zum Zeichen ihres Einverständnisses nicken, als Charles sich dazwischenlegte.

„Was wollen Sie von uns dafür?“ fragte er den alten Mann.

„Ach, das überlasse ich Ihnen.“

„Das ist kein Geschäft“, verwies Charles ihn scharf. „Sie haben den Vorschlag gemacht. Nun machen Sie ihn auch ganz.“

„Nun, die Sache ist so . . .“

„Sie denken, daß wir Sie den ganzen Winter durchfüttern sollen, wie?“ unterbrach ihn Charles.

„Nein, mein Herr, das tue ich nicht. Alles, womit ich rechne, ist, daß eine Reise nach Klondike in Ihrem Boot hochanständig von Ihnen wäre.“

„Sie haben nicht eine Unze Proviant, Alter, Sie würden verhungern, wenn Sie hinkämen.“

„Ich hab' lange Zeit hindurch ziemlich viel Glück mit meiner Ernährung gehabt“, antwortete der alte Tarwater mit einem lustigen Schimmer in den Augen: „Ich bin siebzig und bis jetzt noch nie verhungert.“

„Wollen Sie eine Erklärung unterschreiben, daß Sie selbst für sich sorgen werden, sobald Sie nach Dawson kommen?“ fragte der Geschäftsmann.

„Gewiß“, lautete die Antwort.

Und wieder brachte Charles seine beiden Kompagnons zum Schweigen, die ihre Zufriedenheit mit dem Arrangement äußern wollten.

„Noch eines, Alter: Wir sind vier Teilhaber, die alle in einer solchen Frage Stimmrecht haben. Der junge Liverpool ist mit der Hauptausrüstung vorausgezogen, hat deshalb ein Wörtchen mitzureden und kann es nicht, weil er nicht hier ist.“

„Was für eine Art Teilhaber ist er denn?“ fragte Tarwater.

„Er ist ein grobkörniger Seemann und hat ein rasches, bösartiges Temperament.“

„Ein bißchen ungestüm“, fügte Anson hinzu.

„Und fluchen kann er, einfach fürchterlich“, bezeugte der Große Bill.

„Aber er ist ehrlich“, fügte er hinzu.

Anson nickte herzhaft zu dieser Einschätzung.

„Na, Jungens“, meinte Tarwater, „ich bin von Kalifornien hierhergekommen, und jetzt bin ich unterwegs nach Klondike. Nichts kann mich aufhalten. Ich muß dreihunderttausend aus der Erde holen. Nichts kann mich aufhalten, weil ich das Geld eben brauche. Daß der Junge bösartig ist, stört mich nicht, wenn er nur ehrlich ist. Ich will auf gut Glück mit euch gehen, bis wir ihn einholen. Wenn er dann nicht auf den Vorschlag eingehen will, gebe ich's auf. Aber ich kann mir eigentlich nicht vorstellen, daß er nein sagen wird, denn das hieße, daß wir der Zeit, wenn alles zufriert, zu nahe kommen würden und daß es zu spät für mich wäre, eine andere Möglichkeit zu finden. Und da ich sicher bin, nach Klondike zu kommen, ist es einfach unmöglich, daß er nein sagen wird.“

Der alte John Tarwater wurde eine auffallende Gestalt auf einem Wege, der von auffallenden Gestalten wimmelte. Tausende von Männern, die jeder für sich für jede halbe Tonne Ausrüstung zurücktrotteten und jede Meile Weges zwanzigmal zurücklegten, lernten ihn kennen und begrüßten ihn als „Vater Weihnacht". Und immer, wenn er arbeitete, stimmte er mit der Fistelstimme des alten Mannes sein Lied an. Keiner der drei Männer, denen er sich angeschlossen hatte, konnte sich über seine Arbeit beklagen. Allerdings waren seine Glieder steif – und er litt ein wenig an Rheumatismus. Er bewegte sich langsam und schien zu knirschen und zu knacken, wenn er sich regte. Aber er hielt sich immer in Bewegung. Er war der letzte, der abends in die Wolldecken kroch, und der erste, der morgens herauskam, so daß die andern warmen Kaffee erhielten, ehe sie ihren einen Packen vor dem Frühstück holten. Und zwischen Frühstück und Mittag und zwischen Mittag und Abendbrot ging er stets selber zurück und holte verschiedene Packen. Mehr als sechzig Pfund konnte er indessen nicht tragen. Er konnte es zwar auf fünfundsiebzig bringen, aber nicht für die Dauer. Einmal versuchte er es mit neunzig, fiel aber unterwegs um und war einige Tage ganz schwach.

Arbeit! Auf einem Wege, wo schwer arbeitende Männer zum erstenmal lernten, was Arbeit war, arbeitete keiner im Verhältnis zu seiner Kraft schwerer als der alte Tarwater. Verzweifelt von der Nähe des Winters angetrieben und wahnsinnig von dem Traum vom Golde angelockt, arbeiteten sie bis aufs äußerste und sanken neben dem Wege nieder. Andere schossen sich eine Kugel vor den Kopf, wenn sie sich von der Hoffnungslosigkeit ihres Unternehmens überzeugt hatten. Einige verloren den Verstand, und unter der Qual dieser für Menschen so vernichtenden Anspannung brachen andere die Kameradschaft und beendeten lebenslängliche Freundschaften mit Burschen, die ebensogut wie sie selbst und ebenso überanstrengt und wahnsinnig waren.

Arbeit! Der alte Tarwater beschämte sie alle trotz seinem Knirschen und Knacken und dem schlimmen trockenen Husten, den er sich angeschafft hatte. Früh und spät, unterwegs oder im Lager neben dem Wege, konnte man ihn stets irgendwie beschäftigt sehen, und immer antwortete er auf den Ruf „Vater Weihnacht". Müde Menschen, die zurückgingen, pflegten ihre Packen auf einen Baumstamm oder einen Stein zu stützen, wenn sie zu ihm kamen, und zu sagen: „Sing uns dein Lied von neunundvierzig, Vater." Und wenn er stöhnend ihren Wunsch erfüllt hatte, nahmen sie ihre Lasten wieder auf, bemerkten, daß er wirklich herzergreifend wäre, und gingen weiter.

„Wenn sich je ein Mann seine Reise erarbeitet und verdient hat", vertraute der Große Bill seinen beiden Kompagnons an, „dann ist es unser alter Schelm."

„Darauf kannst du wetten", bestätigte Anson. „Er ist ein wertvoller Zuwachs unserer Gesellschaft, und ich meinerseits hätte nicht das geringste dagegen, ihn zum regelrechten Teilhaber zu machen."

„Nichts davon!" fuhr Charles Clayton dazwischen. „Wenn wir nach Dawson kommen, sind wir fertig mit ihm – so lautet das Abkommen. Wenn wir ihn bei uns behielten, müßten wir ihn nur begraben. Außerdem gibt es Hungersnot, und da ist jede Unze Proviant von Bedeutung. Denkt daran, daß wir ihn den ganzen Weg von unserem eigenen Vorrat füttern, und wenn uns nächstes Jahr der Proviant ausgeht, dann wißt ihr den Grund. Dampfschiffe können erst Mitte Juni Proviant nach Dawson bringen, und bis dahin sind es noch neun Monate."

„Nun ja, du hast ebensoviel an Geld und Ausrüstung eingeschossen wie wir andern", gab der Große Bill zu, „und selbstverständlich hast du ein Wörtchen mitzureden."

„Und das will ich auch haben", betonte Charles mit wachsender Gereiztheit. „Und es ist ein Glück für euch, daß ihr mit eurer blöden Gefühlsduselei einen habt, der für euch an die Zukunft denkt, sonst würdet ihr alle verhungern. Ich sage euch, die Hungersnot steht vor der Tür. Ich bin mir über die Situation klar. Mehl wird zwei Dollar das Pfund kosten oder auch zehn, und niemand wird zu verkaufen haben. Denkt an meine Worte.“

Über die mit losem Geröll bedeckte Ebene, durch die dunkle Schlucht nach dem Scheidekamm, vorbei an überhängenden, stets drohenden Gletschern, nach den Scales und von den Scales die steilen, vom Eis polierten Hänge der Felsen hinauf, wo die Träger mit Händen und Füßen klettern mußten, sorgte der alte Tarwater für das Essen, schleppte und sang. Der erste Herbststurm wehte ihn über den Chilcoot-Paß, jenseits der Waldgrenze. Leute ohne Brennholz am schneidend kalten Rande des Kratersees unter ihm hörten aus dem dichten Schneegestöber oben eine gespensterhafte Stimme singen:

„Wie vor alters zog die Argo,
Kann uns keiner heut' verwehren
Auszuziehen, tum-tum-tum,
Um das Goldne Vlies zu scheren.“

Und aus dem Schneetreiben sahen sie eine hohe, magere Gestalt auftauchen, mit einem Backenbart aus fliegendem Weiß, das sich mit dem Schneesturm mischte, während die Gestalt sich unter einem sechzigpfündigen Packen mit Lagerutensilien beugte.

„Vater Weihnacht!“ ertönte es, und dann: „Drei donnernde Hurras für Vater Weihnacht!“

Zwei Meilen hinter dem Kratersee lag das Glückslager – so genannt, weil hier die Waldgrenze war und die Menschen sich wieder am Feuer erwärmen konnten. Es war kaum Wald zu nennen, denn er bestand nur aus zwergenhaften Bergkiefern, deren Wipfel sich nie höher als einen Fuß über das Moos erhoben und die sich schlängelten und krochen wie die Pflanzen, die von Schweinen aufgewühlt werden. Hier auf dem Wege, der nach dem Glückslager führte, beim ersten Sonnenschein seit mehr als einer Woche, stützte der alte Tarwater seine Last auf einen großen Findlingsstein und schöpfte Luft. Um diesen großen Stein herum ging der Weg, auf dem beladene Männer sich langsam vorwärts arbeiteten und Männer mit leeren Tragriemen schnell nach neuen Lasten zurückhumpelten. Zweimal versuchte der alte Tarwater sich zu erheben und weiterzugehen, und jedesmal ließ er sich, von seinem Zittern gewarnt, wieder sinken, um mehr Kraft zu gewinnen. Vom Wege hinter dem Stein hörte er, wie zwei Männer sich begrüßten; er erkannte die Stimme Charles Claytons und war sich darüber klar, daß sie jetzt Jung Liverpool getroffen hatten. Sofort stürzte Charles sich in Geschäfte, und Tarwater hörte mit großer Deutlichkeit jedes Wort von der wenig schmeichelhaften Beschreibung, die Charles von ihm gab, sowie von dem Vorschlag, ihm freie Reise bis Dawson zu gewähren.

„Ein verflucht blöder Vorschlag", lautete Liverpools Meinung, als Charles ausgesprochen hatte. „Ein alter Großvater von siebzig. Wenn er auf dem letzten Loch pfeift, warum, zum Donnerwetter, habt ihr euch dann so an ihm festgehakt? Wenn es Hungersnot gibt, und es sieht danach aus, brauchen wir jede Unze Proviant für uns selbst. Wir haben uns nur für vier versorgt und nicht für fünf."

„Es ist alles in Ordnung", hörte Tarwater den andern versichern. „Reg dich nicht auf. Das alte Wrack ist darauf eingegangen, die endgültige Entscheidung dir zu überlassen, sobald wir dich einholten. Du brauchst nichts zu tun, als deinen Willen geltend zu machen und nein zu sagen."

„Du meinst, ich soll den Alten an die Luft setzen, nachdem ihr ihn ermutigt habt und seine Arbeit von Dyea bis hierher gebraucht habt?"

„Die Reise ist hart, Liverpool, und nur Männer, die hart sind, kommen durch", bemühte Charles sich, die Sache zu beschönigen."

„Und da soll ich es sein, der die dreckige Arbeit tut?"

beschwerte sich Liverpool, während Tarwater das Herz im Leibe sank.

„Da hast du nicht ganz unrecht“, sagte Charles, „die Entscheidung liegt bei dir.“

Dann stieg das Herz wieder im alten Tarwater, als die Luft von einem Orkan lästerlicher Rede durchschnitten wurde, aus der Sätze brachen wie: „Dreckiges Stinktier. – Erst will ich euch in der Hölle sehen! – Mein Entschluß ist gefaßt. – Brand und Verderbnis der Hölle. – Das alte Wrack zieht mit uns den Yukon hinauf, darauf kannst du dich verlassen, mein Junge! – Hart? Du weißt nicht, was hart ist, aber ich will es dir zeigen! – Ich lasse die ganze Ausrüstung zum Teufel gehen, wenn einer von euch versucht, ihn beiseite zu schieben! – Versucht es nur, und ihr werdet denken, der Jüngste Tag und alle Plagen Gottes hätten euch auf einmal getroffen!“ So sehr stärkte Liverpools Redestrom den alten Mann, daß er sich, ganz ohne sich der Anstrengung bewußt zu sein, unter der Last erhob und nach dem Glückslager schritt.

Vom Glückslager nach dem Langen See, vom Langen See nach dem Tiefen See und über den ungeheuren Schweinerücken bis zum Linderman-See ging der menschentötende Wettlauf mit dem Winter. Männer brachen die Herzen und sprangen die Rücken, und sie weinten neben dem Wege vor Ermattung. Aber der Winter gab nicht nach. Die Herbststürme wehten, und unter bitterkalten, durchweichenden Regenschauern und immer zunehmenden Schneegestöbern schafften Tarwater und die Gesellschaft, an die er geknüpft war, das letzte von ihrer Ausrüstung an den Strand.

Es gab keine Ruhe. Jenseits des Sees, eine Meile hinter einem brüllenden Bergstrom, stachen sie ein Stück Tannenwald ab und bauten ihre Sägegrube. Hier sägten sie mit Handkraft, mit einer unzweckmäßigen Langsäge, Baumstämme zu Brettern. Sie arbeiteten Tag und Nacht. Dreimal wurde der alte Tarwater bei der Nachtarbeit in der Sägegrube ohnmächtig. Am Tage bereitete er wie gewöhnlich das Essen, und in den Abendpausen half er Anson, am Ufer des Bergstromes aus den frischen Planken das Boot zu bauen.

Die Tage wurden kürzer. Der Wind schlug nach Norden um und wurde zu unendlichem Sturm. Morgens krochen die müden Männer aus ihren Wolldecken, setzten sich in Socken an das Feuer, das Tarwater stets für sie angezündet hatte, und tauten ihre gefrorenen Schuhe auf. Immer mehr wurde von der Hungersnot im Lande erzählt. Die letzten Dampfer, die Proviant von der Beringsee brachten, wurden durch den niedrigen Wasserstand an der Grenze des Yukonlandes, Hunderte von Meilen nördlich von Dawson, aufgehalten. Sie lagen bei der Station der alten Hudson-Bay-Kompanie am Fort Yukon innerhalb des Polarkreises. Mehl kostete in Dawson zwei Dollar das Pfund, aber niemand wollte Mehl verkaufen. Bonanza- und Doradokönige mit ungeheurem Geld verließen das Land, weil sie keinen Proviant kaufen konnten. Komitees von Minenarbeitern konfiszierten alle Nahrungsmittel und setzten die Bevölkerung auf knappe Rationen. Ein Mann, der auch nur eine Unze Proviant zurückhielt, wurde wie ein Hund niedergeschossen. Zwei Dutzend wurden schon hingerichtet.

Und unter einer Anstrengung, die so viele jüngere geknickt hatte, begann auch der alte Tarwater zusammenzubrechen. Sein Husten war schrecklich geworden, und hätten seine ermatteten Kameraden nicht wie die Toten geschlafen, so würde er sie die Nächte hindurch wach gehalten haben. Er begann auch an Kälteschauern zu leiden, so daß er sich mit allen Kleidungsstücken, die er hatte, ins Bett legte und sein Kleidersack nicht einen Fetzen mehr enthielt. Alles, was er besaß, war um seine magere, alte Gestalt gewickelt.

„Wenn er jetzt schon, wo das Thermometer nicht niedriger als zwanzig Grad Fahrenheit über dem Nullpunkt steht, alles anzieht, was er hat", sagte der Große Bill, „was will er dann erst tun, wenn es auf fünfzig oder sechzig unter Null fällt?"

Sie zogen das roh gearbeitete Boot an einer Leine den Bergstrom hinab, wobei sie es ein dutzendmal fast verloren hätten, und ruderten es über das Südende des Linderman-Sees direkt in einen Herbststurm hinein. Am nächsten Morgen gedachten sie das Boot zu beladen und geradewegs nach Norden ihre gefährliche Fahrt von fünfhundert Meilen über Seen, Stromschnellen und tief eingeschnittene Flußbetten anzutreten. Ehe jedoch der junge Liverpool an diesem Abend zu Bett ging, verließ er das Lager. Er kehrte wieder und fand die ganze Gesellschaft im Schlaf. Er weckte Tarwater und sprach leise mit ihm.

„Hören Sie, Vater", sagte er, „Sie haben freie Fahrt in unserm Boot. Und wenn sich je ein Mann freie Fahrt verdient hat, so sind Sie es. Aber Sie wissen selbst, daß Sie schon ziemlich bei Jahren sind und daß Sie augenblicklich nicht mit Ihrer Gesundheit prahlen können. Wenn Sie mit uns weiterziehen, setzen Sie, so sicher wie die Hölle, Ihren Pelz zu. – Lassen Sie mich ausreden, Vater. Die Bezahlung für eine Reise ist jetzt auf fünfhundert Dollar gestiegen. Ich habe meinen Willen durchgesetzt und einen Passagier abgelehnt. Er ist Beamter der Alaska-Handelsgesellschaft, muß unbedingt ins Land und hat sechshundert geboten, um in unserm Boot mitzufahren. Die Fahrt gehört Ihnen. Verkaufen Sie sie ihm, stecken Sie die sechshundert in die Tasche und ziehen Sie wieder heim, solange der Weg gut ist. Sie können in zwei Tagen in Dyea und eine Woche später in Kalifornien sein. Was meinen Sie dazu?"

Tarwater hustete und zitterte eine Weile, ehe er Luft bekam, um zu reden.

„Mein Sohn", sagte er, „ich möchte Ihnen nur eines sagen. Ich fuhr neunundvierzig mit einem Viergespann von Ochsen über die Steppe, ohne einen einzigen zu verlieren. Ich fuhr mit ihnen direkt nach Kalifornien, und später arbeitete ich als Fuhrmann mit ihnen von Sutter Fort nach American Bar. Und jetzt bin ich nach Klondike unterwegs. Nichts kann mich halten. Nichts. Ich muß mit Ihnen am

Steuer im Boot bis nach Klondike reisen und dreihunderttausend aus den Graswurzeln schütteln. Da es so steht, wäre es gegen alle Vernunft, wenn ich meine Reise verkaufte. Aber ich danke Ihnen herzlich, mein Sohn, ich danke Ihnen herzlich."

Einer plötzlichen Eingebung folgend, streckte der junge Seemann die Hand aus und ergriff die des alten Mannes.

„Bei Gott, Vater!" rief er. „Sie werden sicher hinkommen. Sie sind aus dem richtigen Stoff gemacht."

Er ließ einen Blick unverstellter Verachtung über die Schlafenden zu der Stelle schweifen, wo Charles Crayton in seinen roten Bart schnarchte. „Es scheint heute nicht mehr viele Ihres Schlages zu geben, Vater."

Nordwärts kämpften sie sich, obwohl Veteranen, die zurückkehrten, den Kopf schüttelten und prophezeiten, daß sie auf den Seen erfrieren würden. Daß das Wasser jeden Tag zufrieren konnte, war klar, und es hieß ohne Zögern aufzubrechen. Deshalb entschloß Liverpool sich, mit dem vollbelasteten Boot über den reißenden Strom zu fahren, der den Linderman-See mit dem Bennett-See verbindet. Man pflegte die leeren Boote abwärts zu ziehen und die Fracht hinüberzutragen, und selbst dabei hatten viele leere Boote Schiffbruch erlitten. Jetzt aber war keine Zeit zu solcher Vorsicht.

„Steigen Sie aus, Vater", kommandierte Liverpool, als er sich anschickte, vom Ufer abzustoßen und sich in die Stromschnellen zu stürzen.

Der alte Tarwater schüttelte sein weißes Haupt.

„Ich bleibe bei der Ausrüstung", erklärte er. „Das ist die einzige Möglichkeit durchzukommen. Sehen Sie, mein Sohn, ich muß nach Klondike. Wenn ich im Boot bleibe, ist es eben selbstverständlich, daß das Boot nach Klondike kommt. Steige ich aus, so ist es höchstwahrscheinlich, daß ihr das Boot verliert."

„Na, es hat keinen Zweck, das Boot zu überlasten", erklärte Charles und sprang plötzlich ans Ufer, als das Boot loswarf.

„Das nächste Mal wartest du meinen Befehl ab!“ rief Liverpool ihm zu, während die Strömung das Boot packte. „Und dann gibt es kein Herumspazieren um die Stromschnellen und keine Zeitvergeudung mehr, um auf dich zu warten und dich wieder aufzulesen.“

Für jedes Stück, das sie auf dem Strom in zehn Minuten schafften, brauchte Charles fast eine halbe Stunde, und die Zeit, die sie am Ende des Bennett-Sees auf ihn warteten, verbrachten sie mit mehreren arg mitgenommenen zurückkehrenden Veteranen. Die Nachrichten von der Hungersnot waren ernster als je. Die berittene Nordwest-Polizei, die am unteren Ende des Marsh-Sees stationiert war, wo die Goldgräber auf kanadisches Gebiet gelangten, ließ keinen durch, der nicht mindestens siebenhundert Pfund Proviant mitbrachte. In Dawson warteten tausend Mann mit Hunden auf das Zufrieren des Sees, um über das Eis zu kommen. Die Handelsgesellschaften konnten ihre Verträge bezüglich der Lieferung von Nahrungsmitteln nicht erfüllen, und Teilhaber losten unter sich, wer weiterziehen und wer zurückbleiben und die Claims bearbeiten sollte. „Das entscheidet“, sagte Charles, als er von dem Auftreten der berittenen Polizei hörte. „Alter Mann, Sie können ebensogut gleich umkehren.“

„Klettern Sie an Bord“, kommandierte Liverpool, „wir gehen nach Klondike, und der alte Vater geht mit.“

Ein Umschlagen des Sturmes nach Süden schaffte ihnen günstigen Wind auf dem Bennett-See, auf dem sie vor dem Winde unter einem großen, von Liverpool verfertigten Segel liefen. Das schwere Gewicht der Ausrüstung wirkte als Ballast, so daß er drauflosfuhr, wie ein kühner Seemann muß, wenn jede Minute von Wichtigkeit ist. Eine Drehung des Windes von vier Strich nach Südwest, die gerade rechtzeitig kam, als sie den Caribou Crossing erreichten, trieb sie durch dieses Bindeglied von Tagish- und Marsh-See. Während eines stürmischen Sonnenuntergangs und der darauffolgenden Dämmerung unternahmen sie die gefährliche Kreuzung über den Großen Windarm, wo sie zwei an-

dere Boote mit Goldgräbern kentern und die Insassen ertrinken sahen.

Charles war dafür, daß sie nachts an Land gehen sollten, aber Liverpool blieb unerbittlich und steuerte nach dem Tagish-See, wobei er sich nach dem Geräusch der Brandung auf den Klippen und nach den gelegentlichen Feuern an der Küste richtete, die von schiffbrüchigen oder furchtsamen Argonauten erzählten. Um vier Uhr morgens weckte er Charles. Der alte Tarwater, der wach lag und zitterte, hörte, wie Liverpool Charles nach achtern neben sich an die Ruderpinne rief, und hörte auch die einseitige Unterhaltung.

„Hör gut zu, Freund Charles, und halt selber den Mund“, begann Liverpool. „Ich wünsche, daß du dir eins merkst. Der alte Vater reist weg auf Order der Polizei. Verstanden? Er reist weg. Wenn sie unsere Ausrüstung untersuchen, gehört dem alten Vater ein Fünftel davon. Verstanden? Dadurch kommen wir alle unter das Gewicht, das wir haben sollten, aber wir werden sie schon irgendwie bluffen. Also merk dir das und vergiß es nicht! Es bleibt dabei!“

„Wenn du glaubst, ich würde das alte Wrack verraten . . .“, begann Charles gekränkt.

„Das ist dein Gedanke, ich habe nicht ein Wort davon gesagt“, unterbrach ihn Liverpool. „Versteh mich recht: Mir ist es einerlei, was du gedacht hast. Es kommt darauf an, was du denken wirst. Wir kommen heute im Laufe des Nachmittags an der Polizeistation vorbei und müssen uns bereithalten, die Geschichte ohne Blinzeln durchzuführen, und es ist am besten, so wenig wie möglich davon zu reden.“

„Wenn du glaubst, ich wollte . . .“, begann Charles wieder.

„Hör mal“, unterbrach ihn Liverpool. „Ich weiß nicht, was du willst. Ich will es auch nicht wissen. Ich wünsche, daß du weißt, was ich will. Wenn wir Pech haben, wenn der alte Vater von der Polizei zurückgeschickt wird, dann suche ich mir den ersten ruhigen Platz aus und setze dich an Land. Und dann gebe ich dir eine gehörige Tracht Hiebe. Versteh mich recht. Das wird keine halbe Sache, sondern eine richtige zweibeinige und zweihändige Tracht Hiebe. Ich gedenke dich nicht totzuschlagen, aber viel wird nicht daran fehlen."

„Aber was kann ich denn dabei machen?" meinte Charles kläglich.

„Nur eines", waren Liverpools Schlußworte. „Bete nur kräftig, daß der alte Vater an der Polizei vorbeikommt, daß er wirklich vorbeikommt – das ist alles. Und nun mach, daß du wieder in deine Decken kommst."

Ehe sie den Le-Barge-See erreichten, war das Land mit Schnee bedeckt, der das nächste halbe Jahr nicht schmelzen sollte. Sie konnten auch nicht nach Belieben am Ufer anlegen, denn dort bildete sich schon eine Eiskante. Gerade vor der Mündung des Flusses in den Le-Barge-See fanden sie Hunderte von Argonauten, deren Boote der Sturm aufgehalten hatte. Von Norden wehte quer über den großen See herüber ein unendlicher Schneesturm. Drei Morgen hintereinander stießen sie ab und kämpften mit dem Sturm und den Wellen, deren Spritzer zu Eis wurden, wenn sie ins Boot fielen. Während die anderen sich an den Riemen zuschanden arbeiteten, sorgte der alte Tarwater dafür, sein Blut genügend in Zirkulation zu halten, indem er das Eis zerhieb und über Bord warf.

Als sie drei Tage nacheinander geschlagen waren und hilflos dalagen, machten sie kehrt und liefen wieder in den schirmenden Fluß ein.

Am vierten Tage waren die Boote zu dreihundert angewachsen, und die zweitausend Argonauten an Bord wußten, daß der große Sturm das Zufrieren des Le-Barge-Sees verkündete. Eine Strecke weiter strömten die reißenden Flüsse noch tagelang. Wenn sie aber nicht gleich aufbrachen, waren sie dazu verurteilt, für die nächsten sechs Monate einzufrieren.

„Heute müssen wir durchkommen", erklärte Liverpool.

„Heute gibt es kein Umkehren. Und wer von uns an den Riemen stirbt, wird wieder aufleben und weiterrudern."

Und sie kamen durch; sie legten bis Anbruch der Nacht die Hälfte von der Länge des Sees zurück und ruderten weiter die ganze Nacht, während der Wind sich legte. Sie schliefen an den Riemen ein, wurden von Liverpool aufgerüttelt und arbeiteten sich durch einen bösen Traum, lang wie ein Leben, hindurch, während die Sterne zum Vorschein kamen, die Oberfläche des Sees glatt wie ein Stück Papier wurde und zu dünnem Eis gefror, das wie zerbrochenes Glas klirrte, wenn die Ruderblätter es zerschlugen.

Als der Tag klar und kalt anbrach, fuhren sie in die Flußmündung ein und ließen einen zugefrorenen See hinter sich. Liverpool sah sich nach seinem betagten Passagier um und fand ihn hilflos und fast bewußtlos. Als er das Boot an die Eiskante schwang, um ein Feuer zu machen und Tarwater zu erwärmen, protestierte Charles gegen einen solchen Zeitverlust.

„Dies ist nicht Geschäft, misch dich also nicht hinein", unterrichtete Liverpool ihn. „Ich bin es, der für die Bootsfahrt einsteht. Klettere also nur heraus und hack Holz, und zwar eine Menge. Ich werde für Vater sorgen. Du, Anson, machst ein Feuer, und du, Bill, stellst den Yukonofen im Boot auf. Der alte Vater ist nicht so jung wie wir andern, und für den Rest dieser Reise soll er am Feuer sitzen." Alles geschah, wie er sagte, und das Boot, dessen zwei Ofenröhren der Rauch wie einem Flußdampfer entstieg, wurde vom Strom gepackt, stieß auf Klippen, blieb hängen, wo der Strom sich teilte, ging auf Stromschnellen und tiefe Schluchten los und trieb immer tiefer in den Winter des Nordlandes hinein. Der Große und der Kleine Lachsfluß warfen Grützeis in den Hauptstrom, als sie vorbeifuhren, und unterhalb der Schnellen löste sich Grundeis vom Flußbett und bedeckte die Oberfläche mit kristallklarem Schaum. Tag und Nacht wuchs das Randeis, bis es an ruhigen Stellen hundert Meter weit von der Küste in den Strom ragte. Und der alte Tarwater saß mit all seinen Kleidungsstücken am Ofen und schürte das Feuer. Da sie aus Furcht vor dem drohenden Zufrieren nicht anzuhalten wagten, fuhren sie Tag und Nacht weiter, inmitten einer immer wachsenden Menge Grützeis.

„Hallo, wie steht's, Alter?" rief Liverpool von Zeit zu Zeit.

„Glänzend", hatte der alte Tarwater zu antworten gelernt.

„Mein Sohn, was kann ich je zum Dank für Sie tun?" fragte Tarwater, der für das Feuer sorgte, zuweilen Liverpool, der um die Blutzirkulation rege zu halten, bald die eine, bald die andere Hand auf den Bootsrand schlug, während er auf dem eiskalten Achtersitz saß und steuerte.

„Sing nur dein Lied, alter Neunundvierziger", lautete die merkwürdige Antwort.

Und Tarwater erhob seine Stimme zu einem gackernden Singen, das er laut erklingen ließ, als das Boot schließlich durch das treibende Grützeis ans Ufer schwang, am Ufer von Dawson vertäut wurde und die ganze Flußstraße in Dawson die Ohren spitzte, um den Triumphgesang zu hören:

„Wie vor alters zog die Argo,
Kann uns keiner heut' verwehren
Auszuziehen, tum-tum-tum,
Um das Goldne Vlies zu scheren."

Charles tat es, aber er tat es so vorsichtig, daß keiner von seiner Gesellschaft, am wenigsten der Seemann, etwas davon erfuhr. Er sah, daß zwei große, offene Boote sich mit Männern füllten. Auf seine Frage erfuhr er, daß es Leute ohne Proviant waren, die vom Sicherheitsausschuß eingefangen waren und den Yukon hinabgeschickt wurden. Die Boote sollten von dem letzten kleinen Dampfer, der sich in Dawson befand, geschleppt werden, und man hoffte, daß sie, ehe der Fluß zufror, Fort Yukon erreichten, wo die gestrandeten Dampfer lagen. Auf jeden Fall sollte Dawson von ihrer Anwesenheit und ihrem Hunger befreit werden, einerlei, wie es ihnen erging. Deshalb begab sich Charles zum Sicherheitsausschuß, um ihm heimlich einen Floh bezüglich Tarwaters ins Ohr zu setzen, der weder Proviant noch Geld hatte und alt war. Tarwater war einer der letzten, der aufgelesen wurde, und als der junge Liverpool ans Ufer zurückkehrte, sah er gerade noch die Boote in einer Pressung von Grützeis um die Biegung hinter den Moosehide-Bergen verschwinden.

Die Boote fuhren den ganzen Tag im Grützeis und entgingen mehrmals Baumstämmen, die an seichten Stellen im Grunde des Yukons saßen. Sie legten ihre Hunderte von Meilen nordwärts zurück und froren dicht neben der Proviantflotte ein. Hier, innerhalb des Polarkreises, ließ der alte Tarwater sich für den langen Winter nieder. Er arbeitete täglich einige Stunden, indem er Holz für die Dampfschiffgesellschaft hackte, und das genügte, ihn zu ernähren. Die übrige Zeit hatte er nichts zu tun, als in seiner aus Baumstämmen erbauten Hütte den Winterschlaf zu halten.

Wärme, Ruhe und genügend Nahrung heilten seinen schlimmen Husten und brachten ihn in einen so guten Gesundheitszustand, wie es für seine vorgeschrittenen Jahre möglich war. Aber kurz vor Weihnachten verursachte der Mangel an frischem Gemüse eine Skorbutepidemie, und einer der enttäuschten Abenteurer nach dem anderen ergab sich auf diesem Höhepunkt des Unglücks kläglich und legte sich in seine Koje. Das tat Tarwater nicht. Als sich die ersten Symptome bei ihm zeigten, brachte er sein einziges Heilmittel, nämlich Bewegung, in Anwendung. In der alten Handelsstation gehörigen Niederlage suchte er eine Anzahl alter Fallen hervor, und von einem Dampferkapitän lieh er sich eine Büchse.

So ausgerüstet, ließ er das Holzhacken und begann mehr als sein bloßes Auskommen zu verdienen. Auch als der Skorbut in seinem eigenen Körper ausbrach, verlor er den Mut nicht. Immer noch versorgte er seine Fallen und sang sein altes Lied. Kein Pessimist konnte seine Sicherheit bezüglich der dreihunderttausend erschüttern, die er in einem Strom von Klondikegold aus den Graswurzeln schütteln wollte.

„Aber dies ist kein Goldland", sagten sie zu ihm.

„Gold ist, wo man es findet, mein Sohn. Ich muß es doch wissen, denn ich habe in Minen gearbeitet, längst ehe du geboren wurdest, im Jahre neunundvierzig", lautete die Antwort. „Was war Bonanza Creek anderes als eine Elchweide? Kein Goldsucher wollte ihn ansehen; und doch wuschen sie Pfannen zu fünfhundert Dollar aus und gewannen fünfzig Millionen Dollar. Dorado war ebenso schlecht. Nach allem, was man weiß, liegen gerade unter dieser Hütte oder eben jenseits des nächsten Hügels Millionen und warten darauf, daß ein Glücklicher wie ich kommt und sie ans Tageslicht bringt."

Ende Januar kam sein Unglück. Irgendein kräftiges Tier, seiner festen Meinung nach ein Luchs, verfing sich in einer seiner Fallen und schleppte sie fort. Ein starker Schneefall hielt seine Verfolgung auf halbem Wege auf, verlöschte die Fährte und ließ ihn sich verirren. Es war nur wenige Stunden täglich zwischen den zwanzig Stunden Finsternis hell, und seine Bemühungen in der Dämmerung und dem beständigen Schneefall hatten zur Folge, daß er sich noch gründlicher verirrte. Glücklicherweise steigt das Thermometer stets, wenn Winterschnee im Nordland fällt; statt der gewöhnlichen vierzig, fünfzig oder sogar sechzig Grad Fahrenheit unter Null blieb die Temperatur auf fünfzehn Grad stehen. Er war auch warm gekleidet und hatte eine volle Streichholzschachtel bei sich. Ferner trug zur Linderung seiner Unannehmlichkeit bei, daß er am fünften Tage einen verwundeten Elch tötete, der mehr als eine halbe Tonne wog. Er schlug sein Lager neben dem toten Elch in einem tannenbewachsenen Gelände auf und bereitete sich darauf vor, hier den Winter durchzuhalten, falls er nicht von einer Abteilung, die nach ihm suchte, gefunden wurde oder sein Skorbut sich verschlimmern sollte.

Nach zwei Wochen aber hatte sich noch kein Mensch gezeigt, sein Skorbut sich aber unweigerlich verschlimmert. Dicht an seinem Feuer, gegen die äußere Kälte durch eine Mauer aus Tannenzweigen geschützt, lag er lange Stunden zusammengekauert schlafend und lange Stunden wach da. Aber die wachen Stunden wurden weniger, wurden sehr bald zu halbwachen und halbträumenden Stunden. Und langsam sank der letzte Funke von Bewußtsein, der John Tarwater ausmachte, immer tiefer hinab in die Tiefe seines Wesens, die zusammengesetzt war, ehe der Mensch Mensch war oder während er Mensch wurde, als er zuerst von allen Tieren sich selbst mit nach innen gewandten Augen betrachtete und den Grundstein zur Moral in einem Aberglauben gelegt hatte, der die Welt mit den Ungeheuern bevölkert, die seinen eigenen, jeder Ethik baren Wünschen entsprungen waren.

Wie ein Mensch im Fieber mit langen Zwischenräumen zum Bewußtsein erwacht, so erwachte der alte Tarwater, bereitete sich sein Elchfleisch und legte Holz aufs Feuer. Aber immer längere Zeit verbrachte er in seiner Schlaffheit, ohne zu wissen, was Traum im Wachen und was Traum im Schlafen während seiner Bewußtlosigkeit war. Und hier, in den unvergeßlichen Verstecken der ungeschriebenen Geschichte der Menschheit, die undenkbar und nicht zu erfahren ist, wie die Begebenheiten in einem Alptraum oder unmögliche Erlebnisse in der Verrücktheit, begegnete er den Ungeheuern, die das erste Moralgefühl des Menschen geschaffen und die ihn seither stets geplagt haben, so daß er phantastische Erzählungen ersinnen mußte, um sie zu täuschen oder zu bekämpfen.

Kurz, unter der Last seiner siebzig Jahre, in der ungeheuren schweigenden Einsamkeit des Nordens fand der alte Tarwater wie in einem durch einen Schlaftrunk oder ein Betäubungsmittel hervorgerufenen Delirium das kindliche Gemüt des Kindmenschen einer früheren Zeit wieder. In der Dämmerung der flatternden Schwingen des Todes kauerte Tarwater nieder und begann wie sein ferner Vorgänger, der Kindmensch, Mythen zu schaffen, die Sonne zu einem Halbgott zu machen und selbst der Halbgott zu werden, der nach dem Schatz aus undenkbaren Zeiten suchte, nach dem Schatz, der so schwer zu erringen ist.

Entweder mußte er den Schatz gewinnen – denn so lautete die unerbittliche Logik im Schattenland des Unbewußten –, oder er mußte in dem alles verschlingenden Meer, dem schwarzen Verzehrer des Lichts, versinken, der allnächtlich die Sonne verschlang, so daß sie erlosch – die Sonne, die immer wieder neu geboren am nächsten Morgen im Osten aufging und die für den Menschen das erste Symbol der Unsterblichkeit durch Wiedergeburt geworden ist. Alles das war in den Tiefen seines Bewußtseins (dem dunklen Westen des sinkenden Lichts) die nahe Dämmerung des Todes, in der er langsam versank.

Wie aber sollte er diesen finsteren Ungeheuern entgehen, die ihn von innen heraus langsam verschlangen? Allzu tief versunken war er, um von Befreiung zu träumen oder einen Fluchtgedanken zu hegen. Für ihn hatte die Wirklichkeit aufgehört zu sein. Nicht einmal aus der verfinsterten Kammer seines eigenen Ichs konnte die Wirklichkeit wieder aufflammen. Seine Jahre lasteten zu schwer auf ihm, und die Schwäche, die Folge der Krankheit, und die Schlaffheit und Gefühllosigkeit, die Folgen der Stille und Kälte, waren zu mächtig. Nur von außen konnte die Wirklichkeit auf ihn wirken und in ihm die Aufmerksamkeit für die Wirklichkeit wieder erwecken. Sonst mußte er durch das Schattenreich des Unbewußten in die völlige Finsternis der Auslöschung sinken.

Doch er kam, dieser Anstoß der Wirklichkeit von außen, krachte in einem lauten, explosiven Schnauben gegen seine Trommelfelle. Zwei Tage lang, bei einer Temperatur, die sich nie über fünfzig Grad unter Null erhob, hatte sich nicht ein Windhauch geregt, hatte nicht der geringste Laut die Stille durchbrochen. Wie der Opiumraucher auf seiner Ruhebank seine Augen wieder von den weiten Räumen des Traumes auf die Enge der elenden Kammer einstellt, so starrte der alte Tarwater mit unsicherem Blick vor sich hin, über das sterbende Feuer, auf einen großen Elch, der ihn, ein verwundetes Bein nachschleppend, mit äußerster Ermattung, erschrocken anstarrte; auch der war im Schattenland umhergeschweift und gerade durch Tarwaters Feuer zur Wirklichkeit erwacht.

Matt zog der alte Tarwater sich den großen Fäustling aus Fell mit dem dicken Wollrand von seiner rechten Hand. Er versuchte, den Zeigefinger zu bewegen, fand aber, daß er zu steif war. Vorsichtig, langsam, in langen Minuten, wühlte er die bloße Hand unter seiner Wolljacke und seine Fellparks, durch die Brustöffnung seiner Hemden in seine linke Armhöhle, die nur wenig warm war. Lange Minuten vergingen, ehe der Finger beweglich wurde, und dann hob er mit ebenso vorsichtiger Langsamkeit die Büchse an die Schulter und zielte über das Feuer hinweg auf das große Tier.

Bei dem Schuß wankte der eine der beiden schattenhaften Wanderer in die Finsternis hinab, und der andere wirbelte aufwärts zum Licht, wie ein Betrunkener auf seinen vom Skorbut geschwächten Beinen taumelnd, vor Nervosität und Kälte bebend. Er rieb sich mit zitternden Fingern die rinnenden Augen und starrte auf die wirkliche Welt um sich her, die mit einer so überwältigenden Plötzlichkeit zu ihm zurückgekehrt war. Er nahm sich zusammen und erkannte, daß er lange Zeit, wie lange, wußte er nicht, in den Armen des Todes gebettet gewesen. Er spie aus, lauschte auf das Geräusch und schloß daraus, daß es weit unter sechzig Grad sein mußte. Tatsächlich zeigte das Spiritusthermometer in Fort Yukon an diesem Tage fünfundsiebzig Grad Fahrenheit unter Null, was, da der Gefrierpunkt zweiunddreißig Grad über Null liegt, hundertundsieben Grad Frost entspricht.

Langsam schmiedete Tarwaters Hirn einen vernünftigen Plan zur Tat. Hier in der unendlichen Einsamkeit wohnte der Tod. Zwei verwundete Elche waren hierhergekommen. Als sich der Himmel nach Eintritt der großen Kälte geklärt hatte, war ihm die Lage seiner Zufluchtsstätte klargeworden. Er wußte, daß die beiden verwundeten Elchtiere sich von Osten zu ihm geschleppt hatten. Deshalb mußte es Menschen im Osten geben – ob Weiße oder Indianer, konnte er nicht sagen –, aber jedenfalls Menschen, die ihm in seiner Not beistehen und ihm helfen konnten, sich jenseits des Meeres der Finsternis in der Wirklichkeit zu verankern.

Er bewegte sich langsam, aber er bewegte sich, umgürtete sich mit Büchse und Munition, nahm Streichhölzer und einen Packen mit zwanzig Pfund Elchfleisch. Ein verjüngter Argonaute, wenn auch auf beiden Beinen lahm und wankend, kehrte er dem gefährlichen Westen den Rücken und hinkte nun nach Osten, wo die Sonne aufgeht und wiedergeboren wird.

Mehrere Tage später – wie viele, sollte er nie erfahren – gelangte er, unter Träumen und Gesichten und sein altes Goldlied von neunundvierzig gackernd, wie einer, der am Ertrinken ist und matt schwimmt, um sein Bewußtsein über der verschlingenden Finsternis zu halten, auf einen Schneehang über einer tiefen Bergesschlucht und sah von unten Rauch aufsteigen und Männer, die mit der Arbeit aufhörten, um ihn anzustarren. Immer singend, stolperte er zu ihnen hinab, und als er vor Atemlosigkeit aufhörte, riefen sie ihn mit verschiedenen Namen: Heiliger Nikolaus, alter Weihnacht, Vollbart, Letzter Mohikaner und Vater Weihnacht. Und als er bei ihnen war, stand er ganz still, ohne zu reden, während große Tränen aus seinen Augen rannen. Er weinte lange schweigend, bis er sich, als besänne er sich plötzlich, mit krachenden und knirschenden Gliedern in den Schnee setzte, in dieser vorteilhaften Stellung seitwärts umsank und in eine ruhige und leichte Ohnmacht fiel.

In weniger als einer Woche war der alte Tarwater wieder auf den Beinen und hinkte bei der Hausarbeit in der Hütte umher, bereitete Essen und wusch auf für die fünf Mann am Bach. Es waren echte Pioniere, zäh und schwer zu narren, die so tief in der Polarwelt begraben gewesen waren, daß sie nichts von dem Sturm auf Klondike wußten. Die Nachrichten, die er ihnen brachte, waren das erste, was sie davon hörten. Sie lebten fast ausschließlich von Elch- und Renfleisch und geräuchertem Lachs, dazu wilden Beeren und einigen saftigen wilden Wurzeln, von denen sie im Sommer einen Vorrat gesammelt hatten. Sie hatten vergessen, wie Kaffee schmeckte, machten Feuer mit einem Brennglas, führten, wohin sie reisten, natürliche Feuerhölzer mit sich und rauchten in ihren Pfeifen getrocknete Blätter, die die Zunge bissen und in der Nase brannten.

Vor drei Jahren hatten sie von den Hauptstrecken von Koyokuk nordwärts bis zur Mündung des Mackenzie in das Nördliche Eismeer nach Gold gesucht. Dort hatten sie auf den Walfängerschiffen die letzten weißen Männer gesehen und sich mit dem letzten Proviant für weiße Männer versehen, der hauptsächlich aus Salz und Rauchtabak bestand. Auf dem Weg nach Süden und Westen, auf dem weiten Zug bis zur Vereinigung von Yukon und Porcupine bei Fort Yukon, fanden sie in diesem Bach Gold und blieben hier, um den Boden zu bearbeiten.

Sie begrüßten Tarwaters Ankunft mit Freuden, wurden nie müde, seinen Erzählungen von neunundvierzig zu lauschen, und tauften ihn um zu „alter Held". Mit Tee aus Tannennadeln, mit einem Gebräu aus Weidenrinde, mit sauren und bitteren Wurzeln und Zwiebeln aus der Erde trieben sie den Skorbut aus ihm heraus, so daß er nicht mehr hinkte und seine knochige Gestalt sich mit Fleisch zu bedecken begann. Er sah immer noch nicht ein, weshalb er nicht einen reichen Goldschatz aus der Erde gewinnen sollte.

„Wir wissen nichts von diesen dreihunderttausend", sagten sie eines Morgens beim Frühstück, ehe sie zu ihrer Arbeit gingen, zu ihm. „Aber würden hunderttausend nicht genügen, alter Held? Das ist ein Claim unserer Berechnung nach wert; der Boden ist schlecht abgegrenzt, und wir haben schon ein Stück für dich abgesteckt."

„Na ja, Jungens", antwortete der alte Tarwater. „Ich

danke euch herzlich, und alles, was ich sagen kann, ist, daß hunderttausend hübsch und für einen Anfänger sogar sehr hübsch sein würden. Aber natürlich höre ich nicht auf, ehe ich die dreihunderttausend voll habe. Deshalb bin ich ins Land gekommen."

Sie lachten, priesen seinen Ehrgeiz und meinten, daß sie dann einen reicheren Bach für ihn ausfindig machen müßten. Und der alte Held meinte, daß er sich selbst, wenn das Frühjahr käme und er sich kräftiger fühlte, umschauen müsse.

„Denn nach allem, was man weiß", sagte er, indem er auf einen Bergeshang auf der anderen Seite des Tales wies, „kann das Gold vielleicht in Klumpen an den Mooswurzeln dort unter dem Schnee hängen."

Er sagte nichts mehr, als aber die Sonne stieg und die Tage wärmer und länger wurden, starrte er oft nach dem Bach und nach der deutlichen Terrassenformation in halber Höhe des Berges hinüber. Und eines Tages, als die Schneeschmelze schon in vollem Gange war, setzte er über den Fluß und erklomm die Terrasse. Wo der Boden der Sonne ausgesetzt war, war er schon einen Zoll tief geschmolzen. An einer solchen Stelle legte er sich nieder, nahm eine Handvoll Moos in seine großen, knorrigen Hände und zerrte die Wurzeln auseinander. Die Sonne schien auf mattschimmerndes Gold. Er schüttelte das Moos, und derbe Klumpen wie Kies fielen auf die Erde. Es war das Goldne Vlies, zum Scheren bereit.

Nicht vergessen in den Annalen Alaskas ist der Sommer 1898, in dem die Goldgräber von Fort Yukon nach den Minen bei den Terrassen von Tarwater Hill strömten. Und als Tarwater seinen Besitz für rund eine halbe Million an die Bowdie-Gesellschaft verkaufte und die Nase nach Kalifornien kehrte, ritt er auf einem Maultier auf einem neu angelegten Weg mit behaglichen Häusern bis zur Dampferanlegestelle von Fort Yukon.

Bei der ersten Mahlzeit auf dem Ozeandampfer von St. Michaels wurde er von einem grauhaarigen Steward bedient, dessen Gesicht von Sorgen verheert und dessen Körper vom Skorbut verrenkt war. Der alte Tarwater mußte ihn zweimal in Augenschein nehmen, um sich zu vergewissern, daß es Charles Crayton war.

„Schlecht gegangen, mein Sohn, was?" fragte Tarwater.

„So viel Glück habe ich gehabt", klagte der andere, als er ihn erkannt und begrüßt hatte. „Nur einer von der Gesellschaft wurde vom Skorbut gepackt. Ich habe Höllenqualen erduldet. Die anderen drei arbeiten alle, sind gesund und bekommen Proviant und Ausrüstung, um im Winter am Weißen Fluß nach Gold zu suchen. Anson verdient fünfundzwanzig täglich als Zimmermann. Liverpool schlägt Holz für die Sägemühle und kriegt zwanzig, und der Große Bill hat vierzig täglich als Vorarbeiter der Sägemühle. Ich tat mein Bestes, und wenn der Skorbut nicht gewesen wäre . . ."

„Sicher, mein Sohn, hast du dein Bestes getan, was viel sein muß, da du von Natur aus reizbar und durch zu viele Geschäfte hart geworden bist. Aber ich will dir etwas sagen. Jetzt bist du so verschandelt, daß du dich nicht mehr zur Arbeit eignest. Ich werde deine Überfahrt beim Kapitän bezahlen, in freundlicher Erinnerung an die Unterstützung, die du mir gewährt hast, und du kannst dich den Rest der Reise ausruhen. Wie steht es mit dir, wenn du in San Franzisko an Land gehst?"

Charles Crayton zuckte die Achseln.

„Ich will dir etwas sagen", fuhr Tarwater fort. „Es gibt Arbeit für dich auf meinem Gut, bis du wieder mit Geschäften anfangen kannst."

„Ich könnte Ihr Geschäft verwalten", begann Charles eifrig.

„Nein, mein Herr", erklärte Tarwater mit Nachdruck. „Aber es gibt immer Löcher für Pfosten zu graben und Brennholz zu hacken, und das Klima ist ausgezeichnet . . ."

Tarwater kam heim als der wahre verlorene Großvater,

für den das fette Kalb bereitstand und geschlachtet wurde. Aber ehe er sich zu Tisch setzte, mußte er erst ein wenig umherschweifen. Und Söhne und Töchter sowie Schwiegersöhne und Schwiegertöchter mußten ihn unbedingt begleiten, so widerwärtig es ihnen auch war, aus der knorrigen alten Hand zu essen, die eine halbe Million auszubezahlen hatte. Er schritt an der Spitze, und keine Ansicht, die er heiter aussprach, war so falsch oder unmöglich, daß sie Widerspruch bei seinem Gefolge erregt hätte. Als er bei dem verfallenen Wasserrad stehenblieb, zu dem er das Holz im Hochwald geschlagen hatte, strahlte sein Gesicht, während er den Blick über das Tarwater-Tal und weiter über die fernen Höhen bis zu den Zinnen der Tarwater-Berge schweifen ließ – jetzt wieder alles sein.

Da kam ihm der Einfall, der ihn sich abwenden und die Nase putzen ließ, um das Blinzeln in seinen Augen zu verbergen. Immer noch von der ganzen Familie gefolgt, begab er sich zu der baufälligen Scheuer. Er hob einen alten Knüppel vom Boden auf.

„William", sagte er, „erinnerst du dich der kleinen Unterhaltung, die wir hatten, ehe ich nach Klondike ging? Du erinnerst dich sicher noch, William. Du erzähltest mir, daß ich verrückt sei. Und ich sagte, mein Vater würde mir das Fell mit einem Knüppel gegerbt haben, wenn ich so mit ihm geredet hätte."

„Ach, das war ja nur Unsinn", versuchte William sich zu entschuldigen.

William war ein grauhaariger Mann von fünfundvierzig, und seine Frau und seine erwachsenen Söhne standen dabei und sahen neugierig zu, wie Großvater Tarwater seinen Rock auszog und ihn Mary zu halten gab.

„William, komm her!" befahl er gebieterisch.

William kam, wenn auch äußerst widerstrebend.

„Nur eine Kostprobe, mein Sohn William, von dem, was mein Vater mir oft genug gegeben hat", brüllte der alte Tarwater, indem er auf Rücken und Schultern seines Sohnes mit dem Knüppel losprügelte. „Ich mache dich darauf aufmerksam, daß ich dich nicht auf den Kopf schlage. Mein Vater war sehr heftig und fragte nicht danach, wenn er prügelte. – Stoß nicht die Ellbogen zurück! Sonst bekommst du noch zufällig einen Schlag darauf. Und nun sag mir nur eines, mein Sohn William: Denkst du noch, daß ich verrückt bin?“

„Nein“, heulte William, vor Schmerzen herumtanzend, „du bist nicht verrückt, Vater! Natürlich bist du nicht verrückt!“

„Gesagt hast du es“, bemerkte der alte Tarwater bündig, indem er den Knüppel wegwarf und sich wieder in den Rock hineinarbeitete. „Und jetzt laßt uns hineingehen und essen.“

Die Goldschlucht

Es war mitten in der grünen Schlucht, wo die Felswände zurückweichen und die starren, harten Linien der Schlucht durch ein stilles, warmes und weichgepolstertes Winkelchen unterbrochen wurden. Hier ruhte alles. Selbst der kleine Bergbach hielt einen Augenblick in seinem eiligen Fall inne und bildete einen ruhigen Teich. Knietief im Wasser stand mit gesenktem Haupt und geschlossenen Augen ein roter, vielzackiger Hirsch.

Auf der einen Seite stieß eine kleine Wiese an den Teich, ein kühler, federnder, grüner Teppich, der sich bis an den Fuß der düsteren Felswand erstreckte. Auf der andern Seite des Teiches zog sich ein Sandhang bis zum Felsen empor. Der Hang war mit feinem Gras bewachsen – Gras, das mit Blumen vermischt war, die hier und dort orangefarbene, purpurne und goldene Flecken bildeten. Abwärts schloß sich die Schlucht und versperrte die Aussicht. Die schroffen Felswände lehnten sich aneinander, die Schlucht endete in einem Chaos bemooster Felsblöcke und wurde von einem grünen Vorhang von Weinranken, Schlinggewächsen und Zweigen verborgen. Am oberen Ende der Schlucht erhoben sich ferne Gipfel und Zinnen: die hohen, mit Kiefern bestandenen Randberge. Und weit hinter ihnen ragten wie Wolken weiße Minaretts in den Himmel: Dort funkelte der ewige Schnee der Sierra in der flammenden Sonne.

Nicht ein Stäubchen war in der Schlucht zu sehen. Das Laub und die Blumen waren rein und jungfräulich. Das Gras war wie frischer Samt. Drei Pappeln ließen ihre schneeweißen Daunen durch die stille Luft auf den Teich herabregnen. Auf den freien Stellen des Hanges, wohin selbst die längsten Schatten der Manzanitaranken nicht reichten, erhoben sich die Mariposalilien wie ein Schwarm juwelengeschmückter Nachtfalter, die plötzlich festgehalten werden, sich aber im nächsten Augenblick wieder in die Luft werfen wollen. Hier und da erfüllte der Harlekin der Wälder, die Madrona, deren erbsengrüne Stämme gerade eine krapprote Farbe annahmen, die Luft mit süßem Wohlgeruch aus den wachsbleichen Glocken ihrer großen Blütendolden. Sahnenartig waren diese Glocken, sie glichen in der Form Narzissen, und ihr Duft enthielt die ganze Süße des Frühlings.

Nicht ein Hauch regte sich. Die Luft war schläfrig und von Duft geschwängert. Dieser süße Duft würde drückend gewesen sein, wäre die Luft schwer und feucht gewesen. Aber sie war dünn und scharf wie Sternenlicht, das in Atmosphäre verwandelt und von Sonnenlicht und süßem Blumenatem durchdrungen und durchwärmt ist.

Hin und wieder flatterte ein Schmetterling durch die Licht- und Schattenflecken. Und von allen Seiten hörte man das leise, einschläfernde Summen der Bergbienen – feiernder Sybariten, die sich gutmütig stießen, aber keine Zeit hatten, grob und unhöflich zu sein. So ruhig quoll und rieselte der kleine Bach durch die Schlucht, daß man ihn nur hin und wieder leise murmeln hörte. Die Stimme des Baches erklang wie ein schläfriges Wispern, das durch träumerisches Schweigen unterbrochen wurde, aber immer wieder von neuem erwachte.

Hier im Herzen der Schlucht ging alles seinen stillen Gang. Sonnenschein und Schmetterlinge glitten ein und aus zwischen den Bäumen. Das Summen der Bienen und das Flüstern des Baches bildeten ein anhaltendes gleitendes Geräusch, und die gleitenden Farben verwoben sich zu einem zarten unfaßbaren Gespinst, das der Geist der Stätte war. Dieser Geist war vom Frieden geprägt, nicht vom Frieden des Todes, sondern von dem Frieden, den das Leben schenkt, wenn es leicht und sorglos dahingleitet; er war von einer Ruhe geprägt, die aber nicht Schweigen, von einer Bewegung, die nicht Handlung war, von einer Ruhe, die von Leben überströmte, aber fern von der gewaltsamen

Unruhe des Kampfes und der Arbeit war. Der Geist der Stätte war vom Frieden des Lebens geprägt, leichtschläfrig in seinem zufriedenen, sorglosen Wohlbefinden und ganz ungestört von allen Gerüchten von fernem Streit.

Der rote, vielzackige Hirsch unterwarf sich willig dem Geist der Stätte und stand schläfrig bis zu den Knien in dem kühlen, schattigen Teich. Es gab offenbar keine Fliegen, die ihn störten, und er war in tiefe Ruhe versunken. Zuweilen, wenn der Bach erwachte und flüsterte, bewegten sich seine Ohren, aber sie taten es träge, weil er gut wußte, daß es nur der Bach war, der gemerkt hatte, daß er eingeschlafen war, und jetzt plötzlich redselig wurde. Aber es kam ein Augenblick, da der Hirsch gespannt und eifrig lauschend die Ohren spitzte. Er wandte den Kopf und sah die Schlucht hinab. Seine empfindsamen, zitternden Nüstern witterten. Seine Augen vermochten nicht den grünen Vorhang zu durchdringen, unter dem der Bach rieselnd verschwand, aber seine Ohren fingen den Laut einer Menschenstimme auf. Es war eine eintönige, ununterbrochen singende Stimme. Einmal hörte der Hirsch das harte Klingen von Metall, das gegen den Felsen schlug. Als er den Laut hörte, schnaufte er und sprang mit einem Satz aus dem Teich auf die Wiese; seine Füße versanken in dem weichen, samtenen Gras, er spitzte die Ohren und sicherte wieder. Dann schritt er still über die kleine Wiese, blieb hin und wieder stehen, um zu lauschen, und verschwand leichtfüßig und geräuschlos wie ein Schatten aus der Schlucht.

Der harte Klang von eisenbeschlagenen Stiefelsohlen gegen den Felsen wurde allmählich stärker und die Männerstimme lauter und deutlicher. Es war eine Art Singen und wurde beim Näherkommen allmählich so deutlich, daß man die Worte unterscheiden konnte:

„Lasse deine Augen sehen
Lieblich waldbedeckte Höhen
(Achte nicht der Sünde Macht).

Schau dich um die Kreuz und Quere,
Deinen Sündensack entleere
(Triffst du doch den Herrn bei Nacht).“

Ein rasselndes Geräusch begleitete den Gesang, und der Geist der Stätte floh auf der Fährte des Hirsches. Der grüne Vorhang wurde beiseite gerissen, und ein Mann spähte über Wiese, Teich und Bergeshang. Es war ein vorsichtiger, ruhiger Mann. Er warf einen schnellen Blick durch die Schlucht und ließ dann seine Augen forschend auf allen Einzelheiten weilen, wie um seinen ersten Eindruck zu vervollständigen. Dann, aber auch nicht eher, öffnete er den Mund und sagte zugleich lebhaft und mit feierlicher Anerkennung:

„Weiß Gott! Das ist ein Anblick! Wald und Wasser und Gras und ein Bergeshang! Eine Freude für jedes Goldgräberauge und ein Paradies für ein Präriepony! Kühles Grün, eine Erquickung für müde, wehe Augen! Eine einsame Weide für Goldgräber und eine Erholungsstätte für erschöpfte Viecher, der Teufel soll mich holen!“

Er hatte einen sandfarbenen Teint, und sein Gesicht, das sehr beweglich und von wechselndem Ausdruck war, zeigte als hervorstechende Eigenschaften Lebhaftigkeit und Humor. Wenn er dachte, konnte man es ihm direkt ansehen. Die Gedanken fuhren sozusagen über sein Gesicht wie Windstöße über einen Wasserspiegel. Sein dünnes, ungekämmtes Haar hatte dieselbe unbestimmbare Farblosigkeit wie sein Teint. Es sah aus, als hätte sich aller Farbstoff in ihm in seinen Augen gesammelt, die erstaunlich blau waren. Es waren zudem lachende, frohe Augen, die sich nicht wenig von dem verwunderten, naiven Ausdruck des Kindes bewahrt hatten, dabei aber gleichzeitig seltsam unbewußt in ruhigem Selbstvertrauen und einer Festigkeit leuchteten, die, wie man ahnte, in persönlichen Erfahrungen in der Erkenntnis von Welt und Leben wurzelten. Aus dem dichten Gewirr von Ranken und Schlingpflanzen holte er eine Hacke, eine Schaufel und eine Goldgräberpfanne heraus und warf die Sachen vor sich auf den Boden. Dann kroch er selbst aus seinem Versteck heraus und trat ins Freie. Er trug verblichene Überziehhosen, ein schwarzes Baumwollhemd, an den Füßen nägelbeschlagene Transtiefel und auf dem Kopf einen Hut, der mit seinen vielen Beulen und Flecken davon zeugte, daß er lange Wind und Wetter, Regen und Sonne und dem Rauch der Lagerfeuer ausgesetzt gewesen war. Er blieb stehen, betrachtete mit offenen Augen die ruhige Stätte und sog mit friedlich zitternden Nasenflügeln den süßen Blütenhauch der Vegetation ein. Er kniff die Augen zu, so daß sie zu zwei lachenden blauen Spalten wurden, sein Gesicht verzog sich vor Freude, und seine Lippen kräuselten sich in einem Lächeln, während er laut rief:

„Donnerwetter, der Duft ist was für mich! Laß die andern ihre Parfüm- und Eau-de-Cologne-Fabriken behalten! Hier können sie nicht mit!“

Er hatte die Gewohnheit, laute Selbstgespräche zu halten. Zwar verrieten seine beweglichen Züge alle seine Gedanken und Stimmungen, aber seine Zunge kam gleich hinterher und sprach die Gedanken aus.

Der Mann legte sich am Rande des Teiches nieder und trank tief und lange vom Wasser. „Das schmeckt“, murmelte er, hob den Kopf und blickte über den Teich auf den Bergeshang, während er sich den Mund mit dem Handrükken wischte. Der Hang hatte seine Aufmerksamkeit erregt. Immer noch auf dem Bauche liegend, studierte er die Gebirgsformation lange und sorgsam. Es war ein geübtes Auge, das den Hang bis zu der verwitterten Felswand hinauf und wieder herab zum Ufer des Teiches durchforschte. Dann erhob er sich und untersuchte den Hang noch einmal.

„Sieht gut aus“, sagte er schließlich und hob Hacke, Schaufel und Pfanne auf.

Er überschritt den Bach unterhalb des Teiches, indem er gewandt von Stein zu Stein sprang. An einer Stelle, wo der Hang direkt bis ans Wasser reichte, hob er eine Schaufel voll Erde aus und schüttete sie in die Pfanne. Er hockte mit der Pfanne nieder und tauchte sie halb in den Bach. Dann setzte er die Pfanne in schnell kreisende Bewegungen, die das Wasser über Erde und Kies ein- und ausströmen ließ. Die größeren und leichteren Teile kamen an die Oberfläche, und durch gewandte schaukelnde Bewegungen mit der Pfanne ließ er sie über den Rand gleiten. Hin und wieder hielt er in der Bewegung inne und suchte, um das Auswaschen zu beschleunigen, die größeren Steine und Felsklumpen mit den Fingern heraus.

Der Inhalt der Pfanne verringerte sich schnell, und zuletzt waren nur noch Sand und die allerkleinsten Kiesteilchen übrig. Jetzt begann er sehr vorsichtig und sorgsam zu waschen, und er wusch immer vorsichtiger, sah genau nach und drehte die Pfanne mit ganz kleinen, behutsamen Bewegungen. Zuletzt schien die Pfanne nur noch Wasser zu enthalten, aber mit einer schnellen, halbkreisförmigen Bewegung schleuderte er das Wasser über den Rand der Pfanne hinweg, und jetzt zeigte sich eine Schicht schwarzen Sandes auf dem Boden der Pfanne. Die Schicht war so dünn, daß sie wie ein feiner Anstrich wirkte. Er untersuchte sie genau. Mittendarin war ein winziger goldener Punkt. Er ließ ein wenig Wasser über den abwärts gehaltenen Rand der Pfanne laufen. Mit einer schnellen Bewegung ließ er das Wasser über den Boden spülen und die schwarzen Sandkörner umkehren. Ein neuer goldener Punkt war das Ergebnis seiner Mühe. Das Waschen wurde jetzt sehr sorgfältig – viel sorgfältiger, als Goldwaschen im allgemeinen zu sein braucht. Er arbeitete mit dem schwarzen Sand, nahm immer ein wenig auf einmal davon und untersuchte es auf dem gebogenen Rand der Pfanne. Jedesmal durchforschte er es so scharf, daß er jedes Körnchen gesehen hätte, ehe er es über den Rand gleiten ließ. Körnchen für Körnchen ließ er, genau aufpassend, den schwarzen Sand fortgleiten. Ein Goldkorn, nicht größer als eine Stecknadelspitze, zeigte sich auf dem Rande, aber durch eine kleine Bewegung mit dem Wasser spülte er es wieder in die Pfanne. Und auf diese Weise entdeckte er ein neues Goldkörnchen und wieder eines. Er achtete genau auf sie. Wie ein Hirt hütete er seine Herde von Goldkörnchen, daß keines von ihnen verlorenging. Zuletzt war nichts mehr in der Pfanne als seine goldene Herde. Er zählte sie und schleuderte sie dann mit dem letzten Wasser aus der Pfanne, trotz aller Arbeit, die er darauf verwandt hatte.

Aber seine blauen Augen schimmerten vor Verlangen, als er sich erhob. „Sieben", murmelte er laut, mit Bezug auf die Zahl der Goldkörnchen, für die er so schwer gearbeitet und die er soeben so nachlässig fortgeworfen hatte. „Sieben", wiederholte er mit einem Nachdruck, als wollte er sich die Zahl seinem Gedächtnis unverlöschlich einprägen. Er stand eine Weile still und betrachtete den Bergeshang. Ein Ausdruck von brennender Neugier war in seinen Augen. Seine ganze Haltung drückte Frohlocken aus, dabei aber eine Wachsamkeit, an ein jagendes Tier erinnernd, das soeben die Beute gewittert hat.

Er ging ein paar Schritte am Bach entlang und füllte seine Pfanne wieder mit Erde.

Wieder wusch er die Erde sorgfältig aus, wachte eifersüchtig über seine goldenen Körnchen und schleuderte sie, als er sie gezählt hatte, wieder ohne weiteres in den Bach.

„Fünf", murmelte er und wiederholte: „Fünf!"

Noch einmal mußte er den Berghang studieren, ehe er seine Pfanne ein wenig weiter abwärts am Bache füllte. Seine goldene Herde nahm ab. „Vier, drei, zwei, zwei, ein", wiederholte er bei sich, während er den Bach abwärts kam. Als sich nach einer Wäsche nur noch ein einziges Körnchen vorfand, hielt er inne und zündete ein kleines Feuer an. Er warf die Pfanne auf das Feuer und ließ sie in Flammen liegen, daß sie ganz blauschwarz wurde, dann holte er sie heraus und untersuchte sie kritisch. Er nickte beifällig. Bei dieser Farbe konnte auch nicht das kleinste Goldkörnchen seiner Aufmerksamkeit entgehen.

Er ging das Bachbett weiter hinab und wusch wieder eine Pfanne aus. Das Ergebnis war ein einziges Goldkörnchen. Die dritte Pfanne enthielt gar kein Gold. Er begnügte sich jedoch nicht damit, sondern wusch noch drei Pfannen aus, und zwar waren die Stellen, an denen er die Erde mit der Schaufel entnahm, nicht mehr als je einen Fuß voneinander entfernt. Keinmal war Gold in der Pfanne, aber diese Tatsache schien ihn nicht zu entmutigen, sondern eher zu befriedigen. Sein Siegesstolz wuchs jedesmal, wenn die Wäsche ein niedrigeres Ergebnis brachte, und zuletzt erhob er sich und rief freudestrahlend:

„Wenn das nicht das richtige ist, dann mag der liebe Gott mir den Kopf mit sauren Äpfeln zerschlagen."

Er kehrte zu seinem Ausgangspunkt zurück und begann

am oberen Lauf des Baches Probepfannen auszuwaschen. Anfangs wuchs seine goldene Ernte an Zahl – wuchs erstaunlich. „Vierzehn, achtzehn, einundzwanzig, sechsundzwanzig", wiederholte er bei sich. Am Oberlauf des Baches wusch er seine reichste Pfanne aus – „fünfunddreißig Körner". Die Sonne stand jetzt hoch am Himmel. Der Mann arbeitete weiter. Er ging das Bachbett hinauf und wusch eine Pfanne nach der andern aus, und die Ergebnisse wurden immer geringer.

„Direkt großartig, mit welcher Gleichmäßigkeit es abnimmt!" rief er triumphierend, als seine Pfanne schließlich nicht mehr als ein einziges Goldkörnchen enthielt. Und als sich zuletzt in mehreren Pfannen keine Goldkörnchen mehr gezeigt hatten, richtete er sich auf und warf einen zuversichtlichen Blick auf den Bergeshang.

„Aha, eine Tasche!" rief er, als wandte er sich an einen Zuhörer, der irgendwo unter der Oberfläche des Hanges versteckt lag. „Aha, eine Tasche! Ich komme, ich komme, und ich werde sie erwischen, so wahr ich hier stehe."

Er wandte sich um und warf einen forschenden Blick auf die Sonne, die gerade über ihm an dem azurblauen Himmel stand. Dann schritt er durch die Schlucht, an der Reihe von Löchern entlang, die er jedesmal beim Füllen der Pfanne mit der Schaufel gegraben hatte. Unterhalb des Baches überschritt er den Teich und verschwand hinter dem grünen Vorhang.

Der Geist der Stätte konnte noch nicht mit seiner Ruhe wiederkehren, denn die Stimme des Mannes ertönte mit ihrem trällernden Singen immer noch durch die Schlucht.

Nach einer kleinen Weile kehrte er zurück, und man hörte ein stärkeres Trampeln eisenbeschlagener Füße gegen den Felsen als zuvor. Der grüne Vorhang geriet in heftige Bewegung. Er wogte hin und her wie in einem qualvollen Kampf. Man hörte den laut klirrenden Klang von Metall. Die Stimme des Mannes schrillte noch heftiger und nahm einen scharfen, gebieterischen Klang an. Ein schwerer Körper fiel, und man hörte Schnaufen und Stöhnen. Aus dem

Man hörte ein Brechen und Reißen in den Ranken und Schlingpflanzen. Die Bewegungen der Tiere ließen die Bäume hin und her schwanken. Die eisenbeschlagenen Hufe klangen auf dem Felsboden, und hin und wieder hörte man einen Fluch oder einen scharfen, kommandierenden Ruf. Zuletzt erhob der Mann seine Stimme und sang:

„Lasse deine Augen sehen
Lieblich waldbedeckte Höhen
(Achte nicht der Sünde Macht).
Schau dich um die Kreuz und Quere,
Deinen Sündensack entleere
(Triffst du doch den Herrn bei Nacht).“

Der Gesang wurde immer schwächer, und der Geist der Stätte schlich sich durch die Stille zurück. Der Bach flüsterte wieder schläfrig. Das einschläfernde Summen der Bergbienen ertönte wieder, und die schneeweißen Daunen der Pappeln sanken durch die duftende Luft herab. Die Schmetterlinge glitten zwischen den Bäumen ein und aus, und über dem Ganzen flammte der ruhige Sonnenschein. Nur die Spuren von den Pferdehufen auf der Wiese und der aufgewühlte Bergeshang erinnerten noch daran, daß heftige Wogen des Lebens den Frieden der Stätte gebrochen hatten und jetzt anderswohin wanderten.

Gebüsch kam ein Schnappern, Zerren und Reißen, und unter einer Woge fallender Blätter brach ganz plötzlich ein Pferd durch den Vorhang.

Es trug ein Bündel auf dem Rücken und schleppte abgerissene Ranken und Schlingpflanzen hinter sich her. Das Tier starrte äußerst erstaunt die Umgebung an, in die es hineingestürzt war, senkte aber einen Augenblick darauf den Kopf ins Gras und begann zufrieden zu weiden.

Ein zweites Pferd taumelte plötzlich aus dem Gebüsch heraus, glitt auf den moosigen Felsblöcken aus, kam aber wieder auf die Füße, als seine Hufe in die weiche Oberfläche der Wiese einsanken. Es trug keinen Reiter, hatte aber auf dem Rücken einen hohen mexikanischen Sattel, der von langem Gebrauch abgenutzt und mitgenommen war.

Zuletzt kam der Mann. Er warf Bündel und Sattel ab, sah sich nach einem passenden Lagerplatz um und ließ die Tiere frei weiden.

Dann packte er Proviant sowie eine Bratpfanne und eine Kaffeekanne aus. Hierauf sammelte er einen Armvoll trockenen Reisigs und errichtete mit einem Armvoll Steinen eine Feuerstatt.

„Lieber Gott", sagte er, „wie hungrig ich bin! Ich könnte Eisenspäne und Hufeisennägel fressen und sogar mehrere Portionen, wenn es sein sollte."

Er richtete sich auf, und während er in der Hosentasche nach einer Schachtel Streichhölzer suchte, ließ er seinen Blick über den Teich und den Hang schweifen. Seine Finger hatten schon nach den Streichhölzern gefaßt, ließen sie aber wieder los, und als er die Hand aus der Tasche zog, war sie leer.

Der Mann zögerte unentschlossen. Sein Blick schweifte von den Vorbereitungen zum Mittagessen nach den Bergen.

„Ich glaube, ich will noch einen Versuch machen", sagte er schließlich und ging über den Bach.

„Es hat nicht viel Sinn, das weiß ich", murmelte er, sich gleichsam entschuldigend. „Aber ich glaube nicht, daß es mir jemand übelnehmen wird, wenn ich das Mittagessen um eine Stunde verschiebe.“

Wenige Fuß hinter der Lochreihe, wo er seine Probepfannen gefüllt hatte, begann er eine neue Reihe zu graben. Die Sonne sank im Westen, und die Schatten wurden immer länger, aber der Mann arbeitete weiter. Er begann eine dritte Reihe von Probelöchern. Allmählich zum Berg hinaufsteigend, legte er eine Reihe von Probelöchern quer über den Hang. Das mittelste Loch in jeder Reihe ergab die reichste Ausbeute, während die Löcher zu beiden Enden der Reihe nicht das geringste Goldkörnchen in der Pfanne ergaben. Und je höher er stieg, desto kürzer wurden die Reihen. Die Regelmäßigkeit, mit der sie sich abkürzten, zeigten deutlich, daß die letzte Reihe irgendwo oben auf dem Hang so kurz wurde, daß man überhaupt nicht mehr von einer Länge sprechen konnte und daß sie schließlich in einem Punkt enden mußten. Die Zeichnung nahm die Form eines umgekehrten V an. Die zusammenlaufenden Linien dieses V bildeten die Grenzen des Gebietes, innerhalb dessen sich die goldhaltige Erde befand.

Die Spitze dieses V war offenbar das Ziel des Mannes. Er ließ seinen Blick oft die konvergierenden Linien entlang und weiter den Hang hinauf schweifen, um zu erraten, wo die Spitze des umgekehrten V, der Punkt, wo der goldhaltige Boden aufhörte, sein würde. Dort war die „Tasche“, und der Mann rief:

„Komm her, Tasche! Sei brav und komm herunter!“

„Also schön!“ sagte er kurz darauf in resigniertem, aber festem Ton. „Also schön, Tasche, ich merke schon, daß ich ganz hinaufkommen und dich an den Ohren zupfen muß. Aber dazu bin ich auch der Rechte. Verlaß dich darauf“, fügte er nach einer kurzen Pause hinzu.

Jede Pfanne brachte er ans Wasser hinunter und wusch sie aus, und je höher er den Hang hinaufkam, desto reicher wurde der Inhalt der Pfannen, so daß er schließlich begann, das Gold in eine leere Backpulverdose zu schütten, die er nachlässig in die Hosentasche steckte. Er war so von seiner Arbeit in Anspruch genommen, daß er nicht die Dämmerung bemerkte, die den Eintritt des Abends verkündete. Erst als er die Goldkörner auf dem Boden der Pfanne nicht mehr erkennen konnte, merkte er, daß es spät geworden war. Er richtete sich plötzlich auf und sagte zögernd, mit einem komisch verwunderten und erschrockenen Gesichtsausdruck:

„Gottverdammich! Vor lauter Arbeit hab' ich ganz das Mittagessen vergessen!"

Er stolperte in der Dunkelheit über den Bach und zündete das Reisig an, das er lange zuvor gesammelt und zurechtgelegt hatte. Das Abendessen bestand aus Pfannkuchen, Speck und aufgewärmten Bohnen. Hinterher rauchte er an dem ausgehenden Feuer eine Pfeife, lauschte auf die Laute der Nacht und freute sich über den Mondschein, der die Schlucht erleuchtete. Schließlich packte er das Bettzeug aus, zog sich die schweren Stiefel von den Füßen und wickelte sich gut in die Decke ein. Sein Gesicht leuchtete weiß im Mondlicht und erinnerte an das einer Leiche. Aber es war eine Leiche, die nach Wunsch aufstehen konnte, denn plötzlich stützte sich der Mann auf den einen Ellbogen und starrte nach dem Hang hinüber.

„Gute Nacht, Tasche", murmelte er schläfrig. „Gute Nacht!"

Er schlief die ganze Nacht und die ersten grauen Morgenstunden. Erst als die fast senkrechten Strahlen der Morgensonne auf seine geschlossenen Lider fielen, erwachte er mit einem Ruck und sah sich um, bis ihm klar war, wer und wo er war.

Seine Toilette bestand hauptsächlich darin, daß er sich die Stiefel anzog. Er ließ den Blick von der Feuerstätte nach der Bergwand streifen, schwankte unschlüssig einen Augenblick, überwand aber die Versuchung und machte sich daran, das Feuer anzuzünden.

„Immer ruhig, Bill, immer ruhig", ermahnte er sich. „Wozu die Eile? Es hat ja keinen Zweck, sich zu erhitzen und zu schwitzen. Die Tasche wartet schon noch auf dich.

Die läuft nicht weg, ehe du dein Frühstück gegessen hast. Nein, Bill, was du brauchst, ist ein bißchen Abwechslung auf der Speisekarte. Da mußt du wohl sehen, etwas zu fassen zu kriegen."

Am Ufer des Teiches schnitt er sich einen kurzen Stock ab und zog eine Schnur sowie eine Fliege aus einer seiner Taschen.

„Früh am Morgen beißen sie vielleicht an", murmelte er, indem er die Schnur auswarf. Und einen Augenblick später rief er freudestrahlend: „Hab' ich's nicht gesagt? Hab' ich's nicht gesagt?" Er hatte keine Rolle an der Schnur, und um nicht mehr Zeit als notwendig zu vergeuden, zog er schnell mit den bloßen Händen eine schimmernde, zehn Zoll lange Forelle aus dem Wasser. Sie und noch drei, die er schnell hintereinander fing, machten sein Frühstück aus. Als er auf dem Wege nach dem Hang zu den Steinen am Bach kam, hatte er einen Einfall, der ihn plötzlich stillstehen ließ.

„Es wäre vielleicht gut, ein Stückchen den Bach hinunterzugehen", sagte er. „Man kann nie wissen, ob nicht irgendein Kerl in der Nähe herumschleicht."

Aber er ging weiter über die Steine, und mit einem „Eigentlich müßte ich ja die kleine Untersuchungsexpedition unternehmen" schlug er die Anwandlung in den Wind und machte sich an seine Arbeit. Bei Eintritt der Dunkelheit richtete er sich auf. Seine Lenden waren steif, weil er so lange gebückt gearbeitet hatte, und indem er die Hand auf den Rücken legte, um die schmerzenden Muskeln zu beschwichtigen, sagte er:

„So was hab' ich doch, Gottverdammich, noch nicht erlebt! Jetzt hab' ich das Mittagessen rein vergessen! Wenn ich nicht aufpasse, endet es noch damit, daß ich wie diese durchgedrehten Kerle werde, die nur zweimal täglich essen."

„Taschen haben eine verfluchte Art, einen abzulenken", sagte er bei sich am Abend, als er sich in seine Decken rollte. Und er vergaß auch nicht, zum Hang hinaufzurufen:

„Gute Nacht, Tasche! Gute Nacht!"

Mit der Sonne stand er auf, aß eilig sein Frühstück und machte sich an seine Arbeit. Er war wie von einem Fieber ergriffen, und die Tatsache, daß die Probepfannen immer reicher ausfielen, war nicht dazu angetan, sein Fieber zu beschwichtigen! Die Röte seiner Wangen kam nicht allein von der Hitze der Sonne, und er vergaß Müdigkeit und Zeit. Wenn er eine Pfanne mit Erde gefüllt hatte, lief er den Hang hinab, um sie auszuwaschen; und er konnte sich nicht halten, sondern lief schnaufend und stolpernd den Hang hinauf, um die Pfannen von neuem zu füllen. Er war jetzt etwa hundert Meter vom Wasser entfernt, und das umgekehrte V begann endgültige Form anzunehmen. Das Terrain, das den hinreichend goldhaltigen Kies enthielt, wurde immer schmaler, und der Mann verlängerte im Geiste die Seiten des umgekehrten V bis zu ihrem Schnittpunkt, hoch oben auf dem Hang. Die Spitze dieses V war sein Ziel, und er wusch viele Probepfannen aus, um sie festzustellen.

„Genau zwei Meter oberhalb des Manzanitastrauchs und einen Meter rechts“, sagte er schließlich.

Dann packte ihn die Versuchung. „Es ist ja sonnenklar“, sagte er, gab sein mühseliges Graben quer über den Hang auf und kletterte zu der Stelle, wo er die Spitze des umgekehrten V annahm. Er füllte seine Pfanne und trug sie den Hang hinunter, um sie auszuwaschen. Sie enthielt nicht ein einziges Goldkörnchen. Er grub tiefer, und er grub an der Oberfläche, füllte und wusch ein Dutzend Pfannen aus, erhielt aber nicht ein einziges Goldkörnchen für all seine Mühe. Er ärgerte sich, daß er der Versuchung erlegen war, wütete und verfluchte sich auf die gotteslästerlichste Art. Schließlich schritt er den Hang hinab und nahm seine Arbeit nach dem ursprünglichen Plan wieder auf.

„Langsam, aber sicher, Bill, langsam, aber sicher“, murmelte er. „Für dich gibt es keinen Richtweg zum Glück, das solltest du doch bald wissen. Sei vernünftig, Bill, sei vernünftig. Die langsame, sichere Methode ist die einzige, auf die du dich verstehst. Halt dich an sie.“

Je kürzer die Querlinien wurden und je mehr sich die Seitenlinien ihrem Schnittpunkt näherten, um so mehr vertiefte sich das V. Die Goldkörner lagen in immer größerer Tiefe. Dreißig Zoll unter der Oberfläche erhielt er kleine Goldkörnchen in die Pfanne. Der Kies, den er aus fünfundzwanzig und fünfunddreißig Zoll Tiefe holte, enthielt nicht die geringste Andeutung von Gold. An der Basis des umgekehrten V, unten am Wasser, hatte er die Goldkörner zwischen den Graswurzeln gefunden. Je höher er den Hang hinaufkam, desto tiefer sank das Gold. Es war eine recht mühselige Arbeit, ein drei Fuß tiefes Loch zu graben, nur um eine Probepfanne zu füllen, und bis zur Spitze des V mußten noch unzählige derartige Löcher gegraben werden. „Und kein Mensch kann wissen, wie tief es später noch geht", seufzte er, als er einen Augenblick innehielt, um sich seinen schmerzenden Rücken zu reiben.

Mit fieberhafter Gier, wehem Rücken und steifen Muskeln arbeitete sich der Mann mit Hacke und Schaufel in dem weichen braunen Boden langsam den Hang hinan. Vor ihm lag der ebenmäßige Hang, mit Blumen bestreut, die mit ihrem süßen Duft die Luft erfüllten. Hinter ihm war Vernichtung. Es sah aus, als sei die glatte Oberfläche des Hanges einem furchtbaren vulkanischen Ausbruch zum Opfer gefallen. Seine langsam vorschreitende Arbeit erinnerte an die Schnecke, die die Schönheit mit ihren abscheulichen Spuren besudelt.

Die immer tiefere Lage der Goldader vermehrte die Arbeit des Mannes, doch er tröstete sich mit dem immer reicheren Goldinhalt der Pfannen. Der Wert des Goldes in den Pfannen wechselte zwischen zwanzig, dreißig und fünfzig Cent, und als er bei Anbruch der Dunkelheit seine letzte Pfanne auswusch, gab sie ihm in einer einzigen Schaufel Erde für einen Dollar Goldstaub.

„Ich möchte wetten, daß irgendein zudringlicher Bursche auf meine kleine Weide angestiegen kommt", murmelte er schläfrig, als er sich am Abend in die Decke wickelte.

Plötzlich setzte er sich auf. „Bill!“ rief er scharf. „Hör jetzt, was ich sage, Bill, verstehst du? Du wirst morgen zeitig aufstehen müssen und dich ein wenig umgucken, ob du jemand entdecken kannst. Verstanden? Zeitig morgen früh, vergiß es nicht!“ Er gähnte und warf einen Blick nach seinem Bergeshang. „Gute Nacht, Tasche“, rief er.

Am Morgen kam er der Sonne zuvor, denn als ihre ersten Strahlen auf ihn fielen, hatte er längst gefrühstückt und war im Begriff, die Felswand an einer Stelle zu erklimmen, wo ihm die Verwitterung des Gesteins ermöglichte, Fuß zu fassen. Als er den Gipfel erreicht hatte und umherspähte, sah er sich von allen Seiten von Öde und Einsamkeit umgeben. Eine Bergeskette erhob sich hinter der anderen, soweit er sehen konnte. Im Osten wurde sein Blick, der so leicht und schnell über die zahlreichen, meilenweit auseinanderliegenden Bergesketten hinwegglitt, doch zuletzt von den weißen, himmelanragenden Zinnen der Sierra – des Hauptgebirges, des Rückgrats des Westlandes – aufgehalten. Im Norden und Süden sah er deutlich die Ketten, die quer durch dieses endlose Meer von Bergen liefen. Im Westen wurden die Berge immer kleiner und niedriger und gingen schließlich in die weichgeschwungenen Randhügel über, die sich ihrerseits wiederum zu dem großen Tal hinabsenkten, das er nicht sehen konnte.

Und in diesem ganzen mächtigen Gebiet sah er keine Spur von Menschen oder von der Arbeit von Menschen – mit Ausnahme des aufgewühlten Hanges zu seinen Füßen. Lange durchforschte der Mann spähend die Landschaft. Einmal kam ihm vor, als sähe er eine schwache Andeutung von Rauch weit unten in seiner eigenen Schlucht. Er blickte mit geschärfter Aufmerksamkeit nach diesem Phänomen und kam zu dem Ergebnis, daß es der violette Bergnebel sei, den die dahinterliegende Felswand der Schlucht dunkel und wogend wie eine Rauchspirale erscheinen ließ.

„Heda, Tasche!“ rief er in die Schlucht hinab. „Heraus mit dir! Jetzt komme ich, Tasche! Jetzt komme ich!“

Die schweren Transtiefel, die der Mann trug, behinderten ihn anscheinend, aber dennoch schwang er sich leicht und gewandt wie eine Bergziege von der schwindelnden Höhe hinab. Ein Felsblock, der am Rande des Abgrundes unter seinen Füßen fortglitt, brachte ihn nicht aus der Fassung. Er schien genau zu wissen, wann der kritische Augenblick eintreffen würde, und benutzte unterdessen den trügerischen Boden als Stützpunkt, um sich in Sicherheit zu bringen. Dort, wo die Wand so steil abfiel, daß er nicht eine Sekunde aufrecht stehen konnte, zögerte er keinen Augenblick. Nur einen Bruchteil der verhängnisvollen Sekunde berührte sein Fuß die gefährliche Oberfläche, aber gerade lange genug, um ihm den Sprung, der ihn weiterbrachte, zu ermöglichen. Dort wo er selbst diesen Bruchteil einer Sekunde nicht Fuß fassen konnte, schwang er seinen Körper vorbei, indem er blitzschnell nach einem Felsvorsprung, einem Spalt oder einem nicht sehr festsitzenden Strauch griff. Zuletzt ließ er die Wand fahren, sprang desperat ab, rutschte mit einem lauten Geheul abwärts und endete seine Niederfahrt inmitten mehrerer Tonnen gleitender Erde.

Heute ergab seine erste Probepfanne für über zwei Dollar grobkörniges Gold. Die Erde war genau aus der Mitte des Winkels des umgekehrten V entnommen. Nach beiden Seiten von dieser Stelle nahm der Goldinhalt der Pfannen schnell ab. Die Löcherreihen, die er grub, waren allmählich sehr kurz geworden. Die Seiten des umgekehrten V waren jetzt nur noch wenige Meter voneinander entfernt. Der Schnittpunkt befand sich wenige Schritte über ihm. Aber das goldhaltige Material mußte er aus immer größeren Tiefen schürfen. Früh am Nachmittag mußte er die Probelöcher fünf Fuß tief machen, ehe die Pfannen auch nur das geringste Gold aufwiesen.

Im übrigen waren es nicht mehr Goldkörner; der Boden bestand fast aus reinem Gold, und der Mann beschloß, hierher zurückzukehren und den Boden zu bearbeiten, sobald er die Tasche gefunden hatte. Aber der steigende Goldgehalt der Pfannen begann ihn zu ärgern. Spät am

Nachmittag war der Goldinhalt der Pfannen auf drei bis vier Dollar gestiegen. Der Mann kratzte sich bedenklich den Kopf und ließ seinen Blick über die Felswand nach dem Manzanitastrauch schweifen, der ungefähr angab, wo die Spitze des umgekehrten V war. Er nickte und sagte in tiefsinnigem Orakelton:

„Es gibt zwei Möglichkeiten, Bill. Zwei Möglichkeiten. Entweder hat die Tasche sich selbst über den ganzen Bergeshang verstreut, oder sie ist so verdammt reich, daß du vielleicht nicht imstande bist, sie auf einmal mit nach Haus zu nehmen. Und das wäre doch eine verfluchte Geschichte, nicht wahr?" Er lachte und belustigte sich bei dem Gedanken, möglicherweise vor einem so angenehmen Dilemma zu stehen.

Als die Dunkelheit hereinbrach, saß er am Ufer des Baches und starrte sich bei der schnell zunehmenden Dämmerung fast die Augen aus dem Kopfe bei dem Versuch, eine Probepfanne auszuwaschen, die für fünf Dollar Gold enthielt.

„Wenn ich nur elektrisches Licht hätte, um weiterarbeiten zu können", sagte er.

In dieser Nacht wurde es ihm schwer, zu schlafen. Immer wieder veränderte er seine Lage und schloß die Augen, um einzuschlafen, aber sein Blut klopfte wild und fieberhaft, und immer wieder öffnete er seine Augen und murmelte müde:

„Wenn die Sonne doch bald aufginge!"

Schließlich schlief er doch ein, als aber die ersten Sterne zu erblassen begannen, schlug er die Augen auf, und als die graue Morgendämmerung eintrat, hatte er schon gefrühstückt und war im Begriff, den Bergeshang zu erklimmen, um das Versteck der Tasche zu finden.

In der ersten Querreihe, die der Mann grub, war nur Raum für drei Löcher, so schmal war das goldhaltige Gebiet geworden und so nahe war er der Quelle des goldenen Stromes gekommen, die er seit vier Tagen suchte.

„Ruhig, Bill, nur ruhig", ermahnte er sich, als er das letzte Loch dort grub, wo die Seiten des umgekehrten V schließlich in ihrem Schnittpunkt zusammenliefen.

„Jetzt hab' ich dich zu fassen gekriegt, Tasche, und du entkommst mir nicht“, sagte er immer wieder, während er tiefer und tiefer grub.

Vier, fünf, sechs Fuß grub er in den Boden. Das Graben wurde immer schwieriger. Zuletzt klirrte seine Hacke auf den reinen Felsgrund. Er untersuchte den Felsen. „Verrotteter Quarz“, erklärte er, während er mit der Schaufel den Boden des Loches von losem Kies reinigte. Er bearbeitete den zermürbten Quarz mit der Hacke und schlug mit jedem Schlag etwas von dem verwitterten Felsgrund ab. Er setzte die Schaufel in die lose Masse. Seine Augen sahen einen goldenen Schimmer. Plötzlich warf er die Schaufel fort und hockte nieder. Und wie ein Bauer von ausgegrabenen Kartoffeln, begann er von einem verwitterten Quarzstück, das er in beiden Händen hielt, die Erde zu reiben.

„Heiliger Himmel!“ rief er. „Hier sind ja ganze Klumpen. Wahrhaftig, ganze Klumpen!“

Nur die Hälfte dessen, was er in der Hand hielt, war Quarz. Das andere war reines Gold. Er ließ es in die Pfanne fallen und untersuchte ein anderes Stück. Von außen schien es nur wenig gelb, aber mit seinen starken Fingern zerrieb er den verwitterten Quarz, bis seine beiden Hände voll von schimmerndem Gold waren. Ein Stück nach dem anderen rieb er von Erde rein und warf es in die Goldpfanne. Das Loch war die reine Schatzkammer. Der Quarz war so verwittert, daß es weniger Quarz als Gold war. Hin und wieder fand er ein Stück, das ganz frei von Quarz – ein Stück, das durch und durch Gold war. Ein großer Klumpen, den die Hacke zerbrochen hatte, leuchtete wie eine Handvoll gelber Edelsteine. Mit schiefem Kopf betrachtete er ihn und drehte ihn langsam, um das strahlende Spiel des Lichtes darin zu beobachten.

„Die Leute reden so oft von reichen Goldfunden“, sagte er höhnisch. „Hiermit verglichen, sind die meisten derartigen Funde nur armselige Dreißig-Cent-Funde. Dies hier ist ja durch und durch Gold. Daher taufe ich denn auch auf der Stelle und in diesem heiligen Augenblick diese Schlucht auf den Namen ‚Goldschlucht', weiß Gott, das tue ich!"

Immer noch hockend, untersuchte er weiter die Quarzstücke und warf sie in die Pfanne. Plötzlich hatte er das Gefühl, daß irgendeine Gefahr ihm drohte. Es war, als fiele ein Schatten auf ihn. Aber es war kein Schatten. Es war, als hätte er einen Klumpen in den Hals bekommen und wollte ersticken. Im nächsten Augenblick gefror ihm das Blut in den Adern, und er fühlte, wie sein verschwitztes Hemd ihm kalt auf dem Körper klebte. Er sprang nicht auf und sah sich auch nicht um. Er rührte sich nicht. Er überlegte, was für eine Warnung es wohl sein mochte, die er empfangen hatte, versuchte herauszufinden, von wo die mystische Kraft, die ihn gewarnt, ausgegangen, und bemühte sich, die Anwesenheit des unsichtbaren Wesens, das ihn bedrohte, zu spüren. Feindliche Mächte strahlen eine Aura aus, die sich in so ätherischer Form offenbart, daß die gewöhnlichen Sinne sie nicht zu unterscheiden vermögen; er hatte das Gefühl, daß eine solche Aura sich in seiner Nähe befand, war sich aber nicht klar darüber, auf welche Weise er sie eigentlich fühlte und spürte. Er hatte ein Gefühl, wie man es etwa bekommt, wenn eine Wolke die Sonne verdunkelt. Es war von derselben verstimmenden und drohenden Art; es war, als ob etwas Finsteres sich zwischen ihn und das Dasein geschoben hätte, das Leben mit seinem Würgegriff bedrohte und den Tod – seinen Tod – verkündete. Jede Fiber, jeder Nerv in ihm war gespannt und bereit für den Fall, daß er sich entschloß, aufzuspringen und Angesicht zu Angesicht der unsichtbaren Gefahr zu begegnen; aber seine Seelenstärke bezwang den panischen Schrecken, und er blieb, einen Goldklumpen in den Händen, sitzen. Er wagte nicht, sich umzusehen, aber er wußte jetzt, daß etwas hinter und über ihm war. Er tat, als wäre er ganz von dem Gold in seiner Hand in Anspruch genommen. Er untersuchte es kritisch, wendete und drehte es und reinigte es von der Erde. Aber die ganze Zeit fühlte er, daß ein Wesen hinter ihm stand, ihm über die Schulter blickte und das Gold betrachtete.

Er lauschte angespannt und tat dabei weiter, als wäre er ganz mit dem Gold in seiner Hand beschäftigt, und jetzt hörte er ein Wesen hinter sich atmen. Sein Blick glitt suchend über den Boden vor ihm, um eine Waffe zu entdecken, aber er sah nur das ausgegrabene Gold, das in seiner jetzigen Lage wertlos für ihn war. Er hatte allerdings seine Hacke, die bei gewissen Gelegenheiten eine ganz brauchbare Waffe gewesen wäre, nicht aber jetzt. Der Mann erkannte plötzlich, wie gefährlich seine Lage war. Er befand sich in einem engen, sieben Fuß tiefen Loch. Mit seinem Kopf reichte er nicht bis zur Erdoberfläche. Er saß in einer Falle.

Er blieb sitzen. Er war ganz ruhig und gefaßt; aber sein Verstand, der alle Möglichkeiten überdachte, sagte ihm, daß seine Lage hoffnungslos war. Er rieb weiter die Erde von den Quarzstücken und warf das Gold in die Pfanne. Es war nichts anderes zu tun. Und doch wußte er, daß er früher oder später gezwungen war, sich zu erheben und Angesicht zu Angesicht der Gefahr zu begegnen, die ihm hinter seinem Rücken drohte. Die Minuten vergingen, und er wußte, daß er sich mit jeder Minute, die schwand, mehr dem Zeitpunkt näherte, da er sich erheben mußte, wenn er nicht – sein nasses Hemd klebte bei dem Gedanken an seinem Körper – den Tod, über seinen Schatz gebeugt, hinnehmen wollte. Immer noch saß er da, rieb die Erde vom Gold und überlegte gleichzeitig, wie er es machen sollte, um sich zu erheben. Er konnte es plötzlich tun, aus dem Loch springen und dem, was ihm drohte, auf gleichem Fuße draußen begegnen. Oder er konnte sich langsam aufrichten und tun, als entdeckte er zufällig das Wesen, das hinter seinem Rücken atmete. Sein Instinkt und jede kampflustige Fiber in seinem Körper sagten ihm, daß er die erste, desperate Lösung wählen und sich mit Händen und Füßen so schnell wie möglich aus dem Loch herausarbeiten sollte. Sein Verstand hingegen riet ihm, sich langsam und vorsichtig dem Wesen zu nähern, das ihn bedrohte und das er nicht sehen konnte. Während er aber alles das überdachte, ertönte plötzlich ein lauter Knall an seinem Ohr. Im selben Augenblick erhielt er einen lähmenden Schlag auf die linke Seite des Rückens, und von der Stelle, wo er getroffen war, verbreitete sich ein brennender Schmerz durch seinen Körper. Er sprang hoch, brach aber zusammen, ehe er halb auf den Füßen war. Sein Körper krümmte sich wie ein Blatt, das in plötzlicher heftiger Hitze welkt. Er fiel mit der Brust gegen die Pfanne und bohrte das Gesicht in Kies und Quarzstücke, während sich seine Beine wegen des beschränkten Raumes auf dem Boden des Loches verrenkten. Seine Glieder zitterten mehrmals krampfhaft, seinen Körper durchfuhr es wie ein heftiger Kälteschauer. Die Lungen weiteten sich langsam, und man hörte einen tiefen Seufzer. Dann ließ er langsam, ganz langsam wieder die Luft ausströmen, und ebenso langsam fiel sein Körper schlaff zusammen.

Von oben guckte ein Mann, der einen Revolver in der Hand hielt, über den Rand des Loches hinweg. Er starrte lange auf den bäuchlings ausgestreckten, unbeweglichen Körper unter ihm. Nach einer Weile setzte der Fremde sich auf den Rand des Loches, so daß er hinabsehen konnte, und legte gleichzeitig den Revolver auf seine Knie. Er streckte die Hand in die Tasche und zog einen Streifen braunes Papier heraus. Er streute ein bißchen Tabak auf das Papier, und das Ergebnis wurde eine braune kurze Zigarette mit eingeschlagenen Enden. Unaufhörlich starrte er dabei den ausgestreckten Körper auf dem Boden des Loches an. Er zündete sich die Zigarette an und sog in stillem Genuß den Rauch in die Lungen. Er rauchte langsam. Einmal ging die Zigarette aus, aber er zündete sie wieder an. Und die ganze Zeit saß er da und starrte auf den unbeweglichen Körper drunten.

Zuletzt warf er den Zigarettenstummel fort und erhob sich. Er trat an den Rand des Loches. Die Hände auf den Rand gestützt, den Revolver noch in der Rechten, spannte er seinen Körper und arbeitete sich in das Loch hinunter. Als seine Füße noch einen halben Meter vom Boden entfernt waren, ließ er sich hinabfallen.

Im selben Augenblick, als seine Füße den Boden berührten, sah er den Arm des Goldgräbers hervorschießen und fühlte einen festen Griff an seinem Bein; dann wurde er umgerissen. Die Hand, in der er den Revolver hielt, befand sich infolge der Stellung, die er beim Herabspringen eingenommen hatte, über seinem Kopf. Aber er senkte sie blitzschnell, sobald er den Griff an seinem Bein fühlte. Er hatte den Boden noch nicht erreicht, als er auch schon schoß. Der Knall ertönte ohrenbetäubend in dem engen Loch, und der Rauch füllte es, so daß man nicht sehen konnte. Er fiel rücklings auf den Boden des Loches, und wie eine Katze sprang der Goldgräber über ihn. Der Fremde beugte den rechten Arm, um zu schießen, aber in derselben Sekunde stieß der Goldgräber mit einem schnellen Ellbogenstoß sein Handgelenk beiseite. Der Revolver fuhr hoch, und die Kugel schlug klatschend in die Erdwand des Loches.

Im selben Augenblick fühlte der Fremde, wie die Hand des Goldgräbers sein Handgelenk packte. Jetzt galt der Kampf dem Revolver. Jeder wollte ihn gegen den andern benutzen. Der Rauch im Loch begann sich zu verziehen, und der Fremde, der auf dem Rücken lag, konnte allmählich wieder etwas sehen. Plötzlich aber wurde er von einer Handvoll Erde geblendet, die sein Gegner ihm kaltblütig in die Augen warf. Bei dem Schreck darüber löste sich sein Griff um den Revolver. Im nächsten Augenblick spürte er, daß eine überwältigende Finsternis sein Hirn verschleierte, und mitten in der Finsternis hörte die Finsternis selbst auf.

Aber der Goldgräber feuerte immer wieder, bis der Revolver leer war. Dann schleuderte er ihn fort und setzte sich atemlos auf die Beine des Toten.

Der Goldgräber stöhnte und schnappte nach Luft. „Elender Schuft!“ keuchte er. „Schleicht mir nach, läßt mich die Arbeit tun und schießt mich dann in den Rücken.“

Er weinte fast vor Wut und Erschöpfung. Er starrte forschend dem Toten ins Gesicht. Das war halb von Erde und Kies bedeckt, und er konnte die Züge nur schwer erkennen.

„Hab' ihn noch nie gesehen", sagte der Goldgräber, als er ihn ein wenig angesehen hatte, „ein ganz gewöhnlicher Dieb, der Teufel soll ihn holen! Mich in den Rücken zu schießen! In den Rücken!"

Er öffnete sein Hemd und befühlte seine linke Seite vorn und hinten.

„Ist glatt hindurchgegangen, hat aber nichts getan!" rief er triumphierend. „Ich möchte wetten, daß er gut zielte, hat nur beim Abdrücken den Revolver bewegt – der elende Bursche! Aber ich hab's ihm gegeben!"

Er befühlte das Loch, das die Kugel ihm in der linken Seite geschlagen hatte, und ein Schatten von Kummer glitt über sein Gesicht. „Das wird mich verdammt steif machen", sagte er. „Und es ist wohl am besten, daß ich einen Verband kriege und sehe, von hier fortzukommen."

Er kroch aus dem Loch hinaus und ging den Hang hinab nach seinem Lagerplatz. Eine halbe Stunde später kam er mit seinem Packpferd zurück. Unter seinem offenen Hemd sah man den primitiven Verband, den er sich gemacht hatte. Die Bewegungen seiner linken Hand waren langsam und unbeholfen, aber das hinderte ihn nicht, den Arm zu gebrauchen. Mit Hilfe eines Stricks, den er dem Toten unter den Armen hindurchzog, glückte es ihm, die Leiche aus dem Loch zu ziehen. Dann machte er sich daran, sein Gold aufzusammeln. Er arbeitete mehrere Stunden, mußte aber oft innehalten, um seine steife Schulter ausruhen zu lassen, wobei er murmelte:

„Mich in den Rücken zu schießen, der elende Kerl! Mich in den Rücken zu schießen!"

Als er seinen ganzen Schatz in seine Decken und eine Menge Bündel gepackt hatte, überschlug er, wieviel er wohl wert sein mochte. „Vierhundert Pfund – oder ich will mich hängen lassen", erklärte er. „Sagen wir, daß zweihundert Pfund Quarz und Erde sind – dann bleiben mir noch zweihundert Pfund Gold übrig. Bill, wach auf! Zweihundert Pfund Gold! Vierzigtausend Dollar! Und das ist dein – alles dein!“

Er kratzte sich den Kopf und geriet plötzlich in eine Furche, die er nicht kannte, mehrere Zoll weit. Es war eine Furche, die die zweite Kugel in seine Kopfhaut gepflügt hatte.

Ärgerlich trat er zu dem Toten.

„Du hättest mich gern um die Ecke gebracht, was?“ sagte er triumphierend. „Das hättest du gern getan, nicht wahr? Aber ich hab' dir dein Teil gegeben, und obendrein sollst du ein hübsches Begräbnis haben. Das ist mehr, als du für mich getan hättest.“ Er schleppte die Leiche an den Rand des Loches und ließ sie hinunterfallen. Mit einem dumpfen Krach schlug sie unten auf und fiel auf die Seite, so daß sie das Gesicht zum Licht wandte. Der Goldgräber guckte hinunter.

„Mich in den Rücken zu schießen!“ sagte er vorwurfsvoll.

Mit Hacke und Schaufel füllte er das Loch. Dann belud er sein Pferd mit dem Golde. Die Last war zu schwer für das Tier, und als er sein Lager erreichte, lud er einen Teil davon auf sein Reitpferd. Aber selbst dann noch war er gezwungen, einen Teil seiner Ausrüstung, Hacke, Schaufel und Pfanne, seine eiserne Ration, Kochgeschirre und verschiedene Kleinigkeiten zurückzulassen. Die Sonne stand im Zenit, als der Mann die Pferde durch den Ranken- und Schlingpflanzenvorhang trieb. Um über die großen Felsblöcke und Steine zu klettern, mußten die Tiere sich auf die Hinterbeine stellen und sich ihren Weg blind durch das Gewirr von Pflanzen bahnen. Einmal stürzte das Reitpferd schwer zu Boden, und der Mann mußte es von seiner Last befreien, um es wieder auf die Füße zu bringen. Als es sich wieder in Gang setzte, steckte der Mann den Kopf durch das Laub und blickte nach dem Bergeshang zurück.

„Der elende Kerl!“ sagte er und verschwand.